KB004344

우리말 땅이름 2

우리말 땅이름 2

초판 1쇄 발행 | 2020년 11월 05일

지은이 윤재철
펴낸이 조기조
펴낸곳 도서출판 b | 등록 2003년 2월 24일 제2006-000054호
주소 08772 서울특별시 관악구 난곡로 288 남진빌딩 302호 | 전화 02-6293-7070(대)
팩시밀리 02-6293-8080 | 홈페이지 b-book.co.kr | 이메일 bbooks@naver.com

ISBN 979-11-89898-39-7 03810
값 | 15,000원

우리말 땅이름 2

윤재철 지음

도서출판 b

이 책을 펴내며

최초의 우리말 땅이름은 무엇이었을까.

그 무슨 뜬금없는 소리냐 할지 모르겠지만 한번쯤 의문을 품어볼 문제이다. 물론 역사서에 기록된 땅이름으로 한정해서 하는 얘기다. 그렇지 않고서는 애초의 땅이름을 무슨 수로 찾을 수 있을 것인가. 단지 역사의 기록을 통해서 찾을 수 있는 최초의 우리말 땅이름은 아사달이다. 신동엽 시인의 「껍데기는 가라」 중 "이곳에선, 두 가슴과 그곳까지 내논 / 아사달 아사녀가 / 중립(中立)의 초례청 앞에 서서 / 부끄럼 빛내며 / 맞절할지니"에 나오는 그 아사달이다.

최초라는 말에는 그만한 무게감이 실리게 마련인데, 아사달 역시 우리 역사의 첫 장을 장식하는 고조선과 단군 이야기에서 존재를 드러낸다. 말하자면 단군이 세운 고조선의 도읍지로서 아사달이 처음 등장하는 것이다. 『삼국유사』 기이 제1권의 고조선(왕검조선)조에는 "위서에 이르되 지금으로부터 2천 년 전에 단군왕검이 있어, 도읍을 아사달에 정하고

5

나라를 개창하여 조선이라 일컬으니 고(高)와 동시라 하였다"고 되어 있다. '고'는 중국의 요임금을 가리키는 말로 '고와 동시'라는 말은 '요임금과 같은 시기'라는 뜻이다. 이에 근거하여 산출한 고조선의 개국 시기가 바로 BC 2333년이다. 그렇게 본다면 아사달이라는 말은 단군이나 조선이라는 말과 함께 5천년 역사를 갖는다.

아사달(阿斯達)은 한자로 기록되어 전하는 것이지만 우리말을 그대로 차음표기한 것으로 보아 우리말 땅이름으로 인정할 수 있다. 연구자들은 이 아사달을 '아침의 땅' '아침 햇빛이 비치는 땅'으로 해석했는데, '아사'를 '아침, 처음, 새(新)'의 뜻으로, '달'을 '땅, 나라, 산'의 뜻으로 본 것이다. 또한 옛날에는 도읍지의 이름을 나라 이름으로 삼는 경우가 대부분이었으므로 아사달이 원래의 나라 이름이었고, 조선은 후에 그것을 의역한 이름으로 보았다. 그렇다면 아사달은 바로 조선의 우리말이 아닌가. 표기 방법에 있어 아사달은 '아침의 땅'을 한자의 음을 빌려 표기한 것이고, 조선은 한자의 뜻을 빌려 표기한 것으로 아사달을 전 단계 표기로 볼 수 있다. 아사달 곧 조선의 원래 뜻은 『동국여지승람』 제51권 평안도 평양부 군명조에 실려 있는 "조선(朝鮮)은 동쪽 해 뜨는 땅에 있기 때문에 조선이라 이름하였다"고 한 해설에서도 확인이 된다.

한편 『삼국유사』에서는 단군왕검의 첫 도읍지를 아사달이라고 하면서 세주에서 『경』을 인용하여 "또 백악이라고도 한다"고 쓰고 있는데, 연구자들은 이 백악을 아사달의 유의어로 파악하고 있다. 백악은 우리말 '밝달(뫼)'의 한자 표기로 볼 수 있다. '밝'은 '희다, 밝다'를 뜻하면서 '백(白)'자로 한자화 되었고, '달'은 '땅, 뫼(산)'를 뜻하면서 '악(岳)'자로 한자화 된 것이다. '밝달'은 밝은 땅, 밝은 산을 뜻하는 말로 아사달과 같은 뜻으로 읽을 수 있다. '밝달'은 '백산', '백악', '박산(朴山)', '박달(朴達)', '단(檀, 박달나무 단)' 등 여러 가지 한자로 표기되어 왔다. '밝달'은 후대에 우리 민족을 상징적으로 이르는 말 '배달민족'의 '배달(倍達)'로 한자화

되기도 했다.

아사달이 '아침의 땅'을 뜻하는 것으로 볼 때 이 이름은 우리 민족 고유의 태양숭배 사상을 나타낸 것으로 볼 수 있다. 최남선은 불함문화론을 통해 우리 문화의 정신적 기반을 '밝(붉) 사상'이라고 주장했다. '밝'을 '태양, 신, 하늘'을 뜻하는 옛말로 보고 태양신과 하늘을 숭배하던 고대문화를 반영하고 있는 것으로 본 것이다. 이 '밝'은 한자 '백(白)'이 대응하는데 최남선은 우리나라 곳곳에 분포되어 있는 태백산, 소백산 등 '백'자 계열의 지명에 주목하였다. 그리고 동이족의 거주지에 많이 분포되어 있는 '백산'이 태양신을 제사하던 곳이었으며, 이 산들 중 태백산, 즉 백두산이 가장 중심적인 곳이라고 주장하기도 했다.

아사달은 최초의 우리말 땅이름인 만큼 우리 민족의 역사나 문화 사상 언어 등에 걸쳐 많은 정보를 내장하고 있다. 그중 밝혀진 것도 있지만 그렇지 않고 비밀로 남겨진 채 밀봉된 부분도 많이 있다. 모든 땅이름이 아사달 같은 것은 아니지만, 오래된 땅이름에는 이런 신비성이 있다. 많은 정보를 내장하고 있으면서 아직도 밝혀내지 못하는 비밀이 감추어져 있는 것이다. 그것이 우리말 땅이름이 갖고 있는 또 하나의 매력인지도 모른다.

이 책은 1권과 마찬가지로 개별 지명에 대한 탐구로 이루어졌다. 따라서 전체적으로 어떤 체제를 말하기는 어렵다. 예를 들면 지역별 체제라든지 주제별 체제 같은 것은 고려하지 않았다. 부 가름은 단지 편집상의 편의를 위한 것이고 개별 지명의 선택 역시 필자의 임의에 따른 것이다. 나름대로 우리말로 된 특이한 땅이름이나 많이 쓰면서도 잘못 알려진 땅이름에 역점을 두었지만 어떤 체제로 묶을 수 있는 것은 아니다. 대신에 이 책은 개별적인 지명을 좀 더 폭넓게 탐구하려는 데에 노력을 기울였다. 특히 역사나 문학, 언어 등 인문학적인 탐구가 지명 이해에 도움이 되도록 노력했다. 따라서 하나하나의 지명에 대한 서술이 분량이 많고 다소

지루하게 느껴질지도 모르겠다.

　이 책은 전공서적은 아니다. 굳이 말하자면 인문교양서라고 할 수 있겠다. 우리말 땅이름에 대해서 좀 더 많은 상식을 얻고 나아가 지속적인 관심을 갖는 계기가 된다면 이 책의 목적은 달성된다. 우리말 땅이름에는 완전한 정답이 없다. 필자 또한 탐구과정에 있는 학생에 불과하고, 탐구과정에서 얻어낸 하나의 가설을 제시할 뿐이다. 여러모로 부족하고 미진한 이 책에 대해 독자 여러분의 넓은 이해를 구한다.

2020년 가을, 방배동 달팽이집에서

윤재철

차 례

9

제3부

제1부

방배동은 과천 등 쪽에 있는 마을

"가꿀고개 · 뱅도래미 · 장아뜰"

우면산을 등진 마을? 한강을 등진 모서리?

방배동은 조선시대 서울 아닌 과천에 속해 과천을 중심으로 작명

집 근처에 서울 지하철 7호선 내방역이 있다. 출근길에 아침 7시 10분쯤이면 나는 어김없이 계단을 내려가 이수역 방향 승강장에 서 있었다. 조금 이른 시간대라 배차 시간이 길기도 했지만 바로 코앞에서 차를 놓치는 경우, 다음 차를 기다리며 왔다갔다 주변을 둘러보게 된다. 그때 벽에 붙은 여러 게시물들을 보게 되는데, 어느 날은 내방역 주변 지도에 눈이 꽂히게 되었다. 그리고 거기에 깨알같이 박힌 땅이름들을 보고 가슴이 뛰기 시작했다. 거기에는 앞벌, 뒷벌, 새말, 도구머리, 뱅도래미, 가꿀고개, 장아뜰 등 질박한 우리말 이름들이 가득 박혀 있었던 것이다. 처음 보면서도 아주 오래 전부터 보아 온 듯이 친숙하고 정겹게 느껴지는 이름들이었다.

그날 이후로 나는 틈나는 대로 동네를 돌아다니며 지도에서 본 그 이름들을 확인하기에 바빴다. 실체를 보고 왜 그렇게 부르게 됐는지 느껴보고 싶었던 것이다. 비록 고개 꼭대기까지 집들로 들어차 있고

15

하천은 모두 복개되어 흔적조차 찾기 어려웠지만, 고개에 올라 우면산으로부터 뻗어온 산줄기를 찾아보고 골짜기 사이 물줄기를 짐작해 보며 작은 땅이름의 소재지를 찾기 위해 애썼다. 그러다 보니 방배동과 인근한 사당동이나 동작동, 흑석동, 반포동까지 돌아다니며 발품을 팔았다. 그래서 많은 것들을 알아냈지만 끝내 확인되지 않는 것도 많았다.

앞에 있는 들이라 앞벌, 뒤에 있는 들이라 뒷벌, 새로 생긴 마을이라 새말, 길머리라 하여 도구머리, 산 아래로 뱅 돌아간다 하여 뱅도래미, 가꿀로 넘어가는 고개라 하여 가꿀고개(가꿀은 갓굴로 추정되는데, 산 가장자리에 위치해 붙여진 이름으로 보임), 마을 뒤에 있는 골짜기라 뒷굴, 그 뒷굴에 있는 논이라 뒷굴논, 논이 물이 많고 깊어 구레논, 쪽박을 엎어 놓은 것 같다 해서 쪽박산, 뱀장어가 많아 장아뜰(장앗들), 돌 한쪽으로 건너던 쪽다리, 개울둑이라 갤둑, 사공이 모여 살아 사궁말 등. 이중 사궁말 같은 이름은 방배동의 지리적 특성까지 보여주는 이름인데, 한강이 가까운 탓에 이수나루나 동작나루의 뱃사공들이 모여 살아 생긴 이름이었던 것이다.

그렇게 돌아다니며 얼마간은 지하철 역사 안의 지도는 잊어버렸다. 그러다가 어느 날 지하철을 다시 코앞에서 놓치고 지도 앞에 섰을 때 세상은 천지개벽한 듯 달라져 있었다. 지도는 휑하니 비어 있고 아무것도 보이지 않았던 것이다. 아니 있었다. 역을 중심으로 동심원이 그려져 있고 자로 잰 듯이 가로 세로로 선들이 교차하고 있었다. 그러고는 그 위에 방배로, 방배중앙로, 서초대로 등 큰길 이름이 적히고, 사방으로 교차하는 골목길은 서초대로 19길, 방배로 23길 등 숫자를 달고 박혀 있었다. 눈 씻고 찾아보아도 지표가 될 만한 어떤 지형지물의 이름은 사라지고 없었다. 인근 지역을 머릿속에 훤히 그리고 있던 나조차도 그 숫자만으로는 어디가 어딘지 도무지 가늠할 수가 없었다.

그때 내가 받은 충격은 가슴이 텅 비어지는 상실감 같은 것이었다.

앞벌이니 뒷벌이니 하던 땅이름들도 이미 일상생활 속에서는 오래전에 잊힌 이름들이다. 그렇거니 지도에 화석처럼이라도 남아 있던 것을 위안으로 삼았는데, 이젠 그것마저 지워 버리고 숫자판을 만들어 버린 것이었다. 이른바 지번 주소를 도로명 주소로 바꾼다고 할 때도 그냥 도로 중심으로 주소를 재편하는 정도로만 알았지 이 정도일 줄은 몰랐다. 지도가 완전히 바뀌고, 깨알같이 박혀 있던 작은 이름들이 모두 사라져 버린 것이었다.

벌써 몇 해 전 얘기다. 그때 작은 땅이름들을 확인하러 다니면서도 내내 숙제처럼 남아 있던 것이 방배동 지명이었다. 왜 방배동이라 부르게 되었을까? 혹시 작은 땅이름에서 비롯된 것은 아닐까 열심히 살펴보았지만 도무지 실마리를 찾을 수 없었다. 물론 지명사전이나 지자체의 홈페이지에 유래에 대한 얘기가 없는 것은 아니었다. 『한국지명유래집』(중부편)에는 "이곳은 관악구와 서초구의 경계에 솟은 우면산을 등지고 있는 마을이었으므로 방배(方背)라고 한 데서 유래한다. 또 일설에는 동의 북쪽에 흐르는 한강을 등진 모서리란 뜻으로 방배동이라 불리었다고 한다"고 되어 있었다. 그것은 『서울지명사전』도 마찬가지였는데, "우면산을 등지고 있는 동리라는 뜻으로 방배라고 한 데서 유래되었다. 일설에는 마을 북쪽에 흐르는 한강을 등진[배(背)] 모서리[방(方)]라는 뜻으로 방배동이 되었다고도 한다"고 설명하고 있었다.

처음에는 "우면산을 등지고 있는 마을"이라 방배동이 되었다는 설명이 그럴 듯했다. 실제 방배동의 입지와 거의 들어맞아 별 의심이 들지 않았던 것이다. 그런데 시간이 지나고 되풀이해서 그 의미를 새기면서는 아무래도 이상했다. '배(背, 등 배)'를 '등지다'로 해석한 것은 수긍이 갔지만 '방(方, 모 방)'에서 막혔다. 지명사전에서 물론 '일설'이라고 했지만 '한강을 등진 모서리'라고 한 설명은 도무지 납득이 되지 않았다. 배산임수라는 말은 들어 보았어도, 강을 등진 모서리라는 말은 처음 들었다. 그뿐만 아니라 모서리라면 '무엇'의 모서리가 되어야 할 텐데 그게 무엇인지 도무지 종잡을 수가 없었다.

　그러다가 '방'에 대한 의문이 풀린 것은 그것이 '모서리'라는 뜻 외에도 여러 가지 뜻으로 쓰였다는 것을 알게 되면서이다. 하다못해 지방이나 방언이라는 말도 모두 이 방(方) 자를 쓰고 있었다. 그동안 '모(모서리) 방'이라는 한 가지 훈에만 얽매여 보이지 않았던 것이다. '방'은 아주 많은 뜻을 가진 말인데, 그중 중요한 것이 '땅'의 뜻이었다. '나라(국가)'를 가리키기도 하고 '곳', '장소'의 뜻으로도 쓰였다. 거기에 땅이 네모졌다고 생각했기에(천원지방) '네모'나 땅의 '가장자리'까지 뜻하게 된 것이다.

　'배' 역시 마찬가지였다. 늘 '등 배'로 읽고, '등지다', '배반하다'라는 뜻만 생각했는데, '배'에는 '등 쪽' 곧 '뒤쪽'이나 '북쪽'을 가리키는 뜻도 있었다. 우리는 남향을 기준으로 방위를 말했는데, 남향을 했을 때 등 쪽은 바로 뒤쪽이자 북쪽이 되는 것이다. 이렇게 한자의 훈을 달리 보게 되니 '방배'의 뜻이 감이 좀 잡혔다. 방배는 '방의 등 쪽(뒤쪽)'이라는 뜻을 갖는 것이었다. 여기서 '방'의 의미를 좀 더 구체적으로 따져야 했는데, 여러 용례를 검토한 결과 '방'은 특정 지역 곧 치소가 있는 '읍'으로 읽을 수 있었다. 그렇게 되면 '방배'는 '읍의 등 쪽'이라는 뜻으로, 일종의 방위 지명이었던 것이다. 방배동은 조선시대에는 서울이 아니라 과천현에 속했다.

　오방(五方)은 백제의 지방 행정 단위였다. 전국을 동·서·남·북·중의 5방으로 나누었기 때문에 5방제라고도 한다. 이때의 '방'은 '군'보다 상위 단위로 상당히 큰 규모였다는 것을 알 수 있다. 신라 역시 6부 밑에 하부 행정구역으로 방(坊)과 리(里)를 두었는데, '리'가 '방보다 큰 행정구역이었다. 방(方)이 방(坊)으로 쓰였는데, 방(坊, 동네 방)은 '동네, 관청, 저자, 절' 등의 뜻을 갖는다. 이 방(坊)은 고려와 조선시대를 거치면서 수도의 행정구역 명칭으로 쓰였다. '오부방리제'에서 오부는 '동, 서,

남, 북, 중'의 오부이고, 그 밑에 방을 두었다. '방'은 서울뿐 아니라 지방 행정구역의 명칭으로도 쓰였는데, 황해도와 평안도, 전라도의 남원, 경상도의 성주 등은 '면'이라는 말 대신 '방'을 썼다.

이로써 보면 '방(坊)'은 오랫동안 일정한 행정구역을 가리키는 말로 쓰였던 것을 알 수 있다. 이에 비해 '방(方)'은 일정한 기준 없이 '땅(지역)'을 가리키는 말로 폭넓게 쓰였다. '방내'라는 말은 '나라 안'을 가리키는 말로 쓰였지만 '지경 안'을 가리키는 말로도 썼다. 방백(方伯)은 관찰사(도지사)의 별칭으로 쓰였는데, 이때의 '방'은 '도'를 가리킨 말로 볼 수 있다. 변방이라는 말은 변두리 지방의 뜻으로 쓰였다. 더러는 '방(方)'을 '방(坊)'과 같은 개념으로 혼용하기도 했다. 방배의 '방'은 일정 지경 곧 읍치가 있는 현내면을 가리킨 것으로 볼 수 있는데, 방배는 이 현내면의 등 쪽이라는 뜻이 되는 것이다.

읍치는 고을의 중심지로 읍호에 따라 부치·군치·현치 등으로 표기되기도 했다. 1842년과 1843년경에 편찬된 『경기지』에 수록된 과천현 지도에는 '읍치'라고 적혀 있는데, 지금의 과천시 관문동에 있었다. 관아터는 현재의 과천초등학교 자리인데, 지금도 객사의 주춧돌이 교정에 남아 있다. 1891년에 편찬된 『과천현읍지』에 읍치는 붉은 사각형 안에 '읍내'라고 적었고, 1899년에 편찬된 『과천군읍지』는 붉은 사각형 안에 '읍'이라고 쓴 후 담청색으로 채색하였다.

여기에서 또 하나 중요하게 고려해야 하는 것은 방배리 지명을 누가 어떻게 지었는가 하는 점이다. 조선 후기 면리제가 정착되면서 기록에 오르게 된 행정지명은 당연히 관아의 이서(吏胥, 관아에 속하여 말단 행정 실무에 종사하던 구실아치)들이 지어 붙였을 것이다. 대개 전국지리지(여지)는 중앙의 담당 부서에서 지방지(읍지)를 작성 제출하라는 지시가 내려가면 관찰사는 소속 군현에 같은 지시 사항을 시달한다. 해당 군현에서 읍지를 작성하여 도에 제출하면 관찰사는 각 읍지를 취합하여 도지를 만들고, 중앙에서는 이 도지를 모아 총지를 편찬하는 식이었다. 그러니까 최초의 작성자는 각 지방 관아의 이서일 수밖에 없다. 읍지를 제작할 때 면리의 명칭은 대개는 지역에서 부르는 이름을 한자로 바꾸어 적는 것이었지만, 적당한 이름이 없을 때는 창작할 수밖에 없었다.

『여지도서』 과천현 방리조에는 현내면, 동면, 상서면, 하서면, 남면, 상북면, 하북면이 등재되어 있다. 읍치가 있는 현내면을 중심으로 동, 서, 남, 북으로 면 이름을 짓고 서면과 북면은 다시 상하로 구분한 것을 볼 수 있다. 리의 명칭은 1789년 『호구총수』에 처음 나오는데, 상북면에 방배리, 포촌리, 동작리, 반포리, 사평리, 사당리 등 6개 리가 나온다. 이 중 방배리를 제외하면 기존 우리말 이름을 한자화 했거나 분명한 근거를 가진 것들이다. 포촌리는 '갯마을'을, 반포리는 '서릿개'를 한자로 옮긴 것으로 보인다. 동작리는 '동작나루(동작진)'에서 이름을 따왔고, 사평리 역시 고려 때부터의 이름 '사평도(나루)'에서 따왔으며, 사당리는 이곳에 동래 정씨 '사당'이 있는 데서 이름을 따온 것으로 보인다.

그런데 방배리는 우리말 이름도 없거니와 어떤 뚜렷한 근거도 찾을 수 없다. 이런 경우 읍지를 작성하면서 관아의 이서들이 새롭게 작명했을 가능성이 크다. 방배리의 경우 위에서 본 대로 작은 마을들은 있었지만 대표적인 지명으로 삼을 만한 것이 없었고, 또 양반촌 같은 중심 부락이나 사적 같은 것도 없었기 때문에 전혀 새롭게 이름을 지어 붙였을 것 같다.

이서들이 작명할 때도 최소한의 근거나 원칙은 있었을 것이다. 그중 대표적인 것이 방위나 지리적인 위치 같은 것이다. 이때 수령이 있는 읍치를 중심에 두는 것은 물론이다. 방배리 지명은 이런 관점에서 생겨난 것으로 볼 수 있다. 곧 읍치가 있는 방의 등 쪽(뒤쪽) 동네라는 뜻에서 방배리라는 지명을 고안한 것이다. 이때 과천과 방배동 사이에 가로놓여 있는 우면산도 중요한 기준이 되었을 텐데, 방배리는 읍치에서 보았을 때 바로 우면산 등 쪽(뒤쪽)에 있는 마을이었던 것이다.

방배리 지명은 과천을 중심에 두고 해석해야 그 의미가 밝혀진다. 그것을 지금의 위치 즉 서울 방배동을 중심으로 해석하려다 보니, 우면산을 등지고 있다든지 한강을 등진 모서리 같은 어색한 해석을 낳게 된 것이다.

가리봉은 갈라진 지형의 이름

"가리미·가래골·가락동"
서울 가리봉동, 인제 가리봉, 홍천 가리산 모두 갈라진 지형
서울 가락동도 가르다의 '가르'에서 가락골로 불러
전주의 가르내는 물줄기가 갈라진 형상의 내(川)

몇 해 전(2015년) 서울역사박물관 기획전시실에서는 구로공단 반세기 기념 특별전이 열렸는데 그 제목이 〈가리봉오거리〉였다. 구로 공단을 상징하는 지명으로 '가리봉오거리'가 내걸린 것이었다. 구로공단은 1965년 구로동 14만 평 부지에 1단지, 1968년 가리봉동 12만 평 부지에 2단지, 1970년 가리봉동 철산리 일대 36만 평 부지에 3단지가 조성되었다. 가리봉 오거리는 바로 이 공단의 중간 지점에 위치해 출퇴근 교통 및 물류 이동의 중심거리로 자리 잡았다. 이곳에는 가리봉시장이 있었고 쪽방촌이 집중되어 있었다.

쪽방촌은 벌집촌 혹은 닭장집으로도 불렸는데, 두세 명이 함께 기거하는 두세 평 남짓한 좁은 방들이 다닥다닥 붙어 있는 형태로 주로 시골에서 올라온 젊은 노동자들이 기거하던 곳이다. 70년대 후반 이곳에서 여공으로 살았던 작가 신경숙은 『외딴방』에서 "서른일곱 개의 방 중의 하나, 우리들의 외딴방"이라고 썼다. 1990년대 들어 구로공단이 침체되면서는

젊은 노동자들이 떠나간 자리를 중국동포, 이주 노동자들이 채우기 시작했고, 지금 가리봉시장 주변은 중국동포 중심으로 상권이 형성되었다. 가리봉오거리는 지금은 '디지털단지오거리'로 이름이 바뀌었다.

가리봉의 본래 이름은 '가리산'이었다. 영조 때 편찬된 『여지도서』에는 금천현 방리에 동면 가리산리가 관문에서 5리 거리에 있는 것으로 나온다. 『호구총수』(1789년)에는 금천현 동면의 가리산리가 수록되어 있고, 1795년(정조 20년)에는 시흥군 동면 가리산리라 하였다. 이때 금천현이 시흥군으로 이름이 바뀐 것이다. 그러고는 1895년(고종 32년)에야 시흥군 동면 가리봉리가 된다.

1842년과 1843년경에 편찬된 『경기지』에 수록된 시흥현 지도에는 '가리산(加里山)'이 구로리와 독산리 중간에 그려져 있다. 『1872년지방지도』 시흥현 지도에는 구로리와 독산리 사이에 '가리봉(加里峯)'으로 그려져 있다. 이후 가리봉리 지명은 1963년 서울시에 편입될 때까지 큰 변동이 없다가 1963년 영등포구로 편입되면서 가리봉동과 독산동에서 한 글자씩 따서 가산동(加山洞)이라 했다. 1970년에 '가산동'은 '가리봉동'으로 변경(법정동은 가리봉동, 독산동)됐다. 그 후 1995년 금천구가 구로구에서 분구될 때 가리봉2동과 3동에서 남부순환로 이남 지역을 가산동으로 독립시켰는데 동의 명칭은 1963년 서울 편입 직후 사용했던 가산동을 되살려 사용한 것이다. 전철 '가리봉역'은 이런 연유로 2005년 명칭을 변경할 때 '가산디지털단지역'으로 바뀌었다.

『한국지명유래집』(중부편)에 "가리봉은 작은 봉우리가 이어져 마을이 되었다는 것에서 유래하였다. '가리'는 '갈'과 함께 고을을 뜻하기도 하고 땅 모양이 갈라진 것을 뜻하기도 한다"라고 되어 있다. 그러나 가리봉을 작은 봉우리가 이어져 마을이 되었다는 것에서 유래를 찾는 것은 적절하지 않은 것 같다. 이는 '가리(加里)'의 한자 더할 가(加) 자와 마을 리(里) 자에 주목한 해석으로 보이는데 여러모로 무리가 있다. 작은 봉우리가 이어져 있는 경우 '연결할 연(連)' 자를 쓰거나 우리말로 '느리'를 쓰는 것이 보통이다. 가리봉의 가리는 한자의 뜻(훈)으로 읽기보다는 음으로 읽어야 할 지명으로 보인다. 곧 '갈라진 지형'을 나타낼 때 흔히 쓰인 우리말 '가리'를 단지 한자의 음을 빌려 표기한 것으로 보는 것이 보다 일반적이다.

가르다, 갈리다, 갈라지다의 어근 '가르〉갈'은 지명에서 여러 형태로 실현되어 있는 것을 볼 수 있다. 가리, 가르, 가라, 가래, 가락 등은 갈라진 지형을 나타내는 데 적극적으로 쓰였다. '가리' 지명은 일찍부터 『삼국유사』에 보이는데, 한자는 가리(加利)로 표기되어 있어 가리봉의 가리(加里)와 다르다. 가리는 본래 신라 일리현인데 경덕왕이 성산군으로 이름을 고쳤다. 고려 초에 가리현으로 고쳤는데, 별호가 '기성(岐城)'으로 조선 말기까지 성주의 속현이었다. 기성의 한자 '기'는 '갈림(길) 기(岐)' 자로 우리말 '가리'의 의미를 뒷받침해주고 있다.

강원도 원산시 칠봉리 '가리미령'은 갈라지는 고개라 하여 이름 붙여졌다고 한다. '미'는 '산'의 우리말 '뫼'로 '가리미'는 '가리산', '가리봉'과 같은 말이다. 가리미령은 '갈라진령'이라고도 불러 '가리'가 분기의 뜻임을 확실히 보여주고 있다. 경남 양산시 상북면 외석리의 자연마을 '가리미'는 오동골, 장재골, 부연동으로 가는 세 갈래 길이 있다 하여 붙여진 이름이라고 한다. 경북 영덕군 남정면 봉전리의 자연마을 '가리미'는 마을 앞에 갈림길이 있어 붙여진 이름이라고 한다. '가리미'가 마을 이름으로도 쓰인 것을 볼 수 있다.

인제의 '가리봉'은 서울의 가리봉과는 비교할 수 없이 높은 산(1,519m)이다. 남내설악은 옥녀탕 부근에서 한계령에 이르기까지의 계곡 일대를 가리키는데, 귀떼기청봉(1577m), 안산(1,430m), 대승령(1,210m), 가리봉(加里峰, 1,519m) 등의 높은 산들이 솟아 있다. 이 중 가리봉은 인제군 인제면 가리산리와 북면 한계리 경계에 있다. '가리산리'는 가리봉동의 옛날 이름과 같은데, 『여지도서』에는 관문으로부터 북으로 40리에 있는 것으로 나온다. 이곳 역시 가리봉, 가리산이 함께 쓰인 것을 볼 수 있다. 그런데 지역의 지명 유래에서는 "본래 동면 지역으로서 가리산 아래 있다고 해서 가리봉, 가리산이라고 하였다"고 할 뿐 이렇다 할 설명이 없다. 달리 뚜렷한 근거가 없는 것을 보면 인제의 가리봉 역시 '가리'의 일반적인 유래 곧 '갈라진 지형'에 붙은 이름으로 볼 수 있다.

인제의 가리봉에 비해 홍천의 '가리산'은 일찍부터 이름이 나 있었던 것 같다. 『신증동국여지승람』(홍천현)에 "가리산(加里山)은 현의 동쪽 70리에 있다. 용연이 있는데, 날이 가물 때에 범의 뼈를 이 용연에 잠그면 응보가 있다고 한다"고 나온다. 『중종실록』에도 팔도 관찰사에게 기우제를 지내게 할 때 홍천의 가리산이 나온다. 가리산은 강원도 홍천군 두촌면과 춘천시 동면 사이에 있는 산으로 높이는 1,051m이다. 『한국지명유래집』(중부편)에는 "산이름인 '가리'는 '단으로 묶은 곡식이나 땔나무 따위를 차곡차곡 쌓아둔 큰 더미'를 뜻하는 순우리말로서, 산봉우리가 노적가리처럼 고깔 모양으로 생긴 데서 유래한다"고 되어 있다.

그러나 '노적가리' 형상일 때 우선적으로 '노적봉'으로 부르지 '가리봉'으로 부른 예가 거의 없고 보면 위의 설명은 신빙성이 적다. '노적'이란 곧 수확한 벼를 마당이나 들판에 야적한 것을 말한다. 보통 '낟가리'라고도 부르는데, 벼를 창고에 저장하는 것이 아니라 글자 그대로 이슬을 맞도록 밖에 야적하여 쌓아 놓은 것을 말한다. 전국적으로 1백여 개가 넘는 노적봉이 있는데, 가리봉으로 부른 예는 거의 없다. 또한 『한국민족문화대백과』에서는 가리산을 "가래나무가 많아서 가래산이라고도 불렀다고 하는데, 현재 가래나무는 찾아보기 힘들고 참나무류의 숲이 울창하다"고 해서 또 다른 유래로 '가래나무'를 얘기하고 있는 것을 보면, 홍천의 가리산 역시 갈라진 지형을 가리키는 '가리'로 보는 것이 타당할 것 같다.

한편 가리산 지명에 '더리미'라는 우리말 이름이 함께 전하는 곳이 있어 흥미롭다. 가리산의 '가리'를 우리말로 알고 보면, 같은 산을 가리키는 우리말에 '더리미'가 더 있어 당황스럽기도 하다. 용인의 더리미-가리산, 강화의 더리미-가리산, 아산의 더리미-가리산이 그것이다. 이를 두고 해석이 분분한데, 대개는 '더리미'를 한자 표기한 지명이 '가리산'이라는 설명이다. 곧 '더리미'의 '더'를 '더할 가(加)' 자를 써서 가리산이 된 것으로 보는 것이다. 그래서 '더리미'를 "작은 마을들이 하나씩 더해지면서 새로운 마을을 이루게 됐다"고 보거나 '더리미'를 '거듭'이나 '겹친다'는 의미를 포함하고 있는 것으로 보아 겹겹이산으로 해석하기도 한다. 그러나 이는 '더리미'의 원뜻을 간과하고 '가리산'과의 연관성만을 생각한 해석의 오류인 것 같다.

'더리미'는 '도리미'에서 변형된 말로 보아야 해석의 실마리가 풀린다. '도리/두리'는 '둥글다'는 뜻을 갖는 말로, '도리미'는 '둥그런 산'을 뜻한다. 두리봉, 두루봉, 도리산, 도리봉, 도리미 등 예가 많다. 이 도리미가 변음된 것이 더리미이고, 도리미와 마찬가지로 둥그런 산의 뜻을 갖는 것으로 보아야 한다. 『인천광역시사』 강화군 서도면 볼음도리(乶音島里, 볼음도-보름달섬)의 소지명을 보면 '도리미'가 있는데, "당아래 앞에 있는 산으로 동그랗게 생겼으며 더리미로도 부른다"고 나온다. 강화군 선원면 신정리의 '더리미'는 고문헌(식암선생유고, 김석주 1680년)에 돈대 설치처 '가리산'으로 나오는데, 지세와 관련해서 '원형'이라는 말이 적혀 있다. 실제로 돈대가 있던 더리미는 해변에 해발 50m 정도 되게 오똑하게 솟아 있는 산이다. 정리하자면 위에서 열거한 세 곳의 가리산은 '갈라지다'는 뜻과는 전혀 상관없이, '둥그런 산'의 뜻을 갖는 '도리미(더리미)'를 훈음차로 표기한 지명이라는 것이다.

청주시 상당구 낭성면 갈산리는 면 북부에 있는 마을로서 동쪽은 인경리, 남쪽은 무성리, 서쪽은 삼산리와 접한 산촌마을이다. 낭성면 갈산리(葛山里), 인경리와 미원면 화창리의 경계에 있는 가래산(加來山, 528m)은 '갈라진 모양의 산' 또는 '갈라지는 곳에 있는 산'이라는 뜻에서 지금의 이름으로 불리게 되었다고 한다. 갈산리 역시 가래산에서 그 이름이 유래되었을 가능성이 큰데, '갈' 역시 갈라진 지형에 흔히 붙는 이름이다. '갈산'은 우리말 '갈뫼'를 한자로 옮긴 것으로 보이는데, 이곳의 마을 이름 '안갈미'는 갈뫼 안쪽에 있는 마을이라는 설명이다. 가래산은 갈뫼, 갈미로도 불린 것이다.

충북 음성군 삼성면은 본래 충주군 지역으로서 '가래실'의 이름을 따서 '지내면(枝內面)'이라 했다고 한다. 덕정리 가래실에는 옛 지내면 터가 있다. 여기에서 눈에 띄는 것은 '가래실'을 '지내'로 표기했다는 사실이다. 지는 '가지 지(枝)' 자로 '갈래' 또는 '나누어지다'의 뜻을 갖고 있고, 내는 '안 내(內)' 자로 역시 뜻을 표기한 것으로 보인다. 마을에 전해지는 지명 유래로는 예전에 가래나무가 많았다고 전해지고 있지만 원래는 갈라진 지형에 붙인 이름인 것을 알 수 있다. 가래실에서 실은 골(谷)의 우리 옛말이다. '가래실'과 함께 '가래골' 지명도 많이 있다. 황해북도 인산군 안창리 소재지 동쪽에 있는 골짜기 가래골은 여러 갈래로 갈라져 있어 붙여진 이름이다. 황해북도 봉산군 천덕리 가래골은 두 갈래로 갈라진 골짜기인데 쌍갈래골이라고도 한다.

우리나라 최대 규모의 농수산물도매시장이 있는 서울 송파구 가락동(可樂洞)은 원래 이곳에 있던 '가락골'이라는 마을 이름에서 붙여진 것이라고 한다. 일설에는 1925년 을축년 대홍수로 송파동 일대 주민이 이주하면서 '가히 살 만한 땅'이라 한 데서 붙여진 이름이라고도 한다. 그러나 이는 가락(可樂, 가히 가, 즐거울 락)이라는 한자의 뜻을 그대로 풀어낸 이야기에 불과하고 시기도 맞지 않는다. 가락동은 1759년(영조 35년)의 『호구장부』와 1789년(정조 13년)에 간행된 『호구총수』에 이미 광주 중대면에 송파동, 문정동, 거여미동, 오금리, 장지리 등과 함께 나온다. 당시 61호에

남 117명, 여 252명이 살았던 것으로 기록되어 있다.

'가락골' 지명도 전국적으로 아주 많은데 한자화 한 경우 가락(可樂), 가락(佳樂), 가락(嘉樂) 등 아주 다양하다. 그렇게 보면 한자 지명 '가락'은 우리말 이름 '가락'을 한자의 음을 빌려 표기한 것임을 알 수 있다. '가락골' 은 '가라골'로 소급된다. '가르다(分)'의 중세국어는 '가라(ᄀᆞᄅᆞ)다'인데, '가라골'은 여기에서 비롯된 것으로 보인다. 갈라진 형상의 골짜기라는 뜻이다. 따라서 '가라골' 지명은 '가리골', '가래골' 등의 이름과 함께 쓰인 경우가 많다. 경남 의령군 용덕면 가락리(佳樂里)의 전래 지명은 '가리골'이다. 옛 문헌에는 '가라(加羅)'로도 되어 있다고 하는데, 마을이 위치한 곳이 골짜기가 둘로 나뉘는 지형이라고 한다.

갈라진 지형의 지명은 산이나 골(골짜기) 외에도 '내(川)'의 이름에도 많다. 대표적인 것으로는 '가르내'가 있는데, '갈라진 내'라는 뜻이다. 물줄기가 몇 갈래로 갈라지는 내여서 붙여진 이름인 것이다. 전주시에 있는 '가르내'는 전주천과 삼천이 합쳐지는 내이다. 두 물줄기가 합쳐진다 는 것은 달리 보면 물줄기가 두 갈래로 갈라진 형상인 것이다. 물줄기가 갈라진 내라는 점에서 '가르내'는 '갈내(갈천)'와 조어 관점이 같다. '가르 내'와 '갈내'는 어형이 유사하고 뜻이 같다는 점에서 기원적으로 동일한 지명으로 이해된다. '가르내'는 지역에 따라서는 '가리내'로 나타나기도 한다.

중랑천인가 중량천인가

"가운뎃들 · 청량천 · 한내"

『승정원일기』의 지명 표기는 중랑포가 50건, 중량포가 27건
중랑포라는 나루 중심의 '가운뎃들'은 현재의 휘경동과 중화동 사이
나루 아닌 천川으로 '중량천' 이름이 처음 보인 때는 조선 영조 때

서울시 중랑구의 중랑천은 중랑천인지 중량천인지 가끔 헷갈릴 때가 있다. 중랑교 역시 중랑교인지 중량교인지 갸우뚱거려질 때가 있다. 확인해 보면 옛날에는 '중랑', '중량' 두 이름이 함께 쓰였다. 중랑천인지 중량천인지 헷갈려 하는 것이 그런 오랜 기억의 잔재일까.

정조 12년에 한성 각부의 방과 계의 명칭을 정할 때 이 지역은 '중랑포계(中浪浦契)'로 이름 붙여진다(『정조실록』 12년 10월 16일 기사, 1788년). 같은 인창방의 인근 지역은 마장리계, 답십리계, 전농리계, 청량리계, 제기리계, 장위리계 등 '리'를 붙여 이름을 정한 데 비해, 중랑포계는 그냥 '포'를 살려 이름을 정한 것이다. 이로써 보면 이 지역이 '중랑포'라는 나루(목)를 중심으로 형성되었고, 중랑포가 그대로 동네 이름을 대신했다는 것을 알 수 있다. 중랑포(中浪浦) 지명은 『승정원일기』에 영조 즉위년(1724년)부터 보인다.

그런데 정조가 즉위년(1776년)에 직접 쓴 아버지 사도세자의 〈영우원표

석음기〉에는 "양주 남쪽 중량포(中梁浦) 배봉산 갑좌의 언덕에 안장되었다"
라고 해서 중량포가 '중량포'로 나온다. 영우원 곧 사도세자 묘소는 수원
현륭원으로 이장하기 전에 이곳 중량포 배봉산 기슭에 있었다. 현재는
서울시립대학이 위치하고 있다. 배봉산은 중랑교에서 서쪽으로 약 0.6km
떨어져 있는데 지금으로 말하자면 휘경2동 뒷산에 해당한다. '중량포'
지명은 영조 때부터 쓰이기 시작해서 정조 때 '중량포계'라는 명칭으로
공식화되었지만, 실제로는 '중량포(中梁浦, 돌 량)'나 '중량포(中良浦, 어질
량)' 지명이 함께 쓰였다. 이는 영조 때부터 조선말 고종 때까지 계속된
현상이다. 『승정원일기』의 지명 표기는 중량포가 50건, 중량포가 27건으
로 '중량포'가 압도적으로 많지만 '중량포' 지명도 꾸준히 쓰였던 것을
알 수 있다.

그렇다면 중량포는 어디에 있었을까. 실제 나루로서의 중량포는 오늘
날의 휘경동과 중화동 사이에 있었던 것으로 보인다. 중량포 나루 위치에
대해서는 고종 때의 『승정원일기』에서 확인할 수 있다. 여기에는 신하들
이 구리의 동구릉에 가서 제사를 모시고 돌아와 보고하면서, 왕과 대화한
내용이 여러 차례 실려 있다.

　　상이 이르기를,

　"중량포(中梁浦)는 물이 불어 넘치지는 않았는데 왕래할 때에 모두 배를
탔는가?"

　　하니, 윤상철이 아뢰기를,

　"물이 많이 불어서 왕래할 때에 모두 배를 탔습니다"

　　하였다. 상이 이르기를,

　"돌아올 때에 옛 휘경원이 있는 점촌 앞에서 뭍으로 내렸는가?"

　　하니, 윤상철이 아뢰기를,

　"그렇습니다"

하였다. 상이 이르기를,

"배는 몇 척이 있고 어느 강에서 올라왔는가?"

하니, 윤상철이 아뢰기를,

"한 척뿐인데 능소에서 사서 광나루[광진]에 두었다가 매양 여름 제향
때 큰물이 불어 넘칠 적에 등대하게 한다고 합니다."

—『승정원일기』고종 36년(1899) 5월 24일(양력 7월 1일)

고종의 입에서 "휘경원이 있는 점촌"이라는 이름이 나오는데, 당시로는
꽤 알려진 지명인 것 같다. 휘경원은 정조의 후궁이자 순조의 생모인
수빈 박씨(1770~1822)의 묘가 있던 곳이다. 훗날 다른 곳으로 이장된
후에는 헌종의 후궁인 경빈 김씨의 묘를 다시 휘경원 경내에 둠에 따라,
1949년 서삼릉 경내로 이장되기까지 휘경원이란 원호를 그대로 사용하였
다. 동대문구 휘경동 산7~8번지에 위치해 있었다고 한다.

이 중랑포에 '다리' 얘기가 처음 나오는 것은 고종 40년(1903년) 5월
24일 기사(『승정원일기』)에서다. 여기에 '신작로'와 함께 '중랑포 교량'
이야기가 나오는 것을 보면, 이 무렵에 새로 길을 만들고 다리를 놓았던
것으로 보인다. 그러고는 다리 이름이 '중랑교'로 처음 나오는 것은 고종
41년(1904년) 6월 6일 기사이다. 다리는 석교가 아닌 목교로 짐작된다.
또한 이때 만든 신작로가 지금의 망우로인 것으로 보이는데, 망우로는
청량리에서 중랑교를 거쳐 망우리고개(구리시계)에 이르는 길이다. 이로
써 보면 중랑포 '나루'는 지금의 중랑교 일대였던 것으로 볼 수 있다.
그러나 '중랑포(중량포)' 지명은 이보다 상류 곧 송계까지를 포괄하는
넓은 지역을 가리키기도 하고, 때로는 '나루'가 아닌 '내(川)'의 이름으로도
쓰여 자세히 살필 필요가 있다.

또한 중랑포 나루를 동구릉 능행길로 이용했던 것은 고종 때부터였다는
점도 참고해야 할 것 같다. 조선시대 내내 왕들의 동구릉 행차는 '중랑포'가

아니라 상류 쪽의 '송계교'를 이용했다. 지금의 월릉교 인근으로 추정되는 '송계교'는 경기 동부 및 강원 방면의 주요 교통로로 동쪽에는 '송계원'이라는 원집(여행자 숙소)이 있었다. 인마의 왕래가 잦아서인지 일찍부터 다리가 놓였던 것이다. 조선 초기의 문신인 하연(1376~1453)의 시 중에는 "소를 풍양농장에 보냈더니 충량포에 이르러 다리가 파괴되어 소가 떨어져 죽었다. 성균관에 껍질을 팔아서 술을 사고, 고기는 안주를 만들어 모든 선비들이 좋은 계절에 한번 놀게 하다"(『경재선생문집』 권1)라는 재미있는 제목(설명)의 시가 있다. 중랑포를 '충량포'로 쓰고 있는데, 앞뒤 문맥을 보면 '내(川)'를 가리키는 것으로 보인다.

중랑포 나루길 곧 오늘의 망우로는 조선시대 내내 서울에서 동해안으로 가는 간선도로였다. 서민 대중들에게는 이 길의 의미가 더 컸을 것으로 보인다. 이 길을 통상 평해로 또는 관동대로로 불렀는데, 제3로에 해당한다. 서울 동대문에서 출발하여 중랑포를 건너 망우리고개를 넘고, 양평, 원주, 대관령, 강릉, 삼척, 울진을 경유해 평해까지 가는 길이다.

조선 중기의 문신인 홍명일(1603~1651)이 강원도 관찰사로 재직하며 쓴 『관동일기』(1648. 4. 17~8. 1)는 출발 일정을 "동대문 밖에서 새벽에 떠나 중령포(中泠浦)에 이르렀다 …"라고 썼다. 중랑포를 '중령포'로 쓰고 '명령 령(令)' 자를 쓴 것이 특이하다. 또한 농암 김창협(1651~1708)은 「죽은 아들에 대한 제문」(『농암집』 제30권)에서 "아, 숭겸아, 너는 지금 어디로 가려느냐? 도성문을 나가 동으로 30리를 가면 있는 중령포(中泠浦), 망우령, 왕숙탄, 북두천은 모두 네가 일찍이 나귀를 타고 오가던 곳인데, 지금은 어찌하여 널에 누워 그 길을 가게 되었단 말이냐'라고 애절하게 쓰고 있다. 여기서도 중랑포를 '중령포'로 쓰고 있는데, '령'은 물 맑을 령(泠) 자이다.

이 '중령포(中泠浦)' 지명은 『망우동지』에도 보여 당시로는 보다 일반적인 표기였음을 알 수 있다. 『망우동지』는 1760년(영조 36년)에 필사하여

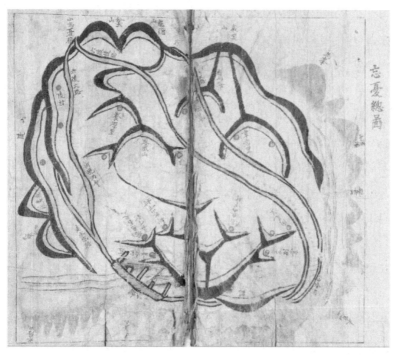

『망우동지』의 망우총도, 서울역사박물관

간행한 것으로 양주군 망우리면 망우리(오늘날 중랑구 망우동)의 동지(동네 지리지)이다. 여기에 적힌 망우리의 범위는 오늘날로 보면 중랑구 거의 전역이 포함된다. 이 동지는 현지 주민들이 쓴 것으로 당시의 실제 지명을 그대로 반영하고 있다고 볼 수 있다. 고종 24년(1887년) 강원도 정선군수로 임명된 오횡묵(1834~1906)은 업무일기인 『정선총쇄록』(《강원도정선군일록》)에서 '중령포'를 '중령개(中靈介)'로 썼다. 특히 '포(浦, 개 포)'를 우리말 '개(介)'로 표기한 것이 눈에 띈다. 당시 중령포를 중령개로 부르기도 했던 것을 알 수 있다. 정리하자면 조선 후기에 공식적인 기록에서는 '중랑', '중량'을 쓴 데 비해, 민간에서는 주로 '중령' 지명을 썼던 것으로 이해할 수 있다.

그러나 '중랑' 지명의 어원과 관련해서는 조선 전기에 주로 쓰인 '중량포

(中良浦)'를 주목할 필요가 있다. 한자를 '어질 량(良)'을 쓰고 있는 것이다. 조선 전기 실록에 따르면 중량포는 임금들이 머물러 쉬는 장소로 많이 이용되었다. 특히 임금의 주정소가 많이 설치되었는데, 주정소(晝停所, 낮 주, 머무를 정)는 왕이 능행이나 사냥 혹은 군사훈련을 목적으로 궐 밖으로 나갔을 때 점심 수라를 들기 위해 설치되었다. 『세종실록』 3년 8월 26일 기사는 "두 임금이 송계원에서 매사냥하는 것을 보고, 점심때에 중량포(中良浦)에 이르러 술자리를 베풀었는데, 호종하던 재집들이 입시하였다. … 밤에 상왕은 낙천정으로 돌아가고, 임금은 환궁하였다"라고 되어 있다.

'중량포(中良浦)'를 가운데 중 자에 어질 량 자를 쓰고 있는데, 이것이 중량포 지명의 원조로 보인다. 시기적으로는 태종 17년 기록에 처음 보이고 이후 조선 전기에 지속적으로 쓰였다. 세조 때에 충량포(忠良浦)라는 표기가 일시적으로 쓰였는데 이때에도 중량포(中良浦) 표기가 함께 쓰였다. 이로써 보면 가운데 중 자, 어질 량 자 '중량포'가 원래의 말이었던 것으로 파악할 수 있다.

그렇다면 이 '중량포'를 어떻게 읽어야 할까. '중(中)'은 '가운데'를 가리키는 말로 뜻이 분명한데, '량(良)'은 무슨 뜻일까. 량(良)은 이두식 표기에서 많이 쓰인 한자로 상고음 라(ra)로 읽었을 것으로 짐작된다. '라(羅)'와 함께 '양(壤, 땅 양, 흙 양)'에 대응하는 형태로 많이 보이는데, 일반적으로 '들', '땅', '고을'의 뜻을 나타냈다. 이렇게 보면 중량포(中良浦)의 '중량'은 '가운뎃들' 정도로 읽을 수 있을 것 같다. 이는 후대에 쓰인 지명 '중량(中梁)'에서도 확인이 되는데, '량(梁)'은 '들', '돌', '달'의 표기로 쓰였던 한자이기도 하다. 그러니까 '중량(中梁)' 역시 '가운뎃들'로 읽을 수 있는 것이다.

'가운뎃들'이라는 인식은 중량포의 위치를 살펴보면 금방 수긍이 간다. 즉 중량포 상류 쪽에서는 '송계원(松溪原, 들 원)'이나 '송계원평(松溪院坪, 들 평)'이라는 지명을 확인할 수 있는데, 송계 주변 들을 표현한 지명으로 볼 수 있다. 왕들은 이곳에서 사냥을 하고 강무를 하기도 했었다. 또한 하류 쪽에서는 '살곶이들(벌)'을 볼 수 있는데, 훨씬 규모가 크고 국영 목마장으로 이용되던 유명한 들이다. '가운뎃들'은 바로 이 두 들판의 중간에 위치한다. 세 곳은 모두 중랑천의 충적평야에 해당하는데, 중랑천 을 따라 나란히 위치하고 있다. 실록에서는 세 곳이 모두 임금이 낮수라를 들거나 연회를 베풀던 주정소로 나와 위치적인 연관성을 볼 수 있기도 하다.

또한 길로 보아서도 중랑포는 중랑천을 건너 동쪽을 향하는 여러 길 중에 중간 길이기도 하다. 『동여도』를 보면 위쪽의 석교(송계교)를 건너 퇴계원 쪽으로 나아가는 길을 가평로, 아래쪽의 제반교(살곶이다리) 를 건너 살곶이벌(전관평)에서 갈리는 길을 광진간로와 광주로, 그리고 가운데 중랑포 건너는 길을 양근로(양근은 지평과 합쳐 양평이 됨)로 표기하고 있다.

한편 '나루(浦)'가 아닌 '내(川)'의 이름으로서 중랑천은 조선 전기에는 주로 '송계(松溪, 소나무 송, 시내 계)'라고 불렀다. 이 송계의 동쪽, 곧 지금의 묵동(먹골, 송계동)에 송계원이라는 여행자 숙소가 있었는데 이름 에 연관성이 있다. 그러다가 '중랑천' 이름이 처음 보이는 것은 조선 후기 영조 때이다. 〈영조 대왕 행장〉에 "36년(1760년) 경진 춘2월에 준천[내 를 파서 쳐냄]하였다. 내는 백악·인왕산·목멱산의 물을 합하여 도성 가운데를 둘러서 동으로, 오간수문을 나가 또 동으로 가 영제교 동남에서 중랑천(中梁川)과 만나 한강으로 들어가는데, 『여지승람』에 개천(開川)이 라 한 것이 이것이다"라고 쓰여 있다. 여기서 청계천을 '개천'이라 불렀다 는 사실과 그리고 최초로 '중랑천'이라는 지명을 쓴 사실을 확인할 수 있다.

그러나 중랑천 지명은 이때뿐으로, 정조 때는 '청량천'으로 바꾸어 부른 것을 볼 수 있다. 정조 11년 6월 5일 『일성록』에서는 "이번에 내린

빗물로 청량리 근처의 영우원[사도세자 묘소] 어로가 모두 뚫리고 파손되었다고 합니다. 그래서 본부의 낭청을 보내 간심하게 하였는데, 청량천(淸涼川)의 물이 대로를 침범하여 파손하였고 …"라고 써서 '청량천' 지명이 '청량리'에서 왔음을 암시하고 있다.

고지도에서는 그 밖의 중랑천 지명을 찾아볼 수 있다. 『해동지도』(1750년대 초)에는 의정부 불곡산에서 발원하여 우이천과 합류하기 전에 '한천(漢川)' 지명이 보이고, 중간에 송계교 그리고 그 아래쪽에 중랑포(中浪浦) 지명이 보인다. 이 한천을 지금의 중랑천 전체를 가리킨 것으로 보아야 할지는 미지수이나 어쨌든 하천의 이름은 한천뿐이다. 한천은 큰 물줄기를 뜻하는 '한내'를 한자 표기한 것으로 보인다. 김정호의 『대동여지도』(1861년)에는 상류로부터 두험천, 속계, 중랑포(中梁浦)가 표기되어 있다. 두험천은 의정부 시 한복판을 흐르는 중랑천을 부르던 이름이고, '속계'는 '송계'를 달리 부르던 이름이다. 『1872년지방지도』에는 '청량천'으로 표기되어 있다.

서교동 동교동 잔다리

"잔다리·널다리·쪽다리"

잔다리는 작은 다리, 서교동은 아랫잔다리

평택시 세교동 우리말 이름은 '잔다리'

널빤지로 만든 널다리는 판교板橋… 경기 분당 판교, 충남 서천 판교

'**잔**다리페스타'라는 것이 있다. 서울 홍대 앞 일대에서 열리는 국내 최대 인디음악 축제이다.

2018년의 경우 록, 펑크, 얼터너티브, 일렉트로닉 등 다양한 장르의 국내 밴드 63팀과 영국, 프랑스, 헝가리, 인도네시아 등 외국 밴드 43팀이 참여했다고 한다. 가히 글로벌 축제라고 할만도 하다. 축제 포스터에는 'ZANDARI FESTA'라 쓰여 있다. 페스타는 페스티벌 곧 축제 정도의 뜻으로 읽을 수 있는데 '잔다리'는 도대체 무슨 말인가? 우리말인지 외국어인지조차 헷갈리는데 어감은 좋다. 잔다리? Zandari?

신문 기사는 '잔다리페스타'의 '잔다리'는 홍대 앞 서교동의 옛 지명이자 '작은 다리'를 뜻한다고 소개하고 있다. 또한 자신만의 음악을 지키며 고군분투하는 인디음악인들과 음악 기획자, 대중 사이의 다리가 되겠다는 뜻에서 축제 이름으로 삼았다는 설명도 있다. 잔다리는 다리를 가리키고, 다리 중에서도 '작은 다리'를 뜻한 것으로 볼 수 있다. 그것은 인디음악

의 정신에 부합하는 것으로도 읽을 수 있다. 인디음악에서 '인디'는 독립을 뜻하는 '인디펜던트(independent)'를 줄인 말이다. 서구에서 기원한 말인데, 여기서의 독립은 상업적인 거대 자본과 유통 시스템으로부터의 독립을 뜻한다고 한다. 그러니까 인디음악은 그런 것에 얽매이지 않고 자유롭게 자신의 음악을 해나가는 것인데, 이미지로 보면 '작은 다리'를 뜻하는 '잔다리'에 어울린다고 볼 수 있다.

잔다리는 원래 마포구 서교동과 동교동 지역을 일컫던 우리말 이름이다. 서교동을 아랫잔다리, 동교동을 윗잔다리로 불렀다. 『한국지명유래집』(중부편)에는 "예전에 이곳에 한강으로 가기 위해 건너야 하는 작은 다리가 있어서 잔다리라고 불렀는데, 그것이 한자화 되어 세교(細橋)가 되었다"고 되어 있다. 서교동은 잔다리 중에서도 지형이 낮은 곳에 있으므로 아랫잔다리(잔다리 아랫마을)로 불리다가 서쪽의 잔다리라 하여 서교동이 되었고, 마찬가지로 동교동은 위쪽 마을이었으므로 윗잔다리라 불리다가 동쪽의 잔다리라 하여 동교동이 된 것이다. 정조 12년(1788년) 한성부 각부의 방과 계의 이름을 정해줄 때는 연희방 세교리 1계와 2계가 된다. 그러다가 일제강점기 1914년에 경기도 고양군 연희면 서세교리, 동세교리로 나뉘고, 1936년 경성부에 편입될 때서야 '세교'에서 '세'가 떨어져 나가 그냥 서교정, 동교정이 되었다. 해방 후 1946년에는 '정'을 '동'으로 바꾸어 비로소 서교동, 동교동이 된 것이다

'잔다리'는 지명 유래에서도 밝히고 있지만 '작은 다리'를 뜻한다. '잔'의 기본형은 '잘다'로 많이 썼던 말이다. 사전에서는 "알곡이나 과일, 모래 따위의 둥근 물건이나 글씨 따위의 크기가 작다. 반대말 굵다"는 뜻으로 설명하는데, "길이가 있는 물건의 몸피가 가늘고 작다"는 뜻으로도 설명하고 있다. '잔다리'는 흔히 '세교'로 표기하였는데, '세(細)'에는 '가늘다'는 뜻 외에도 '작다', '적다'의 뜻도 있다.

1830년 임효헌이 간행한 개성 지역 지리서인 『송경광고』(권7, 교량)에

"조은교리는 리(里)에 소교가 있는데 세교라고 부른다"는 기록이 보인다. 여기에서 소교(작은 다리)는 일반명사로 쓰인 말이고, 세교는 다리를 부르던 명칭이다. 그러니까 '소교' 곧 '작은 다리'를 민간에서는 '세교'라 불렀다는 것으로 해석할 수 있다. 여기에서 '세교'는 우리말 '잔다리'를 한자 표기한 것으로 보인다. 실제로 한문이나 한시에서 '소교'는 일반명사로 많이 쓰였고, '세교'는 지명에서 더러 쓰였던 것을 보면, 세교는 잔다리를 표기하면서 만들어 쓴 한자어임을 알 수 있다. 민간에서는 '작은 다리(소교)'를 흔히 '잔다리'로 불러온 것이다.

실록에는 영조 6년(1730년) 9월 9일 기사에 '세교' 지명이 처음 나온다. 여기에서의 세교는 경기도 광주시 도척면 삼리에 있었던 마을 이름으로 보인다. 지금은 광주시 곤지암읍 삼리에 자연마을로 '잔다리' 이름이 남아 있다. 『두산백과』에서는 "잔다리는 잔교(殘橋)라고도 하며 작은 다리가 있다"고 설명하고 있다. 한자를 '잔인할 잔' 자에 '다리 교' 자를 썼는데, '잔인할 잔' 자는 한자의 음을 빌린 표기로 보인다. 이런 예는 다른 곳에서도 보이는데, 양양군 현북면 잔교리(棧橋里)가 그런 경우이다. '잔' 자는 '잔도 잔' 자로 음을 빌려 표기한 것이다. 우리말로는 '잔다릿골'로 불렀다. 마을 중간으로 하천이 형성된 관계로 하천을 건너기 위한 잔교가 많아 잔교리라 했다 한다. 인제군 서화면 서흥리 '잔다리'는 배월동(盃月洞)으로 썼다. '잔 배' 자에 '달 월' 자를 썼는데, 한자의 훈의 음을 빌려(훈음차) 표기한 것이다.

경기도 평택시 세교동의 우리말 이름은 '잔다리'이다. 1757년~1765년에 각 읍지를 모아 편찬한 전국 지방지 『여지도서』에는 성남면 잔교리(棧橋里)로 기록되어 있고, 1789년에 전국의 호수와 인구수를 기록한 책인 『호구총수』에는 세교리(細橋里)로 기록되어 있다. 세교리는 원래 잔교리로 불렀던 것 같은데, 잔교리는 '잔다리'를 한자의 음과 훈을 빌려 표기한 것이고, 세교리는 한자의 훈을 빌려 표기한 것이다. 이곳 '잔다리'는 예전에 통복천에 길고 가느다란 다리가 있었다는 데서 유래하였다고 한다. 잔다리는 '안잔다리(윗잔다리, 윗동네)'와 '벌잔다리(아래 잔다리, 아랫동네)'로 구분됐다고 한다. '벌잔다리'는 산기슭에 기대어 벌판 쪽으로 나 있는 마을이라 벌잔다리라 불렀다고 한다.

작은 다리 형태로는 '널다리'도 아주 많았다. 위의 '잔다리'는 대개 규모로 말할 뿐 무엇으로 만들었는지는 밝히지 않고 있는데 비해 '널다리'는 다리의 재료(자재)를 이름으로 하고 있어 차이가 난다. '널다리'는 '널빤지를 깔아서 놓은 다리'라는 뜻으로 일반명사로 쓰였던 말이 그대로 고유명사화 된 이름으로 볼 수 있다. '너다리', '너더리'로도 불렸는데 한자로는 '판교(板橋)'로 썼다.

'널다리'에서 '널'은 '널빤지'와 같은 뜻인데, 판판하고 넓게 켠 나뭇조각을 가리키는 말이다. 흔히 나무판자, 널판자, 널판으로도 부른다. 널다리는 대부분 폭이 그렇게 넓지 않은 내에 나무판자를 걸쳐 놓은 단순하고 소박한 형태였던 것으로 보인다. 조선 중기 한문 사대가 중 한 사람인 장유(1587~1638)의 시 「새벽 길(曉行)」에 "서리 내린 널다리[판교] 말 발굽도 미끈미끈 / 다리 아래 계곡 물도 얼어붙은 듯" 같은 구절을 보면, 나무 널빤지로 된 다리의 모습을 실감 있게 그려내고 있다.

경부고속도로를 타고 내려가면서 처음 만나는 분기점이 판교 나들목이다. 행정관할이 성남시 분당구인 판교는 판교~구리 고속도로, 서울외곽순환고속도로 등이 교차하는데 예로부터 교통의 요지였다. 『신증동국여지승람』(광주목 역원조)에 '판교원'이 부 남쪽 45리에 있다고 기록되어 있다. 판교원 기록은 고려 말부터 보여 일찍부터 한자 지명으로 알려진 곳임을 알 수 있다. '원'은 여행자 숙소이다. 1750년대 초의 『해동지도』에는 '판교주막'이 묘사되어 있다. 조선시대에는 광주부 낙생면의 일부였고, 1973년에 판교동으로 성남시에 편제되었다. '널다리'란 이름은 마을 앞을 흐르는 운중천에 넓은 판자로 다리를 놓은 데서 비롯되었다고 하는데,

'너더리', '너다리'로도 불렀다.

충남 서천군에는 판교면 판교리가 있다. 면 이름까지 '판교'여서 특이하다. 판교리가 판교면의 중심지이지만, 면 이름은 장항선 '판교역'의 이름을 따라 동면에서 판교면으로 개칭하였다고 한다. '판교'라는 지명은 나무판자로 다리를 놓았다 해서 '널다리' 혹은 '너덜이'로 부르다가 판교로 변한 것이라고 한다. '널다리'는 지금의 판교리 노인회관 앞에 있었다고 하는데 지금도 노인회관의 이름이 '너다리 노인회관'이다.

서천 판교는 산자락으로 둘러싸여 있으며 그 사이사이로 발달한 고개를 통해 인접한 마을을 연결시키고 있다. 판교는 분지형 산간 마을이지만 교통의 요지이다. 모든 고갯마루의 길이 판교리로 통하는 탓에 판교리에는 장시가 발달하였다. 판교는 조선시대 중엽부터 논산·광천·기지시와 함께 장터로 널리 알려진 곳인데, 근세에 접어들면서는 우시장으로 이름난 곳이기도 하다. 장터가 커감에 따라 보부상들이 많이 드나들어 상무사가 있었다고 한다. 이 판교장을 '너다리장'이라 불렀다.

강원도 강릉시 사천면에도 판교리가 있다. 판교리의 옛 이름은 '너다리'이다. 너다리는 판교리 마을 앞으로 조그마한 내가 흘렀는데 사람들이 그 내를 그냥 건널 수가 없어서 냇가에 널빤지를 올려놓고 다리를 만들어 건넜다고 하여 생긴 이름이라고 한다. 판교리는 북한 지역에서도 많이 보이는데, 강원도 천내군 풍전리 소재지 어귀에 딸려 있는 마을은 '너더리'라 불렀다. 판교리라고도 하는데 널다리가 있었다고 한다. 『조선향토백과』에서는 '널다리'가 음운 변화되어 '너더리'로 되었다고 설명한다. 현재 수위가 낮아져 널다리는 없어지고 육지로 변하였다는 설명도 있다.

황해남도 벽성군 백운리 판교동은 '쪽다리마을'이라 불렀는데 외나무다리가 있었다고 한다. 황해남도 강령군 금동리의 북쪽에 있는 마을 '너더리'는 옛날에 '널다리'가 있었다고 하는데 '쪽다리'라고도 한다는 설명이다. 널다리를 쪽다리로도 불렀던 것을 알 수 있다. 이것은 북한 지역에만 국한된 이야기는 아니다. 경기도 평택시 청북읍 율북리의 판교리는 옛날 서울로 올라가는 길목으로 마을 앞 어귀에 갯고랑을 가로지르는 널판 쪽다리를 가설하였다 하여 부른 지명이라고 한다. '쪽다리'는 국어사전에도 나오는 말인데, "긴 널조각 하나로 걸치어 놓은 다리"로 설명하고 있다. '쪽'은 '작은'의 뜻을 더하는 접두사로 쪽담, 쪽문, 쪽박 등에서 볼 수 있는 말이다. 전국에 '쪽다리'라는 지명이 많은데, 대부분은 널조각으로 만든 다리로 설명한다.

'다리'는 지명에서, 대부분 실제 '다리(橋)'와 관련된다. 그러나 '들(野)'과 관련되는 예도 더러 있어 주의할 필요가 있다. 지명에서 '들'은 '뜰, 틀, 돌, 덜, 드리, 다리, 더리' 등 다양하게 나타난다. 특히 '드리'는 '들'에 접미사 '-이'가 붙은 형태로, 이것이 변하여 '다리'나 '더리'로 실현되기도 한다. 위에서 말한 '잔다리' 역시 '잔들' 곧 '작은 들', '좁은 들'의 뜻으로 해석할 수도 있다. '다리(橋)'로 보는 경우에도 실체를 확인하기가 어려우므로, '들(野)'로 볼 수 있는 가능성은 열려 있다 해야 할 것이다. 강원도 영월군 영월읍에 있는 방절리 '잔다리'는 '작은 들녘'으로 해석하는데, '잔달 → 잔달이 → 잔다리'와 같이 변화한 것으로 보고 있다.

이러한 관점은 '널다리'나 '쪽다리'에도 해당된다. '다리'를 '들'의 변이형으로 보면 '널다리'는 '널들'의 뜻이 된다. 지명에서 '널'은 흔히 넓거나 늘어진 지형을 나타낸 말로, '널다리'는 '넓은 들'로 해석할 수 있다. '쪽다리'도 마찬가지 '작은 들'로 해석할 수 있다. 청주시 상당구 정북동에 있는 '쪽다리'는 들 이름으로 해석하고 있다.

합정동 절두산은 덜머리

"들머리·누에머리"

무악 지맥이 와우산을 거쳐 누에머리처럼 한강변에서 솟아올라 잠두봉
절두산은 천주교 측이 머리 잘려 순교한 성지여서 붙인 지명
잠두봉은 식자층이, 덜머리나 들머리는 민간에서 부르던 이름

천 충이라 했던가. 하늘이 내려준 벌레. 누에는 누에나방의 애벌레
(유충) 이름이다. 알→ 애벌레 → 번데기 → 나방의 과정으로 일
생을 산다. 나방이 되어서는 곧 짝짓기를 하고, 알을 낳고 4~5일이면
죽는다. 날개는 인간의 손에 길들여지면서 퇴화하여 날지 못한다. 알에서
애누에까지가 약 12일, 누에 기간이 약 23일, 번데기에서 나방 기간이
약 15일로 짧게는 50일 길게는 60일이 누에의 한살이이다. 알에서 부화되
어 나왔을 때 누에의 크기는 약 3mm, 털이 많고 검은 빛깔을 띤다.
이때의 누에를 '개미누에', '털누에', '애누에'라고 부르는데, 이후 네 번의
잠을 자고 허물을 벗어 5령이 되면 급속하게 자라 8cm 정도가 된다.
이때가 가장 몸집이 큰 시기이며 유충 기간의 마지막 단계로 일생동안
먹는 뽕잎의 80%를 먹는다고 한다. 또한 이때의 누에가 우리에게 인상적인
제대로 된 누에의 모습을 보이게 된다. 길고 통통한 잿빛 몸통에 유난히
큰 머리.

예전에 우리의 생활 속에 아주 소중한 벌레였던 누에는 그 특징적인 생김새 탓에 땅이름에도 많이 쓰였다. 특히 '누에머리'가 많이 쓰였는데, 긴 산줄기의 끝이 우뚝 솟은 봉우리에 붙여졌다. 『표준국어대사전』에도 등재되어 있는데, "산봉우리의 한쪽이 누에의 머리 모양으로 쑥 솟은 산꼭대기"라 되어 있고 비슷한 말로 '잠두(蠶頭)'를 들고 있다. '잠'은 누에의 한자말이고 '두'는 머리이다.

당산철교 옆 한강 변 합정동에 있는 '절두산'은 원래의 이름이 '잠두봉'이다. 이곳이 천주교의 순교 성지인 탓에 절두산이라는 이름이 많이 알려져 있지만, 원래의 이름이 잠두봉이고 지금도 공식적으로는 잠두봉이라는 이름이 쓰이고 있다. 이곳은 사적(제399호)으로도 지정되어 있는데, 그 공식 명칭이 '서울 양화나루와 잠두봉 유적'이다. 또한 강변북로 마포구 합정동 절두산 성지 아래에 있는 지하차도를 '잠두봉 지하차도'로 부르고, 한강변 합정동 유람선 선착장을 '잠두봉 선착장'으로 부른다.

이 잠두봉이 '절두산'이 된 사연은 물론 천주교인들의 순교와 관계가 있다. 절두산은 말 그대로는 '머리를 자른 산'이라는 뜻으로, 1866년 병인박해 때 수많은 천주교인들이 이곳에서 참수형에 처해졌기 때문에 붙은 이름이라고 한다. 그러나 어디에서도 절두산에서 형을 집행했다는 기록은 찾을 수 없다. 대신에 양화진이라는 말이 가끔 보이는데, 여러 기록을 참조하면 형은 양화진 한강변 모래사장에서 집행되었던 것 같다. 1894년 이곳에서 능지처참된 김옥균의 사진을 보면 확실히 알 수 있는데, 세 발 장대 끝에 매달린 김옥균의 머리 뒤로 한강 변의 배들이 보인다. 김옥균은 상해에서 홍종우에게 암살되어 그 시신이 중국 군함에 실려 인천으로 와서, 이곳 양화진 강변 백사장(양화진두)에서 시신에 대한 능지처참이 이루어졌다.

절두산 이름이 본격적으로 쓰인 것은 1956년 천주교회 측(천주교 순교복자현양회)에서 잠두봉 일대 4,120평에 이르는 토지를 매입하면서부터

절두산 천주교 성지의 김대건 신부 상.

인 것 같다. 피로 물든 곳은 반드시 매입하여 성역화 한다는 천주교회의
원칙에 따라 추진되었다고 한다. 천주교회 측은 1962년에는 이곳에 순교
자 기념탑과 노천제대를 설치하고, 1966년에는 '절두산 순교자 기념관'을
건립하게 된다. 그러니까 절두산 이름은 천주교 측에서 이곳을 매입해
성역화 하면서부터 유명해진 이름으로 보아야 할 것이다.

그런데 이 절두산에 대해 이 일대를 가리키던 우리말 이름인 '덜머리'를
한자화 한 것에 불과하다는 주장도 있어 주목된다. 곧 덜머리의 '덜'을
표현할 한자가 없으니까 구개음화한 발음 '절'을 한자 '끊을 절(切)' 자로
표기했다는 것이다. 그러니까 '절' 자에 특별한 뜻을 두어서가 아니라
단지 소리를 빌려 쓰고, 머리는 글자의 뜻 그대로 '머리 두(頭)' 자를
써서 절두산이 되었다는 것이다. 그런데 공교롭게도 병인박해(1866년)
때 이곳 양화진에서 수많은 천주교인들이 목이 잘려 죽는 참수형을 당해
절두산이 정말로 '머리를 자른 곳'이 되었다는 얘기다.

이곳은 원래 북한산에서 내려온 안산(무악) 지맥이 와우산을 거쳐
한강 변에서 솟아오른 봉우리이다. 볼록하게 솟은 모양이 마치 '누에머리'

를 닮아 '잠두봉'이라 불렸다. 잠두봉은 양화진과 선유봉(지금의 선유도 공원), 그리고 한강으로 떨어지는 낙조가 어울려 마포팔경 중 으뜸인 '양진낙조'를 만들어낸 명승지이기도 했다. 성종 때(1481년) 편찬된 『동국여지승람』(한성부 산천 잠두봉)에서는 강희맹의 글을 소개하고 있는데 "서호는 도성과의 거리가 10리도 못 되는데, 산이 푸르고 물이 푸르러 형승이 우리나라에서 제일간다. 호수의 북쪽에 끊어진 언덕이 있는데, 형상이 큰 자라 머리 같으며 혹은 잠두라고 한다. 언덕이 호수 가운데 뾰족하게 바늘처럼 나왔는데, 형세가 또 높아서 호수 가운데의 승경을 모두 볼 수 있다"고 하였다. 이 밖에도 이곳의 절경을 노래한 여러 사람의 시를 적어 놓고 있다.

『동국여지승람』보다 앞서 『세종실록』(지리지 경도 한성부)에는 잠두봉이 '가을두'로 나오는데, "서소문 밖 12리에 있다. 오똑하고 기이하게 빼어났고, 남쪽으로 큰 강을 임하여 벽처럼 서서, 백 길이나 되는데, 나무를 휘어잡고 아래를 굽어보면 터럭끝이 오싹해진다"고 쓰여 있다. 재미있는 표현이다. 『서울지명사전』에서는 "마포구 양화도 동쪽 한강가에 돌출된 봉우리"라는 설명 외에도 많은 이칭을 전하는데 "가을두·덜머리·잠두령·용두봉·절두산·들머리·용산" 등이다. 이 중 기록에 처음 보이는 것이 '가을두'이다. 『세종실록』 32년(1450년) 윤1월 16일 기사에는 다음과 같은 내용이 실려 있다.

사신이 가을두봉(加乙頭峰)에서 놀므로, 병조판서 민신과 도승지 이사철에게 명하여 가서 위로하게 하였는데, 사신이 봉우리 위에 올라 바라보다가,

"이 경치가 적벽과 다름없다. 참으로 볼 만한 경치로다"

하였다. 소연을 베풀고 드디어 내려와 배에 올라 흐르는 대로 내려가면서 물고기가 노니는 것을 보고, 또 소연을 베풀었다. 희우정(지금의 망원정)에 와서 잔치를 베풀었는데… 해가 저물도록 한껏 즐기고 돌아왔다.

중국 사신의 접대를 '가을두봉'에서 했다는 얘기다. 이보다 앞서 태종 8년(1408년) 기록에는 "황엄 등이 양화도 북쪽 봉우리에서 구경하며 놀았다. 세속에서 이 봉우리를 가을두라고 부른다"고 해서, 그냥 '가을두'로 부르고 있는 것을 볼 수 있다. 그리고 아직 공식적인 명칭이 없었던지, "양화도 북쪽 봉우리"라 쓰고 세속에서 쓰는 이름 '가을두'를 덧붙이고 있다. 이런 기록은 『문종실록』(1450년)에서도 보이는데, 중국 사신이 용산강에서 배를 타고 내려와 "양화도에 이르러 북쪽 언덕의 높고 가파른 곳"에 올라서 잔치를 베풀었는데, 이곳을 "시속에서 가을두라고 부른다"고 적고 있다. '세속'이나 '시속'은 '민간'이라는 뜻이다.

'가을두'는 민간에서 그렇게 부른다는 것으로 보아, 우리말 '무엇'을 이두식으로 표기한 이름으로 보인다. 이때의 우리말 '무엇'은 '덜머리'로 짐작된다. 가을두(加乙頭)의 '가을'은 '덜'을 표기한 것으로, '더할 가(加)'에서 '더' 음을 취하고 '새 을(乙)'에서 'ㄹ' 음을 취하여 표기한 것이다. '두'는 그대로 '머리 두(頭)'의 뜻을 빌려 표기했다. 전형적인 이두식 표기이다. '덜머리'의 '덜'은 '들(野)'의 변이형으로 보이는데, 다른 곳에서도 흔히 볼 수 있다(덜말–들말, 덜내–들내). '덜머리'는 곧 '들머리'인 것이다.

'들머리'는 국어사전에도 나오는 말이다. "들어가는 맨 첫머리(들목)"라는 뜻과 함께 "들의 한쪽 옆이나 한쪽 가장자리"라는 뜻도 있다. 잠두봉 들머리는 후자의 뜻으로 보이는데, 들머리의 '들'은 '들판'을 가리킨다. 그렇게 보는 이유는 '덜머리'에서 찾을 수 있다. '들어가다'의 '들'이 '덜'로 바뀐 예는 없는 대신 '들(野)'이 '덜'로 바뀐 예는 많기 때문이다. 또한 이곳을 '들(들판)'로 표현한 지명이 있는 것도 그 이유이다. 『세종실록』에는 '가을두지교(加乙頭之郊)'라는 표현도 보이는데, '교(郊)'는 '들 교' 자이다. "이날(세종 7년 5월 13일) 임금이 홍제원, 양철원에서 영서역, 가을두 들에 이르기까지 고삐를 잡고 천천히 가는 길에 밀·보리가 무성한 것을 보고, 임금이 흔연히 기쁜 빛을 띠고 정자 위에 올라 막 잔치를 벌이는데, 마침 큰 비가 좍좍 내려서 잠깐 사이에 네 들에 물이 흡족하니, 임금이 매우 기뻐서 이에 그 정자의 이름을 희우정이라고 지었다"라는 기사에 나온다.

또 세종 8년 8월 18일 기사에는 "임금이 서교에 거둥하여 농사의 실태를 살펴보고, 드디어 효령대군의 별서인 희우정에 거둥하여 위로연을 베풀고는…"라고 해서 이곳이 '들' 지역이었음을 보여주고 있다. 임금이 농작물의 작황을 돌아보던 일을 관가(觀稼)라 했는데, 이후 임금 대에도 이곳에서 관가했다는 기록이 여럿 나온다. '희우정'은 처음에 효령대군의 소유였으나 뒤에 월산대군의 소유가 되어 이름이 '망원정'으로 바뀌었다. 효령대군은 세종의 형이었고, 월산대군은 성종의 형이었다.

이 '가을두' 이름은 실록에 세조(1459년) 때까지만 보인다. 이후 성종 때부터는 '잠두봉', '잠두령', '잠두' 등 '잠두' 지명으로 본격적으로 쓰이게 된다. 조선 중종 때에 허강이 지은 가사 작품 「서호별곡」에는 우리말 '들머리'로 나와, 이때에는 '덜머리'가 '들머리'로 바뀌었음을 알 수 있다. "들머리를 굽어보니 소선의 적벽인 듯"이라고 써서, 이곳 '들머리'를 소동파의 '적벽'에 빗대고 있다. 이걸 보면 잠두봉으로 본격적으로 부르기 시작한 이후에도 민간에서는 여전히 들머리로 불렀다는 것을 확인할 수 있다. 정리하자면 절두산은 예전에 민간에서는 주로 '덜머리', '들머리'로 부르고, 식자층에서는 한자 지명 '잠두봉'으로 불렸던 것이 지금은 공식적으로는 '잠두봉'이, 천주교 순교와 관련해서는 절두산이 쓰인다는 것이다.

'누에머리' 지명은 서울 한가운데 남산에도 있었다. 보통 '잠두(봉)'라고 많이 불렸는데 남산의 서쪽 봉우리를 가리키는 말로 쓰였다. '잠두(봉)'는 『선조실록』에 "동대문부터 성을 돌며 남산의 잠두까지 성의 형세를 살펴보았다"는 기사에 처음 보인다. 『서울지명사전』에서는 '잠두'를 "바위로 된 봉우리가 누에의 머리 모양인 데서 유래된 이름으로, 누에머리라고도 하였다"고 쓰고 있다. 헌종 때 이규경(1788~1856)의 『오주연문장전산고』에서는 "경성목멱산 잠두봉지국사당음사 …"라고 써서, 위치를 밝히고 있다. 즉 서울의 목멱산 잠두봉에 국사당(목멱신사)이 있다는 말인데, 『한국민속대백과사전』(국립민속박물관)에서는 그곳이 지금의 남산 팔각정 자리라고 설명하고 있다. 『한경지략』에서는 "목멱산은 … 흔히 일컬어 남산이라 하는데 마치 달리는 말이 안장을 벗은 형상이고 산마루에는 봉수대가 마련되어 있다. 남산의 서쪽 봉우리 중에 바위가 깎아지른 듯한 곳을 누에머리, 곧 잠두라고 한다. 여기에서 내려다보는 조망이 더욱 좋다"고 쓰고 있다. 〈도성도〉(대동전도, 1861년)에는 봉수대 바로 밑의 작은 봉우리에 잠두라 표기했다.

옛날에 서울 사람들은 이곳 잠두에서 꽃달임(화류놀이)을 많이 했다고 한다. '꽃달임'은 음력 삼월 삼짇날을 전후하여 화창한 날을 골라 제각기 좋아하는 음식을 정성껏 만들어 가지고 산기슭이나 산골짜기 사이에 자리를 잡고 해가 서산으로 기울 때까지 하루를 즐기는 꽃놀이이다. 『열양세시기』 삼월조에서는 "서울의 버들과 꽃은 3월에 성하여 남산의 잠두와 북한산의 필운대와 세심대는 놀이하는 이들이 모여드는 곳이다. 사람들이 구름같이 모이고 안개같이 자욱하여 한 달 동안 줄어들지 않았다"고 하였다. 이를 한자어로는 '목멱상화(木覓賞花)'라 부르기도 했다.

이 '잠두'를 두고 누에는 뽕잎을 먹고 살기에 마주 보이는 한강 건너에 뽕나무를 많이 심었다고 얘기하기도 하는데 어떤 근거가 있는 이야기는 아닌 것 같다. 단지 한강 건너 잠실동, 잠원동이 모두 누에와 관련이 있는 탓에 연관 지은 이야기인 것 같다.

'가서 찾은 동네' 왕십리

"왕심촌·왕심평·왕심이"

무학대사의 '10리 이야기' 전부터 부르던 왕십리는 찾을 심尋 자 들어가

고려·조선시대 '왕심'이란 땅이름으로 불려

임진왜란 이후 갈 왕住 자에 열 십十 자 지명 써

서울 성동구에 있는 왕십리처럼 다양한 스펙트럼을 가진 땅이름도 드문 것 같다. 왕십리 하면 먼저 무학대사가 도성의 위치를 잡을 때, 이곳에서 '십리를 더 가라(왕십리)'는 어느 노인의 말을 듣고 지금의 경복궁 터를 잡았다는 옛날이야기를 떠올릴 사람이 많을 것 같다. 또한 왕십리 미나리꽝이니 배추장수니 해서 농사짓던 시절 이곳이 유명한 채소의 산지였다는 사실을 떠올리는 사람도 있을 것이다. 좀 더 현대적으로는 김흥국의 〈59년 왕십리〉나 임권택 감독의 〈왕십리〉 영화를 떠올리며, 도시의 변두리 가난한 사람들이 많이 모여 살던 동네의 이미지를 떠올릴 사람도 있을 것이다. 그리고 또 하나 김소월의 시 「왕십리」에서 "가도 가도 왕십리 비가 오네"라는 구절을 떠올리며, 하염없이 비 내리는 왕십리의 비애로 가슴을 적시는 사람도 있을 것 같다. 지금도 성동구 행당동 왕십리역 광장에는 김소월 흉상과 시비가 세워져 있기도 한데, 시 「왕십리」가 왕십리의 이름을 널리 알리는 데 일조했음도 분명하다.

왕십리 김소월 시비.

이 왕십리에 대해 『서울지명사전』에서는 "성동구 하왕십리동에 있던
마을로서, 조선 초에 무학대사가 도읍을 정하려고 이곳까지 와서 도선대
사의 변신인 늙은 농부로부터 10리를 더 가라는 가르침을 받았다고 전하는
데서 마을 이름이 유래되었다"고 설명하고 있다. 그러면서 또 "이곳은
도성으로부터 10리 떨어진 거리에 있었기 때문에 답십리·왕십리라는
마을 이름이 생겨났다고 보아야 한다. 실제로 왕십리 일대는 한성부
성저십리에 속하여 조선 500년간 한성부에 속하였다. 왕십리(往審里)·왕
십리(往尋里)·왕십리(旺深里)·왕십리벌이라고도 하였다"고 설명하고 있
다. 갈 왕 자에 열 십 자 왕십리로 쓴 것은 무학대사 전설 때문이 아니라
성저십리에 해당하기 때문이라는 설명이다. 성저십리(城底十里)는 서울의
도성 밖 10리 안에 해당하는 지역으로 서울의 행정 구역으로 편입시켜
한성부에서 이를 다스렸다.

그러나 '성저십리'라서 왕십리가 되었다는 설명은 '왕심'이라는 이름이
고려 말부터 보이고, 조선 전기에는 내내 이 '왕심'으로 써온 것에 대해서는

완전한 해명이 되지 못한다. 『서울지명사전』에서는 '왕십리' 항목에서 "도성으로부터 십리 떨어진 거리에 있었기 때문에 왕십리라는 마을 이름이 생기고, 소리 나는 대로 왕심리라 하여 이를 한자로 표기한 데서 마을 이름이 유래되었다"고 설명하고 있다. 왕십리를 발음되는 대로 쓰면 왕심리(정확하게는 왕심니)가 되는 것은 맞지만, 이 설명 또한 리(里)가 붙지 않은 그냥 '왕심' 지명에 대해서는 맞지 않다. 그리고 성저십리가 동서남북 사방에 있는데 왜 하필 이곳 동쪽의 성저십리에만 '왕십리'가 붙었는지에 대한 설명도 빠져 있다.

고려 말 성리학자이자 정치가이며, 포은 정몽주, 야은 길재와 함께 '여말삼은'의 한 사람인 목은 이색(1328~1396)이 서울 왕십리에 산 적이 있다. 고려는 우왕 8년(1382년) 9월에 잠시 한양으로 천도하였다가 이듬해 2월 다시 개성으로 환도한 일이 있는데, 그때 이색도 왕을 쫓아 한양에 와서 몇 달을 남의 집에 거주했던 것으로 보인다. 한양에 도착했을 때 지은 시의 앞머리에서 그는 "무포에 와서 배에서 내린 뒤에 남경 동촌 왕심(旺心) 민가에서 묵었다. 그러고는 다음 날 행궁에 가서 숙배하고 돌아오는 길에 읊었다. 이날은 10월 12일이었다"(『목은집』 목은시고 제33권, 한국고전번역원)고 쓰고 있다.

무포는 당시에는 득무포라 불렀는데 두모포(두물개. 중랑천과 한강 두 물이 합쳐지는 곳. 현 옥수동 한강 변)를 가리킨다. 이색은 개경에서 남경(한양)에 올 때 뱃길을 이용한 것으로 보이는데, 임진강에서 하류로 내려와 다시 한강을 거슬러 올라온 것이다. 이때 이색은 관직에는 있지 않았기 때문에 왕을 호종하지는 않았고, 따로 뱃길을 이용해 온 것으로 보인다. 남경 동촌에서 '동촌' 지명은 『세종실록』 지리지에서 확인이 되는데, 태조 3년에 도읍을 한양으로 정할 때 원래 이곳에 있던 양주도호부 부치를 동촌 한골(大洞里)로 옮겼다고 쓰여 있다. 동촌은 아차산 밑 지금의 성동구 구의동 일대이다.

‘왕심(旺心)’은 한자로 성할 왕(旺) 자에 마음 심(心) 자를 쓰고 있다. 굳이 해석하자면 왕성한 중심, 곧 땅의 기운이 왕성한 곳이라는 뜻으로 볼 수 있다. 충주시 엄정면 괴동리에 있는 산인 ‘왕심산’은 희빈 장씨의 소생인 경종의 태를 안치한 곳으로, 같은 뜻으로 읽을 수 있을 것 같다. 이 시기에 이색이 쓴 시들에는 왕심의 지리적 특성을 보여주는 구절들이 더러 보인다. “양주 강가 얕은 산이 밝게 비칠 뿐 / 사방 온통 아득히 평평한 땅이로세”라든지, “마장의 동쪽 끝 양주 땅에 올 때까지 / 넓은 들판 질펀하게 흘러내리는 달그림자”라든지 해서 이곳이 넓은 들판 곧 왕십리벌에 위치해 있음을 알 수 있다.

조선조에 들어서는 『태조실록』 4년(1395년) 3월 4일 기사에 ‘왕심촌(往尋村)’이라는 지명이 나온다. 왕조가 바뀌었다고는 하지만 고려의 이색 때로부터 불과 13년 뒤이다. 태조가 과천으로 수릉(살아 있을 때 미리 마련해 두는 임금의 능) 자리를 물색하고 두모포를 거쳐 돌아올 때이다. 도평의사사의 주최로 두모포 배 위에서 술상을 차리고 여러 신하들이 차례로 술잔을 올리었는데, 정도전이 임금 앞에 나와서 “하늘이 성덕을 도와 나라를 세웠으매, 신들이 후한 은총을 입고 항상 천만세 향수하시기를 바라고 있사온데, 오늘날 능자리를 물색하오니, 신은 슬픔을 이기지 못하옵니다”라고 말하며 흐느껴 눈물을 흘렸다고 한다. 이에 임금이 “편안한 날에 미리 정하려고 하는 것인데 어찌하여 우는가?”라고 말했다고 한다. 아마 기분이 상했을지도 모를 일이다. 한양을 도읍으로 정하고 자신이 죽어 묻힐 곳까지 살펴보고 돌아오는 길에 아끼는 신하가 눈물을 보이다니. 그러고는 “왕심촌 노상에 이르러 임금이 말을 달려서 노루를 쏘려고 하였으나, 마부 박부금이 재갈을 잡고 놓지 아니하므로, 임금이 그만두었다”는 기사에 왕심촌 지명이 나온다. 갈 왕(往) 자에 찾을 심(尋) 자를 쓴 왕심촌은 말 그대로 해석하면 ‘가서 찾은 동네’라는 뜻이다. 이 지명은 우리말 이름을 한자화 한 것이 아니라 애초에 한자로 지어 붙인 이름으로 판단된다. 이 뜻대로라면 그 동네에 가서 도대체 무엇을 찾았을까? '무엇'이 생략되어 있는 '왕심촌' 지명은 왕십리 유래에 관해서 중요한 암시를 담고 있는 것으로 보인다.

성현(1439~1504)의 『용재총화』에는 각 지역에 따라 나는 채과에 대한 설명이 있는데(권7), 여기에도 왕십리 이야기가 나온다. "무릇 채소와 과실은 모두 알맞은 흙에 따라서 심어야 그 이익을 거둘 수 있다. 지금의 동대문 밖 왕심평(往審坪)은 무, 순무, 배추 따위를 심고 있으며, 청파·노원 두 역은 토란이 잘 되고 …"라고 썼는데, 일찍부터 왕십리 지역이 채소 재배의 적지이고 또 많이 농사지었음을 알 수 있다. '왕심평'에서 '평(坪)'은 들을 뜻하는 말로 이곳 지형을 나타내고 있는 말이다. '왕심'은 갈 왕(往) 자에 살필 심(審) 자를 쓰고 있는데 '가서 살피다'라는 뜻이다.

왕심(往審)이라는 말은 실록에도 많이 쓰였는데 주로 왕릉의 후보지나 성을 쌓을 때 미리 가서 어떤 자리를 결정하기에 앞서 주의 깊게 살펴본다는 뜻으로 쓰였다. 사람을 시켜 직접 가서 조사하게 한다는 뜻으로도 썼다. 그렇게 보면 '왕심평'은 '가서 살펴본 들판'이라는 뜻이 된다. 위의 왕심촌과도 의미가 통하는 이름인데, 마찬가지 '무엇'은 생략되어 있다. 그러나 범위는 좁혀지는데, '왕심'이라는 말의 쓰임으로 보면 '무엇의 후보지'로서 이곳을 살펴보았다는 뜻이 되는 것이다. 결국 '무엇'은 '도성 터'였던 것으로 짐작된다. '왕심촌'이나 '왕심평'은 도읍터를 '가서 찾고', '가서 살펴본' 곳이라는 의미를 담고 있는 것이다.

이런 사실은 무학대사와 관련된 설화에서 그 흔적을 찾을 수 있다. 무학대사의 한양 도읍 설화는 변이형이 많은데, 『한국지명연혁고』에 나온 왕십리의 유래를 정리해 보면 다음과 같다.

조선 건국 초 이성계가 무학대사에게 도읍지를 찾아 달라고 했다. 무학대 사는 예부터 신령스러운 산으로 알려진 계룡산으로 내려가 산세와 지세를 살폈으나 아무래도 도읍지로는 적당치 않았다. 발길을 북으로 옮겨 한양에 도착한 무학대사는 봉은사에서 하룻밤을 쉬었다. 이튿날 아침 일찍 뚝섬나루에서 배를 타고 한강을 건너니 넓은 벌이 한눈에 들어왔다. 사방으로 지세를 자세히 살핀 대사는 그곳이 바로 새 도읍지라고 생각했다. 땅이 넓고 강이 흐르니 새 왕조가 뜻을 펼만한 길상지로구나. 무학대사는 흐뭇한 마음으로 걸어오는데 한 노인이 소를 몰면서 소리쳤다. "이놈의 소 미련하기가 무학 같구나. 왜 바른 길로 가지 않고 굳이 굽은 길로 들어서느냐?" 순간 무학대사의 귀가 번쩍 뜨여 얼른 노인 앞으로 달려가 그건 무슨 뜻의 말씀이신가 물었다. 노인은 "요즘 무학이 새 도읍지를 찾아다니는 모양인데, 좋은 곳 다 놔두고 엉뚱한 곳만 찾아다니니 어찌 미련하고 한심한 일이 아니겠소" 무학대사는 노인이 보통 사람이 아니라고 생각하고 공손히 인사를 올리고 말했다. "제가 바로 그 미련한 무학이옵니다. 제 소견으로는 이곳이 좋은 도읍지라고 보았는데, 더 좋은 도읍지가 있으면 일러주시기 바랍니다." 노인은 채찍을 들어 서북쪽을 가리키며 "여기서부터 10리를 더 들어가서 주변 지형을 자세히 살펴보도록 하시오" 대사가 정중하게 고맙다는 인사를 하는 순간 노인과 소는 온데간데없이 사라졌다. 무학대사는 가벼운 걸음으로 서북쪽을 향해 10리쯤 걸었다. 그래서 당도한 곳이 지금의 경복궁 자리 근처였다. 삼각산 인왕산 남산 등 사방이 산으로 둘러싸인 아늑한 땅을 보는 순간 대사는 기쁨을 감출 수 없었다. 스님은 그 길로 태조와 만나 한양을 새 도읍지로 정하여 도성을 쌓고 궁궐을 짓기로 했다.

이 이야기에서 우선적으로 확인할 수 있는 것은 무학대사가 왕십리를 1차적인 도읍지로 생각했다는 사실이다. 우리는 "여기서부터 10리를 더 들어가라"는 노인의 말에 주목하여 왕십리 지명의 유래를 정당화하는 것이 보통이다. 그러나 본래의 지명 곧 '가서 찾고, 가서 살펴본' 왕심(왕심촌, 왕심평) 지명을 놓고 보면, 무학대사가 이곳의 지세를 경복궁터보다 먼저 살펴보았다는 사실이 중요해진다. 비록 노인으로부터 소같이 미련하다는 소리를 들었지만 새 도읍의 후보지로서 이곳을 먼저 살펴본 사실은 인정할 수 있다. 이 이야기는 비록 설화이지만 이곳 왕십리를 새 도읍지로 '왕심(가서 살펴본)'한 역사적 사실을 반영했을 가능성이 있는 것이다.

무학대사 관련 설화는 또 다른 곳에도 나온다. 정동유(1744~1808)의 『주영편』(1805년)에는 무학대사 설화가 다음과 같이 소개되고 있다. "세간의 말에 국초에 도읍을 정할 때 중 무학이 삼각산에 올라 맥을 좇아 내려와 양철평[현 은평구 불광동 연신내] 후룡에 이르니 바로 도선 석비가 있었는데, '무학이 잘못 찾아 이곳에 이른다(無學誤尋到此, 무학오심도차)' 6자가 새겨져 있었다. 그래 그곳을 포기하고 다시 다른 산줄기를 찾아 내려올 때 목멱산[남산] 동록에 이르러 보니 또 도선이 적어 놓은 것이 있었는데 '잘못 알고 찾아온 동네(枉尋里, 왕심리)'라 칭한다는 것이었다. 그래 낭패해서 돌아가 인왕산 아래로 터를 정했는데 끝내는 정도전이 경복궁으로 점찍었다"는 내용이다.

정동유는 세간의 이 이야기를 "시골 서당훈장이 제멋대로 지어낸 근거 없는 이야기"라고 비판하고 있는데, 노인의 꾸짖음을 듣는 위의 이야기에 비해서는 풍수지리적인 지식이 좀 더 뒷받침되어 있는 것으로 보인다. 무학대사가 도읍의 후보지로 이곳을 찾았는데 우리나라 풍수의 원조 도선국사가 예언적으로 잘못 찾아왔다는 것을 깨우쳐주었다는 것이다. 지명과 관련해서는 '왕심리'를 '굽을 왕(枉)' 자에 '찾을 심(尋)' 자를 써서 '잘못 찾은 동네'라는 뜻을 나타내고 있어 눈에 띈다. 찾긴 찾았는데 잘못 찾았다는 점을 부각시킨 지명이다. 똑같이 '왕심'으로 발음되지만 '굽을 왕(枉)' 자를 씀으로써 이곳이 선택되지 못한 사실을 반영하고 있는 것이다.

왕심리가 새 도읍지로서 일차 주목받았을 가능성은 〈지신 밟는 소리〉에도 남아 있다. 지신밟기는 정월 대보름을 전후하여 집터를 지켜준다는 땅귀신(지신)에게 고사를 올리고 풍물을 울리며 축복을 비는 세시풍속이다. 이때 동제를 지낸 뒤 마을 농악대가 각 가정의 안녕을 빌기 위해 지신밟기를 하면서 부르는 소리가 〈지신 밟는 소리〉이다. 대체로 아래와 같은 '지세풀이'로 시작한다.

국태민안 시화연풍 연연히 돌아드니 금일 금일 금일이요 사바하구 사바로다 이씨 한양 등극할제 왕심이 청룡이요 둥구리재 만리재 백호로다 인왕산 주산이요 관악이 안산이라 한강이 조수되고 동작강 수구 막아 만호장안 되었고나

여기에 '왕심'이 좌청룡으로 나오는 것이다. 또한 둥구리재(안산 줄기의 금화산으로 보임)가 우백호로 나오고, 주산을 인왕산으로 보고 있다. 우리가 현재 알고 있는 북악을 주산으로 놓고 좌청룡-낙산, 우백호-인왕산, 안산-남산으로 보는 것과는 차이가 있다. 오히려 노래에서의 판세 설정은 고려 때 남경(한양)의 판세에 더 가깝다. 어쨌든 좌청룡을 '왕심'으로 설정한 것이 남경의 터를 잡을 때 일차 왕십리에 주목했던 어떤 흔적이 아닌가 여겨진다. 이 '왕심'이 〈여주 논매는 소리〉에서는 '왕심산'으로 나온다. "헤 이씨한양 등극후에 / 에헤 삼각산이 기봉하고 / 헤 왕심산은 청룡되고 / 에헤 동구재 만리재 백호로다" 또한 양주시 〈산타령〉에서는 "나느니나 어허어허어허 / 네메헤헤헤야 에헤야 / 에헤로 산이로고나 / 삼각산이 뚝떨어져서 / 어정주춤 나려왔네 / 왕심산이 청룡산되고 / 동구재가 백호로다 헤에"로 나오기도 한다.

왕십리를 도읍의 후보지로 살펴보았다는 이야기는 그것이 사실이라면 고려가 남경을 처음 건설할 때로 거슬러 올라가야 할 것 같다. 기록에는 고려 숙종 4년(1099년)에 왕이 친히 거둥하여 양주에 머물면서 도성

예정지를 살펴본다. 1101년에는 남경개창도감을 설치하고 최사추 윤관 등에게 명하여 그곳의 지세를 살펴보도록 한다. 그러고 나서 최사추가 남경의 지세에 대해 "신 등이 노원역과 해촌, 용산 등에 가서 산수를 살펴보았는데, 도읍을 세우기에는 적당하지 않았으며 오직 삼각산 면악의 남쪽이 산의 모양과 물의 형세가 옛 문헌에 부합합니다. 주간의 중심인 대맥에서 임좌병향하여 형세를 따라 도읍을 건설하기를 청합니다"라고 보고한다. 아마 왕심리를 유심히 살펴보았다면 이때쯤일 것으로 짐작된다.

이때 매력적으로 본 것은 왕심리의 넓은 들이었을 것이다. 그 들의 서쪽에서 동쪽으로 내명당수(청계천)가 흐르고, 들의 남쪽에는 금호동 옥수동의 용맥이 안산을 이루며 그 밖을 외명당수인 한강이 흘러 조운에도 아주 유리하다. 내내 삼각산을 주산으로 하고, 둥구재 만리재 줄기가 우백호가 되고 성동구청 근처로 흘러내린 용맥이 좌청룡이 될 수 있을 것이다. 어쨌든 도읍지를 찾는다 할 때 한번쯤은 눈여겨볼 입지 조건을 갖추고 있었던 것은 분명해 보인다. 그런 탓인지 남경을 산과 강의 형세에 따라 설계할 때 동쪽 경계를 대봉 곧 지금의 아차산으로 삼아 왕심리를 중요하게 포함시키고 있기도 하다. 이와 같이 이곳을 후보지로서 중요하게 살펴보았다고 할 때, 맨 처음 보이는 지명 '왕심(旺心, 왕성한 중심, 왕성할 땅)'이나 '왕심촌(往尋村, 가서 찾아본 동네)'의 의미가 분명해진다.

지금의 왕십리 지명이 실록에 처음 등장하는 것은 선조 34년(1601년)이다. 그러니까 임진왜란 이후에야 갈 왕(往) 자에 열 십(十) 자를 쓴 현재의 왕십리와 같은 지명을 쓰고 있는 것이다. 그러나 실록과 달리 민간에서는 왕심리(往審里), 왕심리(往尋里), 왕심리(枉尋里, 굽을 왕, 찾을 심), 왕심리(旺深里), 왕심리(王審里, 살필 심) 등 열 십 자를 젖혀두고 '심' 자를 살려 쓰고 있는 것을 흔히 볼 수 있다. 이는 민간에 열 십(十) 자를 쓴 취지가 덜 알려져 있었거나 아니면 민간에서는 열 십 자를 쓰는 것에 대해 별로 동의하지 않았음을 보여주는 것이라 할 것이다.

재미있는 것은 왕십리 인근의 '답십리' 역시 초기에는 '답심리(踏審里)' 지명이 쓰였다는 것이다. '밟을 답' 자에 '살필 심' 자를 쓰고 있는 것이다. 이 '답심'도 실제로 가서 살핀다는 뜻으로 쓰였던 말이다. "수령이 답심하여 그 사실을 감사에게 보고하게 하며"와 같이 현장에 직접 가서 살펴보라는 뜻으로 썼던 것이다. 왕심리의 '왕심'과 같은 의미이다. '열 십(十)' 자를 쓴 '답십리'는 조선 후기 영조 때부터서야 보이기 시작한다.

수유리는 무너미

"무네미 · 무너미마을 · 무너미고개"
'물 넘치는' 무너미… 양양군 손양면 수여리, 양평 무네미
'뫼 넘어'라는 뜻의 이름도… 과천 무네미, 관악산 무너미고개

행정동으로는 수유동이지만 지금도 흔히들 수유리, 수유리라 부르는 것을 본다. 시골 동네를 뜻하는 '리' 자가 붙어서일까. 왠지 수유리가 입에 익고 정겨운 느낌이 든다. 수유동보다는 수유리가 발음하기가 더 부드럽고 편했기 때문인지도 모르겠다. 또한 수유리하면 숲이 우거져 있고 계곡물이 시원스레 흘러내릴 것 같은 느낌을 받기도 한다. 물론 북한산 아래 자락이어서 자연스럽게 심어진 인상이겠지만 물 수(水) 자 이름만으로도 그런 느낌을 받기에 충분한 것 같다. 더구나 수유리의 우리말 이름이 '무너미'인 것을 알면 그런 인상을 더 강하게 받게 된다.

『한국지명유래집』(중부편)에 서울 강북구 수유동은 "삼각산 골짜기에서 흐르는 물이 이곳에 넘쳤기 때문에 무너미 · 무네미라 부른 데서 유래하였다. 이를 한자로 옮긴 것이 수유이다"라고 나온다. '수유'는 물 수(水) 자에 넘을 유(踰) 자를 썼는데, '물+넘이'로 풀어볼 수 있다. 이를 우리말로는 무너미 · 무네미라 부른 것이다. 『정조실록』(정조 12년 10월 16일, 1788

년)에는 각부의 방과 계의 이름을 정해줄 때 동부 숭신방에 소속된 '수유촌계'로 나온다. 『만기요람』(1808년)이나 『여지대전도』, 〈도성삼군문분계지도〉, 〈한경전도〉 등의 고지도에는 '수유현'으로 기재되어 있고, 『동국여지비고』에는 '수유치'로도 나온다. 마을 이름 '수유촌'과 고개 이름 '수유현(치)' 중 어느 것이 먼저인지는 알 수 없지만, '무너미마을'과 '무너미고개' 두 개의 지명이 함께 쓰였던 것을 볼 수 있다.

『서울지명사전』(수유동)에서는 "골짜기의 물이 넘쳐나서 '무너미'라 하였는데, 이를 한자명으로 물 '수(水)' 자와 넘칠 '유(踰)' 자로 옮겨 쓴 데서 유래되었다"고 하면서, "일설에는 '무너미'는 물이 넘어오는 곳이라기보다는 '뫼넘이'(산을 넘어가는 고개)가 변한 것이라고도 한다"고 설명하고 있다. 전국적으로 무너미 지명은 아주 많은데 유래를 살펴보면 대개 두 가지이다. 하나는 실제로 물이 넘쳐나서 말 그대로 '물+넘이'가 지명이 된 것이고, 다른 하나는 고개 이름에 붙은 무너미로 이때는 '뫼(산)+넘이'에서 변화된 무너미가 지명이 된 경우이다.

경기도 양평군 서종면 문호리의 우리말 이름은 '무네미(무너미)'이다. 북한강 변에 있는 이 무네미(마을)는 팔당댐이 들어서기 전 곧 한강이 홍수 조절 기능을 갖지 못했던 시절 큰비만 오면 북한강 물이 마을로 넘쳐흐른 데서 비롯된 이름이라고 한다. 또한 이곳에는 나루터가 있어서 이를 뒷받침해주는데 나루터 이름이 '무네미나루'였다. 고지도에는 '수여리진(水餘里津)'으로 표기되어 있다. 이보다 앞서 『여지도서』에는 양근(양평은 양근과 지평이 합쳐지면서 생긴 이름임) 서종면에 내수여리와 외수여리로 나온다. 여기서 수여리는 무네미를 한자로 표기한 것인데, '무(물)'를 물 수(水) 자로 쓰고 '네미(넘이)'를 남을 여(餘) 자로 쓴 것이다. '여'는 훈의 음 곧 '남을'을 빌린 것이다. 중세국어에서는 '넘다'와 '남다'가 넘나들며 쓰였고 두 말이 모두 '넘는다, 지나치다, 남다'를 자유롭게 표현할 수 있는 말이었다고 한다. 기록상으로는 '무너미'를 '수여'로 표기한 것이

'수유'보다 먼저 나온다.

양평의 무네미는 홍수 때 물이 넘쳐흘러서 무네미로 마을 이름이 붙여졌지만, 원래 무너미는 일반명사처럼 많이 쓰였던 말이다. '무너미땅'이라는 말은 한자어로는 범람원을 가리키는 우리말이다. 하천이 넘쳐흘러서 생겨나는 자연 제방과 배후 습지를 통틀어 '범람원'이라고 하는데 이를 "물이 차올라 넘어오는 곳"이라는 뜻의 '무너미땅'으로 불렀던 것이다. 옛날에는 홍수 피해가 심해서 사람들이 제대로 살지 못했던 곳이다. 사전에 '범람원'은 "홍수 때 강물이 평상시의 물길에서 넘쳐 범람하는 범위의 평야. 충적 평야의 일종이며, 흙·모래·자갈 따위가 퇴적하여 이루어진다"고 나와 있다.

또한 무너미는 둑이나 저수지에서 물이 넘어가는 곳을 가리키는 말로도 흔히 쓰였다. 사전에는 '무넘기'라는 말로 나오는데, "논에 물이 알맞게 고이고 남은 물이 흘러넘쳐 빠질 수 있도록 만든 둑. ≒무넘깃둑·월류제"로 나온다. 월류제는 넘을 월(越), 흐를 류(流), 둑 제(堤) 자로 쓴 한자어이다. 북한에서는 지금도 무너미라는 말을 일상 쓰고 있는 것을 볼 수 있는데 '무너미언제'라는 말이 그렇다. '댐'이라는 말 대신에 한자어 '언제'라는 말을 쓰고 '월류식 댐'을 '무너미언제'로 부르는 것이다. '무너미언제'는 물을 가두는 것이 주목적이어서 애초 수문이 없이 건설되고 수량이 많으면 댐 위로 물이 흘러넘치게 되어 있다.

수여리(水餘里)는 양양군 손양면에도 있는데, 양양군 지명 유래에서는 "양양 남대천의 물구비가 휘어 닿는 곳이며 물이 풍부하고 경치가 아름다운 곳으로 물이 모자라는 때가 없다 하여 수여리라 명명하였는데 속칭 '물넘이' 또는 '무내미'라고도 한다"고 되어 있다. 홍수 이야기는 없지만 물구비가 휘어 닿는 곳이라고 한 것으로 보아서는 흔히 물이 넘쳐흘렀던 곳이었음을 알 수 있다. 이곳이 한때는 '양양 남대천 홍수관리구역'으로 지정 고시되어 있었다는 사실이 이를 뒷받침한다. 홍수 때 물이 넘쳐흘렀던 곳이라 '물넘이' 또는 '무내미'이고, 이를 한자로 바꾼 것이 '수여리'인 것이다.

무너미 지명이 물이 넘쳐흐르는 곳에 흔히 붙여진 이름으로 이해되는데, 이와 달리 '뫼(산) 넘어'를 가리키는 이름으로도 많이 쓰인 것을 볼 수 있다. 과천의 무네미(무너미)는 남태령 마을 동쪽 등성이 너머에 있는 아주 작은 마을이다. 골짜기 안 깊숙이 자리해 있어 큰길이나 고갯길에서 볼 때는 마을이 있는 것조차 알 수 없다고 한다. 이곳 무네미는 물과는 별 상관이 없는 곳이어서 물이 넘쳐 들어서 생긴 이름으로 보기는 어렵다. 남태령 고갯길이나 한내마을 쪽에서 갈 때 작은 뫼 하나를 넘어야 가므로 '뫼 넘음'의 뜻을 가졌던 이름으로 보고 있다. 이 경우의 '무'는 '뫼'의 옛말인 '모'가 변해서 된 것으로 보인다(모넘이 > 모너미 > 무너미). 또는 '뫼너미 > 매너미 > 무너미'로 보기도 한다. 산을 뜻하는 우리말 '뫼ㅎ'는 '뫼·매·메·미·모' 등으로 다양하게 변이되었다. 산 너머를 가리키는 말도 '뫼넘이, 매너미, 매넘어, 매나미, 미네미, 미넘이, 매남' 등 다양하게 실현되었다.

이 무너미 지명은 고개 이름에 많이 붙여졌는데, 관악산에도 '무너미고개'가 있다. 관악산과 삼성산을 가르는 고개이자 서울 관악구와 경기도 안양을 이어주는 고개이기도 하다. 산행 코스는 서울대 옆의 관악유원지에서 시작해 안양예술공원으로 넘어가는 게 보통이다. 이 무너미고개도 물이 넘쳐흐르는 지형과 상관이 없어 '뫼너미'가 변형된 것으로 보인다. 등산 좋아하는 사람들은 '물이 나뉘는 고개'라 '무넘이'라면서 산자분수령을 실감한다고 한다. 이 고개를 기준으로 물이 관악산 계곡(신림계곡)으로 흘러내리거나 반대편 삼성천으로 흐르기 때문에 그런 유래를 생각하기 쉬운데 어원적으로는 상관이 없는 것 같다. '물이 나뉘는 고개'의 뜻을 나타나기 위해서는 한자 지명 '수분치(재)'를 썼다. 전북 장수의 수분치가 대표적인데, 이 수분치를 경계로 한쪽은 금강이 되고 다른 한쪽은 섬진강이 된다.

무너미고개는 설악산의 경우에도 마찬가지이다. 설악산 공룡능선 분기점에 무너미고개(1,060m)가 있는데 흔히 '물 나눌 고개'로 인식하고 말하는 것을 본다. 물론 설악산 무너미고개가 동서수계의 분수령으로 특징적인 것은 사실이다. 가야동계곡과 천불동계곡으로 나뉘면서 각각 서해와 동해로 흘러가는 큰 분기점인 탓에 아주 인상적인 고개인 것이다. 그러나 그런 특징적인 사실로 '무너미'의 어원을 무시할 수는 없고, 설악산 무너미고개 역시 '뫼 넘이 고개'로 이해해야 할 것 같다.

충남 천안시 동남구 안서동과 서북구 성거읍 요방리를 연결하는 고개로 '무너미고개'가 있다. 고개가 낮아서 안서동의 물이 성거읍 방면으로 넘어가기 때문에 물이 넘는 고개라고 하여 무너미고개가 되었다고 전한다. 한자로는 수월현(水越峴, 물 수, 넘을 월, 고개 현)이라 썼다. '문암(文岩)고개'라는 이름도 있는데 이는 '무나미(무너미)'를 한자의 음을 빌려 표기한 것으로 보인다. 이에 대해 『한국지명유래집』(충청편, 국토지리정보원)에서는 "그러나 여기서 무너미의 '무'를 물-수(水)의 뜻으로만 한정하여 전국의 수많은 무너미고개가 물이 넘는 고개로 해석되고 있는 것은 문제로 지적된다는 견해가 있다. 무는 곧 뭍(묻)의 간결형으로서 육지(땅)를 뜻하는 경우도 많으므로 평지에 완만하게 도드라진 고개를 나타내기도 하기 때문이다"라는 견해를 밝히고 있다.

'무'를 '뭍(묻)'의 간결형으로 보고 무너미를 "평지에 완만하게 도드라진 고개"를 뜻하는 것으로 본 것이다. 실제로 이곳 무너미고개의 해발 고도는 약 100m라고 한다. 그러나 나즈막한 고개이지만 분명 고개여서 분수령을 이루기도 하는데 남쪽의 물은 삽교천으로 흘러가고, 북쪽은 아산만으로 흘러간다. 어쨌든 무너미가 높은 산에 있는 고개뿐 아니라 평지에 완만하게 도드라진 지형의 고개에도 이름이 붙을 수 있다는 것을 알 수 있다.

이러한 지형에 부합하는 고개로는 공주의 무네미고개도 들 수 있다.

충남 공주시 계룡면 기산리 원골 남쪽에 위치해 있다. 이 고개는 공주시에서 전라북도로 통하는 대로상에 위치하는데 고도 85m 정도의 아주 나지막한 고개이다. 그래도 물길이 동쪽은 공주 쪽 금강으로 내려가고 또 한줄기는 서쪽인 연산, 논산 쪽으로 흐르는 분수령이다. 『춘향전』에는 이 도령이 어사또가 되어 남원으로 내려가는 이른바 삼남대로상에도 '무너미'로 나온다.

『신증동국여지승람』(공주목 산천)에는 무너미고개가 판현으로 나오는데, "판현(板峴)이 주 동남쪽 31리에 있다"고 되어 있다. 『대동지지』에는 판치로 나오고, 『구한말한반도지형도』에는 판치라 적고 '널티'라 병기했다. 지역에서는 늘티 혹은 늘티고개로 불렸던 것 같은데, '늘티'는 경사가 완만하고 길게 늘어진 고개에 흔히 붙여진 이름이다. 이 고개를 부르는 이름은 여러 가지였는데, 늘티 외에도 무네미고개, 무너미고개, 수유령, 수일령(水溢嶺, 넘칠 일) 등으로 불렸다. 무네미에 대해서는 "물이 고개를 넘어갈 고개"라는 뜻에서 유래되었다고 전한다.

그런데 이곳은 풍수지리적으로 여러 해석이 있어 흥미롭다. 『정감록』에 따라 계룡산 신도안(계룡시 두마면)에 도읍이 정해지면, 금강 물이 이 고개를 넘어서 논산시 노성면의 초포(풋개)를 지나 논산천과 합하여 강경포로 들어가서, 초포에 배가 드나들게 된다고 하는 것이다. 또 일설에는 이 고개가 터져 물이 넘게 되면, 정씨가 신도안에 도읍을 정할 수 있다고도 한다. 여기에서 고개가 터져 물이 넘는다는 것은 금강의 흐름이 크게 달라진다는 것으로 읽을 수 있다. 곧 금강이 공주 부여로 멀리 돌아가는 것이 아니라 공주 못 미쳐 용왕동에서 무너미고개를 넘어 바로 논산으로 이어져 강경으로 빠진다는 뜻이다. 그러면 물줄기가 계룡산을 보다 가까이에서 감싸듯이 흐르는 모양이 되는데, 그래야 계룡산의 '산태극 수태극'의 형상이 완전해진다는 것이다. 곧 산수가 모이고 바람이 흐트러지지 않게 되어 신도안이 지세가 더욱 좋아지고 신도가 될 수 있다는 것이다.

혼히 그렇지만 이러한 이야기에서 우리가 유의할 것은 가정법 진술에 있다. 위의 이야기에서도 "고개가 터져 물이 넘게 되면" 정 도령이 신도안에 도읍을 정한다는 가정법을 쓰고 있는데, 이는 현실적으로는 불가능하다는 전제를 깔고 있는 것이다. 아무리 나지막한 고개이지만 물이 넘을 수 없다는 현실을 인정하면서, 대신에 그렇게 되면 좋겠다는 가정법의 소망을 담고 있는 것이다. 그리고 여기에는 고개가 나지막해서 물이 넘어갈 만하다는 지형에 대한 인식(상상력)이 바탕에 깔려 있다고 볼 수 있다. 1980년 금강 변의 공주시 상왕동에 관개용수를 위한 도수관이 설치되어 금강의 물을 무네미고개를 넘어 계룡면 봉학리로 보내고 있다고 하는데, 이를 두고 무너미 지명의 예언성을 말하기도 한다. 그러나 예언적인 의미보다는 바라던바 소망을 확인하는 의미가 더 크다 할 것이다.

한편 이러한 소망형 지명과는 달리 역사적 사실에 근거해서 무너미 유래를 설명하는 곳이 있어 이채롭다. 태안군 소원면 송현 3구의 구먹마을에서 수유동으로 넘어가는 나지막한 고개 이름이 무너미재다. 이 고개는 조선조 중종 때 조곡을 안전하게 운반하기 위하여 운하 굴착을 시도하다가 실패로 끝나고 말았지만 지금까지 지명만은 무너미재, 수유동 등으로 불려지고 있다고 한다. 운하를 팔 무렵부터 물이 넘어올 마을이라 하여 수유동이라 했으며 운하를 파던 고개를 무너미재라 하여 오늘날까지 전해지고 있다는 것이다. 운하 굴착과 관련해서 '무너미' 지명의 실제성이 느껴지는 곳이다.

서울시내에 웬 바다? 도봉구 해등촌

"바라골·바래미·꿈바대"

'海'의 옛 훈은 '바라', 바라는 바다, 지명에서 바다는 들(坪)
바다 없는 천안 성거읍 모전리 '천홍바다'는 큰 들 지명인 천홍벌
경북 봉화 해저리는 '바래미'의 한자 지명으로 넓은 들

서울 시내에도 바다 지명이 있다면 어떻게 생각해야 할까. 그것도 산자락 넓은 들판에 말이다. 해등길은 도봉구 창동에서 쌍문동에 이르는 폭 15~20m, 길이 3,850m의 2차선 도로이다. 해등길은 이 길이 지나는 일대가 양주군 해등촌면이었고, 예전부터 해등길로 불리었던 데서 유래되었다고 한다. 바다 해 자, 무리 등 자를 쓰는 해등(海等)은 본래 마을 이름이었는데 면 이름으로도 불리다가 지금은 사라져 버리고, 대신 길 이름으로만 남았다.

이 해등촌의 고려시대 이름은 해촌(海村)이었다. 바닷말? 당시에 우리 말로는 뭐라 불렀는지 궁금해지는데, 기록에는 한자어로만 전해진다. 해촌은 일찍부터 꽤 중요한 지역을 가리키는 이름으로 쓰였는데, 지금으로부터 900여 년 전이다. 『고려사』 세가(권 제11) 숙종 6년(1101년) 10월 8일 최사추가 남경(한양)의 지세에 대해 보고한 내용 중 "신 등이 노원역과 해촌, 용산 등에 가서 산수를 살펴보았는데, 도읍을 세우기에는 적당하지

않았으며 오직 삼각산 면악의 남쪽이 산의 모양과 물의 형세가 옛 문헌에 부합합니다"에 '해촌'이 나오는 것이다.

말하자면 새 도읍의 후보지로 '노원역'과 '해촌'을 살펴보았다는 얘기인데, 왜 그랬는지는 밝히지 않고 있다. 이보다 몇 년 앞서 김위제가 『도선비기』를 근거로 남경 천도를 건의할 때 이미 그 위치를 "삼각산 남쪽 목멱의 북쪽 평야 지대(목멱양)"로 적시하고 있는데, '노원역'과 '해촌'을 다시 살펴본 이유가 무엇인지 모르겠다. 어쨌든 새 도읍지로는 적당하지 않았다고 하지만 해촌은 '목멱양'에 버금갈 만한 어떤 입지 조건을 갖추고 있었던 것은 분명해 보인다. 삼각산을 뒤로 하고 앞으로 너른 들. 그리고 교통의 요충지. 풍수지리적으로는 어떨지 모르겠지만 대읍이 들어설 만한 터가 되기에 충분한 것으로 보았을 것이다.

조선조에 들어서서 『태종실록』(6년 11월 5일, 1406년)에도 '해촌' 지명이 보이는데, "태상왕이 양주 객사에 머무르니, 임금이 알현하고 술을 올려 매우 즐기었다. 저물어서 남교의 장전으로 돌아왔다. 이튿날 새벽에 태상왕이 출발하여 해촌의 들에 머무르니, 임금이 따라와서 술을 올리고, 냇가의 행전으로 물러와서 머물렀다"는 기록이다. 태조 이성계와 태종 이방원은 함경도 쪽 동북면을 왕래하면서 자주 이 '해촌'을 지났던 것으로 보인다. 원문에 '해촌의 들'은 '해촌지교(海村之郊)'로 나오는데 '교(郊)'는 '들 교' 자이다.

해촌은 『신증동국여지승람』(1530년 중종 25년)의 양주목 역원조의 기록에도 보이는데, "도봉산 밑에 해촌이라는 들(原)이 있고, 덕해(德海)라는 원이 있는데, 서울에서 30리 거리이다"라고 썼다. 또 인용한 서거정의 시는 "잔 들고 누에 올라 한번 웃으니, 수없는 푸른 산이 뾰족하게 무더기 이루었네 …"로 되어 있는데, 덕해원에 '누'가 있었음을 알 수 있다. 이 덕해원이 누원점으로 추정되는데, '누원'의 '누'는 '다락 루(樓)' 자를 써서 흔히 우리말로는 '다락원'이라 부르던 곳이다.

실록에 양주 해촌으로 나오는 도봉구 방학동의 연산군묘.

해촌과 덕해원이 모두 바다 해(海) 자를 쓰고 있어 흥미로운데, 뜻하는
바는 조금 달라 보인다. 시기적으로는 해촌이 훨씬 먼저 있었고 덕해원은
조선 초에 세워져, 덕해원이 해촌의 '해' 자를 따온 것으로 볼 수 있다.
그러나 덕해원의 경우 불사로 지어진 것으로 보여 '해'가 뜻하는 바는
조금 다른 것 같다. 조선 초기의 문신 변계량(1369~1430)이 지은 「양주
해촌 덕해원 조성 연화문」(『춘정집』)을 보면 이를 확인할 수 있다. '연화'
는 말하자면 대중으로부터 시주를 확보하는 행위로 대개 특정 불사가
있을 경우 이루어지는데, '연화문'은 연화를 할 때 그 불사의 내용을
담은 문건이다. 이로써 보면 덕해원은 사찰에서 조성한 것으로 보이는데,
어느 사찰인지는 나와 있지 않다.

변계량이 지은 「양주 해촌 덕해원 조성 연화문」은 "도봉산 아래 /
해촌이란 등성이 있는데 / 도성에서 겨우 한 번 쉴 거리라서 / 행인이
다투어 분주히 이른다"로 시작하고 있다. 이어 여름이면 세차게 퍼붓는

빗줄기와 겨울이면 정강이까지 쌓인 눈 속에 깃들 곳이 없어 벌판에 처한 형세가 짐승이 웅크린 듯해, 이를 측은히 여겨 원집 하나를 창건하고자 하니 원컨대 각기 시주하여 일조하기 바란다고 쓰고 있다. 변계량은 대제학으로서 귀신과 부처를 섬기고 하늘에 제사를 지냈다 하여 비난을 받기도 했던 인물인데, 어쨌든 덕해원이 그의 원으로 세워진 것을 알 수 있다. '덕해(德海)'는 불가에서 부처님의 덕이 넓고 깊은 것을 바다에 비유해서 쓰는 말이다. 그러니까 '덕해'를 기존 지명 '해촌'에서 착안했을지 몰라도, '덕해'는 불교적인 용어로 쓴 것 같다.

실록에는 '해촌' 지명이 중종 때도 나오는데, 연산군묘와 관련해서이다. 중종 7년(1512년) 12월 12일 기사에 "신씨[연산군 부인]가 상언하여, 연산군을 양주 해촌으로 이장하기를 청하니, 정원에 전교하기를, "소원대로 들어주고, 왕자군의 예로 개장하도록 하라"는 대목에 나오는 것이다. 연산군은 1506년(중종 1년)에 유배지 강화 교동에서 31세로 세상을 떠나, 강화도에 묘소를 조성하였다가 부인 신씨의 요청에 따라 양주 해촌으로 이장하였다. 본래 연산군묘역은 세종의 아들 임영대군의 땅이었는데, 신씨는 외할아버지인 임영대군의 땅에 연산군묘를 이장했고 훗날 자신도 이곳에 묻혔다. 같은 묘역 안에는 연산군의 딸(휘순공주)과 사위(능양위 구문경)의 쌍분이 조성되어 있기도 하다. 현재 묘의 주소는 서울특별시 도봉구 방학동 산77번지이다. 『1872년지방지도』(양주목)에는 삼각산 오른쪽 밑으로 해등촌과 누원점이 그려져 있고 중랑천 물줄기 건너편에 노원이 그려져 있다. 왼편 삼각산 자락에 연산군묘가 표기되어 있다.

이 '해촌' 지명이 '해등촌'으로 바뀐 것은 조선 중기 이후이다. 관청의 기록으로는 1765년(영조 33년)에 완성된 『여지도서』(양주목)에 '해등촌면'으로 나오는데, 관아의 남쪽 처음이 30리 끝이 50리에 있고 인구는 379호에 1,552명인 것으로 나온다. 1789년의 『호구총수』에는 '해등촌면'에 영국리·누원리·암면리·소라리·우이리·마산리·각심리 등이 있었던 것으로 나온다. 이보다 앞서서는 1640년에 간행된 이안눌(1571~1637)의 문집 『동악선생집』권지12에도 '해등촌' 지명이 나온다.

「증별 의충상인 환수락산사(의충상인이 수락산의 절로 돌아감에 증별하다)」라는 제목의 시에 나오는데, "수락봉두사 파라곡구장(水落峯頭寺 波羅谷口莊)"으로 시작하고 있다. "수락산 봉우리에는 절이요, 파라곡 어귀에는 장원이라"로 해석할 수 있다. 이는 스님이 돌아갈 곳(수락산 봉우리에 있는 절)과 내가 있는 '파라곡'의 농장 곧 속세를 대비적으로 표현한 것으로 보인다. 이어지는 구절 "천원일하광(川原一何曠, 내와 벌이 하나로 어찌 넓은지)"에서는 이곳이 넓은 들에 위치해 있음을 보여주고 있다. 이안눌은 외가인 능성 구씨의 제사를 물려받으면서 그 재산까지 상속받았다고 하는데, 그의 전장(별서)이 이곳에 있었다고 한다.

시의 말미에는 "양주해등촌 일명파라동(楊州海等村 一名波羅洞, 양주해등촌은 일명 파라동이라 한다)"이라는 주가 달려 있어 '해등촌' 지명 해석에 도움을 준다. 이안눌은 그의 전장이 이곳에 있었던 탓에 속지명까지 자세히 알고 있었던 듯하다. '파라동'의 '파라'는 한자의 원래 음은 '파라'이지만 보통 '바라'로 읽고, 불가에서 많이 쓰던 말이다. '바라'는 '바라밀', '바라밀다'의 준말로, '도피안(到彼岸)' 곧 '저 언덕에 이른다'는 뜻을 갖는다. 바로 이 '파라동'을 우리말로 읽으면 '바라골'이 되고, '바라'는 '해등'과 같은 뜻으로 '바다'를 가리키는 것으로 볼 수 있다.

'해등'에 쓰인 '등(等)'은 이두표기에서 흔히 '달(들)'로 읽은(훈독) 한자이다. '등'은 일종의 받쳐적기로 볼 수 있는데, '바다'를 '바달(ㅂ 들)'로 읽고 '달'을 음으로 받쳐적은 것이다. 뜻으로 보아서는 '해(海)'와 '해등(海等)'은 같은 말이다. '海(해)'의 옛 훈은 '바랄(바를)', '바라(바라)'이고, 속음형에는 '바를', '바래(바래)' 등이 있었다. 또한 '바다(바ᄃ)'와 '바라(바라)'는 'ㄷ'과 'ㄹ'이 호전한 탓에 '바달·바돌·바대·바들·바를·바르·바래·바당' 등 다양하게 불렸다.

그렇다면 '해등촌' 곧 '바라골' 지명에서 '바라(바다)'는 어떤 뜻으로 쓰인 것일까? 답부터 말하면 지명에서 '바다'는 '들(坪)'을 의미한다. '바라골'은 이곳이 넓은 들판에 위치함으로써 붙여진 이름인 것이다. 이에 대해서는 『한국지명유래집』(충청편)의 '천흥바다' 지명을 참조하는 것이 좋겠다. 천흥바다는 천안시 서북구 성거읍 모전리 띠우지 앞에 있는 큰 들의 이름이다. 천흥바다는 '천흥벌', '천흥들'을 나타내는 것으로, '천흥'은 이곳에 유명한 옛 천흥사 터가 있어서 붙여진 이름이다. 『한국지명유래집』은 "전국적으로 바다, 바대 등의 어미가 붙은 지명이 많이 분포하고 있는데, 대개 들판을 나타내는 말이다. 강물이 흘러드는 바다 역시 이 바다와 같은 말이다. 원래 바다는 바달(ㅂ둘)＞바랄(ㅂ룰)＞바다가 되었으며, 그 어근 '받'은 평면이나 넓음, 광활함을 뜻하고 벌[原], 밭과 같은 동원어이다. 고대 퉁구스어의 pata와 그 근원이 같은 말로 본다. 그리고 일본어의 바다를 뜻하는 'wata' 역시 우리말의 바다가 변한 것으로 보고 있다"라고 쓰고 있다.

전남 영암군 서호면에 있는 몽해리(夢海里)는 바닥이 깊고 넓은 들이 있으므로 '굼바다', '굼바대' 또는 '몽해'라 하였다고 한다. '굼'은 구멍과도 통하는 말로 안으로 우묵하게 들어간 곳을 뜻한다. 이 '굼'을 '꿈'으로 읽고 '꿈 몽' 자를 써서 몽해리라는 지명을 만들었다. 여기서 '해(海)'는 '바다', '바대'를 한자 표기한 것으로, '들'을 뜻하고 있다. 그렇게 해서 "바닥이 깊고 넓은 들"을 '굼바다', '굼바대'로 부른 것이다. 이를 뒷받침하는 것으로 이곳의 예전 명칭인 '구음평(九音坪)'을 들 수 있다. '구음평'은 이두식 표기로 '굼들'을 나타낸 이름이다.

경북 봉화군 봉화읍의 '바래미'는 '해저리(海底里)'로 한자화 되어 눈에 띈다. 해저리는 지명으로서도 아주 특이하고 낯선 이름인데, 이것이 내륙 산간 봉화의 한 마을에 있는 것이다. 봉화군 홈페이지에서는 "마을이 하상보다 낮아 바다였다는 뜻으로 바래미 혹은 바다 밑이라고 해서 해저라 부르게 되었다고 한다"라고 설명하고 있다. 그러나 마을이 하상보다 낮은 곳에 위치하여 '바다의 밑바닥'을 뜻하는 '해저'라는 이름을 붙였다는 것은 쉽게 납득이 되지 않는다.

'바래미'를 '해저리'로 한자화 한 것을 볼 때 사람들이 '바래'라는 말을 '바다'로 인식했다는 것을 우선 알 수 있다. 바래를 바다로 인식했다는 것은 해저리를 '파라미(波羅尾)'라고도 썼다는 데서 알 수 있다. '파라미'의 '파라'는 위의 도봉구 해등촌에서도 살펴보았지만, '바라'로 읽고, '바다' 곧 '큰 들'을 가리켰던 것으로 보인다. 봉화군 홈페이지에 "신라시대에는 파라미라 칭하였다고 하며"라고 되어 있다. '파라미'는 우리말 '바라미'를 이두식으로 옮긴 표기로 '해저리'보다는 훨씬 오래 전 지명으로 볼 수 있다. '미'는 본래 산을 가리키는 말이지만 여기서는 마을(촌락)을 가리키는 말로 읽을 수 있다. 실제로 봉화의 '바래미'는 마을 앞으로 넓은 들판이 펼쳐져 있는데, '바래미' 이름은 바로 이 '넓은 들(벌)'에서 비롯된 것임을 알 수 있다.

우리말 절 이름 암사동 바위절

"꽃절 · 논절 · 누에절 · 기쁜절"

충북 음성 화암사는 지금도 '꽃절'로 불러

풍기 희방사는 '기쁜절'의 이두식 표기

서울 6호선 지하철 새절(新寺)역은 3호선 신사新寺역과 구별하려고 우리말로

전주시 우아동 도심 한복판 빌딩에 '참 좋은 우리절'(조계종)이라는 우리말 이름의 절이 있다. 늘 '사(寺)' 자 붙은 한자 절 이름만 보아온 터라 좀 낯설기는 하지만 쉽고 친근한 느낌이 든다. 이 절은 산중불교, 귀족불교가 아닌 대중의 생활 속에서 함께 수행할 수 있는 절을 만들자는 뜻에 따라 절 이름을 우리말로 하고 도심 속에 자리 잡았다고 한다. 경기도 이천에는 그냥 '우리절'이라는 이름의 절도 있다. 〈법보신문〉에 따르면 서울에도 '마음의 절', '마음고요선방', '산이 깊은 절', '부처님 계신 집', '부름정사' 등의 우리말 이름의 절들이 있고, 전국적으로는 18개소가 있다고 한다. 대부분 90년대 후반 도심 포교당을 기점으로 생겨나기 시작해서 산중 사찰로까지 늘고 있는 추세라고 한다.

이러한 우리말 절 이름은 옛날에도 많이 있었다. 단지 공식적으로는 한자 이름을 쓰고, 기록상 한자 이름만 전해져서 그렇지 민간에서는 일상적으로 우리말 이름을 많이 썼던 것으로 보인다. 우리말 땅이름을

절 이름으로 삼고 그것을 한자를 빌려 표기한 경우도 많았는데, 지명은 그 절의 지리적 정보를 포함하고 있어 작은 절들에서 선호했던 것으로 보인다. 또한 정식 명칭은 아니더라도 민간에서 편의적으로 부르던, 말하자면 일반명사 같이 쉽게 부르던 우리말 이름이 통용되기도 했다.

1. 암사-바위절, 화사-꽃절

서울 강동구 암사동의 옛 이름은 '바위절마을'이다. '암사'는 민간에서 '바위절'로 부르던 것을 한자 표기하면서 생긴 이름이다. 이 이름은 마을 입구에 큰 바위가 있고 여기에 절이 있어 붙여진 이름이라고 한다. 1963년 경기도 광주에서 서울시로 편입되기 이전까지는 전형적인 농촌마을로, '바위절마을호상놀이'(서울시 무형문화재 제10호)가 전하기도 한다. 바위절에 대한 기록은 『동국여지승람』(광주목 불우)에 나오는데, "백중사는 일명 암사(巖寺)이며, 하진참 동쪽에 있다"고 되어 있다. 부기된 서거정의 시에, "절간이 푸른 벼랑에 걸쳐 있으니…"라고 해서 바위와 관련이 있음을 암시하고 있다. 더 이상의 설명은 없지만 여기에서 '일명 암사'라고 한 것은 바로 민간에서 속지명으로 그렇게 불렀다는 의미다. 그러니까 공식적인 절 이름은 '백중사'이지만 민간에서는 우리말로 '바위절'이라 불렀고, 그것을 기록으로 옮긴 것이 '암사'였던 것이다. 암사동 지명은 바로 여기에서 비롯되었다. 이 바위는 거북이 형상으로도 보였던지 후대에 이 절터에 세워진 서원의 이름이 거북 구 자, 바위 암 자 '구암서원'이었다.

충북 음성군 원남면 덕정리에는 일명 보덕산(509m)이라고 부르는 큰 산이 있다. 이 산의 서남쪽으로 '꽃절'이라는 우리말 이름의 절이 있다. 절에 있는 바위가 움푹 패여 10여 평이 되는데 특이하게 바위 아래 불상이 있으며, 꽃절 바위에서 나오는 약수가 유명하다고 한다(음성군 문화관광). 이 '꽃절'이 『1872년지방지도』에는 '화사(花寺)'로 표시되어

있다. 지방지도에도 표시되어 있는 것으로 보아 지역에서는 꽤 알려진 절이었던 것으로 보인다. 지금은 이 '화사'가 '화암사'로 바뀌었는데 지역에서는 여전히 우리말 이름 '꽃절'로 부르고 있다고 한다. '꽃절'은 절을 둘러싼 주변 형세가 마치 꽃과 같고 절은 그 꽃의 씨방에 해당하는 곳에 있다고 하는데, 이른바 풍수 물형론에서 화심형으로 말하는 곳인 것 같다.

　'새절(신사)역'은 서울 은평구 신사동에 있는 6호선의 지하철역이다. 강남구 신사동에 있는 3호선의 신사역(新沙驛, 새 신, 모래 사)과 역명이 중복되는 문제를 방지하기 위하여 신사(新寺, 새 신, 절 사)를 우리말로 풀이한 '새절'을 역명으로 하고 있다. 사실은 '신사'라는 지명만 전하고 '새절'이라는 이름은 전하지 않는데, 한자 지명을 그렇게 풀이해 이름붙인 것이다. 은평구 '새절'은 언제 어느 곳에 있었는지 알 길이 없다고 한다. 실록에는 정조 12년(1788년) 한성부 각 부의 방과 계의 이름을 정해줄 때, 한성부 북부 성 밖이었던 연은방의 '신사동계'로 나온다. 승정원일기에는 영조 5년(1729년)부터 '신사동(新寺洞)'이 기록에 보인다. 민간에서 흔히 '새절'로 부르는 것을 '신사'로 한자 표기한 것으로 보인다.

2. 노온사-논절, 누혜사-누에절

'노온사(老溫寺)'라는 한자 이름을 보면 왠지 우리말 이름을 한자로 표기했을 것 같은 느낌이 든다. 늙을 노 자에 따뜻할 온 자의 조합이 낯설고 특이하다. '노온'이라는 한자어가 쓰이지도 않았거니와 한자의 선택이 단지 음을 빌려 표기한 것이라는 인상이 짙다. 노온사는 경기도 광명시 노온사동에 있던 조선 후기 사찰인데 지금은 흔적도 없이 사라져 버리고 단지 동네 이름에만 남아 있다. 아무런 기록도 없고 절이 있었다는 구전뿐이다. 마을의 이름은 절과 관련하여 원노온사동, 노온절, 노온절리, 노온사리, 논사리 등으로 다양하게 불렸다. 이로써 보면 '노온사'를 민간에서는 '노온절' 혹은 '논절'로 불렀던 것으로 짐작해볼 수 있다.

노온사리라는 지명은 일찍이 『여지도서』(1757~1765)에도 나오는데, 금천현 남면에 '노온사리(老溫寺里)'로 기록되어 있다. 그런데 노온사리와는 별개로 인근에 '노온곡리'(현 가학동)라는 지명이 있어 주목이 된다. 이 노온곡리의 유래에 대해서는 인근 시흥시 논곡동 주민들이 옮겨와 처음 마을을 이루었으므로 노온곡이라 하였다는 설도 있다. 만약 그렇게 본다면 '노온곡'은 '논곡'을 늘여 한자로 표기한 것이라 볼 수 있다. '논곡'은 '논골'과 같은 말로 보이는데, '논골'은 전국적으로 지명에 많이 쓰였다. 연구자들은 대개 '늘어져 있는 지형'을 가리키는 '는골'이 '능골'을 거쳐 '논골'이 된 것으로 보고 있다. 전북 진안군 용담면 송풍리에는 노온(老溫) 마을이 있는데, 원래는 농곡, 농실로 불렀다고 한다. 그러니까 '논곡'을 '농곡'으로 부르고, 한자로는 '노온'으로 바꾸어 쓴 것이다.

광명시 '노온사'는 '노온곡'에서 '노온'을 따온 것으로 보인다. 그리고 민간에서는 '노온사'를 통칭 '노온절(논절)'로 불렀던 것으로 볼 수 있다.

또 다른 예로 충남 부여읍 석목리에 있었던 고려시대의 절 '노은사(老隱寺, 늙을 노, 숨을 은)'는 '논절'로 불렸던 것으로 보이는데 마을 이름에 그 흔적이 남아 있다. 석목리의 '논절마을(부락)'이 그것이다.

경남 거창군 거창읍 양평리의 '노혜(老惠)'라는 마을에는 '노혜사'가 있었다. 마찬가지로 지명만 남아 있고, 절은 아무 기록도 남아 있지 않다. 마을에는 보물 제377호인 '거창 양평리 석조여래입상'이 남아 있는데 통일신라시대의 불상이라고 한다. 불상 주위로는 주초석뿐만 아니라 석등 부재들도 여기저기 흩어져 있어 이 일대가 절터이었음을 입증해주고 있다. 그러나 정확하게 밝혀줄 만한 자료는 없으며, 다만 금양사 혹은 노혜사라고 부르는 절이 있었다고 전해져 오고 있을 뿐이다.

노혜마을은 조선시대에는 동부방 '노혜리'였는데, 마을 가운데 누에 모양으로 생긴 낮은 산이 길게 뻗어 나와 '누에들' 또는 '뉘들'이라 불렸다는 것이다(거창읍 홈페이지 지명 유래). 이로써 보면 '노혜'라는 지명은 '누에'를 한자의 음을 빌려 표기한 것으로 보인다. 그리고 노혜사는 이 '노혜(누에)'라는 지명에서 비롯된 것으로 보인다. 그렇게 보면 '노혜사'는 '누에절'로 불렸을 것으로 보이는데, 우리말 이름은 따로 전하는 것은 없다.

3. 희방사-기쁜절

경북 영주시 풍기읍 수철리 소백산에 있는 절 희방사는 643년(선덕여왕 12년)에 승려 두운이 창건하였는데, 호랑이에 얽힌 창건설화가 전하고 있다.

> 두운은 태백산 심원암에서 이곳의 천연동굴로 옮겨 수도하던 중, 겨울밤에 호랑이가 찾아 들어 앞발을 들고 고개를 저으며 무엇인가를 호소하였다. 살펴보니 목에 여인의 비녀가 꽂혀 있었으므로 뽑아주었다. 그 뒤의 어느

날 소리가 나서 문을 열어보니 어여쁜 처녀가 호랑이 옆에 정신을 잃고 있었다. 처녀를 정성껏 간호하고 원기를 회복시킨 다음 사연을 물으니, 그녀는 계림의 호장 유석의 무남독녀로서, 그날 혼인을 치르고 신방에 들려고 하는데 별안간 불이 번쩍 하더니 몸이 공중에 떴고, 그 뒤 정신을 잃었다고 하였다. 두운은 굴속에 싸리나무 울타리를 만들어 따로 거처하며 겨울을 넘긴 뒤 처녀를 집으로 데리고 갔다. 유호장은 은혜에 보답하고자 동굴 앞에 절을 짓고 농토를 마련해주었으며, 무쇠로 수철교(水鐵橋)를 놓아 도를 닦는 데 어려움이 없게 하였다.

　　　　　　　　　　　—『한국민족문화대백과사전』, 희방사

　풍기읍 수철리는 옛 순흥도호부 창락면 '수철교리'로 위 설화 내용을 뒷받침하고 있다. 『여지도서』(순흥부)에는 사찰조에 희방사가, 교량조에 수철교가 나온다. 수철리는 속칭 '무쇠달(마을)'로 부르는데 무쇠달은 무쇠다리가 줄어서 된 말이다. '무쇠'는 물쇠(주철)에서 ㄹ이 떨어져 나가 된 말이라 한자로는 물 수 자 '수철'로 썼다. 어쨌든 호랑이 얘기는 그렇다 쳐도 계림(경주)의 호장 유석이라는 사람이 딸의 생명을 구해준 기쁨의 표시로 절을 지어주고 다리를 놓아준 것은 사실로 보인다. 절 이름이 기쁠 희 자 희방사인 것을 보면 그런 짐작이 어긋나는 것은 아닌 것 같다.

　그런데 희방사의 '희방'은 아무리 보아도 낯선 한자의 조합이고 해석이 어렵다. 기쁠 희(喜) 자에 모 방(方) 자를 어떻게 풀어야 할까. 그러나 낯선 한자의 조합인 경우 원래의 우리말을 단지 한자의 음과 훈을 빌려 표기한 경우가 많다는 사실을 떠올리면 해석의 실마리가 보일 것 같다. '희방'의 난해성 역시 이것이 일종의 이두식 표기라는 데에 있다. 한자의 훈(뜻)으로만 해석하려 들어서는 불가능한 표기인 것이다. 희방사는 앞부분 '기쁠 희'는 뜻으로 읽고, 뒷부분 '모 방'은 음으로 읽어야 제대로 해석이 가능한 표기이다.

희방사는 조선 전기에 불서의 간행이 활발했던 곳인데, 1568년(선조 1년)에 간행한 『월인석보』 1·2권 등 한글 문헌의 판목이 전해오던 곳으로 유명하다. 판목은 6·25 때 모두 불탔지만, 희방사에서 간행한 『월인석보』 앞머리에는 유명한 '훈민정음 언해본'이 실려 있어 특히 가치가 있다. 바로 이 책의 끝머리에 간행처를 기록했는데, 희방사가 '池叱方寺(지질방사)'로 표기되어 있다. 또 1592년에 이 절에서 간행한 『은중경언해』에는 절의 이름이 '其方寺(기방사)'로 적혀 있다.

이 '지질방사', '기방사'는 이두식 표기인데, 이것이 '희방사'와 대응됨을 알 수 있다. 곧 '지질방'이나 '기방'을 '희방'과 같은 표현으로 볼 수 있다는 것이다. 여기서 '지질방'의 '질(叱)'은 이두에서 'ㅅ'을 표기한 것이니 '지질방'은 '짓방(혹은 딧방)'으로 읽을 수 있다. 또한 '방'은 음으로 '브(바)', '븐', '봄' 등을 표기한 것으로 연구자들은 보고 있다. 이렇게 보면 '짓방'이나 '기방'은 '짓브(븐)', '깃브(븐)'의 이두식 표기인 것을 알 수 있다. 여기에 절을 붙이면 '지질방사'는 '짓븐절(뎔)', '기방사'는 '깃븐절(뎔)'이 된다. '짓븐'은 '깃븐'이 구개음화 된 형태로 현대어로는 모두 '기쁜'의 표기로 볼 수 있다.

결국 희방사는 '기쁜절(혹은 기쁨절)'을 이두식으로 표기한 것이 된다. '기쁜절' 이름은 위의 설화 내용과도 부합하는 것으로 절 이름으로는 드물게 이두로 표기되어 우리말 이름을 전하고 있는 것이다. 16세기까지는 '지질방사', '기방사'로 표기했다가 17세기에 '기쁠 희' 자 '희방사'로 표기가 바뀌었다. 서울 화계사 동종(보물 제11-5호)은 숙종 9년(1683년)에 제작되어 원래는 희방사에 있던 것을 광무 2년(1898년) 화계사로 옮겼다고 하는데, 이 종의 명문에 '소백산 희방사'로 나온다.

자하문 밖 능금마을

"능금나무골·사과마을·멋질"

재래종 사과 능금 많던 곳 서울 부암동 능금나무길

또 다른 재래종 사과 '멋'은 한자로 '내촛'로 적어… 경북 봉화 '멋질'은 내곡촛谷

경기 고양 내유동은 능금나무 내촛 자 쓰는 능금꽃 만발하던 곳

창의문은 한양 도성에 설치한 네 개의 작은 문 가운데 하나로 서북쪽에 위치해 있다. 곧 북악산이 인왕산으로 이어지는 산줄기의 가장 낮은 부분 고갯길에 자리 잡고 있는데 지금은 종로구 청운동이다. 창의문은 흔히 자하문(자문)으로 불렸는데, 이 문을 거쳐 나가면 바로 세검정 골짜기이다. 백석은 이 시에서 자하문 밖 말하자면 도성 밖 교외 지역의 한적한 농촌 풍경을 눈에 보일 듯 그려내고 있는데, 키질하는 소리나 까치가 짖는 소리까지 곁들여 입체감을 더하고 있다.

　　무이밭에 흰나뷔 나는 집 밤나무 머루넝쿨 속에 키질하는 소리만이 들린다

　　우물가에서 까치가 자꼬 즞거니 하면

　　붉은 수탉이 높이 샛더미 우로 올랐다

　　텃밭가 재래종의 임금(林檎)나무에는 이제도 콩알만 한 푸른 알이 달렸고

히스무레한 꽃도 하나 둘 피여 있다

돌담 기슭에 오지항아리 독이 빛난다

—백석, 창의문외(彰義門外), 『사슴』, 1936.

무이밭: 무밭

샛더미: 새(땔감)더미

　　이 시에는 사람은 없고 자연 풍경만 그려지는데 특히 동물과 식물에 대한 묘사가 두드러진다. 그중 눈에 띄는 것이 임금나무이다. 이름부터 낯설기도 하거니와 도무지 무슨 나무인지 짐작이 되지 않는다. 꽃이 지고 "콩알만 한 푸른 알이 달렸고" 하는 것으로 보아 과일나무 같기는 한데 도대체 무슨 과일일까. 텃밭 가에 심어져 있는 것으로 보아 우리 생활과 아주 밀접한 과일로 보이는데 이름은 영 낯설다.

　　단적으로 말하면 '임금나무'는 '능금나무'이다. 지금으로 말하자면 '사과나무'이다. 능금은 우리나라의 야생종 사과이다. 그래서인지 백석도 "재래종의 임금나무"라 썼다. 『표준국어대사전』에 능금은 "능금나무의 열매. 사과와 비슷한 모양이지만 훨씬 작다. ≒임금"이라고 나오고, 동시에 '사과'를 이르는 말로도 나온다. 품종은 다르지만 '사과'를 흔히 '능금'으로 불러온 것을 알 수 있다. '임금'은 '능금'의 한자어이다. '임금'은 고려시대 문헌에서부터 나오는데, 조선 중종 때 『훈몽자회』(1527년)에는 '닝금 금(檎)'으로 나오고 속칭 '사과(沙果)'라 부른다고 되어 있다. '능금'이라는 말은 이 '닝금'이 음이 변해서 된 말로 보인다.

　　사과라는 말은 한자어이다. 언제 우리나라에 유입되었는지는 알려져 있지 않은데, 실록에는 성종 때(1483년) 기사에 '사과(沙果)'로 처음 보인다. 연구자들은 이때의 사과는 재래종 능금을 가리키는 것으로 본다. 대체로 '사과'라는 말은 효종 때 인평대군이 중국에서 가져온 새로운 품종 '빈과(蘋果)'를 가리키는 말로 쓰였던 것 같다. 조선 후기 실학자 홍만선(1643~1715)

이 지은『산림경제』(숙종 연간)에는 사과(楂果)와 능금(林檎)의 재배법이 나오는데, '사과'와 '능금'을 다른 종으로 구분해서 쓰고 있는 것을 볼 수 있다. 이때의 '사과'는 '빈과'를 가리킨 것으로, 『훈몽자회』의 '속칭 사과'와는 음은 같지만 한자가 다르다. 그러니까 능금을 속칭한 '사과(沙果)'와 구분하기 위해 새로이 '사과(楂果)'라는 한자를 쓴 것이다. 서양 사과의 신품종들이 우리나라에 도입된 것은 개항(1876년) 이후이며 주로 서양 선교사들에 의해 이루어진 것으로 보인다.

태종 12년(1412년)에는 시물을 종묘에 천신하도록 하는데 6월의 시물에 '능금(林檎)'이 들어 있다. '시물'은 철에 따라 나오는 생산물을 뜻하고, '천신'은 철 따라 새로 난 과실이나 농산물을 먼저 신위에 올리는 일을 뜻한다. 『세종실록』지리지에는 함경도 고원군의 토의로 능금이 기록되어 있다. 토의란 토산물과 같은 말로 그 지역의 기후풍토에 가장 알맞은 산물을 가리킨다. 예부터 능금은 우리 생활에 있어 주요한 과일로 명맥을 이어왔고 개화 초기까지만 하여도 흔히 재배되었던 것으로 보인다.

창의문 밖 능금은 특히 '경림금'이라 했는데 경성(서울)의 특산품으로 유명했다. 능금이 익어갈 때쯤이면 그것을 사려고 몰려든 상인들로 창의문 인근이 들썩였다고 한다. 1929년에 발행된 잡지『별건곤』(제23호)에 실린「경성명물집」이라는 제목의 기사에서는 경성(서울)의 특산품으로 북악산의 송이와 더불어 창의문 밖 능금(林檎)과 승도(僧桃, 털 없는 복사)를 들고 있다. 창의문 밖은 경개는 아름답지만 토지가 척박하여 농사는 잘 되지 않고 과수 재배에 적당했다고 한다. 이 일대는 능금 외에도 앵두, 살구, 자두, 복숭아가 많이 났다.

자하문(창의문) 밖 능금 재배에 대해『한국민족문화대백과』'과수원'에서는 다음과 같이 적고 있다. "능금이라는 이름은 임금(林檎)에서 유래된 것인데 전설에 의하면, 임금은 임금(王)과 발음이 같아서 귀중한 과일로 취급되어 고려 때는 수도인 개성에 재배를 장려하였고, 조선시대는 수도인 서울에서 재배가 장려되었다고 한다. 서울 자하문 밖 세검정에는 유명한 과수원이 많이 형성되어 재배되어 왔고 … 이렇게 유명하였던 능금은 개량품종이 보급됨에 따라 경제성이 없어져 서서히 그 재배 면적이 감소되어가다가, 지금은 극소수만이 재배되어 그 명맥을 유지하고 있을 뿐이다. 그러나 우리나라의 능금은 사과 육종에는 좋은 자료가 되므로 세계 여러 나라 학자들이 자하문 밖 능금나무를 찾아보고 귀중한 자료로 수집하기도 한다"

창의문 밖 능금밭은 지금은 모두 사라지고 단지 지명으로만 남아 있다. 종로구 부암동 주민센터 위쪽으로는 '능금나무길'이 있다. 또한 능금나무길을 따라 올라가면 부암동 끝자락에 위치한 백사실계곡에 이르는데, 이 계곡 상류에 서울의 두메산골로 통하는 '뒷골'이 있다. 광화문에서 승용차로 10여분 거리지만 북악산 북서쪽 자락 산주름에 박힌 외딴 산골마을이다. 이 '뒷골'을 '능금나무골' 혹은 '능금마을'로도 불렀다. 문헌에 기록된 바는 없고 한자 지명도 전하는 것이 없다. 이곳을 기억하는 누군가에 의해 근래에 이름 붙여진 것으로 짐작된다.

북한에도 '능금마을'이 여러 곳 있는데 모두 오래된 지명은 아닌 것으로 보인다. 평남 숙천군 평화리 함박산의 남쪽에 능금마을이 있다. 평지대에 과수 묘포밭이 조성되면서 생겼다고 하는데, 어린 능금나무를 기른다는 뜻에서 능금마을이라 불렀다 한다. 평양시 력포구역 남쪽에는 '능금동'이 있는데 1967년에 신설한 동이다. 능금나무가 많은 곳이라 하여 능금동이라 하였다는데, 평양과수농장이 위치해 있기도 하다. 평양과수농장은 1952년 2월 김일성이 전선을 시찰하고 돌아오던 길에 중화군 용연면 당정리(현재 역포구역 능금동)에 들러 이 일대의 야산에 과수원을 조성하여 수도의 과일 공급기지로 만들라고 교시한 데서 비롯되었다고 한다. 사과를 위주로 하여 배, 복숭아, 자두, 살구, 포도, 단버찌 등 갖가지 과일을 철따라 생산하여 평양 시민들에게 공급하고 있다고 한다. 능금동의 능금은 역사적으로 보아서 재래종 능금이 아니라 개화기 이후 심기 시작한 새 품종 사과인 것으로 보인다. 그밖에도 북한에는 '능금봉', '능금나무재' 등의 지명이 있는데 모두 능금나무가 많이 자라고 있어 붙여진 것이라고 한다.

일제강점기부터 능금하면 대구를 우선 꼽았고, '대구 능금'이라는 브랜드가 유명세를 탔다. 이때도 국광이니 홍옥이니 하는 새 품종의 사과였지만 부르기는 여전히 '능금'으로 불렀다. 지금도 '대구경북능금농업협동조합'은 '사과'라는 말을 쓰지 않고 '능금'으로 쓰고 있고, 2000년대 초만 해도 대구 사과의 홍보사절로 '능금아가씨'를 뽑기도 했다. 1960~70년대 대구는 전국에서 가장 유명한 사과 산지로, 전국 수확량의 80%를 담당하기도 하였다. 그러다가 도시화가 진행되면서 재배 농가가 줄기 시작했고, 지구온난화로 인하여 사과 재배지가 북상하면서, 대구 사과는 1980년대 늘어 급격하게 쇠락하게 된다. 이런 중에도 120년 대구 사과의 명맥을 이어오고 있는 곳이 있는데, 바로 대구시 동구 평광동 '사과마을'이다.

마을의 186가구 중 120여 가구가 사과를 재배한다. 평광동은 해발 2~300미터 정도의 산골로 일교차가 크고, 배수가 잘되는 사질토는 사과 재배에 적지라고 한다. 마을에는 국내 최고 수령(2019년 현재 89세)의 홍옥 사과나무도 있는데, 1935년 마을 사람이 일본 아오모리 현에서 5년짜리 묘목을 직접 가져와 심었다고 한다. 이 마을의 사과 재배 역사를 한눈에 알 수 있게 해준다. 그에 비해 '사과마을' 이름은 역사가 깊지 않다. 또한 공식적인 이름도 아니고, 이곳이 대구에 유일하게 남아 있는 사과의 재배단지라서 통상적으로 부르는 이름인 것으로 보인다.

재래종 사과로는 '능금' 외에도 '멋'이 있었다. 한자로는 '내(柰)'로 적었다. 지금도 한자사전에는 '내'가 '능금나무 내'로 나온다. 『훈몽자회』에는 '樣, 멋 내'로 나오고 통상 '柰(내)'로 쓴다고 나온다. 이 말은 통일신라 때의 구전가요인 처용가(879)에서 그 흔적을 찾아볼 수 있는데, 이 노래의

"머자 외야자 綠李여"와 같은 구절에서 '머자(멎+아)'를 능금의 일종인 '멎'으로 보기도 한다. 문헌상으로 볼 때 최초의 기록은 고려시대의 『계림유사』(1096)에 나오는 "임금을 민자부라고 한다(林檎曰悶子訃)"는 기술이다. 연구자들은 이 '민자'를 '멎'으로 해석한다.

이 '멋(멎)'은 지명에도 더러 남아 있다. 경북 봉화군 법전면 척곡2리의 자연마을로 '멋질'이 있다. 봉화군 지명 유래에는 "옛날에 맛좋은 과실과 작은 절이 있어 맛절로 부르다가 세월이 흐르면서 언어의 순화로 멋질로 부르고 있으며, 현재는 웃멋질과 아래멋질로 나뉘어 부르고 있다"고 되어 있다. 설명이 이해하기 어렵게 되어 있지만, "맛좋은 과실이 있어"라는 표현에는 어떤 암시가 담겨져 있는 것 같다. 이에 대해 봉화문화연구회는 "멋질은 작은 사과가 많아서 내곡(柰谷)이라 했다. 작은 사과를 '멋'이라고 하고 내곡은 '멋골'이라 했는데 이것이 변하여 '멋질'이 되었다"고 설명하고 있다.

경북 울진군 평해읍 학곡2리 관곡마을은 "동쪽에는 국도 7호선과 바깥멋질이 있고, 남쪽은 다티고개, 서쪽은 도봉이산 준령 밑에 깊숙이 멋질골이 있으며, 북쪽은 마을 뒷산이다. 멋짓골이라고도 한다"는 설명이다. '바깥멋질', '멋질골', '멋짓골' 등의 이름이 특이하다. 『울진군지』에서는 "고을 원님이나 관찰사 등이 평해군에 부임하여 오게 되면 멋질에서 멈추고 정상 행차를 갖추기 위하여 머물렀던 곳으로 '행차가 멋지다' 하여 '멋짓골' 또는 '관곡(館谷)'이라 불렸다고 전해지며, 평해 손씨가 큰 와가(瓦家)를 짓고 대대로 잘 살아왔다 하여 관곡이라 불렸다고 전해지기도 한다"고 설명하고 있다. "행차가 멋지다"해서 '멋짓골'이 되었다고 하는 것은 일종의 민간어원설로 사실과는 다른 것으로 보인다. 더 이상의 자료는 없지만 이곳 '멋질'도 위의 봉화군의 예처럼 작은 사과 '멋'에서 비롯된 것으로 보는 것이 맞을 것 같다.

우리말 '멋'을 한자로 쓴 '내(柰)' 자 지명도 더러 있다. 우리말 이름은 없지만 능금의 뜻을 살려 한자 표기한 것이다. 고양시 덕양구 내유동이 그런 예이다. 『한국지명유래집』에는 "『고양군지』에 사리대면 내산리로 기록되어 있다 … 내유동은 능금꽃이 만발하던 곳으로 자연마을인 내산(柰山)과 유산(遊山)의 머리글자를 딴 이름이다"라고 설명되어 있다. 내유동의 '내'는 능금나무 내(柰) 자를 썼는데, '내산촌'에서 비롯된 것이다. '내산촌'은 오래 전부터 마을에 능금나무가 많아 붙여진 이름으로 현재는 그 흔적을 찾기 어렵다고 한다.

북아현동 굴레방다리

"굴에·구레"

'굴레'는 낮은 지대라는 '구레'에서 온 말, '굴레 늑勒' 자로 표기해
충남 보령 미산면 늑전리는 골 깊고 밭이 많았던 구레밭
경기 안성 미양면 계륵리(계동+늑동)의 늑동은 안구레

종로에서 버스를 타고 신촌을 가자면 꼭 굴레방다리를 지나야 했다. 지금으로 치면 지하철 2호선 아현역인데 이곳을 지나 고개를 넘으면 이대입구였고, 더 내려가면 신촌로터리가 나왔다. 그때에도 굴레방다리하면 아무것도 모르는 채 왠지 정감이 가는 이름으로 부르고 듣고는 했다. 그 굴레방다리에서 북쪽 골짜기에 있는 동네를 흔히 '능안'이라 불렀는데, 능안이라는 이름도 기억에 오래 남았다. 능안길을 한참 걸어 들어가면 철로 밑으로 굴다리가 있었다. 그때는 혹시나 이 굴다리가 굴레방다리가 아닌가 의심해보기도 했다. 그러나 그것은 막연한 생각이었고 내내 유래는 모르는 채 굴레방다리는 꽤나 낭만적인 이름으로 기억에 남았다.

굴레방다리는 옛날에는 강화대로의 경유지로 이름을 올렸다. 강화대로는 조선시대 도성에서 강화도로 가는 노선으로 조선의 제6로였다. 숭례문을 나와 약현과 애오개를 넘고 굴레방다리를 건너서 큰고개(대현)

를 넘어 양화진에 이르고, 이곳에서 배로 한강을 건너 양천, 김포를 거쳐 강화에 이르는 길이었다. 굴레방다리는 이대 쪽 큰 고개에서 흘러온 물줄기와 안산 쪽 금화산에서 능안리를 따라 흘러온 물줄기가 합쳐지는 곳일 뿐만 아니라 신촌 쪽으로 가는 길과 마포 쪽으로 가는 길이 갈라지는 곳에 위치해 주요 지표가 되었던 곳이다. 북아현동 너분배에서 흘러 굴레방다리로 들어가는 내를 굴레방천으로 불렀는데, 예전에는 나무가 많고 수석이 아름다웠다고 한다. 이 물길은 아현시장을 통해 선통물천을 지나 마포 쪽으로 흘러 한강으로 통했다.

그런데 이 굴레방다리에 조선 후기의 중흥 군주였던 영조와 정조가 자주 행차했던 기록이 있어 관심을 끈다. 그것은 오로지 북아현동(현재의 중앙여고 자리)에 '의소묘'가 있었기 때문인데, 의소묘는 영조의 장손자이자, 사도세자의 장자이고, 정조의 형이었던 의소세자의 묘이다. 바로 이 의소묘가 있어 이곳 북아현동을 흔히 '능안(능의 안쪽)'이라 불렀다. 정조 3년 때의 기록으로는 의소묘의 경계가 너무 넓고 수목이 울창하여 호랑이와 표범이 백성들의 큰 걱정거리가 되어 해자 안팎에 있는 수목들을 조금 베어낼 것을 청했다는 기록이 있는 것으로 보아, 경계가 아주 넓고 수목이 울창했던 것으로 보인다.

세 살을 못 넘기고 죽은 장손자에 대한 영조의 사랑과 그를 잃은 슬픔은 아주 지극했다. 의소세손이 죽은 뒤 4년 되던 영조 32년(1756년 3월 24일)에는 의소묘에 들렀다가 돌아오는 길에 경기 감영(현재 서대문 네거리 적십자병원 자리)의 선화당에 임하여 고양과 부평의 백성들을 직접 면담하고 그들의 고충을 해결해주는데, 그때의 말이 의미가 심장하다. "내가 의소세손을 생각하다 보면 곧 절로 눈물이 흘러내리는데, 이제 굶주린 백성을 보니 마음에 슬프고 안쓰러움이 더욱 심하다"고 말하면서 속 깊은 뜻까지를 밝히고 있는 것이다.

아! 옛날 고황제(명 태조)께서 공민왕에게 이르기를, "왕께서 만약 백성들을 사랑한다면, 반드시 왕자가 있었을 것이다"라고 하였다. 내가 만약 고황제의 이 뜻을 깊이 유의하여 부지런히 백성을 사랑했다면, 어찌 내 손자의 묘에 임하는 일이 있겠는가? 그러나 오늘 조금이나마 한 고을의 백성을 구제한 것은 나의 뜻이 아니고 실로 내 손자의 도움이다. 만약 의소묘에 임하는 일이 없었다면 어떻게 이런 일이 있을 수 있었겠는가? 아! 세록의 신하들이 어찌하여 세 살 된 손자가 오늘 나를 돕는 것만 못 하단 말인가?

영조는 자신이 부지런히 백성을 사랑했다면 손자가 죽지 않았을 것이라면서, 지금 백성을 구제한 것이 손자가 자신을 돕고 있는 것으로 말한 것이다. 그러니까 손자에 대한 각별한 정을 넘어서 죽은 손자와 어떤 교감을 나누고 있었던 것은 아닌가 여겨지기도 하는 대목이다. 이 일보다 1년 전(영조 31년 1월 11일)에는 태묘(종묘)에 나가 춘전알례(봄 참배)를 행하고 이어서 의소묘에 나아갔다가 밤이 깊어서야 대궐로 돌아왔는데, 임금이 꿈에 의소세손을 보고 느낌이 있어 태묘에 알현하는 날에 의소묘에 행차하였다는 것이다.

경기감영에서 백성을 구제하였던 일 때문인지 영조는 의소묘에 들렀다가 돌아오는 길에는 종종 봉상언(捧上言)을 허용했는데, 봉상언은 백성들이 임금께 말씀을 드린다는 뜻이다. 말하자면 백성들의 고충이나 애로 사항을 임금이 직접 듣겠다는 말이다. 기록에는 "늑방교(勒坊橋)부터 경영교까지 봉상언하라는 전교", "늑방교부터 숭례문까지 봉상언하라는 전교" 등으로 나온다. 여기에서 늑방교는 '굴레방다리'를 한자로 쓴 것이고, 경영교는 경기감영 앞 다리를 가리키며, 숭례문은 남대문을 가리킨다.

늑방교 지명이 집중적으로 나타나는 것은 영조 28년 의소세손의 묘소를 잡을 때부터이다. 『승정원일기』에는 대신(김약로)이 자리가 아주 좋다면서 "늑방교 물이 거슬러 오르며 옆으로 띠를 이루고, 팔각정이 청룡이 되고 아현이 백호가 되며…"라고 임금께 설명하고 있다. 『영조실록』(28년 5월 3일)에는 예조판서 이익정·판윤 박문수 등이 묘소에 나아가 경계를 정하고 화소를 만들었다는 기사가 나오는데, "남쪽으로는 독송정에서 늑방교까지, 동으로는 늑방교에서 무현까지…"라고 되어 있다. 화소는 오늘날의 방화선으로, 봉분에서 멀리 떨어진 곳의 외곽에 지형지물을 이용하여 돌 또는 흙으로 높이 쌓아 언덕을 만들거나 또는 일정한 너비로 흙을 파내어 도랑을 만드는 것이다.

이 늑방교는 조선 말엽에는 늑교라고 썼다. 조선시대 법령자료인 『육전조례』(1867년)에 훈련도감의 도성 순라구역을 분담해 놓았는데, 그중 5패가 담당한 구역이 "남대문 밖 염초교·아현·늑교(勒橋)에서 북으로 서강에 이르는 지역"으로 되어 있다. 또한 1914년 일제의 행정구역 개편 때 자료에도 경성부 서부에서 고양군 용산면에 편입되는 동리 중의 하나로 늑교가 나온다. 국어학자 한징의 「조선말 지명」(『한글』 48, 1937, 9.)이라는 글에서는 '늑교'라는 한자어 지명을 '굴레방다리'라는 우리말 이름으로 밝혀 놓고 있다. '늑교'는 '늑방교'(굴레방다리)를 편의상 줄여서 표기한 것으로 보인다.

늑방교는 '굴레 늑(勒)' 자, '동네 방(坊)' 자에 '다리 교(橋)' 자를 붙인 지명이다. 한자 지명으로도 상당히 특이하다. 그런 점에서는 한자로 의미를 고안해서 새롭게 만들어 붙인 지명이 아니라, 민간에서 우리말로 '굴레방다리'라 부르던 것을 한자의 훈과 음을 이용해 표기한 것으로 보인다. 그렇다면 우리말 굴레방다리는 무슨 뜻일까 궁금하지 않을 수 없는데, 해석이 제각각이고 이해가 쉽지 않다. 『서울지명사전』에서는 굴레방다리를 "서대문구 북아현동 163번지 남쪽 사거리에 있던 다리"로 정의하면서 "풍수지리설에 의하면 큰 소가 길마는 무악에 벗어 놓고, 굴레는 이곳에 벗어 놓고, 서강을 향하여 내려가다가 와우산에 가서 누웠다고 하여 붙은 이름이라고 한다"라고 유래를 설명하고 있다.

무악(안산)을 옛날에는 길마재로 불렀는데, 그 길마재와 아현동의 굴레방과 홍대 뒷산인 와우산을 함께 이어놓고 있다. 소의 등에 얹는 '길마', 소의 머리에 씌우는 '굴레', 누운 소를 뜻하는 '와우' 모두 소와 관계있는 지명이자, 차례대로 무악의 지맥 선상에 있다. 그러니까 '길마나 '굴레' 같은 구속(고통)을 벗어버리고 '와우' 명당에 가서 편히 누웠다는 얘기다. 그러나 이는 기존의 지명을 글자 뜻에 따라 재미있게 풀어낸 이야기이지, 지명의 유래 곧 시초를 밝히고 있는 이야기는 아니다. 그것은 굴레방(늑방)의 '동네 방(坊)' 자를 '놓을 방(放)' 자로 읽어 '굴레를 풀다'로 해석한 것에서도 드러난다.

연천군 중면 도연리에도 이와 비슷한 이야기가 전한다. 이곳에는 '굴레방' 이름이 '다리'가 아닌 '고개'에 붙었는데, '굴레방고개'가 그것이다. 굴레방고개의 유래는 따로 전하는 것이 없고, 대신 인근의 다른 지명 유래에 이름을 올리고 있다. '용마네골'은 벌말 남쪽에 있는 골짜기인데, "벌말에서 장수가 태어나자 이 골짜기에서는 그 장수가 탈 용마가 나타났는데, 그 집안에서 장수를 죽이자 용마는 슬피 울며 북쪽에 있는 굴레방고개에서 굴레를 벗고, 자작고개에 가서 죽었다고 한다"는 이야기이다. '아기장수설화'의 변형으로 보이는데, 용마의 죽음을 "굴레방고개에서 굴레를 벗고, 자작고개에 가서 죽었다"고 해서 이곳 지명과 관련지어 이야기하고 있는 것이다. 이곳 '굴레방'은 한자 지명도 없는 소지명인데, '방'을 '벗다'로 풀이하고 있는 것은 똑같다.

『서울지명사전』에서는 '굴레방다리'를 마을 이름으로도 설명하고 있다. "마포구 아현동에 있던 마을로서, 마포나루 방향과 신촌 방향으로 가는 길에 바퀴살처럼 다리를 걸쳐놓았기 때문에 마을 이름이 유래되었다. 한자명으로 늑교라 하였다. 지금은 다리가 놓였던 개천을 복개하여 차도로 이용한 지 오래 되었다. 굴레방다릿굴이라고도 하였다"고 설명하고 있다. 그러나 바퀴살처럼 다리를 걸쳐놓았기 때문에 굴레방다리가 되었다는 설명은 잘 납득이 되지 않는다. 다리의 모양에서 유래를 찾았는데, '바퀴살'처럼 걸쳐놓은 다리의 모양이 상상이 되지 않는 것이다. 우리말에 '굴레미'라는 말이 "나무로 만든 바퀴"라는 뜻을 갖고 있고, '굴렁쇠'를 '굴레바퀴'라고도 불렀는데, 이 말들은 동사 '구르다'와 관련된 것들로 이를 다리 이름에 적용하기는 어려워 보인다.

민간에서는 굴레방다리를 "김포에서 생산된 쌀을 실어 나르던 장사치들이 주막이 많은 이곳에서 쉬어갔었다. 쌀가마를 끌던 말과 소의 굴레를 벗기고 쉬는 곳이라고 해서 굴레방이라 했다고 한다"로 설명하기도 한다. 그러나 이 설명 역시 굴레방의 '방'을 '놓을 방'으로 보아 굴레를 벗기고 쉬었던 곳으로 해석한 것이 걸린다. 또한 말이나 소의 굴레를 벗기고 쉰다는 것도 이해가 되지 않는 대목이다. '굴레'는 "말이나 소 따위를 부리기 위하여 머리와 목에서 고삐에 걸쳐 얽어매는 줄"로 한번 씌우면 끊어지기 전에는 벗기지 않는 것이다. 벗기는 날에는 덩치 큰 짐승을 통제할 수가 없어 감당하기 어렵기 때문이다. 또 다른 유래로는 이곳에 굴레를 만들어 파는 가게(방)가 있어서 굴레방이라 했다고도 하는데 설득력이 떨어진다. 다른 지역의 예도 없거니와, 굴레가 상품화되어 거래된 예를 찾기가 어렵다.

굴레방다리는 우선 '굴레방+다리'로 분석할 수 있고, 굴레방은 '굴레+방'으로 나누어볼 수 있다. 해석의 핵심은 '굴레'에 있다고 할 수 있는데, 이 '굴레'를 지금의 '굴레'라는 말로 읽어서는 도무지 해석의 실마리가 보이지 않는다. 원래 굴레는 얽어 맨 '줄'을 뜻하는 말이라서 지형이나 지리적 정보를 나타내기에 적절한 말이 아니기 때문이다. 그렇다면 굴레를 다른 말의 변형으로 볼 수 있을 텐데, 지명에 많이 쓰인 말로는 '구레'라는 말이 유력하다. 굴레의 옛말이 '굴에'인 점도 뒷받침된다. 그러니까 굴레방의 '굴레'는 옛 형태로 '굴에' 곧 '구레'를 상정할 수 있고, 이때의 구레는 "지대가 낮아서 물이 늘 괴어 있는 땅"의 뜻을 나타낸 말이다.

실제로 다른 지역의 경우 지대가 낮은 땅 이름 '구레'를 '굴레'로 읽어 한자 '늑(勒)'으로 바꾼 예가 많다. 보령시 미산면에는 늑전리(勒田里, 굴레 늑, 밭 전, 마을 리)라는 동네가 있다. 〈보령시 지명 유래〉에서는 "골이 깊고 밭이 많았으므로 굴앗, 구리앗으로 부르다가 늑전이라 불렀는데, 1914년 행정구역 통폐합에 따라 대늑리와 소늑리를 병합하여 늑전리라 해서 보령군 미산면에 편입되었다"고 쓰고 있다. 또한 늑전리 마을 중심에 있는 들을 '구레논'이라 부르고, 대늑리(큰늑전마을)를 '구레밧'으로, 소늑리(작은늑전마을)는 '굴앗(구랏)'으로 불렀다고 한다. '구레논'은 사전에도 나오는 말인데, "바닥이 깊고 물길이 좋아 기름진 논"을 뜻한다. 고래실이라고도 한다. '구레밧'은 '구레밭'의 변이형으로 보인다. '구리앗(굴앗)'에서 '앗'은 '밭'이 ㄹ밑에서 '앗'으로 바뀐 것이다. 결국 늑전 지명은 구레논, 구레밭을 늑전으로 한자화 한 것을 알 수 있다.

안성시 미양면 계륵리는 1914년 행정구역 개편 때 계촌(계동)과 늑동(勒洞)을 합하면서 생긴 이름이다. 그런데 늑동은 지리적으로 계동보다는 인근의 구례리와 더 가깝고, 생활권도 같다고 한다. 구례리 주민들은 '늑동'을 '안구레'라고 불렀고, '구례리'를 '바깥구레'라고 불렀다고 한다. 그러니까 원래 '구레'에서 나뉜 이름으로 보이는데, '늑동'으로 한자화 되었다.

황해남도 은률군 서해리 '굴레골'은 '늑동마을'이라 불렀다. 『조선향토 대백과』에서 이 마을을 '구렁골' 또는 '구등골'이라고도 부른다고 한 것으로 보아, 낮은 지대를 의미하는 '구렁'이 '굴레'로 바뀌고 이를 한자화 한 지명이 '늑동'인 것으로 보인다.

한편 굴레방의 '방(坊)'은 '동네'의 뜻으로 쓰인 한자이다. 『조선왕조실록』이나 『승정원일기』에서는 늑방교를 모두 '동네 방' 자를 쓰고 있다.

'방(坊)'은 고려·조선시대 수도의 행정구역 명칭으로 성내의 일정한 구획을 '방'이라고 불렀다. 오부 밑에 방을 두었고, 방은 다시 여러 동리로 구분되었다. 그러나 '방'은 한자 표기 없이 소지명에서도 흔히 쓰였던 말이다. 탱자나무가 많은 동네라 '탱자방'으로 부르고, 풀이 많은 마을이라 '새방(초방)'으로 불렀다. 이곳 '굴레방'도 그렇게 큰 행정 구역이 아니므로 작은 동네의 뜻으로 '방'이라 부르던 것을 사관들이 '방(坊)'이라 옮겨 썼을 가능성이 있다.

굴레방다리 이름은 유래에 대해 여러 설이 있는 만큼 해석이 쉽지 않다. 다른 지역의 예를 참고하면 굴레방다리의 '굴레'는 낮은 지대를 뜻하는 '구레'에서 온 말로 보는 것이 타당할 것 같다. '구레'가 '굴레'로 바뀌고 그것을 '굴레 늑(勒)' 자로 표기해 '늑방교' 혹은 '늑교'라는 한자 이름을 갖게 된 것이다.

꿈 몽 자를 쓴 몽촌토성

"꿈마을·곰말·굼말"

서울 몽촌토성의 몽촌은 '큰 마을'을 뜻하는 '곰말'이 '꿈말'로 변해 한자화
황해도 몽금포도 '꿈'과는 상관없이 '먼 구비'
충북 진천 용몽리도 구말-굼말-꿈말 뜻을 지닌 땅이름

'**꿈** 마을' 지명이 의외로 널리 쓰이고 있는 것을 보면 우리말 땅이름이 푸대접 받지만은 않는다는 생각이 든다. 아파트 단지 이름으로 쓰이기도 하고 특히 어린이들과 관계된 장소의 이름에 많이 쓰이는 것 같다. 아마 꿈이라는 말이 주는 아름답고 희망적인 이미지를 누구나 좋아하기 때문일 것이다. 그러나 이 꿈마을 지명이 애초부터 꿈마을인 경우는 거의 없다. 대개는 '몽촌'으로 한자화 된 것을 다시 현대의 훈으로 풀어서 '꿈마을'로 새긴 것들이다. 아니면 아무런 연고 없이 그냥 부르기 좋아 가져다 붙인 이름들도 많다.

'꿈' 지명, 아니 정확하게는 꿈 '몽(夢)' 자 지명 중에 많이 알려진 것으로는 몽촌토성의 '몽촌'과 몽금포타령의 '몽금포'가 있다. 둘 모두 꿈 몽 자를 쓰지만 '몽' 자의 쓰임은 아주 다르다. 몽촌토성의 '몽촌'은 '큰 마을'을 뜻하는 '곰말'이 '꿈말'로 변해 한자화 된 것이고, 몽금포의 '몽금'은 '먼 구미(굽이)'가 '몬구미', '몽구미'로 변하고 이를 '몽금'으로 한자화한

것으로 보인다. 그러니까 몽촌의 '몽'은 한자의 훈의 음을 빌려(훈음차) 표기한 것이고, 몽금포의 '몽'은 뜻과는 관계없이 한자의 음만을 빌려(음차) 표기한 것이 된다.

몽촌토성이 일반에게 널리 알려지게 된 계기는 88서울올림픽이다. 이곳이 올림픽 체육시설 부지로 확정된 후 토성을 사적공원화 하기 위해서 본격적인 발굴조사가 실시되었는데, 조사 결과가 놀라웠던 것이다. 바로 이 성이 한성백제 시대의 도성으로 밝혀지고, 백제 도읍이었던 하남위례성이 바로 이 토성이라는 주장까지 나온 것이다. 그러나 1990년대 후반 인근 풍납토성이 본격 발굴되고, 이것이 1세기 전후 한성백제 시대 초기에 축조된 더 큰 규모의 도성임이 밝혀지면서 많은 가설들이 새롭게 정리되지 않으면 안 되게 되었다.

『삼국사기』에 따르면 백제의 첫 도읍은 하남위례성이다. 여기서 '하남'은 한강의 남쪽이라는 뜻이며, '위례'는 '우리', '울타리'를 뜻하는 것으로 보기도 한다. 발굴 이후 많은 학자들은 한강 남쪽의 위례성으로 지금의 풍납토성이 가장 유력한 것으로 본다. 그런데 4세기 무렵 위례성이 한성으로 바뀌었다. 자리를 옮긴 것이 아니라 이름을 중국식으로 바꾼 것이다. 한성은 '큰 성'이라는 뜻이다. 또한 『삼국사기』에는 근초고왕 26년(371년)에 도읍을 '한산'으로 옮겼다는 기사가 있다. 한산은 남한산으로 추정되는데 몽촌토성이 그 능선의 끝자락에 해당된다. 따라서 남한산 끝자락 구릉지에 몽촌토성을 새롭게 쌓고 근초고왕이 거처를 옮긴 것으로 볼 수 있다. 산성 개념으로 볼 수 있는 몽촌토성은 백제가 처음 터를 잡았던 평지성인 풍납토성을 보완하기 위한 것으로도 보인다. 어쨌든 그 결과 북성(풍납토성)과 남성(몽촌토성)으로 이루어진 새로운 형태의 한성이 출현한 것이다.

『서울지명사전』에서는 몽촌(夢村)을 "송파구 방이동 올림픽공원 안에 있던 마을로서, 고대 삼한시대부터 이곳을 검마을 또는 곰말이라 했는데

몽촌토성.

곰의 음이 꿈으로 변하여 한자명으로 몽(夢)이라고 쓴 데서 마을 이름이
유래되었다"고 설명하고 있다. 그러면서 '검(곰)'이 '신'을 뜻하면서 '큰
것'이라는 의미가 있기 때문에 '곰말'이 신성한 곳이면서 큰 마을 곧
으뜸 마을의 뜻이라고 풀이하고 있다. '몽촌' 지명은 『동국여지승람』(광
주목 산천)에 "망월봉이 주 서쪽 10리 몽촌(夢村)에 있다"고 나오고, 서거정
의 시 「몽촌에 이르러 취한 뒤에 산에 올라가 달을 바라보면서 붓 가는
대로 내려 쓰다」를 인용하고 있다. 조선 전기의 문신 서거정은 이곳에
별서를 경영하고, 몇 편의 시에서 몽촌이나 망월봉을 노래한 바 있다.
또한 같은 책 광주목 인물조에서는 "고려 조운흘이 늘그막에 주의 몽촌에
우거하였다"고 해서 몽촌 지명이 나온다.

조운흘과 관련해서는 『태종실록』(4년 12월 5일)에 실린 '조운흘의
졸기'에 '몽촌'의 또 다른 이름 '고원강촌', '고원성'이 등장해 흥미롭다.
"신유년에 물러가 광주 고원강촌(古垣江村)에 살면서 …"라고 해서 나오
고, 끝부분에 붙인 조운흘 본인이 쓴 묘지명에서는 "나이 73세에 병으로

광주 고원성(古垣城)에서 종명하니, 후손이 없다"고 해서 나오는 것이다. '원(垣)'은 '담 원' 자로 울타리를 뜻하는 말이니까, '고원'은 '옛 담(울타리)'으로 읽을 수 있다. 따라서 '고원강촌'은 '낡고 오래된 담(울타리)으로 둘러싸인 강마을'로, '고원성'은 '낡고 오래된 담(울타리)으로 된 성'으로 읽을 수 있는 것이다. 여기에서 '낡고 오래된 담(울타리)'은 물론 흙으로 쌓아 다 허물어져 가는 몽촌토성을 가리킨다. 또한 이는 '위례'라는 말과 통하는 것이기도 하다.

그러나 이 '고원강촌'이나 '고원성'은 일반적으로 쓰인 지명은 아닌 것 같다. 기록상으로도 이 지명은 '조운흘의 졸기'와 관련해서만 보이는 게 특이하다. 짐작건대는 조운흘이 이곳에 거처하면서 스스로 고안해서 지어 붙인 이름으로 보인다. 그의 평생의 행적이나 성격을 보면 낡고 오래된 흙담(울타리) 지명이 어울려 보이기도 한다. 조운흘의 졸기에서는 "신유년에 물러가 광주 고원강촌에 살면서 자은승 종림과 더불어 세속을 떠나 교제하여, 판교원과 사평원의 양 사원을 중창하여 스스로 원주라고 칭하였는데, 해진 옷을 입고 짚신을 신고서 역도와 더불어 그 노고를 같이하니, 지나가는 자가 그가 달관(達官, 높은 벼슬)인지 알지 못하였다"고 쓰고 있다.

또 다른 몽촌 지명은 충북 진천군 덕산면 용몽리에도 있다. 용몽리는 1914년 일제의 행정구역 통폐합 때 용소리의 '용' 자와 몽촌리의 '몽' 자를 따서 이름이 만들어졌다. '몽촌' 지명은 『조선지지자료』에 '구말'로 나오며 '몽촌리(夢村里)'라는 한자 지명이 대응되어 있다. 광해군 때 문신인 채진형이 현몽하여 잡은 자리라 하여 '꿈말(몽촌)'이라 하였는데 이후 '구말'로 변한 것으로 전해진다. 그러나 국어학적인 관점에서는 본래 '굼말'이었는데 'ㅁ'이 탈락하여 '구말'이 된 것으로 파악한다. 그리고 한자 지명 '몽촌'은 '굼말'을 '꿈말'로 읽어 이를 한자화 한 것으로 보는 것이다.

『한국향토문화전자대전』(디지털진천문화대전-용몽리)에서는 '굼말'을 두 가지 관점에서 풀이하고 있다. 첫째는 굼을 구멍으로 보는 관점으로, 굼말은 "움푹하게 파인 땅에 조성된 마을"로 풀이한다. 전국에 '굼말' 또는 '굼마'가 여럿 존재하는데, "지형이 구렁이 져 있거나 지대가 낮은 곳"으로 풀이하기도 한다는 것을 근거로 들고 있다. 둘째는 굼말의 굼을 '감(곰)' 계의 말로 보고, 이것이 신(神)이라는 뜻과 여기서 발전한 '크다(大)'는 뜻을 가지므로 굼말은 '큰 마을'로 풀이된다는 것이다. 위 방이동 몽촌의 곰말을 '큰 마을'로 해석하는 관점과 같다.

'꿈여울' 이름도 위의 '몽촌-꿈마을'처럼 '몽탄(夢灘, 꿈 몽, 여울 탄)' 지명을 현대적으로 해석하며 지어낸 말이다. 나주시의 영산강 본류 동강면 옥정리와 무안군 몽탄면 명산리 사이에 있는 '몽탄나루'는 강 양쪽을 모두 '몽탄'이라 부른다. 이 몽탄은 곰여울로 불렀을 것으로 추측하는데, 이 '곰여울'이 '굼(꿈)여울'로 불리다가 '몽탄'으로 한자화 된 것으로 보인다. 몽탄과 관련해서는 고려 태조 왕건의 꿈 이야기가 전하고 있다. 왕건이 후백제를 공략하다가 현 나주 동강면으로 퇴각하였다. 그러나 영산강이 막혀 건너지 못하고 있던 중 꿈에 백발노인이 나타나 눈앞의 호수는 강이 아니라 여울이니 빨리 건너라고 하므로 말을 타고 현재의 몽탄나루를 건너 견훤군과 싸워 대승을 거두었다 하여 몽탄이라 부르게 되었다는 것이다. 『동국여지승람』(무안현) '관방 목포영'에서는 실제로 이곳에서 궁예 때의 왕건과 후백제 견훤 간의 큰 전투가 있었던 것으로 기록하고 있다.

『여지도서』(무안현)에는 '몽탄진'이 이산포의 하류로 현의 남쪽 30리에 있다고 나온다. 이 기록에서는 영산강을 나주 금강(錦江)으로 기록하고 있는 것을 볼 수 있다. 나주는 통일신라 때 금성(錦城)으로 불리었기 때문에, 당시에는 영산강을 금천, 금강이라 했고 나루터는 금강진이라 했다. 원래 나주는 백제의 발라군이었던 것을 신라 경덕왕 때 금산군 또는 금성이라 고쳤고, 고려 태조 23년(940년)에 나주로 고친 곳이다. 금천, 금강 등의 강 이름은 바로 나주의 옛 이름 금산, 금성에서 비롯된 것으로 보인다.

이와 관련해서는 공주의 금강을 살펴볼 필요가 있다. 『당서』에서는 금강을 웅진강(熊津江)이라고 기록하였는데, 금강의 '금(錦)'은 우리말 '곰(熊)'을 표기한 것으로 본다. 곰이라는 말은 아직도 공주의 곰나루(고마나루)라는 명칭에 남아 있다. 공주는 『삼국유사』에는 웅천으로 나오고, 『삼국사기』에는 웅진으로 나온다. 또한 중국의 『양서』(백제전)에는 고마성으로 나오고, 『일본서기』(웅략기)에는 구마나리로 나온다. 우리말 '곰'을 '웅(熊)'으로 표기한 것을 볼 수 있다.

이로써 보면 나주의 금산, 금성, 금천, 금강도 '곰' 지명으로 볼 수 있을 것이다. 또한 몽탄도 곰여울로 불렀을 것으로 짐작된다. '곰여울'이 '굼여울', '꿈여울'로 바뀌고 이것을 한자로 표기한 것이 '몽탄'이다. 물론 이때의 '곰'은 실제 동물로서의 곰이 아니라 '감' 계의 말로 '신'이나 '크다'의 의미로 쓰인 것이다. '감(곰)' 계의 말은 흔히 '곰, 검, 감, 금, 굼' 등으로 실현되었다. 『한국지명유래집』(전라·제주편)에서는 "본디 이곳 영산내해, 즉 남해만에서 내륙으로 접어드는 길목으로 물살이 세찬 곳으로 '큰 여울'이라는 의미가 큰 > 끈 > 꿈으로 변한 듯하다"고 설명하고 있다.

황해남도 용연군 몽금포리에 있는 몽금포(夢金浦)는 장산곶 동북부 해안가에 있는 포구로, 주변 해안가에 흰모래가 넓게 펼쳐져 있고 경치가 아름다워 예로부터 명승지로 손꼽혔던 곳이다. 북한은 몽금포, 장산곶 지구를 경승지(국립공원에 해당) 제9호로 지정하였다. '백사정', '금사십리'라고도 하였는데, 예로부터 흰 사취, 붉은 해당화, 푸른 소나무들이 하나로 어울린 해안 경치가 빼어나 서해안의 대표적인 명승지로 유명했다. 특히 해안사구(사취)는 장산곶과 이 일대의 규암이 풍화와 해식작용을 받아 만들어진 규사가 쌓여서 생긴 것으로, 너비는 2km, 길이는 8km나 된다. 햇빛을 받아 눈이 부시게 빛나며 금빛을 낸다고 하여 일명 '금사십리'라고도 한다. 박지원이 『열하일기』에서 요동벌판을 통곡할 만한 자리로 이르면서, 우리나라에서 통곡할 만한 자리로 '비로봉 꼭대기에서 동해 바다를 굽어보는 곳'과 함께 꼽은 곳이 '황해도 장연의 금사(金沙) 바닷가'이다.

"장산곶 마루에 북소리 나더니"로 시작하는 황해도 민요 장산곶타령에는 몽금포가 "몽금이 개암포 들렀다 가소레"라고 해서 '몽금이'로 나온다. 또한 평안도 민요 '긴아리'(평안도 아리랑)에는 "바람새 좋다고 돛 달지 마라 / 몽구미 개암포 들러만 가소"라고 해서 '몽구미'로 나온다. 개암포는 금사리의 아주 번창했던 포구이다. 몽금포의 유래에 대해 북한의 『조선향토대백과』에서는 "몽금포란 이름은 황금무지 위에서 꿈을 꾸었다는 전설에서 유래되었다"고 설명하는데, '꿈'에 주목한 민간어원설로 보인다. 이에 비해 『한국민족문화대백과』에서는 '몽금'이란 의미는 우리나라의 고유한 말에서 그 유래를 찾아볼 수 있다면서, "'먼 구미'가 방언으로 몬구미, 몽(夢)이라는 한자음을 빌려 몽구미(夢仇味), 그리고 이 말이 줄어들어 몽금(夢金)으로 불려지게 되었다"고 설명하고 있다. '구미'는 해안이나 하천 가에 위치한 지명에 나타나는 후부 요소로, 하천, 해안 등에 움푹 들어간 곳이나 후미진 곳을 가리킨다. 여기서 '후미지다'는 "구석지고 으슥하다"는 뜻이 아니라 "휘어서 굽어 들어간 곳이 매우 깊다"는 뜻이다. '구미'는 '금, 끔, 그미, 구미, 귀미, 기미, 지미' 등의 변이형을 보인다. 결국 몽금포의 '몽'은 '꿈'과는 상관없이 우리말 '먼'을 한자의 음을 빌려 표기한 것이고, '금' 역시 우리말 '구미(금)'를 한자의 음을 빌려 표기한 것으로 볼 수 있다.

강동구 상일동 게내마을

"해치·게재·게너미고개"

게(蟹)가 많이 나던 곳, 김포 양촌 해평蟹坪은 게들이

게 형상의 땅이름인 충남 부여 내산면 해치蟹峙는 게재

경기 양주 백석읍 해유령蟹踰嶺은 게너미고개

조 선후기 사설시조 중에 「댁들에 동난지이 사오」라는 작품이 있다. 제목이 없기 때문에 첫 구절을 따서 제목으로 삼는다. 대화체로 되어 있는데, 게젓장수와 그것을 사려는 여인네가 주고받는 말투로 되어 있다. 게젓장수가 게를 어려운 한자어로 묘사하면서 게젓 선전하는 것을 듣고, 여인네가 잘난 척하지 말고 쉬운 우리말로 하라고 나무라는 내용이다.

> 댁들에 동난지이 사오. 져 쟝스야, 네 황후 그 무서시라 웨난다, 사쟈.
>
> 외골내육(外骨內肉), 양목(兩目)이 상천(上天), 전행(前行) 후행(後行), 소(小)아리 팔족(八足), 대(大)아리 이족(二足), 청장(淸醬) 아스슥하는 동난지이 사오.
>
> 쟝스야, 하 거북이 웨지 말고 게젓이라 하려믄.
>
> (여러분들 동난지이 사시오 저 장수야, 네 황화(상품, 물건) 그 무엇이라

외치느냐? 사자.

겉은 뼈, 안은 살, 두 눈이 하늘을 향해 있고, 앞으로 가고 뒤로 가는 작은 다리 여덟 개, 큰 다리 두 개를 갖고 있는, 맑은 장국 섞으면 아스슥 하는 동난지이를 사시오

장수야, 그렇게 거북하게 말하지 말고 그냥 게젓이라 하려무나.)

— 작자 미상

동난지이는 게젓을 유식한 체하고 부른 말인데, 국어사전에는 방게젓 으로 나온다. "방게를 간장에 넣어 담근 젓≒동난지이, 방해젓, 장방해"로 나온다. 방게는 등딱지의 길이가 3cm, 폭이 3.5cm 정도의 작은 게로 몸은 사각형으로 우툴두툴하고 다리에 털이 적다. 작지만 갖출 것은 다 갖추고 있는데, 위의 시조에서 묘사한 대로다. 이것으로 젓을 담가 먹었는데, 시조는 섞으면 아스슥하면서 맑은 장국이 배어나오는 식감까 지 먹음직스럽게 그려내고 있다.

옛 문헌에 게는 한자로는 보통 해(蟹, 게 해)가 쓰였고, 궤·방해·횡행개 사·무장공자라고도 하였다. 우리말로는 궤·게라고 하였는데, 방언으로 는 거이·궤·그이·기·끼 등이 있다. 『동국여지승람』의 토산조에 게가 들어 있는 고을은 아주 많다. 대부분 참게를 말한 것으로 보인다. 자해(紫 蟹, 자줏빛 자, 게 해)는 경상·강원·함경 3도 11개 고을의 토산물인데, 이것은 홍게나 혹은 대게를 말하는 것으로 추측된다. 어쨌든 게는 전국적 으로 널리 생산되고 또 많이 식용했던 것을 알 수 있다.

게는 생긴 모양이나 생태가 아주 특징적인 까닭에 여러 가지 속담이 생겼다. 옆으로 걷는 걸음을 '게걸음'이라 하고, 사람이나 동물이 괴로울 때 흘리는 침을 '게거품'이라고 한다. 또한 음식을 빨리 먹을 때 "마파람에 게 눈 감추듯 한다"고 말한다. 『춘향전』에도 나오는 말로, 이몽룡이 암행어사 신분을 감추고 남루한 복장으로 춘향의 어머니 월매를 찾아가

밥을 얻어먹을 때 며칠 굶은 듯이 허겁지겁 먹는 모습을 두고 한 말이다. 마파람은 남풍이다. 그밖에 유전적 본능은 속일 수 없다는 뜻으로 "게 새끼는 집고 고양이 새끼는 할퀸다"는 속담이 있고, 아무 소득 없이 손해만 보았을 때 "게도 구럭도 다 잃었다"고 한다. 구럭은 무엇을 담을 때 쓰는 망태기 같은 것이다.

우리 생활과 밀접한 관계에 있던 생물인 만큼 게 지명은 일찍부터 문헌에 보인다. 『삼국사기』(권 제12 신라본기)에는 경순왕이 927년 견훤의 추대로 왕위에 올라 경애왕의 장사를 지내는 대목이 있다. "전왕의 시신을 옮겨 서당에 안치하고, 여러 신하들과 통곡하였다. 시호를 올려 경애라 하고, 남산 해목령(蟹目嶺)에 장사지냈다. 태조가 사신을 보내 조문하고 제사하였다"는 기사에 게 지명 곧 해목령이 보인다. '해목령'은 경주 남산의 서봉 즉 남산신성의 서쪽 봉우리로, 그 아래 게의 눈처럼 생긴 바위가 있어 붙여진 이름이라고 한다. 게 해 자에 눈 목 자를 쓰고 있어 특이하다. 우리말 이름으로는 '게눈바위'쯤 될까.

서울 강동구 상일동과 하일동(현 강일동) 사이를 흐르는 시내를 '해천(蟹川)'이라 불렀다. 이 역시 굉장히 오래된 지명으로 우리말 이름으로는 '게내'가 전한다. 강일동 명칭은 원래 게내의 아래쪽에 위치한 마을이라 하여 하일동이라 불렀던 곳이다. 그런데 주민들이 동 이름에 아래 '하(下)' 자가 들어가 있어 발전이 더디다고 민원을 제기하여 2000년에 강일동으로 명칭을 바꾸었다고 한다. '게내'는 하남시 서부동 금암산에서 발원하여 상일동, 강일동, 고덕동 귀신개를 지나 한강으로 유입하는 하천으로 옛날에 게가 많이 서식하여 붙여진 이름이라고 한다. 현재는 직강으로 바뀌었고 고덕천이라 부르고 있다. 상일동은 '게내'의 위쪽에 있어 동의 이름이 붙었는데, 1963년 서울시에 편입되기 전에는 상일리였다. 조선시대 말에는 경기도 광주군에 속하였다가, 1914년 경기도 구역 획정 때 이 지역에 있던 '게내', '게내안말', '동자골' 등 자연마을을 합하여 상일리라고 하였다. '게내'는 하천의 이름이면서 마을 이름으로도 불린 것을 볼 수 있다.

그런데 이 '게내', '해천'의 유래를 알 수 있게 해주는 유물이 발견되어 흥미롭다. 1925년 을축년 대홍수 때 당시 경기도 광주군 동부면 선리(현 경기도 하남시 풍산동)에서 수습된 통일신라 말에서 고려 초의 기와들이 있었다. 이 기와들의 명문 중에 '해구(蟹口)'라는 문자가 있었는데, 연구자들의 해독 결과 '해구'는 바로 이 '게내' 곧 '해천'의 입구로 여겨진다는 것이다. 광주 선리 기와 출토 지역에 국영 와요가 있었던 것으로 추정된다고 한다. 그래서 '게내' 지명은 신라 때부터 불려온 아주 오래된 지명인 것을 알 수 있게 된 것이다.

김포시 양촌읍 누산5리 '해평(蟹坪, 게 해, 들 평)'은 우리말로 '게들이'라 불렀다. 이 마을 앞 논에 옛날부터 한강 지류를 따라 올라온 게가 많이 서식하고, 게를 많이 잡는 곳이라 하여 '게들이'라 불러오게 되었다고 한다. 다른 말로는 '귀잇들', '귀잇들이', '귓들', '궷들', '궷들이' 등이 있다. 부안군 동진면 해평은 오죽리 앞마을인데 원래 게가 많은 들이라 하여 '기들(게들)'이라 불렀다고 한다. 한자의 획수가 많아 쓰기 복잡하다 하여 '해평(蟹坪)'을 음만 같은 '해평(海平)'으로 쓰고 있다. 시내나 들에 붙은 게 지명은 '게의 서식지'와 관계되어 사실성이 높다.

『삼국유사』(권 제3 탑상 제4)에는 유명한 '조신의 꿈' 이야기가 있는데, 거기에 '해현(蟹峴, 게 해, 고개 현)'이라는 지명이 나온다. 승려 조신이 꿈에서 흠모하던 태수 김흔 공의 딸과 부부의 연을 맺고 사십여 년을 살며 자녀 다섯을 두었다. 그러나 즐거움도 잠시 극심한 생활고 때문에 사방을 떠돌아다니다가, 명주의 해현에서 큰아이가 굶어 죽자 통곡하며 주검을 길에 묻었다. 갖은 고통 끝에 결국 부부는 헤어지기로 하고, 서로 잡았던 손을 놓으면서 꿈을 깨게 된다. 나중에 조신이 해현으로 가 꿈속에서 큰아이를 파묻었던 자리를 파보았더니 돌미륵이 나와, 깨끗이 씻어서 이웃 절에 봉안하였다고 한다. 설화이지만 어쨌든 꿈속에서 큰아이를 묻었던 곳, 그리고 현실로 돌아와 다시 파보니 돌미륵이 나왔다는 곳이 바로 명주(현 강릉) 해현으로 나오는 것이다. 이 해현이 어디인지는 확인이 되지 않지만 전혀 근거 없는 지명은 아닌 것 같다.

'해현'은 우리말로는 '게재'로 불렀다. 경남 하동군 고전면 성천리에 있는 게재는 정안산의 남사면 안부에 있는데, 진교면과 양보면 사람들이 하동읍내로 다니는 큰 고갯길이었다. '윗게재', '아랫게재' 두 고개가 있는데, 윗게재는 상성마을로 통하고 아랫게재는 남성마을로 통한다고 한다. 이 '게재'를 조선시대의 지리지와 군현지도에서는 한자로 '해현(蟹峴)', '해점(蟹岾)', '해치(蟹峙)'라고 표기하였다. 현(峴), 점(岾), 치(峙)는 모두 재(고개)를 뜻하는 한자이다. 『신증동국여지승람』(하동현 산천)에는 '해점'으로 나오고, 『여지도서』에는 '해현'으로 나오고, 『영남지도』에는 '해치'로 나온다. 한자 표기가 조금씩 다른 것이 특이하다.

'게재'는 부여 내산면 온해리에도 있다. 온해리는 합성지명이다. 1914년 행정구역 개편 때에 온수리, 해치리, 지우리의 각 일부를 병합해 온수와 해치의 이름을 따서 온해리로 하고 부여군 내산면에 편입했다. 이곳에서 외산면으로 넘어가는 곳에 '게재'라는 고개가 있는데 명당자리가 있다 하여 지관들이 자주 찾는다고 한다. '게재'는 지형이 마치 게가 기어가는 형국이라 해서 게재라고 불렀다고 한다. 한자로는 '해치(蟹峙)'라고 쓰고, 마을 이름은 해치리라 썼다. 그런데 지형이 "게가 기어가는 형국"이라 '게재'라 불렀다는 것은 납득이 되지 않는다. 게가 기어가는 모양이 아니라, 게의 형상(가운데 배가 있고 양쪽에 발이 있는 모습)이라고 하는 것이 맞을 것 같다. 게재에 명당자리가 있어 지관들이 자주 찾는다는 것을 보면 더욱 그렇다. 풍수지리에서 해복형(蟹伏形, 엎드릴 복)은 게가 엎드려 있는 형상으로 말한다. 해복형(蟹腹形, 배 복)이라고도 하는데 게의 배에 해당한다고 보는 것이다.

게 지명 중에는 '게너미고개'라는 지명도 있다. 양주시 백석읍 연곡리의 게너미고개는 한자 지명 '해유령(蟹踰嶺, 게 해, 넘을 유, 고개 령)'으로 많이 알려져 있다. 이곳은 임진왜란 최초의 육지 전투 승전지로도 이름이 나 있다. 해유령전투는 1592년(선조 25년) 5월 중순, 북상 중인 일본군을 맞아 부원수 신각을 중심으로 한 조선군이 육지에서 최초로 승리를 거둔 전투였다. 이때 신각은 전 유도대장 이양원과 함경도 남병사 이혼, 인천 부사 이시언과 함께 일본군을 기습하여 승리를 거두었는데, 이곳이 양주 시 백석읍 연곡리의 해유령이다. 양주시 백석읍에서 파주시 광탄면으로 가는 국도 상에 있는 나지막한 고개이다.

해유령은 게가 넘어간 고개라 하여 붙여진 이름이라고 한다. 이와 관련해서는 다음과 같은 전설적인 이야기가 전해 내려온다. 옛날 인근 노고산에 노고할머니가 살고 있었다. 하루는 노고할머니가 오줌이 마려 워 다리 한쪽은 노고산에 걸치고, 다른 한쪽은 반대편 도락산에 걸친 후 광적면 우고리와 광석리 경계 지점 부근 황새등고개에 있는 요강바위에 오줌을 쌌다고 한다. 그런데 요강바위의 오줌이 넘치면서 인근 개울에 뜨거운 오줌이 흐르게 되었다. 개울에 살던 게들은 뜨거움을 이기지 못하고, 바로 이 고개를 넘기 시작하여 이웃한 광적면 비암리와 파주시 광탄면 발랑리 쪽으로 갔다고 한다. 또 다른 이야기로는 옛날 큰 홍수로 인해 노고산으로 게 떼가 올라왔는데, 게 떼가 노고할미를 물자 이에 노한 노고할미가 게들을 해유령으로 쫓아 보내고 보루를 쌓았다고 한다. 이후 양주에는 일절 게가 없고 파주는 게의 소산지가 되었다고 한다. 이로써 보면 고개를 경계로 게의 서식지가 갈린 현상이 노고산 노고할미 이야기에 결부되어 '게가 넘어간 고개'라는 유래담으로 남은 것 같다.

그러나 현실적으로 게가 고개를 넘어간다는 것은 불가능하다. 게는 대개 물길을 따라 이동하기 때문이다. 참게는 민물과 갯물이 만나는 위수지역에서 산란하고, 부화한 어린놈들이 물길을 타고 올라 강과 도랑

논두렁 가에서 자라다가, 산란철이 오면 물 따라 다시 내려가는 것이다. 이곳 '게너미고개'는 『연산군일기』(1504년)에 '해유점(蟹踰岾)'이라는 이름으로 처음 나온다. 그 후 『선조수정실록』(1592년)에는 '해령(蟹嶺)'이란 이름으로 등장하고, 『여지도서』(1757~1765년)는 '해유령(蠏踰嶺)'으로 나온다. 그러나 『팔도군현지도』(1767~1776년)나 『청구도』(1834년), 『대동여지도』에는 '해현(蟹峴)'으로 나와, '넘을 유(踰)' 자를 넣기도 하고 빼기도 한 것을 볼 수 있다. 이로써 보면 원래의 이름은 '해령', '해현'이고, 여기에 '넘는다'는 의미를 부가한 '해유령'이란 이름이 함께 쓰인 것으로 판단된다. 우리말로 하면 '게재', '게고개'가 원이름이고, '게너미고개'는 변이형 혹은 의미부가형으로 보인다는 것이다. 원이름 '게재'의 유래에 대해서는 전하는 바는 없는데, 다른 예를 놓고 보면 산이나 고개가 게의 형상을 닮았거나 풍수지리의 해복형 지형인 것으로 볼 수 있다.

충북 제천시 봉양읍 주포리와 장평리를 연결하는 고개인 주포고개는 또 다른 이름으로 '기너미고개', '개너밋재'가 있다. 『한국지명총람』에는 조선 중기의 문신 "윤조원(1572~1637)의 산소 모양이 마치 게가 엎드린 것처럼 생겼다 하여 기너미고개·개너밋재라 한다"라고 기록되어 있다. 지역에서는 이 고갯마루를 풍수지리상 명당인 게가 엎드린 형상 곧 해복형(蟹伏形)의 지세로 풀이하기도 한다. 지금은 도로망이 동서를 연결하면서 해복형 지맥을 완전히 끊어버려 이곳에서 더 이상 예전과 같은 큰 부자가 나오지 않게 되었다고도 한다. 어쨌든 이곳 '기너미고개', '개너밋재'는 해복형 명당이 있어 그 이름을 얻은 것으로 보인다. 전국에 '게바위(해암)' 지명도 여럿 있는데, 대개 게의 모습을 닮은 것으로 설명하고 있다.

강남구 신사동은 사평나루

"모래말·모래벌·모래들"

서울 강남 신사동 모래벌… 고려시대에는 사리沙里, 조선시대에는 사평沙坪

한남동과 신사동 잇는 나루의 고려 때 이름은 사평나루

신사리는 신촌(새말)과 사평을 통합하여 생긴 이름

1962년 9월 7일 한강을 건너던 나룻배가 전복되어 현재의 강남구에 해당하는 광주군 언주면 주민 30여 명이 익사하는 대형 참사가 일어난다. 오후 1시 30분경 용산구 한남동 나루터에서 승객 60여 명을 태우고 맞은편 경기도 광주군 언주면 신사리(현재의 강남구 신사동)로 건너가던 소형 나룻배가 강 복판에서 배를 밀던 발동선과 분리되어 하류 쪽으로 흘러가다, 한국삭도주식회사가 도선용으로 설치해 놓았다 늘어진 케이블에 걸리며 전복된 것이다. 당시 한강 나룻배는 대개 목선이었고, 이를 발동선으로 미는 방식으로 운행하였다. 승객 전원이 물에 빠지자 경찰이 긴급 구조에 나섰지만 34명만 구조하고 30여 명이 익사하였는데, 거의 모두가 경기도 광주군 언주면 주민이었다고 한다.

당시 광주군 언주면 주민들의 다수는 농업에 종사했고, 주로 서울 시민을 위한 과수, 채소 등을 재배하였다. 그리고 이를 서울 시내에 판매하기 위해서는 자주 한강을 건너 다녀야 했는데, 교통수단이 나룻배

밖에는 없었다. 한강 위의 다리라고는 1917년에 준공된 한강인도교와 1936년에 준공된 광진교밖에 없었던 시절이다. 이런 대형 참사는 550여 년 전에도 이곳에서 있었던 기록이 있다. 공교롭게도 당시의 익사자 수도 30여 명이었다. 『태종실록』 13년(1413년) 12월 4일 기사에는 "한강에서 배 한 척이 건너다가 강 가운데에서 침몰하였는데, 배 가운데 사람이 40여 인이 있었으나, 그 살아난 자는 단 10여 인뿐이었다"고 적혀 있다. 여기에서 '한강'은 '한강도(漢江渡)' 곧 '한강나루'로 지금의 한남동을 가리킨다.

이 나루터에 다리가 놓인 것은 1969년이다. 준공 당시 제3한강교(제2한강교는 1965년 준공된 지금의 양화대교)로 불리던 지금의 한남대교는 1960년대 경제개발과 함께 한강 교량 건설이 본격화됨에 따라 1966년 1월에 착공하여 4년만인 1969년 12월에 완공하였다. 제3한강교는 경부고속도로의 기점이 되기도 했는데, 1970년대 들어 본격화된 영동개발(강남개발)의 문을 열어주는 다리로 자리 잡게 된다. 1970년 8월에 준공된 남산1호 터널로 연결되면서는 서울 도심과 강남을 이어주는 핵심적인 역할을 하게 된다. 지금도 이 다리는 한강 다리 중에 가장 통행량이 많은 다리로 하루 평균 20여만 대의 자동차가 통행한다고 한다.

한남동과 신사동을 잇는 나루의 고려 때 이름이 '사평나루'이다. 공식적인 지명은 '사평도(沙平渡)'이고 민간에서는 '사리진(沙里津)'이라 불렀다. 도(渡)나 진(津) 모두 나루를 뜻하는 한자인데 '도'가 '진'보다 규모가 좀 더 큰 경우에 붙였던 것 같다. '사'는 둘 모두 모래 사(沙)자를 쓰고 있는데, 이곳 한강 변 모래벌에서 비롯된 이름으로 보인다. 두 이름 중에는 '사리(모래말)' 지명이 기록에 먼저 보인다. 고려 숙종 7년(1102년)에 산수의 형세에 따라 남경(한양)을 설계할 때 "동쪽으로는 대봉까지, 남쪽으로는 사리(沙里)까지, 서쪽으로는 기봉까지, 북쪽으로는 면악까지"로 경계를 삼겠다고 아뢴 내용에 '사리'가 나오는 것이다. 그러니까 남쪽으로 한남동 한강까지 경계로 삼은 것은 조선시대 한성(성저십리)과도 일치하는 것이다.

'사평도' 지명은 '사리'보다는 100여 년 후인 1202년『고려사』기록에 보인다. "경주 사람들이 반역을 꾀하여 몰래 낭장동정 배원우를 장군 석성주의 유배지인 고부군에 보내어 달래며 말하기를, '고려의 왕업이 거의 다하였고, 신라가 반드시 다시 일어날 것이니 당신이 우두머리가 되어 사평도(沙平渡)를 경계로 하면 어떻습니까?'라고 하였다…"라고 기술한 대목이다. 신라를 재건하는 데 있어 그 영토의 경계를 사평도, 말하자면 한강으로 하는 것이 어떻겠느냐는 것이다. 물론 반란은 실패로 돌아갔지만 신라 영토의 경계를 사평도로 잡은 것이 인상적이다.

신사동에 있었던 '모래벌' 즉 '사평(沙坪)'은 벌판 이름이었지만 그 벌판 속 마을 이름이기도 했으니 '사평'과 '사리'는 같은 이름으로 볼 수 있다. 이 사평에 국가적인 나루가 설치되고 이름을 '사평도'로 붙인 것이다. 고려는 전국의 도로를 체계적으로 관리하기 위해 각지에 역과 원, 진도를 설치했는데, 이곳에는 '사평도'라는 나루를 설치하였고 '사평원'이라는 원집을 세웠다. '사평도'는 당시 임진강에 설치되었던 '임진도'와 함께 고려의 대표적 나루로 고려시대에는 개경에서 남쪽 지방을 다닐 때에는 임진강을 건너고 다시 한강을 건너 내려가는 교통의 요충지였다.

그런 탓인지 일찍부터 이 '사평나루'를 노래한 시가 많았는데, 대표적인 인물이 이규보(1168~1241)이다. 그는 「사평진에서 자면서」, 「사평원 누대에 쓰다」, 「사평강 가에서 우연히 읊다」 등 여러 편의 시를 남겼는데, 그중 오언율시 「사평강에 배를 띄우고」는 다음과 같다.

먼 강에 하늘이 나직이 붙었는데
배가 가니 언덕이 따라 움직이네
엷은 구름은 흰 비단처럼 비껴 있고

성긴 비가 실마냥 흩어져 내리네

여울이 험하니 물도 빠르게 흐를시고

봉이 하도 많으니 산이 끝나기 더디네

흥얼거리다 문득 고개를 돌리는 그때는

내 고향 바라보는 때외다

— 양주동 (역), 한국고전번역원, 1968

흥얼거리다 고개 돌려 고향을 바라본다는 것은 자신의 고향이 황려현 (지금의 여주)이라는 것을 암시하는 말인데, 황려현은 이곳 '사평강' 상류인 '여강(남한강)'에 위치해 있었다. 한편 부자가 똑같은 길을 오가며 남긴 시가 있어 눈길을 끄는데, 고려 말 문신인 이곡과 이색이 그들이다. 「죽부인전」을 쓴 아버지 이곡(1298~1351)은 한겨울에 이곳을 지난 듯 「얼음 위로 한강을 건너며」라는 시를 썼고, 아들 이색은 한여름 장마철에 이곳을 지난 듯 「사평도가」에서 "사평 나루 머리에 물이 산 중턱에 오르니, 사평의 옥각은 온통 물결 사이에 잠기고 … 행인들은 수일 동안 나루 끊긴 걸 걱정해, 마음은 불타듯 눈에는 눈물이 가득했는데 …"라고 썼다. 이색은 고향이 한산(지금의 충남 서천)이었고, 고향에는 늙은 어머니가 있었다. 그는 이곳에서 하룻밤 묵은 적도 있는데, '남경의 사평진'으로 나온다.

조선조 들어서서 이 '사평나루'는 '한강도'로 불렸다. 『세종실록』 지리지 경도 한성부에는 "한강도는 목멱산 남쪽에 있다. 너비 2백 보. 예전에는 사평도 또는 사리진도라 하였다. 북쪽에 단이 있는데, 봄·가을에 나라에서 제사를 지내며, 중사로 한다. 도승 1인을 두어서 드나드는 사람을 조사한다. 나루 머리에 제천정이 있다'라고 쓰고 있다. 『신증동국여지승람』(한성부)에서는 '한강'을 "목멱산 남쪽에 있는데, 옛날에는 한산하(漢山河)라 하였다. 신라 때에는 북독이라 하여 사전에서 중사에 실려 있었으며"라고 썼다. 이때의 '한강'은 전체를 통칭하는 강 이름이 아니라 한남동 부근의 한강을 이르는 이름이었다.

'한강나루' 머리에 있었다는 제천정은 세조 때부터 명종 때에 이르기까지 한강 변의 정자들 중 왕들이 가장 자주 찾은 곳이다. 제천정은 지금의 서울시 보광동 강가 언덕, 즉 용산구 한남동 541번지 일대에 있었다고 한다. 남도 지방으로 내려가는 길목 나루터 옆에 있었기 때문에 왕이 선릉이나 정릉에서 제사하고 돌아오는 길에 잠시 들러서 쉬기도 하였으며, 중국에서 사신이 오면 제천정으로 초청하여 풍류를 즐기도록 한 곳이다. 한강나루가 국가적으로도 중요한 곳이었음을 알 수 있다.

1450년(세종 32년) 윤 1월 조선에 온 명나라 사신 예겸(1415~1479)은 기문에서, "조선 도성에서 남쪽으로 10리 되는 거리에 물이 있는데 한강이라 한다. 금강·오대 두 산에서부터 발원한 물이 합류하여 바다로 들어간다. 물에 임하여 누가 있는데 한강루이다. 때는 경태 원년(세종 32년) 정월 14일인데 … 말을 타고 남대문으로부터 나갔는데, 지원 신숙주와 성삼문 및 도감의 여러 분들이 함께 갔다. 구불구불 산길과 들길 사이를 지나, 날이 정오가 거의 되어서야 누 위에 이르렀는데, 국왕이 미리 보낸 좌부승지 이계전과 예조판서 허후가 잔치를 벌이고 맞이하였다. 난간에 의지하여 둘러보니 강산의 좋은 경치가 모두 자리 사이에 들어왔다"고 쓰고 있다. 이때의 경로는 남대문에서 이태원을 거쳐 한강에 이른 것으로 보인다.

'한강도'는 '한강나루'라는 뜻으로 '한강진'이라고도 하였는데 도성의 정남에 위치했다. 한강도는 조선시대에는 제일의 나루터로 판교역을 지나 용인, 죽산, 충주로 내려가는 영남대로(동래로)의 시발지이기도 했다. 중요 나루로 꼽혔던 탓에 조선 초부터 이곳에는 도승이 파견되어 인마의 통행을 기찰하고 통행의 편의를 도모하였다. 관선 또한 15척이 배치되었는데, 송파나 양화도에는 9척이 배치되었을 때였다. 조선 후기에는 이곳에 진(鎭)을 설치하여 훈련도감으로 하여금 관리하게 하였다. 훈련도감에서 관리하면서 도승은 다시 별장으로 명칭이 바뀌었는데, 진도의 군사적 기능이 강화되었기 때문이다.

한강도가 있던 한남동도 원래 지명은 '한강리'였다. 영조 27년(1751년)에 발간된 『도성삼군문분계총록』에 의하면 한성부 남부 한강방(성외) 한강계로 되어 있다. 1914년 행정구역 통폐합 때 고양군 한지면 한강리로 칭하였다가, 1936년 한지면이 경성부에 편입되면서 한강리를 한남정으로 개칭하였다. 그러고는 1946년 일제식 동명을 우리 동명으로 바꿀 때 한남동이 되어 오늘에 이른다. 그러니까 1936년 이전까지는 내내 '한강' 이름으로 불렸던 것을 알 수 있다.

정리하자면 조선시대 들어서는 나루의 공식적인 이름이자 한남동 쪽 도선장을 이르는 이름으로 '한강' 이름이 쓰였고, 강 건너 맞은편 신사동 쪽은 여전히 '사평' 지명이 쓰였다. 실록에도 선조, 인조 때까지 '사평원' 지명이 보인다. 또 정약용의 시에는 '사평촌'이라는 지명도 보이는데, 순조 원년(1801년) 1월 경상도 장기현으로 유배를 떠날 때 쓴 「사평에서의 이별(沙坪別, 사평별)」에서다. 정약용은 사평촌에서 처자와 하루를 묵고 새벽에 유배길에 오른 것으로 보이는데, 시에 "사평촌은 한강 남쪽에 있다"는 설명을 붙여놓고 있다. 조선 후기 고지도에서도 '한강(진)'과 '사평(리)'을 떼어서 각각의 지명으로 표기하고 있는 것을 볼 수 있다.

교통의 요지였던 탓에 '사평리'에는 시장이 번성했는데 '사평장'으로 불렸다. 18·19세기에는 전국적으로 큰 장시들이 형성되었는데 그중 하나가 사평장이었다. 1808년 재정과 군정에 관한 내용을 수록한 『만기요람』(재용편)에서는 대표적인 장시로 15개를 꼽고 있는데, 그중 경기도에서는 송파장과 사평장, 안성 읍내장이 꼽히었다. 사평장은 송파장의 영향권에 있었다고 하는데, 삼남지방의 물산이 서울에 모이는 중요 교통로이자 나루가 있어 장시가 발달할 수 있었다. 그러나 1925년 대홍수로 말미암아 번창하던 사평장은 삽시간에 텅 빈 모래벌로 변하였다.

　조선시대 말까지 이 지역에는 새말(신촌), 동산말, 사평 등의 마을이 있었다고 한다. 1914년 행정구역 통폐합 때 새말, 동산말, 사평을 병합하여 신사리라 하였다. '신사리' 이름은 신촌(새말)의 '신' 자와 사평의 '사' 자를 합성한 데서 유래되었다고 한다. 1963년 경기도 광주군 언주면 신사리가 서울시에 편입되어 성동구 신사동이 되고, 논현동·학동·압구정동과 더불어 언주출장소 사평동 관할이 되었다가, 1970년 관할 법정동과 행정동명을 일치시키면서 사평동을 신사동으로 개칭하였다. 이때 신사동은 과거 사평동의 관할구역을 그대로 이어받았다고 한다. 이렇게 보면 '사평' 지명은 공식적으로 1970년까지 계속 쓰였던 것 같다. 현재는 서울 지하철 9호선에 '사평역'과 서초구 반포동 이수교차로에서 서초동 교보타워 사거리까지 잇는 왕복 6차선 도로 '사평대로'에 그 이름을 남기고 있다.

제2부

평양은 평평한 땅

"벌나 · 부루나 · 펴라"

평평한 땅은 많았다… 지금의 서울을 고구려에서 평양으로 불러

평양은 중국의 영평 · 광녕 사이에도 있고 요양현에도 있어

고 려 때의 유명한 시인 김황원(1045~1117)이 평양 모란봉 부벽루에
서 지은 시이다.

> 장성일면 용용수(長城一面 溶溶水)
> 대야동두 점점산(大野東頭 點點山)
> 긴 성 한쪽에는 도도히 흐르는 물이요,
> 넓은 들 동쪽 끝에는 점점이 산들

'용용수', '점점산'이 대조적이면서도 리듬감이 있다. 그런데 일곱 글자
곧 '칠언시'로 칠언절구가 되려면 4구가 되어야 하고, 칠언율시가 되려면
8구가 되어야 하는데 단 2구(1연)로 끝맺고 있어 특이하다. 그러나 사실은
끝맺은 것이 아니라 더 이상 쓰지를 못한 것이다. 말하자면 미완성의
시이다. 이에 대해 서거정은 『동인시화』에서 "황원이 부벽루에 올라

고금의 제영들을 보니 모두 제 뜻에 차지 않는지라, 곧 바로 현판들을 불사르고 나서 온종일 난간에 기대어 시를 지으려고 애쓰다가 오직 이 한 구절을 짓고 나서 시상이 마르니 통곡하고 갔다"고 쓰고 있다. 이름난 시인조차 더 이상 말을 잇지 못할 정도로 경치가 압도적이었는지 모르겠다. 달리 생각해 보면 이 2구로 모두를 다 말해서, 더 이상의 말은 필요치 않다는 뜻으로도 읽을 수 있을 것 같다. 그만큼 이 2구는 압축적이면서도 인상적으로 평양의 풍경을 그려내고 있는 것이다.

『동국여지승람』은 평양부 형승조에서 "긴 강을 굽어보고 멀리 광야에 임하였다"는 권근의 기(記)와 "높디높은 먼 산이 평야를 둘렀고, 금실금실 긴 강은 옛 마을을 감도네"라는 권근의 시를 인용하고 있다. 위에 김황원의 시와 마찬가지로 평양의 형승을 긴 강(대동강)과 넓은 들로 표현하고 있는 것을 볼 수 있다. 이 중 '넓은 들'을 김황원은 '대야'로 썼고, 권근은 '광야', '평야'로 썼는데, 모두 평양 산천의 우선적인 특징으로 꼽고 있는 것이다.

『한국민족문화대백과』에서는 '평양직할시' 항목에서 "이 직할시는 대동강과 그 지류에 의하여 이루어진 퇴적평야와 평양준평원, 그리고 이를 둘러싸고 있는 낮은 산지들로 되어 있다"고 하면서, "평야는 역포구역을 중심으로 낙랑구역·강남군·중화군 등 대동강 남쪽 일대에 준평원화된 평양평야가, 이 밖에 대동강과 그 지류들의 기슭에는 임원평야·순안평야·미림평야·보통평야·동평양평야 등이 펼쳐져 있다"고 설명하고 있다. 평양의 지형적인 특징이 평야임을 알 수 있는데, 평양 지명은 바로 이러한 특징에 그대로 부합하는 것으로 보인다.

평양(平壤)은 말 그대로 '평평한 땅'이다. '평'은 평평할 평 자이고, '양'은 '흙, 땅, 토지'의 뜻을 갖고 있다. 그러니 한자의 훈 그대로 해석하면 '평평한 땅'이 된다. 『동국여지승람』은 산천조 '대동강'에 중국 사신 예겸의 시를 싣고 있는데, 여기에도 '평평한 땅'이 나온다. "대동강의 넓은

1912년 평양 부벽루.

물이, 얼어붙어서 구슬을 깐 듯. 빙빙 둘러 멀리 바다와 통하고, 구불구불 가까이 성을 둘렀네 … 언덕을 건너면 다 평평한 땅[平壤], 고을 이름이 편안해서 좋아라"라고 해서 평평한 땅을 '평양'으로 쓰고, 동시에 이 말을 지명으로 인식하고 있는 것을 볼 수 있다. 많은 연구자들도 평양이 '평평한 땅', '넓은 땅', '큰 고을(대읍)'을 뜻하는 일반명사로 쓰이다가 후에 특정 지역을 가리키는 고유명사로 정착했다고 보는 데에 동의하고 있다.

평양은 오래 전부터 한자로 표기되고 통용된 탓에 우리말 이름이 따로 전하는 것은 없다. 단지 현대에 와서 언어학적으로 재구한 이름이 있는데, 부루나(북한), 벌라(도수희), 펴라(신채호) 등이 그것이다. 북한 사회과학원 언어학연구소(부교수 학사 김인호)에서 펴낸 『조선어 어원편람』(하)에서는 '부루나'에 대해 다음과 같이 설명하고 있다.

<평양>이란 말은 본래 <부루나>라는 고유한 말의 리두식 표기로서 생긴 말이었다.

<부루나>란 말은 평평한 곳, 벌판의 땅, 넓은 고장이란 말이다. <부루>는 <벌판, 벌>, <나>는 <땅, 터, 지대>를 의미하는 옛 낱말이다. 즉 <평양>에서의 <평>(平)은 <강을 낀 넓은 지대, 벌판>을 가리키는 고유말 <부루>에 대한 리두식 뜻옮김이고, <양>(壤)은 <땅, 지대>를 나타내는 말 <나>에 대한 뜻옮김이다. 이러고 보면 <평양>의 원래 이름 <부루나>는 넓고 살기 좋은 땅이라는 이 지역의 특성을 반영하여 붙인 이름이며 리두로 표기하면서 그러한 특성을 일정하게 반영하고 있는 한자로 썼다는 것을 알 수 있다.

또한 '부루나'를 이두식으로 옮기는 법의 차이에 따라 '평양'이라는 말 외에도 '평천(平川)', '평나(平那)', '불내(不耐)'와 같은 말들로 표기하기도 하였다고 쓰고 있다. '평천'에서 '내 천(川)' 자를 쓴 이유에 대해서는 '부루나'의 '나'가 동음이의어로서, 소리는 같지만 '땅'을 뜻하기도 하고 '강'을 뜻하기도 했기 때문이라고 한다.

충남대 도수희 교수는 평양이 고구려어로는 '벌나'였다고 주장한다. 고구려의 서울 '평양'의 별칭은 '평나(平那)'였는데 이는 고구려어로는 '벌나'였다는 것이다. 그도 '나'가 양(壤)·천(川)의 뜻으로 쓰인 동음이의어였던 사실을 확인하고 있다. 나아가 신라의 서울은 서라벌로 불렸는데, 서라벌의 '라'는 '나'에서 변한 것이고 '나', '라'는 모두 '땅'을 뜻한다면서, 결국 신라의 서울 '서라벌'의 '라벌'과 고구려의 서울 '벌나'를 비교하면 순서만 바뀌었을 뿐 뜻과 음은 같은 것임을 알 수 있다는 설명이다.

더 일찍이 단재 신채호는 『조선사연구초』에서 '양(壤)'은 羅(라), 那(나) 등과 함께 '라'로 읽어야 한다면서, '라'는 '川(천)'의 뜻이라 했다. 그는 대동강을 일컬었던 것으로 보이는 '패수(浿水)'와 '평양'을 이두문에서 '펴라'로 읽어야 한다면서, '펴라'가 강 이름이면서 땅이름이 된 이유를 강가에 나라를 세우는 것이 조선인 고래의 습속이기 때문이라고 했다.

평양이 '평평한 곳', '벌판의 땅', '넓은 고장'이란 뜻을 갖는 일반명사의 성격이 강하기 때문에, '평양' 지명은 다른 곳에서도 얼마든지 쓰일 수 있었다. 이는 지명의 이동과도 관련이 있는 것으로 보이는데, 흔히 이주해 간 곳이나 새롭게 개척(혹은 정복)한 땅에 원래의 고장 이름을 옮겨다 붙이는 것이 그것이다. 이와 관련해서 『삼국사기』에서는 또 다른 곳에 '평양'을 기록하고 있어 흥미롭다. 『삼국사기』(권 제35 잡지 제4 지리2 신라)에는 "한양군은 본래 고구려 북한산군[한편 평양이라 이른다]이었는데 진흥왕이 주로 삼고 군주를 두었다. 경덕왕이 이름을 고쳤으며 지금은 양주 옛 터이다"라고 쓰여 있다. 여기서 고구려의 북한산군을 "한편 평양이라 이른다(일운평양, 一云平壤)"고 해서 '평양' 지명을 쓰고 있는 것이다. 이 평양을 경덕왕이 한양군으로 고쳤다는 것인데, 위치는 '양주 옛 터'로 말하고 있다. '양주 옛 터'는 이곳에 '남경'이 설치되기 전까지 양주 관아가 있던 곳을 가리키는 것으로 보이는데, 연구자들은 지금의 서울시 종로구로 비정한다(『역주 삼국사기』, 한국정신문화연구원). 말하자면 지금의 서울(한양)을 고구려에서는 평양이라고도 불렀다는 이야기다.

이 평양을 『삼국유사』에서는 '남평양'으로 쓰고 있는 것을 볼 수 있다. 『삼국유사』(권 제2 기이 남부여 전백제 북부여)에서는 "〈고전기〉를 살펴보면 이러하다"면서, "동명왕의 셋째 아들 온조는 전한 홍가 3년 계유(서기 전 18년)에 졸본부여로부터 위례성에 이르러 도읍을 세우고 왕이라고 칭하였다. 14년 병진에 도읍을 한산(지금의 광주(廣州))으로 옮겨 389년을 지냈으며, 13대 근초고왕 때인 함안 원년(371년)에 이르러 고구려의 남평양(南平壤)을 빼앗아 도읍을 북한성(지금의 양주)으로 옮겨 105년을 지냈다. 22대 문주왕이 즉위하여 원휘 3년 을묘(475년)에는 도읍을 웅천(지금의 공주)으로 옮겨 …"라고 쓰고 있다. 『삼국사기』에도 "13대 근초고왕에 이르러 고구려 남평양을 취하고 한성에 도읍했다"라고 해서 같은 내용이 실려 있는데, 두 책 모두 〈고전기〉를 인용하고 있어 같을 수밖에 없다. 〈고전기〉는 두 책을 편찬할 당시에는 존재했던 고기(古記)의 일종으로 보인다.

앞서 『삼국사기』에서는 고구려 북한산군을 한편으로 '평양'이라 이른다고 했는데, 『삼국유사』에서는 고구려의 '남평양'을 빼앗아 도읍을 북한성으로 옮겼다고 했다. 북한산군이나 북한성을 모두 양주로 설명하고 있으니, 평양과 남평양은 같은 곳 즉 오늘의 서울을 가리키는 것으로 볼 수 있다. 이곳이 고구려의 수도가 아니었고 보면, 이때 '평양'이라는 말은 '벌판의 땅' 혹은 '넓은 고장'이란 뜻으로 쓰였을 것이다. 혹은 수도 평양에 버금가는 남쪽에 있는 평양이라는 의미로 남평양의 칭호를 붙인 것으로도 볼 수 있다.

훨씬 후대이지만 신라 헌덕왕 때의 기록에서도 평양 지명을 확인할 수 있다. 『삼국사기』(권 제10 신라본기 제10 헌덕왕)에는 헌덕왕 17년(825년) 봄에 "헌창의 아들 범문이 반란을 일으키려 하다 주살되다"라는 기사가 실려 있다. "헌창의 아들 범문이 고달산 산적 수신 등 1백여 명과 반역을 모의하고 평양(平壤)에 수도를 세우고자 북한산주를 공격하니, 도독 총명이 병사들을 이끌고 그를 잡아 죽였다"고 되어 있는데, 원주에는 "평양은 지금의 양주이다. [고려] 태조가 지은 장의사 제문에, '고구려의 옛 땅이요 평양의 명산이다'라는 구절이 있다"고 씌어 있다. 범문은 예사 도적은 아니다. 범문보다 3년 앞선 822년에 범문의 아버지 헌창은 웅천주 도독으로 있으면서 "아버지 주원(周元)이 왕이 되지 못함을 이유로 반란을 일으켜, 국호를 장안이라 하고" 연호까지 세운 바 있다. 이런 내력을 보면 범문이 "평양에 수도를 세우고자 북한산주를 공격" 했던 것은, 이곳의 역사적 자취를 잘 알고 이곳에 나라를 세우고자 했던 것임을 알 수 있다. 여기서의 평양은 이른바 남평양으로, 현재의 서울시 종로구 일대로 볼 수 있다.

고려시대의 기록에서도 평양, 남평양 기록을 확인할 수 있다. 『고려사』(권56 지 권 제10 지리1 양광도 남경유수관 양주) 연혁에서 "남경유수관 양주는 본래 고구려의 북한산군(남평양성이라고도 한다)으로, 백제의 근초고왕이 차지하였다. 근초고왕 25년(370년)에 남한산에서 이곳으로 도읍을 옮겼다"고 쓰고 있다. '평양' 지명은 고려 숙종 원년(1096년)에 김위제가 『도선밀기』에 의거하여 '남경(한양)'으로 천도할 것을 건의할 때의 기록에도 나온다.

김위제는 『도선기』에 "개국하고 160여 년 뒤에 목멱양에 도읍을 정한다"고 되어 있으니 지금이 바로 새 도읍을 돌아보시고 거기에 거주하실 때라고 말한다. 그러면서 「도선답산가」의 "송성(松城)이 쇠락한 뒤에 어느 곳으로 향할 것인가, 삼동의 해가 뜨는 곳에 평양이 있도다(三冬日出有平壤)"라는 말을 인용하면서, '삼동의 해가 뜨는 곳'이 목멱양이라고 말한다. '목멱양'의 '목멱'은 지금의 서울 남산을 가리키던 옛 이름이다. '양'은 '평양'의 그 '양'(흙, 땅, 토지) 자이다. 김위제는 그 위치를 좀 더 분명히 해서 "삼각산 남쪽 목멱의 북쪽 평야 지대(三角山南 木覓北平)"에 도성을 건립해야 한다고 말하고 있다. 이러한 맥락에서 "삼동의 해가 뜨는 곳에 평양이 있도다"의 평양을 '넓은 벌판'으로 해석하는 것이 보통이다. 그러나 「도선답산가」가 도참직인 성격을 띠고 있고 이곳을 도성지로 암시한 만큼 이때의 '평양'은 '넓은 벌판'을 넘어서서 '도성이 될 만한 곳'의 의미가 내재되어 있다고 볼 수 있다.

몇몇 사료에 의거하여 옛 양주의 터 곧 지금의 서울을 '평양'이라고 단정할 수는 없다. 분명 지명으로 기록되어 있기는 하지만 '평양'이라는 말이 워낙 '평평한 곳', '벌판의 땅', '넓은 고장'을 뜻하는 일반명사로서의 성격이 강하기 때문이다. 사실 애초의 평양이 어디인가, 어디에 있었는가 하는 문제도 정답이 없다. 연암 박지원은 『열하일기』 '도강록'에서 요동이 본래 조선의 땅이고 패수 역시 요동에서 찾아야 한다면서, 평양은 중국의 영평·광녕 사이에도 있고, 요양현에도 있었다고 한다. 그러면서 박지원은 기자가 연나라에 쫓겨 애초에 영평·광녕의 사이에서 차츰 동쪽으로 옮아가면서 "머무는 곳마다 평양이라 하였으니, 지금 우리나라의 대동강 기슭에 있는 평양도 그중의 하나일 것이다"라고 말한다. 그러면서 박지원은 단지 지금의 평양만 아는 당대 선비들을 "망령되게 한사군의 땅을 모두 압록강 안쪽으로 몰아넣고 … 패수를 그 안에서 찾아 혹은 압록강, 혹은 청천강, 혹은 대동강을 패수라고 지칭했다. 그래서 조선의 강토는 싸우지도 않고 저절로 줄어들었다"고 비판했다. 신채호 역시 해성현(현 요령성 해성시) 헌우락의 옛 이름이 패수인 즉 평양이 이곳에 있었다고 주장한다.

옛 평양의 위치를 어디로 보느냐 하는 문제는 단지 지명만의 문제가 아니라, 고조선이나 고구려의 강토를 어디까지로 보느냐의 문제로 직결되고, 나아가 우리의 고대사를 전혀 새롭게 재구성해야 할 정도로 엄청난 파급력을 갖는 문제이다. 『삼국유사』에 나오는 "(《고기》에 이르기를) 단군왕검이 평양성[지금의 서경이다]에 도읍하고 비로소 조선이라 하였다"는 기록의 '평양성'에 대해서는 고조선의 중심지 문제와 관련지어 논의가 있어 왔는데, 고조선의 중심지에 대해서는 대동강중심설, 요동중심설, 중심지이동설 등이 있다. 대동강중심설은 고조선의 중심지를 지금의 평양으로 보는 설이며, 요동중심설은 고조선의 중심지를 지금의 요령성 해성·개평 인근으로 파악한다. 그리고 중심지이동설은 고조선의 중심지가 요동지방에서 한반도 서북부로 옮겨졌다고 보는 설이다. 북한학계에서는 1960년대에 들어와 요령성중심설이 정설화 되었다가 1993년 단군릉 발견을 발표한 이후 고조선의 중심지를 평양 지역으로 확정하기에 이르는데, 여기에는 1960년대 후반 이후 강화되어 온 주체사상의 영향도 있었던 것으로 보인다.

용암의 땅 철원

"새벌·쇠벌·쇠둘레"

철원은 '큰 들'의 뜻인 쇠벌

쇠(철鐵)와 관련 없이 '쇠벌', '새벌'은 큰 들판, 으뜸의 들판

강원도 김화, 평강도 큰 들의 뜻을 지녀

철 의 삼각지로 유명한 철원이 용암의 땅이라면 의아해 하는 사람들 이 많다. "용암? 용암의 땅? 그럼 화산이 있어야 할 것 아냐? 그 화산이 어디 있어?"라고 반문하는 사람도 있다. 그래서 실제 화산도 있고, 그곳에서 흘러나온 용암이 지금의 철원 땅을 이루었다고 하면 너무 뜻밖이라는 반응을 보이는 것이다. 그만큼 이 화산은 알려지지 않았고, 철원평야가 용암대지라는 사실도 덜 알려져 왔던 것이다.

이 화산이 알려지지 않았던 것은 화산체가 워낙 작아서도 그렇지만 또한 그것이 북한 지역에 위치해 있기 때문이기도 할 것이다. 역사적으로 용암의 분출 지점을 최초로 확인한 사람은 일본 지질학자 기노사키로 1937년의 일이다. 화산이 강원도 평강 서남쪽 3km 지점에 위치한 오리산 과 여기에서 동북쪽으로 24km 떨어진 680m 고지라는 주장이 있은 후 이는 현재까지도 정설로 받아들여지고 있다. 현재 오리산 화산체는 정상 에 직경 400m 가량의 분화구가 있는 것이 위성사진으로 확인된다. 『조선

향토대백과』에는 오리산이 "강원도 평강군 자원리 소재지 서북쪽 가곡리와의 경계에 있는 산. 해발 454m. 화산분출로 생긴 봉우리의 둘레가 오리나 되는 넓고 큰 산이다"라고 씌어 있다. 오리산 이름은 봉우리의 둘레가 5리라서 오리산(五里山)인 것을 알 수 있다. 이 오리산은 '한반도의 배꼽'이라는 별명을 갖고 있기도 하다.

오리산 화산의 분출은 주로 열하분출(裂罅噴出, 찢을 열, 틈 하)로 이루어졌다는 데 그 특징이 있다. 열하분출은 지표의 갈라진 틈으로 마그마가 분출하는 현상을 이르는 용어인데, 지표의 균열 사이로 다량의 현무암질 용암이 흘러나와 광대한 용암대지를 이룬다. 그러니까 오리산의 용암 분출은 우리가 보통 생각하는 거대한 폭발 즉 증기와 용암이 대규모로 폭발하는 방식(중심분출)이 아니라, 벌어진 지각 틈으로 마그마가 꿀렁꿀렁 흘러나오는 방식이었던 것이다. 이런 경우엔 백두산이나 한라산 같은 거대한 규모의 화산체는 형성되지 않고, 다만 흐르는 용암이 엄청난 평원을 이루게 된다. 이를 용암대지라 부르는데, 현무암질 화산의 용암이 대량으로 유출되어 형성된 평탄한 대지를 가리키는 용어이다. 이때의 대지는 '대자연의 넓고 큰 땅'을 뜻하는 대지(大地)가 아니라, '주위보다 고도가 높고 넓은 면적의 평탄한 표면을 가지고 있는 지형'을 뜻하는 대지(臺地)이다. 그러니까 용암이 두껍게 쌓여 고도가 높아진 평원을 생각하면 된다.

철원은 신생대 말기에 해당하는 제4기(초기의 분출은 최소 57만 년 전에서 27만 년 전에 있었고, 3~4만 년 전까지 10여 차례 분출이 있었던 것으로 봄)에 용암이 열하분출되어 이른바 철원·평강 용암대지(북한에서는 평강철원고원으로 부름)를 형성하였는데, 이 용암은 열곡을 따라 북쪽으로는 남대천을 따라 강원도 고산군 북부 일대까지, 남쪽으로는 한탄강과 임진강을 따라 경기도 파주시 파평면 일대까지 흘러내렸다. 현무암 분출은 대체로 추가령 구조곡의 주방향을 따라 이루어졌는데,

평강에서 철원, 포천, 연천을 지나 임진강으로 흘러들어 파주까지 95km나 흘러간 것이다.

이 철원·평강 용암대지를 달리 '철원평야'로 일컫는다. 『한국민족문화대백과』는 '철원평야'를 "강원도 철원군 철원읍·동송읍·갈말읍·김화읍·서면·근북면과 평강군 남면 등에 걸쳐 있는 평야'로 정의하고 있다. 그러면서 "강원도 내 제1의 평야로, 영서 북부지방에 있는 이 평야는 삼남지방의 평야 지대에 비하면 작지만 평야가 좁은 강원도 내에서는 그 규모가 가장 크다. 현무암이 풍화된 비옥한 토양은 농사에 적합하여 예로부터 철원쌀이 유명하다'고 적고 있다. 철원쌀은 '철원오대쌀'로 브랜드화되어 유명세를 떨치고 있는데, '오대쌀'은 중북부 중간 산지에 맞게 개발된 조생종 벼 품종으로 '오대'는 평창의 오대산에서 이름을 따온 것이다.

철원평야는 조선시대에는 강무장으로 유명했다. 강무장은 나라에서 봄·가을 두 철에 무예 연습을 겸해 사냥을 하던 장소를 가리킨다. 초기에는 일정한 장소가 없다가, 세종 때 평강·이천·철원 등지로 강무장을 정하였다. 『세종실록』(지리지 철원도호부)에는 "강무장이 부 북쪽에 있다. 땅이 넓고 사람이 드물어서, 새와 짐승이 함께 있으므로, 강무하는 곳으로 삼고, 지키는 사람과 망패 90명을 두었다'고 되어 있다. '망패'는 포수를 이르는 말이다. 『동국여지승람』 산천조에는 재송평, 대야잔평 등의 들판 이름이 나오고, 대야잔평에 대해서는 "옛날에는 고동주평(古東州坪)이라고 일컬었다. 누른 띠풀이 시야 끝까지 깔려 있다. 재송평과 함께 강무장이 된다. 우리 세종이 일찍이 여기에서 사냥을 하였다'고 적고 있다. '고동주평'에서 '동주'는 철원의 고려 때 이름으로, 지금으로 치면 '철원평야'와 같은 말이 된다.

태종과 세종 부자는 이곳에 자주 행차해서 사냥을 즐겼는데, 철원이 평야 지대로 사냥에 적합한 것도 있었지만 교통의 요지였던 것도 한몫을

했던 것 같다. 철원은 이른바 추가령 구조곡의 중간에 위치하는데, 추가령 구조곡은 서울과 원산을 잇는 약 160km 길이의, 구조 운동에 의해 형성된 직선상의 골짜기를 이르는 말이다. 추가령은 강원도 고산군 삼방리와 세포군(구 평강군) 세포리 사이에 위치한 약 600m 높이의 고개 이름이다. 이 추가령 구조곡은 역사적으로 함경도로 통하는 길로 이용되어 왔는데, 신라가 6세기 중반 한강 유역을 점유한 후 철원 지역을 경유하여 함경도 지역까지 진출하기도 했다. 철원이 남과 북이 서로 교차하는 기동로 상에 위치한 탓이다. 일제강점기인 1914년에는 추가령 구조곡을 따라 서울과 원산을 잇는 경원선 철도가 개통되기도 했다.

철원이 역사의 전면에 나서게 된 것은 고려(후고려 혹은 후고구려)를 세운 궁예 때이다. 894년 명주(현 강릉)에서 독자적인 세력을 갖춘 궁예는 태백산맥을 넘어 서쪽 공략에 나서는데,『삼국사기』는 "진성왕 9년(895년) 가을 8월에 궁예가 저족(현 인제)과 성천(현 화천) 두 군을 습격하여 빼앗고, 또 한주 관내의 부약(현 철원군 김화읍)과 철원(현 철원군 철원읍) 등 10여 군현을 깨뜨렸다"고 기록하고 있다. 이때부터 궁예는 철원과 깊은 인연을 맺게 되는데, 처음에는 금성(옛 김화군 금성면)을 근거지로 하였다가 896년 철원을 도읍으로 삼게 된다. 898년에는 송악(현 개성)으로 천도하여 고려를 건국하고, 905년 송악에서 다시 철원으로 천도하였다.

이른바 궁예도성(궁예성지)으로 알려진 철원성은 궁예가 905년부터 918년까지 사용한 도성이다. 철원읍 홍원리 풍천원 일대에 건설되었는데, 한반도에서 가장 규모가 큰 평지성으로 알려져 있다. 전반적 형태는 사각형 이중 구조로 한양도성에 견줄 만한 큰 규모이다.『세종실록』 지리지에 "궁실과 누대 짓기를 극히 사치하게" 했다고 하는데, 그에 어울리게 도성도 수축했을 것으로 짐작된다. 현재 이 도성은 비무장지대에 위치하고 있는데, 군사분계선에 의해 남북으로 반씩 나뉘고 일제때 건설된 경원선에 의해 동서로도 나뉘어 있다. 큰 나라를 꿈꾸었던

궁예는 918년 왕건 일파가 정변을 일으키사 미전한 차림으로 산림으로 달아났다가 곧 부양(평강) 백성들에게 살해당한 것으로『삼국사기』는 기록하고 있다. 태조 왕건은 즉위하여 919년 도읍을 송악으로 옮기고, 철원을 고쳐 농주라 부르게 된다.

철원 지명은『삼국사기』에 "철성군(鐵城郡)은 원래 고구려의 철원군(鐵圓郡), 혹은 모을동비(毛乙冬非)였던 것을 신라 경덕왕(757년)이 개칭한 것이다. 지금의 동주(東州)이다"라는 기록에 처음 보인다. 그러니까 궁예 때에는 '철성'이라 불렀을 것으로 보인다. 오늘날과 같은 표기인 철원(鐵原, 들 원)은 고려 충선왕 때부터 보인다. 그러니까 철원 지명은 '철원군 혹은 모을동비 > 철성군 > 동주 > 철원부'로 변화해 온 것이다.

그러나 이러한 지명의 변화는 시대의 변화에 따른 표기의 변화일 뿐 원래의 뜻은 별 변함이 없었던 것으로 보인다. 마지막 표기 곧 지금의 표기를 기준으로 삼아 보면 철원은 '쇠벌', '새벌'로 읽을 수 있는데, '큰 들판', '으뜸의 들판'을 뜻했던 것 같다. 그리고 이는 앞선 표기 곧 철원(鐵圓, 둥글 원)이나 모을동비, 철성, 동주 등에도 적용할 수 있어 원래의 뜻은 큰 변함이 없어 보인다는 것이다. 먼저 가장 특이한 이름 '모을동비'부터 살펴보면, 이는 이두식 표기로 훈차 표기인 둥글 원 자 철원에 그대로 대응되는 것을 알 수 있다. 모을-철, 동비-원에 대응하는 것이다. 한자 '모(毛)'의 훈이 '털'이며, '을(乙)'은 'ㄹ'을 받쳐 적은 것으로 보면 '모을' 두 글자는 '털 > 철'로 읽을 수 있다. '털 > 철'은 '새(쇠)'를 표기한 것으로 보이는데, 이때의 '새(쇠)'는 으뜸, 동쪽, 새것(新), 밝음의 뜻을 갖고 한자로는 흔히 동(東)·철(鐵)·사(斯)·소(所) 등으로 표기한 말이다.

'원(圓)'에 대응하는 '동비(冬非)'도 글자 그대로 읽으면 '동비'지만 이 경우에는 '동'에서 끝소리 ㅇ을 버리고, '비'의 'ㅂ'을 끝소리로 붙여 쓰는 표기 방법으로 읽으면 '돕' 정도의 음이 된다. 이는 중세국어 시기에 '둥근 것'을 형용하는 우리말이 '도렵(두렵)'이었던 것과 관련이 깊어 보인다. 따라서 '동비'는 '원'에 대응하면서 '동그랗다' 혹은 '둘레'의 뜻을 갖는 것으로 볼 수 있다. 지형적으로 보면 '산으로 둥그렇게 둘러싸인 들'을 가리키는 것으로 볼 수 있다. 종합해 보면 모을동비, 철원(鐵圓)은 '산으로 둥그렇게 둘러싸인 큰(으뜸) 들판'의 뜻을 갖는 것으로 볼 수 있다.

철원(鐵原)을 들 원(原) 자로 쓰는 경우에도 비슷한 뜻을 갖는 것으로 볼 수 있다. 이때의 철원은 '쇠벌', '새벌'로 읽을 수 있는데, '큰 들', '으뜸 들'의 뜻을 갖는다. 이 '새벌'은 음운이 변해서 오늘의 '서울'이 되는 말이기도 하다. 연구자에 따라서는 김화(철원군 김화읍)의 지명도 철원과 마찬가지로 '서울'의 차음으로 보기도 한다. 김화의 고구려 때 이름인 '부여(夫如)'는 '소부리' 혹은 '새벌'로 읽을 수 있다. 신라 경덕왕 때 부평군(富平郡)으로 개칭한 것을 보면 들(平) 지명인 것을 알 수 있다. 부평은 고려 때 김화(金化)로 바뀌는데 이때의 '될 화(化)'를 '불 화(火)'의 변이 표기로 보면, 김화(金火)는 '새벌(쇠벌)'을 표기한 것으로 볼 수 있는 것이다. '불 화' 자는 흔히 '벌(들)'을 표기할 때 쓰인 한자다. 북한의 『조선향토대백과』에서는 '김화'를 '금벌(金伐)'로 읽기도 한다.

철원·평강 용암대지에 위치한 '평강' 지명 역시 '넓은 들' 지명이어서 흥미롭다. 평강은 본래 백제의 어사내현이었는데 뒤에 부양현으로 고쳤다. 그리고 신라의 영토가 된 뒤에 광평현(廣平縣)으로 고쳤다가 고려 태조 때 평강으로 바뀌었다. 여기에서 '어사내'라는 지명은 '광평(廣平, 넓을 광)'에 대응하는데, '넓은 들'이라는 뜻을 가진다. 이렇게 보면 철원, 김화, 평강 이름들이 모두 '큰 들'의 뜻을 갖고 있다. 이는 이곳이 철원·평강의 현무암 지대로서 넓은 대지를 이룬 데에서 유래된 것으로 볼 수 있다.

북한에서는 철원의 우리말 이름을 '쇠두레'로 보고, 쇠가 많이 나는 고장이라는 뜻으로 설명하고 있다. 철원의 원래 이름에서 '원(圓)'을 '두레'로 해석한 것이다. 여기서 '두레'는 '둘레'를 뜻하는 것으로 보이는데, '둘레'의 옛말이 '둘에'이기도 하다. '둘레'는 어원적으로 '두르다'에서 온 말로 보는데, 주변을 빙 둘러싸다는 뜻을 갖는다. 이는 철원을 '산으로 둥그렇게 둘러싸인 큰 들판'이라고 보는 관점과 부합한다. 그러나 '쇠가 많이 나는 고장'이라는 설명은 단순히 쇠 철(鐵) 자에 주목한 민간어원설로 신빙성이 없다. 역사적으로도 철원이 쇠(철)와 관련해서 이름을 올린 적은 없다.

고흥의 옛 이름은 고양이

"괴바우·괭이부리말"

우리 옛말 괴, 고이, 굉이는 고양이…고양이 묘^猫 자 들어간 지명
전남 신안 압해읍 고이도, 곡성 괴티재, 여수시 묘도
인천 만석동의 괭이부리말은 산부리가 고양이처럼 생긴 곳

"**글**씨를 되는 대로 아무렇게나 써 놓은 모양을 이르는 말"을 네 글자로 무엇이라 할까? 퀴즈 같은 이 질문에 금방 답을 떠올리는 사람은 많을 것 같다. 그런데 그것이 개발새발인지 개발쇠발인지 괴발새발인지 괴발개발인지 무엇이 옳은지에 대해서는 헷갈리지 않을 사람이 적을 것 같다. 정답은 '괴발개발'이다. 최근에는 '개발새발'도 표준어로 인정받아서 이것까지는 답으로 할 수 있을 것이다. '괴발개발'에서 '괴'라는 말이 낯설 것 같은데, '괴'는 '고양이'를 뜻하는 말이다. 아주 이른 시기에는 '고양이'라는 말 대신에 '고이'나 '괴'라는 말을 썼다. 그러니까 '괴발개발'은 고양이 발자국이나 개의 발자국처럼 어지럽게 글씨가 쓰였다는 말이다.

나로도가 있는 전남 고흥의 옛 이름은 '고이'였다. 『고려사』(지리2 보성군)에는 "고흥현은 본래 고이부곡(高伊部曲)이다. 고이란 방언으로 고양이[猫]이다. 당시 묘부곡(猫部曲) 사람이 조정에 벼슬하면 나라가

망한다는 참언이 있었다. 유비가 역어통사로 원에서 공을 세웠으므로, 충렬왕 11년(1285년)에 지금 이름으로 고치고, 승격시켜 감무가 되었다"고 씌어 있다. "고이란 방언으로 고양이[猫]이다"라고 했는데, 여기서 방언이란 사투리라는 뜻이 아니라 우리말이란 뜻이다. 그러니까 당시에는 고양이를 '고이'라 불렀다는 것을 알 수 있다. 한자는 '고이(高伊)'로 썼는데, 뜻과는 상관없이 한자의 음을 빌려 쓴 것이다.

이 기록으로는 고흥의 옛 이름이 '고이'였다는 것 외에는 왜 어떤 유래로 고이(고양이) 이름이 붙게 되었는지는 알 수 없다. 단지 고흥이라는 지명이 '고이'에서 '고' 자를 따왔을 가능성은 있는 것으로 보인다. 지명을 바꿀 때 전혀 새롭게 작명하는 것보다는 예전의 지명에 근거하는 것이 일반적이기 때문이다. 그러니까 '고이'에서 '높을 고(高)' 자를 가져 오고 '흥할 흥(興)' 자를 덧붙여, 단순 동물지명에서 '높이 흥한다'는 뜻의 관념적인 지명으로 바꾼 것으로 볼 수 있다. 현대에 와서는 나로도 우주센터와 연관지어, 고흥 지명이 높은 곳에서 흥하는 우주개발을 뜻해 신기하다고 말하기도 하지만, 고흥의 옛 이름은 '고이' 곧 '고양이'인 것이다.

이보다 일찍이 송나라의 사신으로 고려에 왔던 손목이 12세기 초(1103~1104)에 편찬한 『계림유사』에는 '묘왈귀니(猫曰鬼尼)'라고 해서 '고양이'를 '귀니'로 쓰고 있는 것을 볼 수 있는데, 연구자들은 '귀니'의 음을 '고니'로 재구하기도 한다. 그렇게 본다면 '고양이'는 어원적으로 '고니(곤이) > 고이 > 괴'로 바뀌고, '괴'에 접미사 '앙이'가 붙어 괴앙이 > 괴양이 > 고양이로 변화해 왔다고 볼 수 있다. 이 중 지명에서는 고이, 괴 같은 이름이 예스러운 형식으로 많이 보인다.

전남 신안군 압해읍 고이리에 있는 섬 고이도는 작지만 역사가 오래되고 요충지로서도 이름난 곳이었다. 신라 경덕왕 때(757년)부터 내내 무안군에 편입되어 오다가 신안군 압해면 소속이 된 것은 1969년이다. 『삼국사기』(권 제12 신라본기 제12 효공왕)에는 "13년(909년) 여름 6월에 궁예가 장군[왕건]에게 명하여 병사와 선박을 이끌고 진도군을 함락시키고, 또 고이도성을 깨뜨렸다"는 기록이 있다. 이때의 고이도성은 지금의 고이도에 있는 성으로 보인다. 이보다 앞서 847년에 일본 승려 원인이 일본으로 귀국하는 도중에 잠시 들렀던 고이도가 바로 이곳이라고도 한다(『입당구법순례행기』).

전하는 말로는 고려 태조의 숙부인 왕망이 왕의 자리를 탐하여 이곳에 성을 쌓고 살았다 하여 '고(古)' 자를 따고 섬의 모양이 귀와 같다 하여 '이(耳)' 자를 따서 고이도라 부르게 되었다고 한다. 또 섬의 형태가 고양이 (고이)처럼 생겼기 때문에 고이도가 되었다고도 한다. 그러나 이 중 섬의 모양이 귀와 같이 생겨 고이도(古耳島)라 했다는 것은 납득하기 어렵다. 이는 단지 한자 '귀 이(耳)' 자에만 얽매인 해석으로 보이기 때문이다. 고이도는 기록상으로 한자 표기가 다 다른데 고이도(高移島), 고이도(皐夷島), 고이도(高耳島) 등 여러 가지이다. 이로써 보면 고이도 한자 표기는 우리말 '고이'를 한자의 음을 빌려 표기하면서 달라진 것으로 볼 수 있다. 따라서 고이도의 유래는 "섬의 형태가 고양이(고이)처럼 생겼기 때문에 고이도가 되었다"고 한 설명이 맞는 것으로 보인다. 고이도는 고양이섬인 것이다.

고이도보다는 좀 더 후대의 표기로 보이는데 전남 여수시 묘도는 '고양이 묘(猫)' 자를 써서 묘도라 했다. 한자의 뜻을 빌려 쓴 것이다. 묘도의 우리말 이름은 '괴섬'이다. 『신증동국여지승람』(순천)과 『여지도서』(순천) 등에 묘도가 "부의 동쪽에 있으니 둘레가 60리요, 목장이 있다"는 기록이 있다. 『대동여지도』, 『1872년지방지도』(순천) 등 고지도에는 좌수영 북동쪽 해안에 묘도가 표시되어 있다. 섬의 모양이 고양이처럼 생겼다 하여 묘도 또는 괴섬이라 했다고 한다. 또한 고양이섬인 묘도에는 '쥐 서(鼠)' 자와 음이 같은 서씨(徐氏)가 살 수 없다는 풍수전설이 전해온다고도 한다. 주민들이 이 섬을 고양이섬으로 인식하고 있었다는 사실이 재미있게 표현된 것이다.

전남 곡성군에는 괴티재라는 고개가 있다. 곡성읍 서계리에서 삼기면 괴소리를 이어주는 고개로 한자 이름은 묘치 혹은 묘현이다. 괴티재에서 '티(치)'와 '재'는 모두 고개를 뜻하는 말이므로 유의어가 중복된 표현이다. 그러니까 하나만 써서 괴티 혹은 괴재라 해도 좋은 것이다. 곡성읍 남서쪽 끝 괴티재 아래에서 발원하여 곡성 읍내를 관통해 오곡면 오지리 앞에서 섬진강으로 유입하는 곡성천을 예전에는 '괴내'로 불렀던 것으로 보인다. 『여지도서』(곡성)에는 "묘천(猫川)이 동악산 동쪽에서 발원하고 압록진 (현 섬진강)으로 들어간다. 현 남쪽 2리에 있다"고 기록되어 있다. '괴내'를 '묘천'으로 썼다.

괴티재 인근 리에서는 괴티재를 '고양이 형상'이라든지 '고양이가 쥐를 잡아먹는 형국' 등으로 설명하고 있다. 괴티재가 있는 삼기면 괴소리의 경우 "괴소리는 최악산 아래에 있는 마을로 고양이 형국을 하고 있어 고양이의 사투리인 괴를 넣어 괴소라고 불렀는데 한자화 하면서 현재의 지명으로 되었다"고 한다. 괴소마을은 한자를 '느티나무 괴' 자를 써서 괴소(槐所)로 쓰지만, 마을의 지세가 고양이 형국이라 생긴 지명이라고 설명한다.

고양이 지명 중에 가장 흔한 것은 '괴바위(우)'이다. 바위 지명은 다른 사물의 형상에 빗대는 것이 일반적인데, 그중 동물의 형상에 빗댄 것이 많다. 괴바위도 그중 하나인데, 유래가 된 형상을 비교적 쉽게 확인할 수 있는 것이기도 하다. 대전시 유성구 덕명동 노루쟁이 마을 동쪽 목산 중턱에 있는 괴바위는 바위 모양이 고양이처럼 생겼다 하여 붙여진 이름으로 괴바우·팽이바위·팽이바우라고도 불린다 한다. 전남 보성군 겸백면 남양리의 자연마을 묘동은 마을 앞에 있는 바위가 고양이 형국이라 하여 묘암, 괘바우라 부르던 것에서 유래했다고 한다.

'고양이'라는 말은 17세기 말부터 쓰이기 시작한 것으로 보인다. 기록상

집중적으로 등장하기 시작하는 것은 19세기 말로 그리 오래되지 않은 것이다. 괭이란 말 역시 오래지 않은 것으로, 고양이란 말이 등장하면서 발생하였을 것으로 본다. 왜냐하면 괭이는 고양이가 줄어든 말이기 때문이다. 서울 강서구 가양동에 있던 마을 중에는 '굉이말'이 있는데, 고양이의 방언이 '굉이'인 데서 마을 이름이 유래되었다고 한다. 이 '굉이말'을 한자로는 '고양동(古陽洞, 옛 고, 볕 양)'이라 썼는데, 이는 우리말 '고양이'를 그대로 한자로 옮긴 것으로 보여 관심이 간다. 지역에서는 "궁산의 남쪽 볕이 잘 드는 곳에 위치한 데서 유래"되었다고 하지만, 이는 한자로 바꾸어 쓴 이후 볕 양(陽) 자를 풀어 설명한 것으로 보인다. 그것보다는 '굉이말'이라는 원래의 마을 이름에 비추어 보면, 고양동(고양리)은 우리말 '고양이'를 한자로 옮겨 쓴 것으로 보는 것이 자연스럽다. 고양리에도 '굉이바위(현재의 광주바위)'가 있었다. 여주시 능서면에 있는 구양리(九陽里)는 '고양바위'가 있어서 고양이, 구앵이 또는 구앙이라 부르던 것이 지명의 유래가 되었다고 한다. 볕 양(陽) 자를 쓰는 것이 고양동과 같다.

인천시 동구 만석동에는 으뜸되는 마을로 '괭이부리말'이 있다. 김중미의 『괭이부리말의 아이들』이라는 소설로 널리 알려졌다. 작가는 소설 속에서 지명의 유래에 대해서도 언급하고 있는데, "지금 괭이부리말이 있는 자리는 원래 땅보다 갯벌이 더 많은 바닷가였다. 그 바닷가에 '고양이섬'이라는 작은 섬이 있었다. 호랑이까지 살 만큼 우거진 곳이었다던 고양이섬은 바다가 메워지면서 흔적도 없어졌고, 오랜 세월이 지나면서 그곳은 소나무 숲 대신 공장 굴뚝과 판잣집들만 빼곡히 들어찬 공장 지대가 되었다. 그리고 고양이섬 때문에 생긴 '괭이부리말'이라는 이름만 남게 되었다"고 해서 '괭이부리말'이 '고양이섬'에서 비롯되었음을 밝히고 있다. 그러면서 아이들의 상상력을 통해 '괭이부리말'이란 이름이 포구와 똥바다를 허옇게 뒤덮는 괭이갈매기 때문에 생겼을지도 모른다는 말을 덧붙이고 있다.

'괭이부리말' 지명이 특이하게 느껴지는 것은 '부리'라는 말 때문인 것 같다. 이 때문에 괭이갈매기의 부리를 먼저 연상하기도 하는데, 사실은 전혀 관계가 없다. 괭이갈매기의 '괭이'도 '고양이'를 뜻하는데, 괭이갈매기라는 이름은 울음소리가 고양이(괭이)의 울음소리와 비슷하다고 해서 지어졌다고 한다. 어쨌든 '괭이부리말'의 '괭이'가 고양이를 가리키고 그것은 고양이섬에서 온 것만큼은 분명해 보이는데, '부리'는 무엇을 가리킬까. 고양이의 주둥이는 새의 주둥이(부리) 같이 길고 뾰족하지도 않고, 지명에 쓰일 만큼 그렇게 특징적이지 않다. 그렇다면 부리는 어디서 온 말일까.

이에 대해 『인천광역시사』(만석동)에서는 '괭이부리[猫島, 묘도]'를 "서쪽에 산부리가 고양이처럼 생긴 섬이 있어 붙여진 이름이다. 지금은 바다를 메워 육지가 되었다"고 해서, '산부리'로 설명하고 있다. '산부리'는 '산뿌리'로 발음해야 되는데, 사전에는 "산의 어느 부분이 부리같이 쑥 나온 곳"을 이르는 말로 되어 있다. 그러니까 섬(묘도)의 서쪽 산부리가 고양이처럼 생겨서 그곳을 '괭이부리'라 부르게 되었다는 말이다. 결국 '괭이부리'는 이곳 지형의 특색을 두고 붙여진 이름으로 보아야 할 것이다.

고양이는 지역에 따라 아주 다양한 이름으로 불리고 있다. 그런데 방언도 아니면서 일반적인 호칭으로 '나비'라는 이름이 있어 흥미롭다. 『표준국어대사전』에도 '나비'가 "고양이를 이르는 말"로 나온다. "나비가 생선을 물고 간다"나 "나비야, 이리 온!" 같은 예문도 실어 놓았다. 그러나 언제부터 또 왜 고양이를 '나비'라 부르게 되었는지에 대해서는 알려진 바가 없다. 이를 두고 고양이의 두상이 나비의 날개를 닮아서 그런 것이라는 설도 있지만 근거는 없다. 좀 더 수긍이 가는 설명으로는 고양이가 원숭이처럼 나무 같은 것을 잘 타고 날래서, 원숭이의 옛말인 '납'에 접미사 '-이'가 붙어서 된 말이라는 설이 있다. '납'은 훈민정음 해례에도 "납, 爲猿(위원, 납은 원숭이를 일컫는다)"이라고 나오는 말이다.

아산은 어금니 지명

"엄술·엄뫼·엄지산"

엄(어금니), 어금니 아开 자 들어간 지명은 크고 으뜸인 곳
전남 영암 대아산은 영검한 엄산, 함경남도 덕성 엄산은 제일 높은 산
'엄'은 어머니와도 관련돼… 전주 모악산은 '엄뫼', '큰뫼'로도 불러

충남 아산 지역은 지리적 위치 때문에 일찍이 삼한시대(원삼국시대)부터 주목받았던 곳이다. 이때 한반도 중서부 지역에 목지국으로 대표되는 마한이 자리 잡고 있었는데, 아산 지역은 마한의 세력 하에 발달된 청동기문화를 계승한 소국이 형성되어 있었을 것으로 추정된다. 그러다 3세기 후반 무렵 백제에 병합되었던 것으로 보이는데, 『삼국사기』의 기록 중에 온조왕 36년에 탕정성(湯井城, 탕정은 지금의 온양)의 축성 기사가 있어 이미 기원 직후에 백제 영역에 속하였을 것으로 추정하기도 한다. 또한 『삼국사기』(백제본기)에는 온조왕 43년에 왕이 아산의 들판(牙山之原)에서 5일간 사냥을 했다는 기록이 있다.

이와 관련해서 근래 아산 지역이 비류백제의 초기 도읍지라는 주장도 있어 눈길을 끈다. 『삼국사기』(백제본기 온조왕 조)에는 온조의 형인 비류가 바닷가에 살고자 했는데 함께 남하한 열 명의 신하가 한산가의 하남을 도읍지로 삼자고 간하므로 듣지 않고 그 백성을 나누어 미추홀로

가서 살았다고 기록돼 있다. 그런데 비류는 미추홀의 땅에 습기가 많고 물이 짜서 편히 살 수 없었기 때문에 위례성으로 돌아와 보니, 온조는 도읍이 안정되고 백성들이 편히 살므로 마침내 부끄러워 뉘우쳐 죽으니 그 백성들이 모두 위례성으로 돌아왔다고 한다. 이때 비류가 도읍으로 삼았던 미추홀이 현재의 아산 인주면 밀두리 지역이라고 주장하는 것이다.

우선적인 근거는 『삼국유사』(권2 기이2 남부여 전백제조)에 있는데, "미추홀은 인주이고 위례는 지금의 직산이다"라는 구절이다. 이때 인주는 고려 초기에 불리던 아산의 이름이다. 또 다른 근거로 아산의 중심 하천인 곡교천을 중심으로 20여 개의 산성이 늘어서 있는 사실을 들기도 한다. 고대 국가의 도읍지 주변에는 도읍지를 지키기 위한 성과 봉수 등의 여러 관방 유적이 존재하기 마련인데, 아산에는 이런 관방 유적이 특징적으로 존재한다는 것이다. 또 밀두리에 대해서는 용을 미리 또는 미라 하였고 두(頭; tu)와 추(鄒; tu)는 동음이므로, 밀두와 미추를 동일지명으로 보아 아산 인주면 밀두리를 미추홀로 비정하기도 한다.

아산 지역이 비류백제의 초기 도읍지라는 주장은 논란이 계속되고 있는 문제지만, 아산 지명 또한 큰 의미를 갖는 이름이어서 관심이 간다. 우리말로 아산, 아산 하면 그냥 평범한 이름으로 들리지만, 한자를 눈여겨 보면 생각이 많이 달라진다. 한자로는 어금니 아(牙) 자에 뫼 산(山) 자를 쓰는데, 이 어금니 아 자가 큰 의미를 지니고 있는 것이다. 지명에 어금니라는 말을 쓴 것이 예도 드물거니와, 우리말의 오랜 뿌리를 간직하고 있는 것으로 보여 주목된다.

이 아산 지명은 일찍이 『삼국사기』(지리지3)에 나오는데, 탕정군의 속현으로 되어 있다. 탕정군(湯井郡, 끓일 탕, 우물 정)은 온천으로 유명한 지금의 온양을 백제 때부터 부르던 이름이다. 이 탕정군은 고려 초에 온수군으로 고쳤는데 이에 속한 현으로 신창현과 함께 음봉현이 소개되고 있다. "음봉[음잠이라고도 한다.]현은 원래 백제의 아술현이었던 것을 경덕왕이 개칭한 것이다. 지금의 아주이다"라고 씌어 있다. 여기에서 아술(牙述), 아주(牙州)라는 이름에 어금니 아(牙) 자를 쓰고 있는 것을 볼 수 있다.

『신증동국여지승람』(아산현)에 따르면, 음봉현을 고려 초기에 인주(仁州)로 고치고 현종 9년(1018년)에 다시 아주로 고쳐 내려오다가, 조선 태종 13년(1413년)에 지금의 아산 이름이 정해진다. 아주에서 아산으로 바뀐 것은 별다른 의미는 없다. 태종 13년 전국의 군현 개편 때 인구수가 적은 곳은 '주' 자를 못 쓰게 하고 '산(山)'이나 '천(川)'을 붙이게 됨에 따라 아주를 아산으로 고친 것이다. 신라 경덕왕 때 고쳐 부른 음봉이라는 이름도 어금니와 관련된 이름으로 볼 때, 아산 지명은 처음 백제 때부터 거의 이천 년을 어금니 지명으로 이어져 온 것이다.

그렇다면 맨 처음 백제 때 이름인 '아술'을 어떻게 읽어야 할까. 사전에는 어금니의 옛말로 '엄'이 나온다. 훈민정음에서는 혀뿌리 부분, 즉 어금니 근처에서 발음되는 아음(牙音)을 '엄쏘리'라고 하였다. '엄쏘리'는 '엄+ㅅ+소리'로 '어금닛소리'라는 뜻이다. 여기에서 옛날에는 '어금니'를 '엄'으로 말한 것을 알 수 있다. 옛 한자 표기에서 '아(牙)'는 바로 '엄'을 한자의 뜻(훈)을 빌려 표기한 것이다. 어금니(엄)가 다른 이들에 비해 크고 중요하다는 점에서 '엄'의 어원적 의미는 '크다', '으뜸되다'와 관련이 있다. 다른 예로는 '엄지손가락', '엄지발가락'의 '엄지'를 들 수 있는데, 한자어로는 클 거 자를 써서 '거지(巨指)'라고 한다. 엄에서 '크다', '으뜸되다'의 뜻을 읽을 수 있는 것은 '엄'을 '검'에서 ㄱ이 탈락한 형태로 볼 때 더욱 그렇다. '검'은 신 혹은 '크다'를 뜻하는 우리 옛말이다.

또 '아술' 곧 '엄술'에서 '술'은 어떤 뜻을 갖고 있을까. '술'은 옛날 땅이름에서 '봉(峯, 봉우리 봉)'으로 옮겨진 경우가 많다. 그냥 산의 의미로 읽을 수도 있을 것이다. '술'은 '술이', '수리' 등으로도 쓰였는데, 지금도 수리봉이니 수리산이니 하는 이름으로 남아 있다. 경기도 파주의 백제 때 이름 '술이홀(혹은 술미홀)'은 신라 경덕왕 때 '봉성현(峯城縣)'으로 고쳤다. '술이'에 '봉'이 대응하는 것을 볼 수 있다. 이 '술이홀'은 '수성(首城, 우두머리 수)'또는 '장성(長城)'의 뜻에서 나왔다고도 한다.

'아술'을 경덕왕 때 고친 이름인 '음봉'에 대해서도 살펴보자. '음봉'이 '아술'에 대응하는 것으로 볼 수 있는데, '어금니 아' 곧 '엄'이 '음'에 대응하고 있다. 이렇게 보면 음봉의 '음'은 '엄'을 한자의 음을 빌려 표기한 것임을 알 수 있다. '봉'은 위에서 살펴본 대로 '술'을 한자의 뜻을 빌려 표기한 것이다. 그러니까 '아술'이나 '음봉'은 똑같은 우리말 이름 '엄술(엄수리)'을 한자의 표기 방법을 달리해 쓴 것으로 볼 수 있다. '엄술'은 '으뜸되는 산(봉)'의 뜻으로 읽을 수 있다. 말하자면 '엄지산'인 것이다. 이 산을 지역에서는 영인산으로 보는데, 한자로는 신령 영(靈) 자에 어질 인 자 영인산(靈仁山)으로 쓴다. 아산시 영인면과 염치읍·인주면에 걸쳐 있는 이 지방의 명산(364m)으로 산이 매우 험준하지만 사람이 전혀 다치지 않고, 또 산꼭대기에 우물(용샘)이 있어서 가뭄이 들 때 기우제를 지내면 매우 영험했다고 한다. 영인면이라는 이름도 이 산에서 따온 것인데, 영인은 고려 때 아산의 별칭이다.

『신증동국여지승람』에는 산마루에 옛 성 두 개를 연해서 쌓은 신성산성이 있다고 나온다. 이 산 북동쪽에는 300m쯤 쭉 벌어져 있는 특이한 모양의 바위가 있는데, 지역에서는 '어금니바위'라고 부른다. 또한 아산이라는 고을 이름이 이 바위로 인하여 붙여졌다고도 한다. 『신증동국여지승람』(아산현 고적조)에는 "그 바위가 산봉우리 위에 널려 있는 것이 거의 수리(數里)나 되는데, 가장 큰 것의 형상이 부처와 유사하기 때문에 '불암(佛巖)'이라고 이름했다"고 나온다. 『조선지형도』(1919년, 조선총독부)에는 영인면·음봉면·염치면의 경계에 '부아암(負兒岩, 아기 업은 바위)'이 표기되어 있다.

이로써 보면 '어금니바위'는 예로부터 있어온 이름이 아니라 비교적 근래에 누군가에 의해 새로 이름 붙여진 것으로 짐작된다.

어금니 아(牙) 자를 쓰는 아산 지명은 다른 곳에도 있다. 전남 영암군 삼호읍 삼포리와 용당리 일대에 걸쳐 있는 산 이름이 대아산(大牙山)이다. 산봉우리 2개가 도로를 두고 마주보고 있어 북쪽의 산을 대아산, 남쪽의 산을 소아산이라고 한다. 그러니까 원래의 이름은 아산 하나인 것을 알 수 있다. 고도 182m의 높지 않은 산이지만 옛날에는 날이 가물 때 주민들이 무제(기우제)를 지내면 비가 온다고 믿어 영검한 산으로 유명했다고 한다. 그래 무제봉이라는 이칭이 있기도 하다.

조선시대 사료는 대소 두 산을 구분하지 않고 아산 혹은 엄산(奄山)으로 기록하고 있다. 『여지고』에 "사호강은 (중략) 덕진포를 지나 엄산을 경유하여, 목포가 되어 서쪽으로 바다에 들어간다"라고 기록되어 있어 바닷가에 위치해 있는 것을 알 수 있다. 『해동지도』에는 '아산(芽山)'으로 기재되어 있다. 이 '아(芽)'는 싹 아 자인데, 풀이나 나무에 새로 돋아 나오는 싹 곧 '움'을 가리킨다. 바로 이 '움'의 옛말이 '엄'이다. '엄'은 '어금니'의 옛말이면서 또한 '움'의 옛말이기도 하다. 그러니 싹 아 자 '아산'도 '엄산 (엄뫼)'을 표기한 것으로 보인다. 실제로 『해동지도』 이후의 지도인 『대동 여지도』에 주룡포 서쪽에 '엄산'이 표시되어 있는 것을 비롯해 『동여도』 『청구도』 등에도 '엄산'으로 기재되어 있다. 『조선지지자료』(1911년)에 는 '소아산(小牙山)·대아산(大牙山)'으로 기록되었고 한글로 '자근엄산', '큰엄산'이라고 병기되어 있다.

결국 이곳 영암의 아산도 '엄산' 곧 '엄뫼'를 어금니 아 자를 써서 표기한 것이다. 엄산(엄뫼)은 충남 아산의 '엄숯'과 같이 '으뜸 산'의 의미로 읽을 수 있다. 한자로 엄산을 '崦山(가릴 엄, 뫼 산)'으로 표기하고 있지만 이는 단지 한자의 음을 빌려 표기한 것에 불과하다. 다른 지역의 경우 엄산이 엄할 엄(嚴) 자로 표기되어 있는 것도 있는데 모두 한자의 뜻(훈)과는 상관없이 우리말 '엄(어금니)'을 음으로 표기한 것으로 보인다. 함경남도 덕성군 엄산(嚴山)은 해발 1,667m로서 해를 가릴 만큼 높은 봉우리라 하여 차일봉이라고도 했는데, 이 지역에서 제일 높은 산이라 하여 엄지산이라는 뜻에서 엄산이라고 하였다 한다(『조선향토대백과』).

그런데 이 '엄뫼'를 전주 모악산의 우리말 이름으로 보기도 해서 흥미롭 다. 전라북도의 중심지에 위치한 모악산(794m)은 호남평야에 우뚝 솟은 산으로 예로부터 미륵신앙의 본거지가 되었던 곳이다. 서쪽 사면에 있는 금산사는 599년(법왕 1년)에 창건된 것으로 신라 불교의 5교 9산의 하나였 다. 불교학자인 김영수가 1921년에 편찬한 『금산사지』에는 이렇게 쓰여 있다.

이 산의 외산명을 조선의 고어로 '엄뫼'라고도 불렀고, '큰뫼'라고도 칭하였던 것이다. '엄뫼'나 '큰뫼'라는 이름은 다 제일 수위에 참열한 태산이란 의미로서, 조선 고대의 산악숭배로부터 시작된 이름이다. 이것을 한자로 전사할 때에 '엄뫼'는 모악이라 의역하고, '큰뫼'는 '큼'을 음역하여 '금(金)'으로 하고 '뫼'는 의역하여 산(山)으로 하였다.

모악산을 '엄뫼'라고도 불렀는데 이것을 의역 즉 한자의 뜻(훈)을 빌려 표기한 것이 '모악'이라는 것이고, 또한 이 산을 '큰뫼'라고도 불렀는데 이 '큼'을 한자의 음을 빌려 표기한 것이 '금산'이라는 것이다. 이로써 보면 '엄뫼'의 '엄'은 '어머니(母)'를 뜻하고, '큼'의 뜻을 갖는 '검(금)'과 관련이 깊은 것으로 볼 수 있다. 문헌상으로는 '금산(큰뫼)' 지명이 먼저 나온다. 일반적으로도 '금산'은 '감' 계(감, 검, 곰, 금, 고마, 개마 등) 지명으로 보고, '감'은 '신(神)' 또는 '으뜸', '크다' 등의 뜻을 갖는 것으로 본다.

이와 관련해서 정호완 교수는 '어머니'의 어원을 '곰'에서 찾았는데, '곰(熊, 고마)'의 머리소리(ㄱ)가 약해져 탈락하면서 '곰 → 홈 → 옴(고마- 호마- 오마)'이 되어 '어머니(옴마, 오마니, 오매, 어메, 엄마, 엄니, 어무이)'라는 말로 정착했을 것으로 본다. 그렇게 보면 지명에서도 '엄'보다 앞선 형태로 '검(금)'을 상정할 수 있을 것이다. 또한 '엄'이 '어금니' 외에도 어원적으로는 '어머니'와도 관련되는 것으로 볼 수 있다.

경북 김천시 어모면은 구전으로는 삼한시대 어모국이 있었다고 전하는 곳이다. 삼국시대에는 금물현이었고 통일신라시대(경덕왕 16년)에 어모 현으로 개칭하여 개령군의 영현이 되었다. 『삼국사기』에 어모현은 본래 신라의 금물현이었으며 음달(陰達)이라고도 한다고 기록되어 있다. 여기 에서 '금물-어모-음달'이 서로 대응하는 것을 볼 수 있다. 전부요소만 빼본다면 '금-어모-음'이 대응하는 셈이다. 위에서 아산을 음봉이라고 한 예를 보았는데, 이곳 '음달' 지명도 '음(陰)'은 '엄'(어금니)을 음차 표기한 것으로 볼 수 있다. 또한 고구려 말로 '달(達)'은 '산', '높다'의 뜻을 나타냈다. 그렇게 보면 '음달'은 '엄뫼'로 읽을 수 있는 이름이다.

어모현의 '어모' 또한 '엄'을 표기한 것으로 볼 수 있다. 지역에서는 '어모'를 '어머니'를 뜻하는 말로 보는데, 물과 땅의 신 곧 지모신을 가리키는 것으로 설명하고 있다. 김천시에는 아포읍이 있고, 어모면에도 아천, 아산 등의 지명이 있는데 모두 어금니 아(牙) 자를 쓰고 있다.

일산 백석동은 흰돌마을

"흰돌메·흰돌이·흔바위"

흰돌이 실물로 남아 있는 고양시 일산 백석동

인천 오류동 백석산도 흰돌을 확인할 수 있어

백석(흰 돌)이 없는 경기 양주 백석읍은 한들(넓은 들)이 변한 지명

고양시 일산동구 백석동 '흰돌마을'은 특이하게도 지명의 유래가 된 '흰 돌'이 실물로 분명히 남아 있다. 아니 남아 있는 정도가 아니라 받들어 모셔지고 있다. 마을에서는 '흰돌보존위원회'를 조직해서 이를 보호하고, 매년 '백석동 흰돌 도당제'를 지낸다. 도당제는 도당굿이라고도 하는데 도당신을 위해 주기적으로 제의를 올리는 행사를 말한다. 도당신은 마을의 수호신으로 마을의 지킴이인 동시에 풍농을 기원하는 신격이다. 그렇게 보면 이곳 '흰 돌'은 그대로 마을의 수호신인 것이다. 이때의 '흰 돌' 같은 것을 민속에서는 '신체'라고 하는데, 신령을 상징하는 신성한 물체라는 뜻이다. 이렇듯 직접적으로 자연물을 섬기는 것은 원시신앙의 하나인 애니미즘 형태로 볼 수 있어 중요한 사례이다. 백석 '흰 돌'은 할아버지신에 해당한다고 한다. 제를 올릴 때는 인근 산에서 나뭇가지를 이용해 할머니신을 모셔와 양위를 함께 제사 지낸다고 한다.

이 '흰 돌'은 흰돌마을 도당산(현재 백석공원)에 있는데 지금은 제단을

만들어 모시고 있다. 1990년대에 이뤄진 신도시 개발 중에도 보존된 자연 바위로 높이 1.2m, 넓이 1.5m의 작지 않은 크기다. 본 바위 옆엔 다시 작은 흰 바위가 9개 있어 전체적으로 바위 10개가 군을 이루고 있다. 백석은 이곳 인근에서 쉽게 볼 수 없는 깨끗하고 흰 돌이다. 일반 화강암 재질이 아니라 백색 규암이라고 한다. 대대로 마을 주민들이 신성하게 여겨 왔으며, 마을의 신앙 대상으로 고양시 일대에는 널리 알려진 유명한 돌이다.

백석동은 1990년대 초반 일산 신도시가 개발되기 전까지 쌀과 들판으로 유명했던 마을이다. 『1872년지방지도』에는 정발산의 산줄기 남쪽 끝 부분에 백석리가 표기되어 있다. 영조 35년(1755년)에 발간된『고양군지』에는 백석리 일대에 114호가 거주한 것으로 기록되어 있어 상당히 큰 마을이었던 것을 알 수 있다. 자연마을로는 '샘푸리', '알미(알뫼)', '흰돌' 등이 있었다. 샘푸리는 맑고 푸른 샘이 있어서 부른 이름(한자로는 천청동)이고, 알미는 마을 야산이 마치 달걀 모양과 같다고 해서 붙여진 이름(한자로는 난산)이며, 흰돌은 앞서 말한 대로 '흰 돌'이 있어서 부른 이름이다. 이중 '흰돌'은 '핸둘'이라고도 했다는데, 음의 변화가 상당하다.

인천시 서구 오류동과 왕길동에 걸쳐서 '백석산'이 있다. 인천의 서북쪽 끝에 위치한 산으로 서해에 면해 있다. 고도는 56m에 불과하지만 조선 초기부터 기록에 나오는 꽤나 이름 있는 산이었다. 『신증동국여지승람』(김포현) 산천조에 "백석산(白石山)이 현 서쪽 20리 지점에 있다"고 나오고, 봉수조에는 "백석산봉수가 북쪽으로 통진현 수안성산에 응하고, 남쪽으로 부평부 축곶산에 응한다"고 나온다. 이보다 앞서 『세종실록』(지리지 부평도호부 김포현)에도 봉수와 관련해서 같은 내용이 기록되어 있다.

인천광역시 서구청 지명 유래에는 검단5동(오류, 왕길동)에 '봉화촌' 지명이 나온다. 봉수대가 있는 마을이라 봉화촌으로 부른 것이다. 바로 이 마을의 주산으로 백석산을 설명하고 있는데, "정상 부분이 석영으로 된 거대한 암석으로 성산(聖山)의 모습을 하고 있다"고 되어 있다. 또한 백석산 남쪽 골에 있는 '큰말(대촌)' 항목에서는 백석산이 좀 더 자세히 묘사되고 있는데, "단봉초등학교 서편에는 흰 바위를 머리에 얹은 백석산이 있다. 백석산의 선바위가 누워 있다면 평범한 산에 지나지 않았을 것이지만, 서 있기 때문에 명산이라고 한다. 이 일대의 마을들은 그러한 백석산에 대단한 자부심을 갖고 있다. 수년 전 어느 채석상이 이 산의 백석을 채광하려 했으나 주민들이 수호신 백석산을 지키려는 노력으로 뜻을 이루지 못했다고 한다"고 되어 있다. 채석상이 탐을 낼 정도였다면 단순한 바위가 아님을 알 수 있다. 이 백석산은 흰 바위를 머리에 얹은 탓으로 백두산으로 부르기도 했다고 한다. 정상에 있는 '흰 돌'을 '선바위(서 있는 바위)'라고 불렀는데, 용의 형상을 하고 있었다고 한다. 성처럼 위로 길게 뻗어 있어 용에 빗댄 것으로 보인다. 어쨌든 백석산은 이름의 유래가 된 자연물 '흰 바위'가 분명히 확인이 된다.

인천 서구 백석산은 우리말 이름이 전하지 않는다. 백석산은 우리말로는 '흰돌메'로 불렀던 지명이다. 평안남도 숙천군 검흥리의 서남쪽에 있는 산은 '흰돌메'인데, 흰 돌이 많이 분포되어 있다 한다. 평안남도 평원군 송석리의 북쪽에 있는 산은 '작은흰돌메'라 불렀는데, 백석산 옆에 있는 작은 산이라 하여 '작은흰돌메'라 하였다고 한다.(『조선향토대백과』) '흰돌메'는 진해에도 있었는데 '백석산'을 달리 부르던 이름이다. 지금은 '흰돌메공원'에 이름이 남아 있다.

흰바위 지명 중에 또한 눈에 띄는 것이 '흔바위'이다. '흰바위'가 '흔바위'로 음이 변해, 한자로는 '흔암(欣岩, 기쁠 흔, 바위 암)'이라 썼다. '흔(欣)'자는 뜻과는 관계없이 음을 빌려 표기한 것이다. 여주시 점동면 남한강변에 있는 '흔암리'는 우리말로 '흔바위'로 불렀다. 흰바위, 흔암, 백암으로도 불렀다. 이곳은 나루터로도 유명했는데 흔바위나루, 흔암나루로 불렀다. 흰바위는 남한강을 오고가는 배의 정박지로서 사람의 내왕이 빈번하고 상업이 번성한 곳으로 옛적에는 대단히 활기찬 지역이었다고 한다. 또한 이곳은 '여주 흔암리 선사유적(흔암리 집자리)'으로도 유명한데, 청동기시대 전기의 대표적인 마을유적(주거유적)이다. 아주 오래 전부터 사람이 살았음을 알 수 있다.

'흔바위'는 마을 앞 강바닥에 큰 바위가 있어서 마을 이름이 '흰바위'가 되었던 것이 '흔바위'로 달리 발음된 것이라 한다. 이 흔바위 지명은 일찍이 천여 년 전 기록에 보인다. 고려 성종 11년(992년) 때의 일이다. 이때 조세를 개경까지 운송하는 조운선에 지불할 뱃삯을 정하였다는 기사(『고려사』'지' 권 제33)에 '곤강포'라는 이름으로 등장하는 것이다. 또한 곤강포(崐岡浦)에 대해 "이전 호칭은 백암포(白岩浦)로 음죽현에 있다"는 내용도 함께 기록되어 있는데, 이 곤강포가 흔바위나루로 비정된다는 것이다. '곤강포'의 전 이름이 '백암포'인 점에서 곤강포가 '흔바위' 이름인 것은 확실해 보인다. 그런데 왜 '백암포'라는 쉬운 이름을 '곤강포'라는 어려운 이름으로 바꾸었는지는 알려진 바 없으나, 추측건대 토착적인 '흰바위(백암)' 이름을 중국식 한자어로 바꾼 것으로 보인다. '곤강'은 중국의 곤륜산을 가리키는 말로, 곤륜산은 옥의 산출지로 유명했던 곳이다. 곧 옥의 흰색을 취해 '백암'을 '곤강'으로 바꾼 것으로 짐작된다. 그러나 이 '곤강포'는 공부상의 명칭일 뿐 서민들은 여전히 '흔바위'로 불렀던 것으로 보인다. 정조 때 『호구총수』에 면리 이름을 등재할 때는 근동면 '흔암동'으로 기록된다.

연천군 장남면 반정리에는 백석동이라는 마을이 있는데 '흰돌이'라고도 불렸다. '흰돌이'는 '흰돌'에 접미사 '이'가 붙어 된 말인데, 부르기도 좋고 예쁘다. 마을에 흰 차돌이 많아서 붙여진 이름이라고 한다. 안성시 금광면 석하리는 백석리와 하리(下里)가 합쳐지면서 백석의 석과 하리의 하 자가 합성된 이름이다. 백석리를 마을에서는 '흰돌리'라고 불렀다.

마을의 호령골이라고 하는 곳에 '흰돌바위'로 불리는 차돌바위가 있다고 한다. '차돌바위'에서 마을이름이 유래한 셈이다.

양구군 남면 구암리의 '신바우'는 바위 빛깔이 희므로 '신바우' 또는 '영감바위'라고도 불렸는데, '차돌바우'로도 불렸다고 한다. '신바위'는 '흰바위'가 변음된 것이다. 황해남도 강령군 강령읍의 서남쪽에 있는 '흰바위마을'은 큰 차돌바위가 있어 '차돌바위마을' 또는 '백암동'이라 불렸다 한다. 강원도 법동군 백일리 '흰돌배기'는 소재지 북쪽에 있는 골짜기 이름인데, 흰 차돌이 박혀 있는 곳에 위치해 있고, '흰돌박이'라고도 한다는 것이다.

차돌을 흰돌로 보아서 '흰돌(백석)' 지명이 된 곳이 많다. 차돌은 돌의 종류로는 석영을 가리키는데, 원래는 무색투명하지만 흰 빛(유백색)을 띠는 경우가 많다. 강릉시 성덕동 '핸둘'은 이곳에서 흰돌(차돌)이 많이 나와서 '흰돌'인 것이 변음이 되어 '핸둘'이 되었다고 한다. '핸둘' 안에 있는 차돌광은 옛날 일본 사람들이 사기를 만들기 위해 차돌을 파서 일본으로 가져갔다고 전하기도 한다. '핸둘'은 한자로는 '백석동' 혹은 '진석동(眞石洞)'이라 썼다. 차돌을 흔히 한자로는 진석이라 썼다. 참 진 자에 돌 석이고 보면 돌 중에서도 참된 돌이라는 뜻으로 읽힌다. 그러나 어원적으로는 '끈기가 있음'을 뜻하는 접두사 '찰–'과 '돌'이 결합한 것으로 본다. 단단하고 차진 돌이라는 뜻이다.

한편 백석의 흰돌이 '큰 들판'이라는 뜻을 지니고 있는 '한들'이 변하여 된 말이라고 설명하는 곳도 있어 주목된다. 양주 백석읍은 지명의 근거가 되는 흰 돌이 없는 것 같다. 백석읍 방성리와 양주읍 유양리·어둔리에 걸쳐 있는 양주산성(구 양주 대모산성)에 흰 돌이 있다고 해서 붙여진 이름으로 알려져 왔지만 현재 양주산성에는 특징적인 흰 돌이 없다고 한다.

이에 대해 『한국지명유래집』(중부편)은 "원래 백석은 조선시대부터 사용되는 용어로서 전국 어디에나 존재한다. 백석이라는 이름이 존재하는 대부분의 지역을 보면 흰 돌이라는 자연물을 그대로 한자로 옮겨 백석(白石)이라고 했다기보다는 큰 들판이라는 뜻을 지니고 있는 '한들'이 변하여 '한돌', '흔돌', '흰돌'을 거쳐 '백석'이 되었다고 보는 것이 타당하다. 왜냐하면 홍복산을 넘어서 오든 아니면 유양동에서 양주산성을 넘어서 오든 현재의 백석 지역에서 제일 먼저 눈에 띄는 것은 역시 넓은 들판이기 때문이다'라고 설명하고 있다. '백석'이라는 이름은 『여지도서』(1757년)에 백석면으로 처음 나오는데, 서쪽으로 처음 시작되는 부분이 10리이고 끝부분이 40리라고 하고, 원호가 591호라 해서 아주 큰 고을이었음을 알 수 있다.

또한 백석읍 바로 옆에 위치한 광적면(廣積面, 넓을 광, 쌓을 적) 이름도 백석과 같이 '넓은 들판(한들)'에서 유래했다고 보고 있는데, 관련성이 커 보인다. 이 지역은 원래 광석면과 석적면에 속했는데, 1914년 일제의 행정구역 통폐합 때 광석의 '광'과 석적의 '적'을 따 '광적리'로 새로 지어 붙였다. 『여지도서』(양주목)에 백석면과 함께 광석면과 석적면이 나온다. 양주시 지명 유래에서는 "광석면이라는 이름은 현재의 광석리에 펼쳐져 있는 넓은 들판에서 비롯되었다. 즉, 넓은 들판을 의미하는 '너븐달'이 '너븐돌'로 읽히고 이것이 한자로 표현되는 과정에서 '광석(廣石)'이 되었다. 석적면도 들판과 관련이 있는 이름이다. 즉, 들판이 계속 펼쳐진 곳을 한자로 옮기는 과정에서 '석적(石積)'으로 표기하였다. 따라서 광적면의 땅 이름은 산으로 둘러싸인 분지에 있는 넓은 들판에서 유래하였다"고 설명하고 있다. 넓은 들을 가리키는 '너븐들(나븐들)'은 흔히 '너븐돌(나븐돌)'로도 불리며 한자로 '광석'으로 표기된 예는 아주 많아서 위와 같은 해석이 설득력이 있다.

태조 이성계가 태어난 흑석리

"검은돌·감은돌·옻돌"

서울 흑석동은 검은돌마을, 검을현玄 자 쓴 서울 현석동은 감은돌동네
검은 돌 많아 검은색 표현하는 옻 칠漆 자 넣기도
광주시 칠석동(현 대촌동) 우리말 이름은 옻돌(옷돌)

'**검**은돌' 지명은 일찍부터 문헌에 보인다. 물론 한자어 '흑석리'로 기록되어 전한다. 태조 이성계가 태어난 흑석리도 그중 하나다. 『신증동국여지승람』(함경도 영흥대도호부 궁실조)에는 다음과 같은 기록이 있다.

준원전이 본부 동남쪽으로 13리 흑석리(黑石里)에 있으니, 곧 환조의 옛 저택으로 태조가 출생한 곳이다. 정통 계해년에 정인지가 태조의 수용(초상화)을 여기에 받들어 모셨는데, 영정 뒤에 씌어져 있기를, "청룡·백호가 좌우로 뻗었는데, 마치 산 호랑이가 바위 위에 버티고 앉은 듯하다. 공후의 부귀와 영화로운 세대로 일세를 통솔하신 대장군이다. 우레같이 떨친 명예 천하에 두루 퍼지고, 사해에 막힘이 없어 거서(車書)를 통일하셨다. 3척 칼머리로 온 나라를 편케 하고, 한 개의 채찍 끝으로 천하를 평정하셨네"라는 56자의 글귀가 있다.

환조는 태조의 아버지로 이자춘을 가리킨다. 이성계의 어머니는 최한기의 딸 의혜왕후였는데, 이곳은 최한기 곧 이성계 외할아버지의 고향이었다. 정인지는 이곳 흑석리를 "청룡 백호가 좌우로 뻗어 있고, 산 호랑이가 바위 위에 버티고 앉은 듯하다"고 묘사하여 일세의 영웅을 배출한 명당임을 암시하고 있다. 이 흑석리를 『세종실록』(지리지 함길도 영흥 대도호부)에서는 "준원전이 부의 동남쪽 흑석산(黑石山)에 있으니…"라고 해서, '흑석산'으로 표기하고 있기도 하다.

이 흑석리에 대해서는 400여 년 후의 임금인 정조도 기록을 남기고 있다. 정조 19년(1795년)은 환조의 여덟 번째 회갑(8×60)이 되는 해였던 것으로 보이는데, 사면령을 반포하고 영흥 본궁에 제향토록 하면서 다음과 같은 말을 남긴다.

> 삼가 생각건대 우리 환조 연무 성환 대왕께서는 성인을 낳으시어 왕의 터전을 마련하셨다. 태조 대왕이 탄생할 때에는 탕왕의 탄생 설화와 같은 상서로움이 펼쳐졌고, 임금이 될 꿈은 나라의 복으로서 요임금과 같은 성대한 운세를 열게 되었다. 그러니 저 흑석의 사저야말로 주나라 칠수(漆水)의 옛터와 비견된다 하겠다. 아름다운 기운 서려 있는 그곳의 지세는 용이 날아오를 형상을 갖추었고, 남몰래 쌓아온 경사스러움에 하늘은 제왕의 고향으로 점지하였다.

정조는 흑석리를 주나라 칠수의 옛터와 비견된다고 말하고 있다. 칠수는 그 발원지가 섬서성 칠현으로 주왕조의 발상지이다. '칠' 자에 주목하고 있는 것을 볼 수 있는데, '칠'은 '옻 칠(漆)' 자로 흔히 검은색을 나타낼 때 쓴 한자이기도 하다. 또한 지세를 용이 날아오를 형상으로 묘사하면서, 흑석리를 하늘이 제왕의 고향으로 점지한 곳으로 말하고 있다. 당연한 일이겠지만 이러한 진술들은 추상적이고 관념적이다. 구체적인 지형지세에 대한 언급은 없고, 더구나 흑석리라는 지명의 유래에 대해서는 아무런 암시도 남기지 않고 있다. 흑석리 지명은 다른 지역의 예와 마찬가지로 '검은돌' 정도로 불렀을 것으로 추측된다. 준원전이 있는 영흥군(지금은 금야군) 순령면에는 대흑석리·소흑석리라는 지명이 계속 있었는데, 1952년 군면리 대폐합 때 역사 속으로 사라졌다.

영흥의 흑석리 지명보다 더 이른 기록으로는 전주의 흑석사가 있다. 『고려사』 1011년(현종 2년) 11월의 "전주 흑석사(黑石寺)에서 모란이 피었는데, 눈이 덮여도 꽃이 지지 않았다"는 기사가 그것이다. 음력 11월이면 동짓달 한창 추울 때인데, 모란꽃이 피어 눈 속에서도 지지 않았다는 것은 지금으로 보아서도 참으로 기이한 일이다. 그래서 사료에도 올랐는데 천 년 전 일이다.

전주 흑석사는 이름도 특이하다. 검은돌 흑석은 아무리 따져 보아도 불교식 절 이름은 아니다. 그렇다면 불교 초기에 흔히 그랬던 것처럼 절이 위치한 지명에서 절 이름을 취한 것으로 볼 수 있다. 『여지도서』(1757~1765년)에는 흑석사가 부의 동남쪽 십 리에 있는데 폐사가 되었다고 나온다. 지금도 터만 남은 채 사라진 절이 되어 버렸는데, 대신 '흑석골'이라는 땅이름만이 남아 불리고 있다.

'흑석골' 지명의 유래에 대해서는 전주 역사박물관의 자료('전주의 옛 지명 26-흑석골')에 자세히 나와 있다. 이곳은 심산유곡 계곡물이 일 년 내내 마르지 않아 전주 특산물인 한지 생산 공장이 많아서 '한지골'이라고도 했다고 한다. 전주 싸전다리에서 완주군 구이면을 향해 가다보면 공수내 다리가 나오고, 이 공수내 다리에서 동쪽으로 뻗은 계곡을 올라가면 흑석골이 나온다. '흑석골'은 바위가 반절 흙이 반절이라고 해서 '반석리(半石里)'라고도 했는데 이 바위조차 모두 검은빛을 띠고 있어 속칭 '흑석골(黑石谷)'이라고도 했다는 것이다. 검은색을 띤 바윗덩이인 '흑석'

은 일명 흑연의 성질을 띤 돌덩이로 한 때는 이곳의 돌을 캐어다가 감마제나 차량의 도말용으로 쓰기도 했다고 한다. 지명의 유래가 검은빛을 띤 돌인 '흑석'에서 비롯된 것임을 알 수 있다.

서울 동작구 흑석동도 아주 이른 기록에 나온다. 『태종실록』의 수참 관련 기록에 과천 '흑석참'이 나오는 것이다. 『세종실록』(지리지 경기 광주목 과천현)에는 노도진(노량진)과 함께 흑석진(黑石津)이 "현 북쪽에 있다. 수참이 있고, 참선 15척이 있다"고 나온다. 꽤 중요한 지역이었음을 알 수 있다. 『서울지명사전』에서는 "흑석동 동명은 흑석제1동사무소 남쪽 일대에서 나오는 돌의 빛이 검은 색을 띠므로 검은돌마을이라 하고 이를 한자명으로 표기한 데서 유래되었다"고 설명하고 있다. 흑석동은 조선시대 말까지 경기도 과천군 하북면 흑석리였으며, 1914년에 시흥군 북면 흑석리가 되었고, 1936년에 서울(경성부)에 편입되었다.

'검은돌' 지명은 같은 한강 변의 서강에도 있는데, 마포구 현석동이 그것이다. 현석동(玄石洞)의 '현(玄)'은 지금은 '검을 현'으로 훈을 새기는데, 예전에는 '감을 현'으로 읽었다. 그래서인지 이곳 현석동은 '감은돌동네'로 불렸다. 『서울지명사전』에서는 "현석동 동명은 이 마을 근처의 돌이 검다 하여 '감은돌동네'라고 불렸던 데서 유래되었다. 감은돌은 검은돌의 옛 발음이다. 또 조선 숙종 때 현석 박세채가 이곳에 살았기 때문에 그의 호를 따서 붙여진 이름이라고도 한다. … 영조 27년(1751년)에 간행된 『도성삼군문분계총록』에 의하면 한성부 서부 서강방(성외) 흑석리계였다"고 설명하고 있다. '현석동'을 '흑석리'로도 불렸던 것을 알 수 있다. 또한 '묵석리계'라는 표기도 보이는데, 『서울지명사전』에 따르면 1894년 갑오개혁으로 행정구역을 개편할 때 '묵석리계'가 '현석리계'로 바뀌었다고 나온다. 묵(墨)은 '먹 묵' 자로, '묵석'은 '현석', '흑석'과 마찬가지로 '검은돌(감은돌)'을 한자로 표기한 것이다.

흔히 현석동의 유래에 대해서 박세채(1631~1695)의 호가 현석이고 이곳에 살았기 때문에 마을 이름이 현석이 되었다고 설명하는 경우가 많은데, 이는 잘못된 것으로 보인다. 박세채의 호 '현석'은 마을 이름 '현석'에서 따온 것이기 때문이다. 실록에 실린 '박세채 졸기'에 보면 "처음에 현석에 거주하니 학자들이 현석 선생이라 일컬었으며…"라고 나온다. 그리고 박세채 이전에도 이미 '현석' 지명이 나오고 있는 것을 볼 수 있다.

현석동 일대의 한강을 현석강(현 마포 서강) 또는 현호라 부르기도 했다. 조선 후기의 문신 권상신(1759~1824)은 이곳 현호에 별서를 경영하며 경화세족의 교유 공간으로 이용했다. 현호는 지금으로 말하자면 마포와 서강 사이 밤섬 근처로 보인다. 권상신의 시에는 자신의 정자가 '농암(聾巖, 귀머거리 농)' 위에 있다는 표현이 보이는데, '농암'은 현호 일대의 명물로 당시에 유명했다고 한다. 또한 이곳은 뱃놀이(선유)하기에 알맞은 공간으로 권상신의 시에도 '현석'의 지명이 소동파의 적벽과 대비되어 기이하다고 씌어 있다. 이로써 보면 '현석'은 '농암'과 같은 이름인 것으로 보인다. 추측하자면 서민들은 그냥 '농바우'라 부르던 것을 문인들이 귀머거리 농 자 '농암'으로 고쳐 쓰고, 또한 '감은돌'이라 부르던 것을 '현석'으로 고쳐 표현한 것으로 볼 수 있다. 그러니까 형태로 보면 가구인 농을 닮아 '농바우'이고, 색깔로 보아서는 '감은돌'로 부르던 것을 사대부 문인들이 '농암'이니 '현석'으로 바꾸어 부른 것이다.

광주시 남구 칠석동(현 대촌동)의 우리말 이름은 '옻돌(옷돌)'이다. '광주칠석 고싸움놀이'로도 유명하다. 마을이 형성된 시기는 삼한시대라고 전하는데, 『여지도서』에는 칠석면이 광주 관문으로부터 40리 거리에 있고 호구가 68호에 386명인 것으로 나온다. '옻돌'이라는 이름이 상당히 특이한데, '검은 돌'을 그렇게 부른 것으로 보인다. 한자 지명 '칠석(漆石)'이 이를 뒷받침하는데, '칠'은 '옻 칠(漆)' 자로 흔히 검은색을 나타낼 때 쓴 한자이다. 『한국의 세시풍속 2』(국립민속박물관)에는 "칠석동은

남평에서 송정리로 가는 도로 변에 위치하고 있다. 일명 옻돌마을이라고
도 하는데 마을 뒷산에 검은 돌이 많아 이런 이름으로 불린다. 예전엔
이런 돌들이 일곱 개 있었다 하는데 전형적인 고인돌 모습이다"라고
쓰여 있다. 고인돌(지석묘)로 보이는 검은 돌이 있어 '옻돌'로 불리게
되었다는 것이다.

이 돌의 실체는 다음과 같은 이야기에서도 확인이 된다. 마을 뒷산
큰재산에서 보면 넓은 들을 건너 나주의 금성산이 곧바로 멀리 보이는데
옛날에는 이 산 상부에 있는 암석 때문에 나주 처녀들이 바람이 나서
중이 와서 이 바위를 깼다는 이야기가 전하는 것이다. 이 돌들을 상서롭지
않게 보았던 것 같은데 어쨌든 아주 인상적인 모습이었던 것은 분명해
보인다. 고인돌 7개가 있어서 칠석동(七石洞)이라고 한다는 얘기도 전한
다. '흑석리' 지명에는 마을에 '고인돌'이 있어 이를 근거로 '흑석리'라
하는 곳이 여럿 있다.

대전시 서구 흑석동은 검은돌 흑석과는 관계없이 '큰 들'을 가리키는
이름으로 보여 주목된다. 조선시대에는 진잠현 하남면에 속했는데, 1914
년 행정구역 통폐합에 따라 사수리와 수내리를 합하여 흑석리라 하고
대전군에 속했다. 옛날에는 옥녀탄금형 명당이 있다 해서 '금평'이라
부르기도 했다고 한다. '금평'의 '금(琴)'은 거문고 금 자로 흔히 우리말
'검'을 표기하면서 쓴 한자이고, 평(坪)은 들 평(혹은 평평할 평) 자이다.
따라서 '금평'은 '검들'로 읽을 수 있고, '검'은 '감' 계의 우리말로 '신'이나
'크다'는 뜻을 가지고 있어 '검들'은 '큰들(넓은 들)'로 해석할 수 있다.
이곳의 옛 마을 이름 '거믄들'에서도 확인할 수 있다. 그러니까 '큰 들'을
가리키는 '거믄들'이 '거문돌'로 와전되고 이것이 '흑석'으로 한자화 된
것이다.

기뻐 춤춘 산 춤달

"무리룡산·무의도·무수단"

충남 공주 춤달… 마곡사터를 발견하고 기뻐 춤춘(舞) 산

울산 무룡산은 물(무)과 춤이 관련된 산

인천 무의도, 북한의 무수단은 춤출 무舞 자 써도 춤과 관련 없는 지명

충남 공주시 사곡면 가교리에는 '춤달'이라는 산과 '춤다리'라는 마을 이름이 있다. 아주 특이하거니와 다른 예도 거의 없다. 춤달에서 '달'은 고구려어계의 옛말로 '고(高)', '산(山)'의 의미를 갖는 우리말이다. 따라서 '춤달'은 '춤산'으로 읽을 수 있다. 한자로는 '무산(舞山, 춤출 무, 뫼 산)'으로 표기했다. 이 '춤달'이 산 아래 마을 이름이 되면서 '춤다리'가 되었다. '춤달+이'가 연음되면서 '춤다리'가 된 것을, '다리'를 건너다니는 '다리(橋)'로 이해하고 한자로 '무교리(舞橋里)'라 썼다. 영조 때의 『여지도서』(공주목) 방리조에도 '무교리'가 나온다. 이 한자 지명을 두고 누군가 그 위에서 춤춘 다리라는 해석이 생겨난다. '춤다리'가 있는 가교리는 1914년 행정구역 통폐합 때 가회리와 무교리에서 '가'와 '교'를 따 만들어진 이름이다.

『한국향토문화전자대전』에서는 '춤달(무산)'을 "춤다리 뒤에 있는 높이 421m의 산"으로 정의하고 "마곡사 인근의 작은 산인데 산세가 좋기로

유명하다"고 설명하고 있다. 명칭 유래에 대해서는 "640년 선덕여왕은 자장율사에게 전국의 산 가운데 명산을 찾아 절을 지으라는 어명을 내린다. 이에 자장율사는 많은 불자를 거느리고 명산을 찾아다니다가 사곡면 가교리에 와서 겨우 절터를 발견하고, 성급한 김에 돌로 된 징검다리 위에서 춤을 추었다고 하여 이 산을 '춤달'이라 부른다"고 적고 있다. 그런데 이 설명에는 여러 가지 석연치 않은 점이 있다. 우선 "가교리에 와서" 절터를 발견했다고 하는데, 마곡사는 가교리(춤다리)에서 산등성이 하나를 사이에 두고 1.5km 떨어져 있다는 사실이다. 또한 징검다리 위에서 춤을 추었는데 왜 산 이름에 춤 자가 붙었는가이다. 이에 대해 〈태화산 마곡사 사적입안〉(1851년)은 절터(폐찰)를 찾은 이를 신라의 자장율사가 아니라 고려 때 불일보조국사로 쓰고 있고, 절터를 찾은 곳을 '마곡사 자리'라고 해서 사실에 부합하는 것으로 보인다. 그러나 이 기록도 똑같이 다리에 올라 춤을 추었고, 그래서 '무교'라고 했다는 것이다.

상식적으로 생각해 보아도 절터를 찾는 일은 다리가 있는 저지대 냇가가 아니라 조망이 좋은 높은 산 위가 적당하지 않을까. 또한 춤을 추어도 위태로운 다리 위보다는 산 위가 어울리지 않을까. 이러한 의문에 대한 해답은 〈공주시 지명 유래〉(사곡면 가교리)에서 찾을 수 있다. 여기에 서는 춤다리 앞 남쪽 길가에 있는 '울바위'에 대해 "신라 선덕여왕 때 자장율사(혹은 고려 말 도선국사라고도 함)가 절터를 찾아 명산을 찾아 다니다가 이곳까지 와서 본 즉 처음 산을 바라보고 산천됨이 하도 허무하 므로 이 바위에 올라앉아서 울다가 다시 생각하고 서쪽 산에 올라가서 마곡사 터를 잡았다 한다"고 쓰고 있다. 이곳에서 터를 찾다가 실망하고 서쪽 산으로 가서 마곡사 터를 잡았다고 했는데, 이 진술이 비로소 사실에 부합하는 것으로 보인다. 이 서쪽 산이 바로 절터를 발견하고 기쁨의 춤을 추었다는 '춤달(무산)'이 되는 것이다. 이와 관련해서는 〈태화산 마곡사 사적입안〉에 나오는 '남무치'라는 지명도 생각해볼 수 있다. 이

'남무치'는 남쪽의 '무치(舞峙, 춤출 무, 산 우뚝할 치)'를 뜻하는 것으로 보이는데, 이 '무치'가 '춤달(무산)'과 같은 뜻인 것이다.

울산의 진산인 무룡산(450.7m)은 춤출 무(舞) 자에 용 룡(龍) 자를 쓰는데, 용이 춤을 추던 산이라고 한다. 유래와 관련해서 여러 전설이 전하는데, 그중 하나는 뱀과 거북이 서로 먼저 용이 되어 승천하려다가, 결국은 뱀이 먼저 용이 되고 거북은 바위로 변하고 말았다는 이야기다. 그때 뱀이 여의주를 얻은 기쁨에 무룡산에 올라 덩실덩실 춤을 추어 무룡산이 되었다고 한다. 또 다른 이야기로는 옛날 무룡산 꼭대기의 큰 연못에 살던 일곱 마리의 용(그중 한 마리는 장님 용)과 일곱 선녀에 관한 이야기인데, 결말은 옥황상제의 노여움이 풀어져서 선녀들과 용들이 춤을 추고 기뻐하면서 하늘로 올라갔다는 이야기이다. 용이 모두 기쁨에 겨워 춤을 추었다는 것으로, 춤출 무 자와 용 룡 자에 초점을 맞추고 있다.

그러나 이 산의 이름이 처음부터 춤출 무 자 무룡산이었던 것은 아니다. 『신증동국여지승람』(울산군)에는 '무리룡산(無里龍山)'으로 나오는데, "고을 동쪽 24리에 있는데, 진산이다"라고 되어 있다. 이때의 '무리'는 '물(水)'을 뜻하는 것으로 보인다. 주민들은 이 산을 매봉산(買峰山)으로 불렀다고 하는데, '매(買, 살 매)' 자 역시 옛 한자 표기에서 흔히 '물'을 나타낸 것이다. 그렇게 보면 무리룡산은 '물용산', 매봉산은 '물봉산'이 되는데, 모두 '물'과 관련이 깊은 이름들이다. 실제 평안남도 개천시 삼봉동 '물봉산'은 봉우리에 물이 고여 있어 물봉산이 되었다고 하는 것을 보면, 이곳 매봉산 곧 물봉산 역시 산정에 연못이나 아니면 어떤 형태로든 물이 있었을 가능성이 있다. 위 전설에도 "옛날 무룡산 꼭대기의 큰 연못에 살던" 용 이야기가 나오는 것을 보면 개연성이 있어 보인다.

용(龍)은 민간신앙에서 물을 지배하는 수신으로 믿어져 왔다. 『훈몽자회』에서는 '龍(용)' 자를 '미르 룡'이라 했는데, 용을 뜻하는 우리말 '미르' 또한 '물(믈)'과 서로 통하는 말이기도 하다. 이로써 보면 '무리룡산'은 물과 관련해서 신성시 되던 산이었던 것을 알 수 있다.

'무룡산'에 대해『한국지명유래집』(경상편)에서는 "무리룡산은 물룡산으로 이는 주룡산(主龍山)에 물을 빌던 산이라는 뜻이라고 한다. 또 무룡산은 기우제의 옛말인 무우제(舞雩祭)의 '무(舞) 자'와 '용(龍) 자'가 합쳐진 이름으로 주룡산에 무우제를 지내는 산이라는 의미로 근대에 와서 부르게 된 이름이라고도 한다"고 설명하고 있다. 그러니까 '무리룡산'은 조선 말까지도 '무리' 음을 살려 부르다가 근대에 와서 '무룡산'으로 부르게 된 것으로 보인다. 이는 4음절 산 이름을 3음절로 줄여 부르게 되면서, '물'과도 관련이 있는 '무우제(기우제)'의 춤출 무 자를 쓴 것으로 짐작된다.

예전에는 기우제를 '무우제'라고 불렀는데, '춤출 무(舞)' 자에 '기우제 우(雩)' 자를 썼다. 중국에서 온 말이다. '우' 자 자체가 기우제를 뜻하는 말로, 무우제를 '우사'(제사 사) 또는 '우제'라고 많이 썼다.『설문해자』에서는 '우'를 깃털을 가지고 춤추는 모습을 형상화한 것이라고 설명하고 있다. 그런 '우' 자에 '춤출 무' 자를 덧붙인 이유는 의식의 주 내용이 춤이었기 때문인 것으로 보인다.『주례』에서는 "큰 가뭄이 들면 무당을 거느리고 춤추며 비를 빈다"고 했다. '무우'는 "춤추며 비를 빈다"는 뜻으로 만들어진 말인 것이다. 고대사회의 제천의식에서는 춤이 주요한 내용으로 포함되어 있었다. 3세기 무렵 강원도 지역에 위치한 동예의 제천의식은 이름이 무천(舞天)이다. 말 그대로 "춤으로 하늘에 제사한다"는 뜻이다.

기우제는 고려·조선시대에, 하지가 지나도록 비가 오지 않을 때에 지냈다. 나라에서나 각 고을 또는 각 마을에서 행하였는데, 제주는 왕 또는 지방 관원이나 마을의 장이 맡았다. 이 기우제를 민간에서는 '무제'라고 흔히 불렀는데, 무우제의 '무우'를 그냥 '무'로 축약시킨 것으로 보인다. 이 '무제'는 지명에도 많이 보이는데, 무제산, 무제봉, 무제골, 무제당, 무제터, 제봉산 등 아주 많다. 진천군의 무제봉(574m)은 "비가 오기를 기다리는 제사를 올리는 산봉우리"로 풀이하고 있다. 한자 표기는 원래의 뜻을 잃고 '무제봉(武帝峰)'으로 쓰고 있다. 울산시 울주군 삼동면 조일리 정족산 일원에 위치한 소택지 '무제치늪'도 주변 주민들이 가물 때 이 늪에서 무제(기우제)를 지냈던 데서 유래했다고 한다.

서울에서 바다가 보고 싶을 때 가장 빨리 가서 볼 수 있는 섬. 하나개해수욕장도 있고, 드라마 '천국의 계단' 세트장도 있고 바다 위에 550m의 나무데크 다리(해상관광탐방로)도 있어 사람들이 많이 찾는 섬 무의도. 이 무의도도 다리가 놓여 섬이 아니게 되었는데 한자로는 춤출 무(舞) 자에 옷 의(衣) 자를 쓴다. 그래서 사람들은 선녀가 내려와 춤을 춘 섬이라느니 장수가 관복을 입고 춤추는 모양새라느니 말들을 한다. 그러나 이 섬 역시 애초의 이름은 춤과는 관계가 없다.

『신증동국여지승람』(인천도호부)에는 "무의도(無衣島)가 부 서쪽 57리에 있으며 주위가 28리이고 복장이 있다"고 되어 있다. 없을 무 자에 옷 의 자로 쓴 것을 볼 수 있다. 이보다 앞서 『세종실록』(지리지 부평도호부 인천군)에는 보다 상세한 기사가 나오는데, "무의도(無衣島)가 서쪽 수로 1리에 있다. 둘레가 25리인데, 나라의 말 92필을 놓아먹이며, 밭과 소금이 없어서 사람이 살지 못하고, 삼목도의 목자가 내왕하면서 말을 기른다"고 되어 있다. 이 역시 없을 무 자에 옷 의 자를 쓰고 있다. 삼목도에 대해서는 "자연도(지금의 영종도) 옆에 있는데 수군·목자·염부 30여 호가 살고 있고 매양 조수가 물러가면 자연도의 말이 서로 왕래한다"고 쓰고 있다. 삼목도는 영종도와 용유도 사이에 끼어 있던 작은 섬이었는데 인천국제공항이 이곳에 들어서면서 이들 세 개의 섬 사이 바다를 모두 메워버렸다.

이 무의도가 1789년 발간된 『호구총수』에는 '무의도(無依島)'로 적혀 있다. 의지할 의(依)자를 써서 무의도가 '의지할 데 없는 섬'이 되어버린 것이다. 지금의 이름인 무의도(舞衣島)는 조선 후기에 나온 〈영종진지도〉에 처음 보이고, 그 뒤 일제강점기에 만든 여러 지도나 지지 자료에서 본격적으로 쓰였던 것으로 보인다. 이렇게 한자가 뒤바뀐 것을 보면 '무의'는 우리말 이름 '무엇'을 한자의 음을 빌려 표기한 것으로 볼 수 있다.

〈인천의 지명 유래〉에서는 그 '무엇'을 '무리'나 '물'로 보고 있다. 물론 단정적인 것은 아니고 유력한 가능성으로 제시하고 있다. '무의'가 우리말 '무리'나 '물'을 한자로 표시하는 과정에서 별다른 뜻 없이 소리만 따서 붙인 것으로 보는 것이다. 무의도는 대무의도와 소무의도 두 개의 섬이 있는데, 이중 대무의도를 지금도 주민들은 '큰무리'라 부르며, 소무의도는 '떼무리'나 '뙤무리' 등으로 부른다고 한다. 바로 이 '무리'를 한자로 옮겨 쓴 것이 '무의'라는 해석이다. 여기서의 '무리'는 섬사람들이나 어부들이 흔히 바닷물의 흐름과 관련해 쓰는 말 '물'이 변형된 것으로 본다. 앞서 울산의 '무리용산'이 '무룡산'으로 바뀐 예를 보았는데, 인천의 무의도도 우리말 '무리(물)'를 춤출 무 자로 한자 표기한 깃으로 볼 수 있다. 애초 '춤'이나 '옷'과는 아무 관계가 없는 것이다.

태평양 상의 괌까지 타격할 수 있다는 북한의 중거리 탄도 미사일 '무수단'은 원래 땅이름이다. 북한은 그것을 화성-10 등으로 부르는데, 무수단은 미사일 발사 장소의 이름 '무수단리'에서 우리가 따 붙인 것이다. 함경북도 화대군에 있는 무수단리는 1958년에 화대군 동호리와 창전리를 병합하여 신설한 리로서 리 안에 있는 중심마을인 '무수단'의 이름을 따서 '무수단리'라 하였다 한다(『조선향토대백과』). 무수단은 또한 무수단리의 남동쪽에 있는 곶(단)의 이름이기도 한데 천연기념물(제312호)로 지정되어 있다. 이곳은 동해에서 가장 많이 뻗어나간 지역으로서, 한반도에서 가장 긴(62km) 해안 단층대(해안 절벽)로 유명한 곳이다. 해안 절벽은 수십 미터에서 높은 곳은 500여 미터에 달하는데 풍광이 뛰어나다. 이 해안 절벽 안쪽 분지로 둘러싸인 곳에 북한의 미사일 기지가 있어 주목을 끈 것이다.

이 무수단도 춤출 무(舞) 자를 쓰고 있는데, 물 수(水) 자를 붙여 무수단(舞水端)이다. '단'은 끝 단 자로 '곶(串)'과 같은 뜻으로 쓰였다. 『조선향토대백과』(무수단리)에서는 "무수단이라는 말은 우리 말 '무쇠끝'이라고 하던 것을 한자로 옮긴 것인데 '무수'는 '무쇠'를 비슷한 음의 한자로 대치시킨 것이고 '단'은 '끝'을 의미한다. '무쇠끝'은 무쇠를 뽑던 마을의 끝이라는 뜻이다"라고 설명하고 있다. 무수단 역시 춤출 무 자와는 아무 상관이 없는 것이다.

홈

"홈실·홈골·홈통골"

'홈을 파다'… 홈은 우리말

경북 성주 초전면 홈실, 충남 예산 고덕면 호음리

홈통 명榆 자 넣은 경주 내남면 명계리榆溪里, 경남 거제 연초면 명동리(榆洞坊)

'홈' 을 파다', '홈통' 같은 말에서 '홈'이 우리말일까 외래어일까 물으면 아리송하다고 답하는 사람들이 의외로 많다. '홈(home)', '홈(platform)', '홈(홈 베이스)' 등 영어 용례가 많아서인지, 아니면 '홈'이 왠지 우리말 같지 않은 느낌이 들어서 그런지 자신 있게 답하는 사람이 드물다. 그러나 '홈'은 순전한 우리말이고, 그것도 아주 오래 전부터 쓰여 왔던 말이다. 국어사전에는 '홈'이 "물체에 오목하고 길게 팬 줄"로 나오고, "홈이 패다"나 "바닥에 홈을 파 그쪽으로 물이 흐르도록 만들었다"는 용례를 들고 있다. 또한 '홈통'에 대해서는 "물이 흐르거나 타고 내리도록 만든 물건. 나무, 대, 쇠붙이 따위를 오목하게 골을 내거나 대롱을 만들어 쓴다. ≒물홈통"이라고 설명하고 있다. '홈-통(홈桶)'이라고 해서 '통(桶)'은 한자임을 밝히고 있다.

'홈'은 어원적으로는 우리말 "호비다-좁은 틈이나 구멍 속을 갉거나 돌려 파내다"나 "후비다-① 틈이나 구멍 속을 긁거나 돌려 파내다. ②

물체의 표면을 날이 있는 도구로 구멍을 내거나 패게 하다"와 관련이 깊은 것으로 보인다. '속을 오목하게 호비어 파는 것'을 '홈파다'라고도 하는데, '홈'이 동사 '호비다', '후비다'와 관련이 깊은 것을 볼 수 있다. 거제 지방에서는 자치기를 '홈빼치기'라고도 하는데, 이를 두고 "깔대기를 가로 놓고 깔때기 채로 홈을 긁어 깔대를 정면으로 날린다"고 설명한다.

이 홈 혹은 홈통을 한자로는 일찍부터 '명(栒)' 자로 썼다. 뜻으로는 물을 이끄는 데 쓰는 골이 진 나무홈통을 가리키는 말로 쓴 것이다. 그런데 이 '명' 자가 국자라는 것이 흥미롭다. 국자는 한국에서 만들어진 한자로, 한국에서만 쓰인다. 왜 그랬는지 이유는 불분명한데, 우리가 뜻하는 '홈'을 나타내기에 적절한 중국 한자가 없어서 새롭게 만들어 썼다고 볼 수밖에 없다. 중국에 홈통을 나타내는 한자가 없는 것은 아니다. '견(筧)'이라는 한자는 '대로 만든 홈통'을 가리키는데, 용도는 비슷했던 것으로 보인다. 다만 재료가 대(竹)라는 것이 다르다. 그래서였을까. 우리는 대 죽(竹) 자가 아닌 나무 목(木) 자를 살려 홈통 명(栒) 자를 만들어 쓴 것이다. 우리는 주로 통나무로 홈통을 만들어 써서 그랬는지도 모를 일이다.

1614년 이수광이 편찬한 우리나라 최초의 문화백과사전『지봉유설』(권 7 문자부)에서는 '명' 자에 대해 다음과 같이 쓰고 있다. "김시습의 『유금오록』에, 「북명사(北栒寺)에서 모란을 본다」는 시가 있다. 상고하여 보니 명이란 글자는 (중국)운서에는 보이지 않는다. 지금 세속에서 나무의 속을 파서 물을 끌어오는 것을 명이라고 한다. 즉 방언에 소위 홈[㗊䎙(호음)]이라고 하는 것이다" 여기서 눈에 띄는 것이 '호음'이라는 표기이다. '명'을 방언 곧 우리말로는 '홈'이라 불렀다는 것이고, 이를 이두식으로 '호음(㗊䎙)'이라 쓴 것이다. 호음은 한자의 뜻과는 관계없이 음을 빌려 표기한 것으로, '음(䎙)'은 이두식 표기에서 흔히 'ㅁ'을 표기한 것이다. 지금도 지명에 호음리(好䎙里, 예산군 고덕면)가 보이는데, 이는 우리말

'홈골'을 이두식으로 표기한 것이다.

김시습의 시에 나오는 북명사는 신라 때 절로 보이는데, 홈통 명(榠)자를 쓴 것이 특이하다. 실체는 전하지 않고 기록으로만 전한다. 『동경잡기』(1711년)에 "부의 남쪽 30리에 있다. 지금은 여염(백성의 살림집이 많이 모여 있는 곳)이 되었다. 속칭 명곡(榠谷)이라 하는데, 석탑이 아직도 남아 있다"고 쓰여 있다. 북명사를 속칭 '명곡'이라 했다는데, 이는 북명사를 명곡이라 불렀다는 것이 아니라 북명사가 있던 곳을 명곡으로 불렀다는 뜻이다. '명곡'은 우리말로는 '홈실' 또는 '홈골'로 읽을 수 있다. 지금도 경주시 내남면 명계리(榠溪里)에는 홈실마을이 있는데, 전하는 말로는 북명사가 있었던 곳이라고 한다. 홈실마을 앞에 탑거리 또는 탑리라는 곳도 있어 이를 뒷받침해주고 있다.

명계리의 명계는 홈통 명(榠) 자에 시내 계(溪) 자를 썼는데, 홈실이라는 지명은 동네 입구에 좌우로 산이 가려져 마을 모양이 마치 홈에 물이 흐르는 형상과 같다고 하여 붙여졌다고 한다. 지자체에서는 유래를 "옛날에 북명사라는 절이 있었는데 그 절이 있었던 자리에 돌홈이 있었다 한다. 돌홈을 놓아서 물을 먹으려고 했는지 절 소유의 논에 물을 대려 했는지 알 수 없으나 근래까지만 해도 그 자리에 돌홈이 놓인 것을 보았다는 사람이 많았다. 그래서 이 돌홈의 홈 명 자와 이 마을에 있는 계곡이 매우 좁아서 마치 홈과 같다 하여 시내 계 자를 써서 명계라고 한다"고 설명하고 있다. 전국적으로 '홈' 지명은 아주 많은데, 대개 유래는 두 가지로 나뉜다. 하나는 지형이 특히 골짜기가 좁고 길게 패여 홈통과 같은 형상을 한 경우이고 다른 하나는 마을에 실제 홈통이 있어 논에 물을 대거나 샘물을 끌어다 쓴 경우이다.

'북명사'와 함께 '명' 자 지명 중 가장 오래된 것으로는 '명남택(榠南宅)'이 있다. 한자 그대로 새기면 '홈실 남쪽에 있는 댁'이라는 뜻이다. 이번에는 북(北)이 아니라 남(南) 자가 붙었다. 『삼국유사』 권1 기이1 진한조에서는 신라의 전성시대에 35곳의 금입택(金入宅)이 있었다면서 그 이름을 나열하고 있는데 거기에 '명남택'이 나오는 것이다. '금입택'은 풀어 보면 '금드리댁'인데, 신라 헌강왕대(875~886)에 왕경에 위치한 35(혹은 39)개 소의 진골귀족의 대저택, 혹은 큰 건물에 대한 지칭으로 보인다. 그런데 이 금입택의 하나인 명남택(榟南宅)을 북명사(北榟寺)와 연결해서 파악하는 견해가 있기도 하다. 현재 경주 남산 지역에 해당하는 내남면 명계리에는 북명사로 전하는 사지와 탑재가 남아 있는데, 명남택은 바로 이 북명사 인근인 남산 동남편에 위치하고 있었을 것으로 추론하는 것이다.

성주군 초전면 월곡리 홈실은 호음실로도 불리며 한자로는 명곡(榟谷), 호음곡(好音谷)으로 썼다. 성주군 홈페이지에는 마을 이름이 고려 때 붙여진 것으로 되어 있다. 곧 "고려 충숙왕 때 이견간에 의해 호음곡이라 칭하여졌다. 1317년 명곡이라 개칭되었다가 1914년 행정구역 개편시 월곡동이 되었다"고 소개하고 있는 것이다. 나아가 이 이름이 원나라 순제가 지어준 것이라고까지 이야기하고 있어 흥미롭다. 고려 충렬왕, 충선왕, 충숙왕 3조에 벼슬을 한 산화 이견간이 1317년 원나라에 사신으로 갔을 때 원나라 순제가 선생의 문장과 풍채에 탄복하여 선생이 살고 있는 곳을 물었다. 그래 '호음실'이라 하여 그림을 그려 보이니 순제가 보고 마을에 물이 적겠다고 걸수산(乞水山)의 물을 당겨 오기 위하여 '명(榟)' 자를 처음 만들어 마을이름으로 정해주었다는 것이다.

무언가 근거가 있는 이야기 같은데, 확인할 길은 없다. 홈실은 벽진 이씨 집성촌으로 이름난 곳인데, 집안의 뛰어난 인물(이견간)의 행적을 지명과 연관시켜 전설처럼 꾸며낸 이야기 같다. 어쨌든 걸수산 이름까지 등장시키고 있는 것을 보면 '홈(통)'과 관련 있는 지명인 것은 분명해 보인다. 걸수산은 '물을 구걸하는 산'으로도 읽을 수 있는데, 원래는 물이 귀한 산이라 갈수산(渴水山)으로 불렀다가 음이 변해 걸수산이 되었다고 한다. 지금은 백마산으로 이름이 바뀌었다.

거제시 연초면 명동리는 원래 부르던 이름은 홈태골(홈대골, 홈골)이었다. '홈태'는 홈통의 이 지역 방언으로, '홈대', '홈때', '홈테꺼리' 등으로도 쓰였다. 골짜기가 많아 계곡에서 흐르는 물을 홈통으로 논에 대어서 생긴 이름이라고 한다. 영조 45년(1769년) 방리 개편 때 명동방(榆洞坊)이었고, 고종 26년(1889년)에도 명상(榆上)과 명하(榆下)리였는데, 고종 32년(1895년)에 명상(明上)과 명하리(明下里)로 개칭하였고, 1915년에 명동리(明洞里)가 되었다고 한다. 홈통 '명(榆)' 자가 밝을 '명(明)' 자로 바뀐 것이다. 지역에서는 이를 두고 양지에 위치하여 해도 뜨고 달도 비쳐 밝은 마을이라 명동이라 했다고 하는데, 이는 바뀐 한자를 두고 편의적으로 해석한 것에 불과하다.

다른 지역의 경우에도 홈골을 '명동(榆洞)'이라 쓰다가 '명동(明洞)'으로 바꾼 곳이 더러 있다. 이는 대개 음이 같은데다가 뜻이 좋은 한자 곧 '밝을 명'으로 바꾸어 쓴 것들이다. 하동 적량면 동리 명천마을은 생김새가 마치 홈과 같다 하여 '홈내골(榆川谷, 명천곡)' 혹은 '홈내'라 하였는데, 홈통 명 자가 드물게 쓰여 익숙하지 못하다 하여 '명(榆)' 자 대신 '명(明)' 자로 바꾸어 명천(明川)이라 쓰게 되었다고 한다. 홈골은 한자 지명이 바뀐 곳도 있지만, 우리말 음이 바뀐 곳도 많다. 대표적인 것으로 '홈골'이 '홍골'로 바뀐 것이다. 발음의 편의에 따라 바뀐 것으로 보이는데 예가 많다. 나아가 바뀐 '홍'을 그대로 한자 표기해서 원래의 뜻을 짐작하기 어렵게 된 곳이 있기도 하다.

한편 국어사전에는 '홈통-바위(홈桶바위)'라는 말이 실려 있기도 한데, 뜻은 "가늘고 긴 세로 홈통 모양으로 깊게 골이 파져 있는 바위"라고 되어 있다. 홈통바위로 유명한 것이 수락산 홈통바위인데, 규모가 아주 크다. 길이 60m 이상에 기울기 또한 60도 이상으로, 가늘고 긴 홈통 모양으로 골이 깊게 파져 있다. 밧줄이 매어져 있어 이를 잡고 오르내려야 한다. 홈통바위 중 역사적으로 이름난 것은 경주시 양남면 나아리 바닷가에 있는 '홈바우(홈돌이라고도 함)'이다. 이 바위는 신라 제4대 왕이자 석씨 왕가의 시조인 탈해가 바다로부터 도래할 때 처음 상륙한 지점으로 전해져서 유명하다.

『삼국유사』(권 제1 기이 탈해왕조)에는 탈해가 남해왕 때 계림의 동쪽 하서지촌 아진포에 도착했다고 나와 있다. 그간 이 아진포가 어딘가를 두고 논란이 많았는데, 아진포가 바로 홈바우가 있는 이곳 양남면 나아리라는 것이 유력해졌다. 그 근거로 제시된 것이 양남면 나아리 촌로들이 구전으로 전해오던 홈바우 전설과 그들의 기억에 나아리의 옛 지명이 아진포였다는 사실이다. 또한 홈바위 바로 위쪽 언덕에 있는 석탈해왕탄 강유허비도 주요 근거로 제시되었는데, 이곳은 조선 헌종 11년(1845년)에 하마비와 땅을 하사하였고 고종 초에 석씨문중에서 유허비와 비각을 건립하였다고 한다.

양남면 나아리 촌로들이 말하는 전설은 다름 아니라 옛날 탈해가 탄 배가 이 '홈바우'로 밀려 올라왔고 사람들이 그 배를 끌어 올렸다는 것이다. 충분히 가능한 이야기다. 제대로 된 접안 시설이 없었을 때이니 홈으로 물이 들어오는 홈바우가 선착장 구실을 했을 것이고, 탈해 일행은 홈바우에 배를 대고 뭍에 올랐음을 짐작해볼 수 있는 것이다. 말하자면 홈바우 전설은 기록에는 없는 탈해의 상륙 과정을 전하고 있어 흥미로운 것이다. 이 '홈바우'는 지금은 파묻혀서 그 규모를 알 수 없다. 단지 〈한겨레21〉 제193호(1998년 02월 05일) '원전신화에 짓밟힌 탈해의 꿈' 기사에서 그 규모를 짐작해볼 수 있을 뿐이다. "1959년 사라호 태풍 때는 덮여 있던 모래가 쓸려 내려가면서 바위의 전체 모습이 신기루처럼 환하게 떠올랐다고 한다. 바위의 길이는 대략 20m 정도였고, 너비는 넓은 곳이 10m 정도였다. 바위 위에 있는 홈의 너비는 1m 정도였다고 한다. 전체적으로는 문무왕의 수중릉이 있다는 대왕암보다 조금 작았다는 것이다."

산태극 수태극 물돌이마을

> **"회룡포·수도리·하회리"**
> 물이 돌아(回) 흐르는 물돌이 마을
> 경북 예천 회룡포, 경북 안동 하회마을
> 물이 빙 둘러 돌아가 섬 같네, 경북 영주 무섬마을

'물돌이'라는 말은 국어사전에는 나오지 않는 말이다. 강이나 내가 땅의 바깥쪽을 감아 도는 형태를 이를 때 쓰는 말이다. '물돌이동' 이라는 말도 더러 쓰는데, '물돌이'에 위치한 마을을 일컬을 때 쓰는 말인 것 같다. 물돌이라는 말이 지금 사전에 나오지는 않지만 예로부터 많이 써 왔던 말이라는 것을 지명에서는 확인할 수 있다. '무도리' 지명이 그것인데, '무'는 '물도리(물돌이)'의 '물'에서 ㄹ이 탈락한 형태로 보인다. '무도리'는 한자 지명으로는 흔히 수회리(水回里)나 수회촌(水回村)으로 썼다. '수회(水回)'는 '물돌이'를 한자의 뜻을 빌려 표기한 것이다. 이로써 보면 '물돌이'는 일반명사화 되지는 못했지만, 일찍부터 써 왔던 말인 것을 알 수 있다.

산지가 많은 우리나라는 오랜 세월 동안 강물이 흐르면서 지형을 파고들어 사행하는 하천을 많이 만들었다. 마치 뱀이 커다랗게 S자 형태를 그리며 나아가듯이 하천이 산자락을 감고 휘돌아 흐르는 모양을 '사행하

천'이라 이른 것이다. 이런 하천을 지리학 용어로 '감입곡류(천)'라고도 하는데, 바로 '물돌이'다. 감입곡류(嵌入曲流)는 새겨 넣을 감, 들 입, 굽을 곡, 흐를 류 자를 쓰는데 '감입'은 깎아 들어간다는 뜻이고 '곡류'는 굽어 흐른다는 뜻이다. 이러한 물돌이 지형은 하천이 곡류하면서 한쪽은 모래를 쌓아 백사장을 이루고, 반대쪽 지세는 하천의 침식으로 절벽과 같은 수직적 지형을 형성하기 때문에 대부분 매우 아름다운 경관을 자랑한다. 예천의 회룡포, 안동의 하회마을, 영주의 무섬마을 같은 곳이 모두 물돌이이자 이름난 명승지이다.

　이러한 물돌이 경관 중에서도 흔히 으뜸으로 꼽히는 곳이 예천 회룡포이다. 이에 대해 『한국민족문화대백과』에서는 "회룡포는 내성천이 예천군 용궁면에서 태극무늬 형태로 흐르면서 모래사장을 만들어 놓은 곳이며, 그 안에 마을이 형성되어 있다. 내성천 및 낙동강 상류 일대에 분포하는 감입곡류 지형 중 풍광이 매우 아름다운 곳이어서 명승 제16호로 지정되었다"고 설명하고 있다. 또한 회룡포 풍광에 대해서도 "회룡포의 물돌이 지형은 S자형으로 흘러가는 감입곡류 하천의 지형적 특성을 보여준다. 이곳은 맑고 푸른 강물, 은모래가 쌓인 넓은 백사장과 그 외부를 둘러싸고 있는 급경사의 지형, 울창한 식생, 농경지와 마을이 어우러져 비경을 연출하고 있다"고 소개하고 있다.

　회룡포는 낙동강의 지류인 내성천이 휘감아 돌아가는 것을 용의 형상에 비유하여 붙여진 지명이다. 회룡포 마을 뒤 동쪽 산 너머에서 흘러 내려온 물길은 마을 오른쪽에서 휘어져 둥그렇게 마을을 휘감아 돌고는, 다시 거꾸로 흘러 마을 뒤 잘록한 지형을 끊어낼 것처럼 흘러간다. 이렇게 물돌이의 굽이가 커지면 물굽이 안에 위치한 땅은 육지 속의 섬처럼 보이게 되는데, 회룡포 마을은 '육지 속의 섬마을'로도 일컬어진다. 어쨌든 물굽이가 심하게 감아 도는 회룡포의 강줄기는 용이 휘돌아 가는 형태와 같다고 해서 '회룡포(回龍浦)'라 이름 지은 것으로 보인다.

회룡포.

예천군 지명 유래에서는 용궁면 대은리 회룡을 "고두실 남쪽 내성천 건너 비룡산 동쪽 끝에 동향으로 자리 잡고 있는 마을로 조선 철종 7년(1856년) 대홍수 이후 구읍에서 건너온 사람들이 마을을 개척했으며 뒷산이 비룡산이고 내성천이 새 을(乙) 자로 돌아 흐르는 곳이라 하여 회룡(回龍)이라 불린다 한다. 경주 김씨, 밀양 박씨, 안동 김씨, 함안 조씨들이 23가구가 살고 있다"고 설명하고 있다. '비룡산'은 회룡포를 물 밖에서 둘러싸며 하천 침식에 의해 깎여진 산인데, 이곳에 회룡포를 조망하기에 가장 좋은 지점인 '회룡대'가 있다.

역시 물돌이이면서 절경을 자랑하는 영주의 '무섬마을'은 같은 내성천에 둘러싸여 있으면서 예천의 회룡포보다 상류에 있다. 둘 모두 지형적으로 비슷한 조건에 있으면서 영주의 무섬마을은 '명승'이 아니라 '국가민속문화재(제278호)'로 지정되어 있다. 그 이유는 뛰어난 경관도 경관이지만 그보다 그 경관에 어울리면서 잘 보존되어 있는 전통가옥을 우선적인 가치로 판단했기 때문일 것이다. 그만큼 영주 무섬마을은 양반촌의 전통을 잘 지켜오기도 했다. 2013년 8월 23일자 '영주 무섬마을 중요민속문화재(현 국가민속문화재) 지정 고시문'을 보면 이런 상황이 종합적으로 정리되어 있다.

영주 무섬마을은 조선 중기 17세기 중반 입향 시조인 박수와 김대가 들어와 자리를 잡은 이래 반남 박씨와 선성 김씨의 집성촌으로서 유서 깊은 전통마을이다. 또한 일제강점기에 뜻있는 주민들에 의해 건립된 아도서숙은 항일운동의 지역 구심체 역할을 한 곳으로 우리나라 독립운동사에서도 중요한 의미를 갖고 있는 마을이기도 하다.

무섬마을은 물 위에 떠 있는 섬을 뜻하는 수도리(水島里)의 우리말 이름으로 삼면이 내성천과 접해 있는 전형적인 물도리 마을로 마을 앞을 돌아나가는 내성천은 맑고 잔잔하며 산과 물이 태극모양으로 서로 안고 휘감아 돌아 산수의 경치가 절경을 이룬다.

현재 마을에는 만죽재와 해우당고택 등을 비롯하여 규모가 크고 격식을 갖춘 ㅁ자형 가옥, 까치구멍집, 겹집, 남부지방 민가 등 다양한 형태의 구조와 양식을 갖추고 있어 전통주거민속 연구의 귀중한 자료로서의 가치를 지니고 있으므로 중요민속문화재로 지정하고자 함.

'무섬마을'은 삼면이 내성천에 둘러싸여 있는 전형적인 물돌이 지형이면서 이름에 '섬'이 들어가 있는 것이 특이하다. 무섬마을의 '무섬'은 '물섬'에서 ㄹ이 떨어져 나간 형태로 보이는데, 그것을 '물 위에 떠 있는 섬'의 뜻으로 설명하고 있다. 한자 지명 수도리(水島里, 물 수, 섬 도)도 '물섬'을 그대로 한자의 뜻을 빌려 표기한 것으로 보인다. 일제 때 행정지명을 한자로 표기하며 수도리가 됐다. 어쨌든 '무섬' 이름은 주민들 스스로 이곳을 '섬'으로 인식하고 있었다는 방증이기도 하다. 삼면이 물로 둘러싸여 있고 나머지 한 면 즉 육지에 연결된 부분마저 산으로 막혀 통행이 어려운 지리적 조건을 '섬'으로 인식하고 표현했던 것으로 보인다. 그런 고립성을 이곳 할머니들은 "시집올 때 가마 타고 한번 들어오면 죽어서 상여 타고 나간다"고 표현하기도 했다.

'물 위에 떠 있는 섬'이었기 때문에 무섬마을 사람들이 외부와 소통하는 길은 배 아니면 외나무다리밖에 없었다. 이 중 외나무다리는 무섬마을의 랜드마크같이 되어 버렸는데, 1983년 현대식 콘크리트 다리인 수도교가 놓이기 전까지는 이 외나무다리가 바깥으로 통하는 유일한 통로였다. '외나무다리'는 새로 복원된 것을 기준으로 해서 보면 폭 20~25cm에 길이 150m, 높이는 하천바닥에서 60cm로 한 사람이 겨우 지나갈 수 있을 만큼 좁다. 통나무를 박고 그 위에 긴 널빤지를 얹어놓은 단순한 구조이다. 다리는 일직선으로 놓지 않고 물길을 따라 사행으로 놓은 것도 특징이다.

또한 다리의 중간 중간에는 마주 오는 이를 피해갈 여분의 짧은 다리인 '비껴다리'가 놓여있기도 했다. 서로 마주보고 건너오던 사람들은 이 '비껴다리'에서 서로 길을 양보했고 때로는 그곳에 걸터앉아 한담을 나누기도 했다고 한다. 사라졌던 외나무다리를 무섬마을에 다시 놓은 것은 2005년으로, 이제는 무섬마을의 자랑거리이자 관광자원으로서 한 몫을 톡톡히 하는 기념물이 되었다. 2005년부터 매년 10월이면 무섬마을에서는 '한국의 아름다운 길 100선' 중 하나로 선정된 외나무다리를 주제로 '추억의 외나무다리 축제'를 개최하기도 한다.

1999년 영국 엘리자베스 여왕의 방문으로 안동 하회마을은 세계에 널리 알려지게 되었다. 그 뒤 2005년에는 '아버지' 부시 전 미국 대통령이, 2009년에는 '아들' 부시 전 미국 대통령이 하회마을을 찾았고, 2010년 7월에는 하회마을이 유네스코(UNESCO) 세계유산에 등재되었다. 당시 등재 기준은 '씨족마을의 진정성과 완전성을 가장 잘 보여주는 대표적인 사례'(세계유산 등재기준 Ⅲ)와 '인류역사의 단계를 잘 보여주는 건조물, 건축적 경관의 탁월한 사례'(세계유산 등재기준 Ⅳ) 등 집성촌으로서의 양반 마을과 가옥에 주목했지만(하회마을과 함께 양동마을도 등재되었음), 거기에는 마을의 입지와 주변 경관 등이 함께 고려되었을 것은 말할 것도 없다. 하회마을 역시 국가민속문화재(제122호, 1984년)로 지정되어 있는데, 지정된 사유는 "전통적인 민속마을로서 민가 건물 및 마을 조경이 잘 보존되어 있고 주변 자연 경관이 수려하여 마을 및 주변 자연 경관을 함께 지정하여 보존하고자 하는 것임"이라고 되어 있다.

안동 하회 마을은 경북 안동시 풍천면 하회리에 있는데, 태백산맥에서부터 흘러 내려온 낙동강이 안동시를 지나 태극형으로 휘돌아 흐르는 곳의 낮은 언덕에 자리 잡은 양반촌이다. 흔히 이곳의 풍수지리적 지형을 태백산에서 뻗어온 지맥이 화산과 북애를 이루고, 일월산에서 뻗어온 지맥이 남산과 부용대를 이루어 서로 만난 곳을 낙동강이 S자형으로 감싸 돌아가므로, 하회마을을 '산태극·수태극'(산과 물이 태극 모양을 이룸) 또는 '연화부수형'(물에 떠 있는 연꽃 모양)이라 부른다고 설명하고 있다. 마을의 주산을 '화산(花山)'이라 부르고, 부용대 앞을 흐르는 낙동강을 '화천(花川)'이라 하는 것은 이 '연화'에서 비롯된 이름이라고도 한다.

예천 회룡포나 영주 무섬마을에 비해 안동 하회마을은 같은 물돌이 지형이면서도 물굽이가 보다 크고 완만한 차이가 있다. 또한 배후지도 넓고 폐쇄적이지 않아 외부로 연결되는 길이 열려 있다는 차이도 있다. '하회(河回, 물 하, 돌 회)' 마을은 이름부터 그대로 '물돌이'로 물돌이 지명의 대명사로 꼽혀 왔다. 옛 이름 또한 같은 뜻으로 한자만 다를 뿐이다. 『서애 선생 연보(문집)』(제1권 / 연보)에는 "선생의 선대는 안동부 풍산현 사람이다. 6대조 전서공 유종혜가 처음으로 풍산현 서쪽 하외촌(河隈村)에 터를 잡았다"고 나와 있다. 〈디지털안동문화대전〉에도 "14세기 중엽 전서공 류종혜가 본관지를 이탈하여 신분을 사족으로 상승시키면서 하외촌으로 이거하였다"고 나온다. '하외촌'에서 '외(隈)'는 물굽이, 모퉁이의 뜻을 가진 한자로, '하외'는 '하회'와 같은 뜻으로 읽을 수 있다. 그러니까 일찍부터 이곳의 물돌이 지형에 주목하여 마을 이름을 지어 붙인 것으로 볼 수 있다.

하회마을은 고려 말 풍산 류씨들이 이거하고서도 16세기까지는 여러 성씨가 섞여 살았던 것으로 보인다. 조선 사회는 16세기 말에서 17세기에 들어오면서 성리학적 가부장제가 확립되고 동성마을이 형성되기 시작하는데, 하회마을의 경우도 겸암 류운룡(류성룡의 형)과 서애 류성룡(선조 때 영의정)이라는 이름난 인물을 배출함으로써 정치적·사회적 기반을 구축하여 점차 풍산 류씨 동성마을로 변모했을 것으로 짐작된다.

서애 유성룡 대에는 내내 '하외(河隈)' 지명이 쓰인 것을 볼 수 있다. 그러다가 '하회'라는 지명은 대체로 조선 후기에 정착된 것으로 보인다. 안동 출신의 문신이자 퇴계 학맥을 이은 대표적인 성리학자인 대산 이상정 (1711~1781)은 '겸암정 기문(1757년, 영조33년 『대산집』)에서 다음과 같이 쓰고 있다.

이 정자는 하회(河回) 입암 위에 있는데 겸암 유 선생이 평소 거처하던 곳이고 자신의 호를 삼은 곳이다. 안동은 예로부터 이름난 산수가 많아 동남 지역의 경승이 뛰어난 곳이라고 불리었는데, 그중에서도 낙동강 일대가 가장 뛰어나다. 강을 따라 수백 리에 걸쳐 맑은 못과 긴 여울에 기이한 암벽과 산기슭이 곳곳에 별처럼 뒤섞여 펼쳐져 있는데, 그중 하회 한 굽이가 가장 으뜸이다.

섬진강 두꺼비

"두텁바우 · 은섬포 · 섬강"

두텁바우는 두꺼운 바위(후암동)일까?

두꺼비 섬蟾 자 쓰는 원주 섬강은 원래는 '달내'

섬진강 원래 이름은 두꺼비 이야기 많은 섬강

서울 용산구 후암동의 우리말 이름은 '두텁바우'이다. 『서울지명사전』에서는 두텁바우에 대해 "용산구 후암동 84번지 부근에 있던 마을로서, 동그랗고 두터운 큰 바위가 있던 데서 마을 이름이 유래되었다. 후암동·전생동·전생서·전성세·전생서동 등으로도 불렸다"고 설명하고 있다. '후암(厚岩)'의 '후'는 두터울 후 자인데, 후암은 '두텁바우'를 그대로 한자 표기한 지명으로 본 것이다. 이 지역은 영조 27년(1751년)에 간행된 『도성삼군문분계총록』에 의하면 한성부 남부 둔지방(성외) 전생서내계·전생서외계였다. 전생서는 궁중의 각종 제사에 쓸 가축을 기르는 일을 맡았던 조선시대의 관아이다. 전생서는 가축을 기르는 일을 맡았기 때문에 넓은 공간이 필요한 관아인데, 남산의 야트막한 구릉과 물길이 위치한 남산의 남서 측 사면 곧 지금의 후암동 지역이 전생서의 적지였을 것으로 여겨진다. 이곳의 전생서는 세조 때부터 1894년 갑오개혁 때까지 존속하였다.

이 지역은 1914년 일제의 행정구역 개편 때 전생동 일원과 갈월리 일부를 병합하여 삼판통이라 불렀다. 후암동 이름은 광복 후 1946년 10월 일제식 동명 삼판통을 우리 이름으로 바꿀 때에 비로소 쓰이게 된다. 이보다 앞서 1886년 일본육군성이 발행한 〈한성근방도〉에 후암동 지명이 보이지만 공식 지명이 아니었던지 쓰이지 않다가 광복 후에야 다시 살려 쓰게 된 것이다. 그렇게 보면 '두텁바우'는 자연마을 이름으로 오래 전부터 쓰이다가 일본인들이 처음 '후암'으로 한자 표기한 것으로 볼 수 있다. 다른 기록에는 '후암'이라는 한자 지명이 보이지 않는다. 그러고는 광복이 된 후 두텁바우마을의 대표성을 인정해서 이 지역의 명칭을 다시 후암동이라 정한 것이다.

그런데 이 '두텁바우' 이름의 유래에 대해서는 석연치 않은 점이 있다. 〈서울지명사전〉에서는 "둥글고 두터운 큰 바위"에서 유래를 찾지만, 이는 아무래도 '후암'이라는 한자 지명을 뜻 그대로 해석한 것에 불과한 것으로 보인다. '두터운 바위'라는 말도 어색하지만 바위 이름이 대개 특정 사물이나 동물의 형상에 빗대어 붙여진다는 일반론에도 어긋나기 때문이다. 그리고 우리 옛말에 '두텁'이라는 말이 '두꺼비'를 가리키는 말로 쓰였기 때문에, '두텁바우'는 우선적으로 '두꺼비를 닮은 바위'로 해석하는 것이 적절할 것 같다.

『훈민정음 해례본』(1446년)에 '두텁'은 '두꺼비'를 뜻하는 말로, 한자는 섬여(蟾蜍, 현대음은 섬서)로 나와 있다. 최세진의 『훈몽자회』(1527년)에서는 두 한자를 떼어 '두터비 섬(蟾)', '두터비 여(蜍)'로 쓰고 있다. 두꺼비를 '두터비'로 부르고 있는 것을 볼 수 있다. 한편 같은 최세진이 펴낸 『사성통해』(1517년)에서는 '둗거비'라는 표기도 보여, '두터비'와 '둗거비'가 함께 쓰였음을 알 수 있다. 오히려 중세국어에서는 '두껍다'라는 말에서 만들어진 '두꺼비'보다, '두텁다'라는 말에서 만들어진 '두터비'가 더 기본적인 단어로 사용되었던 것으로 보인다. 조선 후기 사설시조 "두터비 파리를

물고 두엄 우회 치달아 앉아"에서도 '두터비'라는 표현을 찾아볼 수 있는
데, 두꺼비를 옛날에는 흔히 '두터비'로 부른 것을 알 수 있다.

이렇게 보면 후암동의 '두텁바우'는 우선적으로 '두꺼비'로 보는 것이
합당할 것 같다. 이는 조선 후기의 학자 황덕길(1750~1827)의 '유북촌
임시 숙소에 대한 기록(柳北僑居記)'(『하려집』)이라는 글에서도 확인이
된다. 황덕길은 젊은 시절 몇 년간을 도저동에서 살았는데, 도저동은
오늘날 남대문 바깥 서울역 일대를 이르는 말이다. 이 글에서 황덕길은
"남산 서쪽에서 발원한 물이 서쪽으로 최씨의 정원을 지나 섬암(蟾巖)에
이르면 몇 길 높이의 폭포가 되어 도도하게 곧바로 떨어진다. 이후 북으로
꺾어져서 만천의 왼쪽 지류가 되어 흐르는데, 이곳을 도저동(桃渚洞)이라
한다"(한시감상, 「도저동의 버드나무」(글쓴이 이종묵)에서 인용, 〈한국고
전번역원〉)고 쓰고 있다. 이 글에서 말하는 '섬암'이 바로 후암동 삼거리
위쪽에 있던 '두텁바우'를 한자 표기한 것으로 여겨진다. '섬'은 두꺼비
섬 자다.

「관동별곡」에서는 송강 정철이 강원도 관찰사로 부임하는 여정이
"평구역 말을 가라 흑슈로 도라드니, 셤강(蟾江)은 어듸메오, 티악이 여긔
로다"라고 서술되어 있다. 평구역은 양주에 있었고, 흑수는 여주를 가리킨
다. 섬강이나 치악은 감영이 있는 원주를 대표하는 산천이다. 『신증동국
여지승람』(원주목 형승)에서도 "동쪽에는 치악이 서려 있고, 서쪽에는
섬강이 달린다"고 하였다. 이보다 앞서 『세종실록』 지리지 강원도 편에는
"섬강은 그 근원이 횡성 덕고산에서 시작하여 횡성현을 거쳐서 원주
이천·갑곶이를 지나 흥원창에 이르러 섬강이 되어, 여강으로 들어간다"
고 되어 있다.

원주의 섬강은 보통 '섬암(두꺼비바위)'에서 유래된 것으로 본다. 지정
면 간현리의 절벽 위에 토정 이지함이 썼다는 '병암'이란 글씨가 새겨진
병풍바위가 있는데, 그 위에 올라앉은 바위가 두꺼비 모양을 닮았다고

해서 섬강이라 부르게 되었다고 한다. 『해동지도』에는 '섬암'만 표시되어 있다. 『동여도』에는 '섬강'과 '섬암'을 동시에 표시하고 있다. 『여지도』, 『조선지도』, 『지승』, 『광여도』 등에서는 '섬암강'으로 표시하고 있다. 조선 후기 고지도에 '섬암'이 중요하게 표시되어 있는 것으로 보아 섬강이 이 섬암에서 유래되었다고 보는 견해가 설득력을 갖는다.

그런데 『한국지명유래집』에서는 섬강이 섬암에서 유래되었다고 하면서도 "달강·달래강이라고도 불렸는데, '섬(蟾)' 자는 두꺼비를 뜻하며 달을 의미하기도 한다고 한다"고 설명하고 있어 주목된다. 그러니까 섬강의 우리말 이름이 '달강(달래강)'이었고, 이때의 '달'을 하늘의 달(月)로 이해하고 '섬(蟾)' 자를 썼다는 것이다. '섬'은 '달(月)'의 뜻으로도 쓰였던 한자이다. 이와 관련해서는 홍원창이 있던 포구 곧 지금의 원주시 부론면 홍호리를 '은섬포(銀蟾浦)'라고도 했다는 사실이 눈에 띈다. 홍원창은 고려 초기에 설치한 전국 12조창 중 하나로, 섬강이 남한강에 합류하는 지점에 설치, 운영되었던 조창이다.

『고려사』(권79, 지 권 제33)에는 개경까지 세곡을 운반하는 뱃삯을 정한 기록이 있는데, 여기에 세곡 6석에 1석의 비용을 지불하는 포구 중 하나로 '은섬포'가 나온다. 고려 초기인 992년(성종 11년)의 기록이다. 원문에는 '은섬포'의 이전 명칭이 '섬구포(蟾口浦)'였고 평원군에 있다고 나오는데 평원은 원주의 별칭이다. 그러니까 그전에는 달강(달래강)의 어구라는 뜻으로 '섬구포'라 했던 것을 '은섬포'로 바꾼 것이다. '은섬'은 현대의 국어사전에도 "은빛 두꺼비라는 뜻으로, '달'을 달리 이르는 말"이라고 나온다. 고전소설에는 등장인물 중 여자 이름으로 '은섬'이니 '섬월'라는 이름이 더러 쓰였는데, 대개는 아름다운 여인을 달에 빗댄 것들이다. 달을 가리키는 말에 '섬궁(蟾宮)'이라는 말도 있는데, 모두 달에 두꺼비가 산다는 설화에서 비롯된 말이다.

가장 이른 시기의 기록에 의거해 보면 섬강은 '달강(달래강)'을 한자화

할 때, '달'을 하늘의 달(月)로 보고 섬(蟾) 자를 써서 표기한 것으로 볼 수 있다. 그런데 후대에 '섬' 자를 오로지 '두꺼비'로 이해하면서, 지명 유래에도 '섬암(두껍바위)'을 가져다 붙인 것으로 보인다. '달강(달래강)'은 원래는 '달내'였을 것으로 추측된다. 이때의 '달'은 '산(山)'이나 '고(高)'의 뜻을 가진 옛말로 '달내'는 '산골을 흐르는 강'을 뜻한다. 결국 오해는 '산'을 뜻하는 우리말 '달'을 하늘의 '달(月)'로 보고 '섬(蟾)'으로 한자화하면서 비롯된 것이다.

예로부터 전라도의 대천으로 꼽히고, 남한에서 네 번째로 큰 강인 섬진강도 원래 이름은 섬강이었다. 『해동지도』나 『여지도』, 『동여도』 등 조선 후기 고지도에는 '섬강(蟾江)'으로 표기되어 있다. 『동여도』에는 섬강과 함께 섬진이 따로 표기되어 있어 강 이름은 '섬강', 나루 이름은 '섬진'인 것을 알 수 있다. 지명 연구자들 중에는 이 섬진강도 본래는 달래강이었을 것으로 추측하기도 한다. 달래강은 산골을 흐르는 강을 뜻하는데, 섬진강은 진안고원에서 발원하여 지리산 계곡을 감싸고 흐르기에 이런 이름을 얻었다는 것이다.

그러나 섬진강은 원주의 섬강과 달리 달강, 달래강 같은 우리말 이름으로 불린 적이 없다. 예로부터 '섬진'이 이 강의 부분칭으로 특히 바다와 만나는 하류 지역에서 불리던 이름이었다는 점에서 달래강 설은 논란의 여지가 있어 보인다. 길이가 222km에 이르는 섬진강은 다양한 부분칭이 있었다. 상류 쪽 남원에서는 '순자강(진)', 곡성에서는 '압록강(진)', 구례에서는 '잔수진', '용왕연' 등으로 불렸고, 구례를 지나 경남 하동까지 80리길을 비로소 섬진강이라고 불렀다. 『세종실록』(지리지 전라도)에서는 이 부분을 "구례현 남쪽과 순천 북쪽 경계에 이르러 잔수진이 되고, 지리산 남쪽 기슭을 지나서 경상도 진주의 옛 임내 화개현 서쪽에 이르러 용왕연이 되는데, 조수가 이르며, 동남쪽으로 흘러 광양현의 남쪽을 지나 섬진이 되어 바다로 들어간다"고 쓰고 있다.

한편 섬진강에는 원주 섬강과 달리 두꺼비에 얽힌 여러 이야기가 전해 오고 있어, 섬진강 이름이 실제 두꺼비에서 비롯되었을 가능성을 높여준다. 대표적인 것으로 〈광양군지〉에 실려 있는 섬진강 전설은 다음과 같다. 홀어머니를 모시고 사는 마음씨 착한 처녀가 장마 때 부엌으로 들어온 두꺼비에게 밥을 주며 함께 살았는데, 3년이 지난 어느 날 홍수가 나서 처녀가 물에 빠져 떠내려갈 때 두꺼비가 처녀를 등에 업고 강기슭으로 헤엄쳐 올라가 살리고 자신은 그만 지쳐 숨지고 말았다. 그래서 처녀는 그가 닿은 강기슭의 동산에 두꺼비를 장사지내고 매년 제사를 지냈다는 것이다. 사람들은 이 처녀가 두꺼비의 등을 타고 도착한 곳을 두꺼비나루라 부르고 한문으로 두꺼비 섬 자를 써서 섬진이라 부르게 되었다고 한다. 섬진마을은 행정구역으로 광양시 다압면 도사리 2구이다.

이 마을에 전해오는 또 다른 전설은 '두꺼비바위'에 대한 것이다. 도사리 2구의 중심 마을은 사동인데 지형이 뱀 형국이기 때문이라고 한다. 바로 이 뱀 머리 밑 강 속에 폭 5m 가량의 두꺼비 같은 바위가 있다는 것이다. 이 두꺼비는 비가 와서 강물이 불어날 경우 물속에 잠기고, 강물이 정상으로 흐를 때는 마치 두꺼비가 강을 헤엄치는 형상으로 보인다고 한다. 이 두꺼비바위 때문에 이곳 나루를 섬진이라 했다 하는데 이 마을은 두꺼비바위가 물속에 잠겨 보이지 않아야 부유해진다는 풍수설이 함께 전해왔다 한다.

실제로 『1872년지방지도』(광양현 섬진진 지도)는 성황당 앞 강가에 '섬암' 곧 두꺼비바위를 표시해 놓고 있다. 얼핏 보아서는 작은 동산 같이 제법 규모 있고 선명하게 그려져 있다. 이 '섬암'은 '광양현 지도'에는 보이지 않는다. '광양현 섬진진 지도'는 광양시 다압면 도사리에 있었던 수군 진의 지도로, 진터와 관아 건물, 선소의 배들 그리고 주변의 모습을 자세하게 그려 놓았다. 이 지도를 보면 '두꺼비바위'의 실체를 눈으로 확인할 수 있다.

섬진나루터.

한편 광양시에서 1999년에 섬진나루터(다압면 도사리)에 세운 '섬진강 유래비' 비문에서는 두꺼비에 대한 또 다른 전설을 서술하고 있어 눈에 띈다.

본디 이 강의 이름은 모래내, 다사강, 두치강이었던 것이 고려조부터 섬진강이라고 부르게 되었다. 고려 우왕 11년(1385년)에 왜구가 강 하구에 침입했을 때 광양 땅 섬거(蟾居)에 살던 수십만 마리의 두꺼비가 이곳으로 떼 지어 몰려와 울부짖자 이에 놀란 왜구들이 피해 갔다는 전설이다. 이때부터 두꺼비 섬 자를 붙여 섬진강으로 불렀다고 전해진다. 예부터 주요 통행로인 섬진나루에 1705년 수군진이 설치되어 1895년 진이 폐쇄되기까지 수백 명의 병사와 여러 척의 병선이 주둔하였다. 지금까지 이곳에 당시 수급 장교였던 별장의 기념비 좌대로 사용했던 돌 두꺼비 4기가 남아 있다.

별장들의 공적비 좌대로 두꺼비 석상을 쓴 것은 당시 사람들이 섬진강을 두꺼비강으로 인식했음을 단적으로 보여준다. 유래비에서는 시기를 구체적으로 진술한 것도 그렇지만 두꺼비가 몰려나온 곳을 '섬거'라는 지명으로 적시한 것이 눈에 띈다. '섬거'는 지금의 광양시 진상면 섬거리를 가리키는데, 섬진나루로부터 20여 리 떨어져 있다. 고려 때부터 '섬거역'이 있던 곳이다. 고려의 역제가 정비된 때가 995년(고려 성종 14년)에서 1067년(고려 문종 21년) 사이이니 '섬거역'이 설치된 것은 굉장히 오래 전이다.

『신증동국여지승람』에는 '섬거역'이 '섬거포(蟾居浦)' 위에 있다고 나오고, 섬거포는 현의 동쪽 40리에 있다고 나온다. '섬거'는 한자 그대로 해석하면 '두꺼비가 산다'는 뜻이지만 어원은 불분명하다. 지역에서는 마을이 위치한 지형이 두꺼비 형상 같아 부르게 된 이름이라고 말한다. '섬거역'은 섬진나루 건너 경상도 하동, 진주로 연결된다는 점에서 교통의 요지이자 군사적 요충지였다. 바로 이 '섬거' 지명에서 '섬진' 지명이 유래되었을 가능성도 있지만 더 이상의 자료는 찾을 수 없다.

봉암 봉곡 봉산은 부엉이 지명

"부엉바위 · 부엉골 · 부엉산"

부엉이 부흥부흥 우네, 전남 장성 부흥扶興리

'부엉'을 '봉'으로 줄여 표현한 대전 유성 봉명동, 경북 칠곡 봉암리

경주 남산 부엉골은 부흥골富興谷을 우리말 지명으로 다시 붙여

어린 시절 많이 부르던 동요에 〈겨울밤〉이라는 것이 있다. "부엉 부엉새가 우는 밤 / 부엉 춥다고서 우는데…"로 시작해서, 아이들이 옹기종기 할머니 곁에 모여 앉아서 옛날이야기를 듣는다는 내용이다. 겨울밤 시골집 방안 풍경이 훤히 그려지는데, 거기에 입체적으로 밖에서 들려오는 부엉이 울음소리가 빠지지 않고 있다. 부엉 부엉 부우엉.

우리는 보통 아무 의심 없이 부엉이는 '부엉 부엉' 우는 것으로 알고, 또 그렇게 듣고 말한다. 그런데 부엉이가 '부엉 부엉' 우는 것이 사실일까. 실제로 부엉이 울음소리를 들으면 그걸 '부엉 부엉'으로 표현할 자신이 있을까. '부우 부우' 우는 듯도 하고, '우훙 우훙' 우는 듯도 하고 도무지 종잡을 수가 없다. 시인 장순하는 「지쳐 누운 길아」라는 시에서 "잇고 끊긴 오솔길 / 신발끈 고쳐 매며 / 한 굽이는 왔다마는 / 호오호 밤부엉이가 / 어둠을 재촉한다"라고 해서 부엉이 울음소리를 "호오호"로 묘사하고 있다. 시인 서정주는 부엉이가 "부우욱! … 부우욱!" 울어대는 것으로

묘사하기도 했다. 옛 기록인 훈민정음 해례에는 부엉이가 '부헝'으로 나오고, 『훈몽자회』에는 '부훵이'로 나온다.

1500년대에 그려진 민화의 그림 왼쪽 위에 "휴명남산 부흥부흥(鵂鳴南山 富興富興)"이라는 글자가 쓰여 있다. '휴(鵂)'는 수리부엉이 휴이고 '명(鳴)'은 울 명으로, 부엉이가 남산에서 '부흥부흥' 운다는 뜻이다. 부엉이의 울음소리를 '부흥부흥'으로 표현했는데, 이 소리를 한자의 음을 빌려 '富興富興(부흥부흥)'이라 썼다. 이 '부흥'은 뜻으로 보아서도 "부자로 흥하라"로 해석할 수 있어 의미가 있기도 하다. 또 다른 부엉이 민화는 화제에 "기명왈부흥 필시적옥퇴금"이라고 씌어 있는 것도 있는데, "그 울음소리는 부흥이니 필시 옥과 금을 쌓으리로다"로 해석할 수 있다. 모두 부엉이 울음소리를 부를 가져다주는 길한 소리로 들었다는 것을 알 수 있는데, 그것을 넉넉할 '부(富)' 자와 일어날 '흥(興)' 자의 조합으로 표현한 것이다.

지명중에도 부엉이 관련 지명을 '부흥'으로 표현한 예가 많다. 장성군 장성읍 부흥리(扶興里)는 부흥·신흥 두 마을로 구성되어 있는데, 〈전국지방행정구역명칭일람〉에 부흥·신흥이 나온다. 이중 부흥은 '부엉바위'에서 유래했다고 하는데, 처음에는 부흥(富興)으로 썼다가 부흥(扶興, 도울 부)으로 바뀌었다고 한다. 유적으로 '부흥바위' 곧 부엉바위가 있고 이 부엉바위 아래로 황룡강이 흘렀다고 하는데 여기에는 가슴 아픈 사연이 있다. 정유재란 때(1597년) 휴암 변윤중이 왜군을 막다 실패하여 이 바위에서 강물에 투신하자 부인 성씨와 며느리 서씨도 함께 투신했다고 한다. 장성읍 장안리에는 황주 변씨 삼강 정려가 세워져 있는데, 이는 충신 변윤중, 열부 함풍 성씨, 효부 장성 서씨의 삼강을 기리는 정려이다.

변윤중의 호는 휴암인데 이는 이곳 부엉바위에서 취한 것으로 보인다. '휴(鵂)'는 수리부엉이 휴 자이고 '암(巖)'은 바위 암 자이다. 선비들이 흔히 자신의 고향이나 거처하는 곳의 지명에서 호를 취한 것과 같은 예이다. 그렇게 보면 이곳 부엉바위 지명은 임진왜란 전부터 우리말로 불렸을 것이다. 그것을 변윤중은 '휴암'으로 한자화 했고, 후대에 마을 지명을 한자화 하면서는 '부엉'의 음을 따 '부흥'으로 표기했을 것으로 보인다.

경주 남산 '부엉골'은 포석정 뒤 계곡 일대를 가리키는데, 포석정이 있기 때문에 포석골이라고도 한다. 원래는 '부흥골(富興谷)'이라 했다 하는데, 이는 부엉골을 한자로 바꾸면서 생긴 이름으로 보인다. '부엉골'은 낮에도 부엉이가 울 만큼 깊은 산속이라 부엉골로 불린다고도 하고, 부엉이가 살았다는 바위 봉우리(부엉더미)가 있어 부엉골로 불리게 되었다고도 한다. 부엉골 마애여래좌상이 유명하고, 또한 부흥사라는 절이 있기도 하다. 부흥사는 이곳에 있던 옛 절터에 1971년에 세워진 절이라 하는데, 절 이름은 '부엉골' 즉 '부흥곡'에서 빌린 듯하다.

전남 장흥군 용산면 칠리안속은 7개 마을이 한데 어울려 있는 곳이라 '칠리안속' 또는 '칠리안속들'이라 부른다. '부엉바위'가 있는 금화산 (220m)은 '부흥봉'이라고도 하는데, 봉우리 전체가 바위로 되어 있고 부엉이가 살았다고 해서 벙대미, 부엉배미, 벙드미, 부엉이바위 등으로도 불린다고 한다. 이밖에도 '부엉' 지명을 '부흥'으로 바꾸어 부른 예는 부엉배재(배는 바위)-부흥재(보령시 남포면), 부웅산-부흥산(신안군 자은면), 부엉바위-부흥바위(아산시 송악면), 부엉더미-부흥애(밀양 단장면) 등 아주 많다.

우리말 '부엉'을 한자의 음을 빌려 옮긴 이름으로는 '부흥' 외에도 '부황'이 있다. 충남 논산시 부적면에 속하는 법정리에 부황리(夫皇里)가 있다. 마을에 '부엉산'이 있다 하여 '부엉이' 또는 '부황'이라 부르게 되었다고 한다. 구릉성 산지와 평야 지대 사이 도로 변에 마을들이 들어서 있는데, 이 중 자연마을로 '부엉이'가 있다. 평북 동림군 부황리는 본래 선천군 심천면의 지역으로서 부엉이가 많은 곳이므로 '부엉동'이라 하다 가 와전되어 '부황리'가 되었다고 한다.

한편 '부엉' 지명을 한 음절 '봉'으로 줄여 표현한 예도 많이 눈에 띈다. 대전시 유성구 봉명동(鳳鳴洞)은 유성온천의 중심 지역으로 유성에서 가장 번화한 지역이다. 그런데 옛날에는 숲이 우거져 부엉이가 찾아와 울던 지역이라 하여 봉명동이라 불렀다 한다. '봉명'은 봉황새 봉 자에 울 명 자인데, 한자의 뜻 그대로 풀면 '봉황새가 울다'는 뜻이다. 그러나 유래담에는 '봉황새'가 아니라 '부엉이'로 되어 있는 것을 보면 '봉'은 '부엉'을 줄여 표기하면서 이왕이면 좋은 뜻을 가진 한자 봉황새 봉(鳳) 자를 쓴 것으로 보인다.

'부엉이'를 '봉(鳳)'으로 바꾸어 표현한 예는 특히 바위 지명에 많은데 '봉암(鳳岩)'이 대표적이다. 곧 '부엉바위'를 '봉암'으로 한자 표기한 것이다. 공주시 신풍면 봉갑리 봉암마을은 마을 앞에 많은 돌이 있는데 지금으로부터 약 400년 전에 부엉이가 날아와 밤마다 울어대므로, 상인 한 사람이 여기에 집을 짓고 마을을 '봉암'이라 부르게 하였다 한다. 이곳은 부자가 될 집터라 하여 부러워하는 마을이라고 한다. 또한 봉암마을 동남쪽에 있는 큰 바위는 부엉이 같다 하여 '붱바위'라 부르는데 옛날에 부엉이가 이 바위에서 새끼를 쳤다 한다. '붱바위'가 있는 마을을 '붱박골'이라고 부른다. 붱박골에서 '박'은 바위를 뜻한다. 이 붱박골은 '봉곡(鳳谷)'으로 썼다.

경북 칠곡군 동명면에 있는 봉암리(鳳岩里)는 뒷산에 부엉바우가 있어서 봉암리라 하였다고 한다. 황해남도 신원군 가려리의 옛 이름 봉암동(鳳岩洞)은 부엉바위가 있는 동이라 하여 봉암동이라 하였고, 황해남도 은률군 원평리의 서북쪽 산동리와의 경계에 있는 마을 봉암동은 '부엉이몰'이라고도 불렀다. 창원시 마산합포구 진전면에 있는 봉암리(鳳岩里)는 봉황처럼 생긴 봉바우가 있으므로 붙여진 이름이라고 하지만, 다른 지역의 경우 '부엉바위'를 흔히 '봉바위'로 부른 것으로 보면 이곳 역시 '부엉바위'를 '봉암'으로 바꾼 것으로 보인다. 봉암리를 흔히 '봉황'과 관련해서 유래를 설명하는데, 실제로는 '부엉이' 지명인 경우가 대부분이다.

그런데 봉산탈춤으로 유명한 황해도 봉산도 부엉이 지명으로 볼 수 있어 흥미롭다. 봉산의 옛 지명이 휴류성(鵂鶹城)인데, '휴' 자나 '류' 자는 모두 부엉이를 뜻한다. 『조선향토대백과』는 휴류성에 대해 "고구려 시기에 있던 고을. 휴암군의 별칭으로서 부엉이가 많은 고장이라 하여 휴류성이라 하였다"고 설명하고 있다. 또한 별칭인 휴암군에 대해서는 "부엉이처럼 생긴 바위가 있는 고을이라 하여 휴암군이라 하였는데, 토성리로 흐르는 서흥강 기슭에 규석으로 절벽을 이룬 바위산이 마치 부엉이와 같이 생겼다"고 설명하고 있다. '휴암'은 부엉이 휴 자에 바위 암 자로 우리말 이름으로는 흔히 '부엉바위'로 부르는 것이다. 『세종실록』(지리지 황해도 황주목 봉산군)에는 '휴류암'으로 나온다.

『삼국사기』나 『세종실록』 지리지 등의 기록에 따르면 봉산은 본래 고구려의 휴류성(일명 조차의 또는 휴암군)인데, 신라에서 서암군으로 고쳤고, 고려 초에 '봉주(鳳州)'가 되었다. 충렬왕 때 '봉양'으로 고쳤다가 뒤에 다시 '봉주'로 하였다. 그러고는 조선 태종 때 지금의 '봉산'으로 고쳤다. 그러니까 휴류성은 고려 초부터 '봉' 자 지명으로 바뀌어 봉주, 봉양, 봉산 등이 된 것이다. 고대의 지명이 흔히 앞선 지명과 바뀐 지명이 의미상 대응관계를 이루는 것을 감안하면, '휴류성(휴암군)-봉주(봉양, 봉산)' 곧 '휴류(부엉이)-봉'의 대응 관계를 생각할 수 있다. '휴류'가 한자의 뜻(훈)으로 표현한 이름이라면 '봉'은 '부엉'이라는 우리말 음을 반영한 이름으로 볼 수 있을 것이다.

유래와 관련해서 『조선향토대백과』는 휴류성을 '부엉이가 많은 고장'으로 설명하고 휴암을 '부엉이처럼 생긴 바위'로 설명하는데, 신라 때 바꾼 이름 '서암(군)'을 놓고 볼 때는 '부엉이가 서식했던 바위'로 고쳐야 할 것 같다. 서암군(栖巖郡)의 '서(栖)' 자는 '깃들이다'의 뜻을 갖는다. 그러니까 '서암'은 새가 보금자리를 만들어 그 속에 들어 사는 바위라는 뜻이 된다. 결국 '봉산'은 지금은 그 자취를 찾을 수 없지만, '부엉이가 깃들어 살던 바위'에서 유래된 이름인 것을 알 수 있다.

부엉이 지명에서 바위가 많이 나오는 것은 부엉이의 생태와 관련이 깊다. '부엉바위'나 '휴암'에서의 부엉이는 부엉이 중에서도 '수리부엉이' 일 가능성이 크다. 수리부엉이는 올빼미과 새들(부엉이, 올빼미, 소쩍새) 중에서 가장 큰데, 우리나라의 특산품종으로 한반도 전역에서 번식하는 텃새이다. 나무 구멍에 알을 낳는 다른 올빼미과 새들과는 다르게 암벽·바위산·하천을 낀 절벽 등지에 살며, 암벽 바위 위나 바위굴에 보금자리를 마련하고 한 배에 2~3개의 알을 낳는다. 따라서 바위와 관련된 부엉이는 '수리부엉이'일 가능성이 큰 것이다. 충남 서산시 해미면 휴암리(休岩里, 쉴 휴)는 원래 휴암리(鵂巖里, 수리부엉이 휴)로 썼는데, 후에 보다 쓰기 쉬운 한자인 '쉴 휴' 자로 바뀌었다. 산에 있는 바위의 생김새가 부엉이처럼 생겼다고 해서 '부엉바위'라 했다 하나, 이 역시 부엉이가 서식한 바위일 가능성이 크다. 1789년(정조 13년)에 간행된 『호구총수』에 휴암리라는 이름이 확인된다. 1911년 간행된 『조선지지자료』에는 '부흐산', '부흥' 등으로 나온다.

실록에 부엉이는 '휴류(鵂鶹)'라고 나온다. 특히 조선 전기에는 궁성에서 부엉이가 울면 군사들에게 이를 잡게 하거나 해괴제를 지냈다. '해괴제' 는 나라에서 이상한 일이 일어났을 때에 지내던 제사다. 태종 같은 경우는 부엉이가 정전에서 울자 궁궐 밖으로 몸을 피하기도 했다. 어쨌든 부엉이가 울면 불길하다고 본 것이다. 그러나 민간에서는 그렇게 흉하게 보지 않았고, 오히려 우호적으로 여겼다는 것을 여러 속담에서 확인할 수 있다.

'부엉이 곳간'은 없는 것이 없이 무엇이나 다 갖추어져 있는 경우를 비유적으로 이르는 말이다. 부엉이가 둥지에 먹을 것을 많이 모아 두는 버릇이 있다는 데서 비롯된 말이다. 또한 '부엉이살림'은 자기도 모르는 사이에 부쩍부쩍 느는 살림을 비유적으로 이르는 말로 쓰였고, '부엉이 집을 얻었다'는 말은 횡재했음을 비유적으로 이르는 말로 썼다. '부엉이 방귀'라는 말도 있었다. 부엉이가 울다가 방귀를 뀌면 그 나뭇가지가 부풀어 혹처럼 커진다고 속전하는데, 이 커진 부분을 잘라 필통이나 재떨이 등 공예품을 만드는 재료로 쓰면 행운이 온다고 믿었다. 또한 부엉이가 자주 우는 마을에 부자가 많다는 속설도 있었는데, 이로써 보면 민간에서는 부엉이를 특히 재물과 관련해서 우호적으로 보았다는 것을 알 수 있다.

동해 바다 울릉도 독도

"울뫼·우르메·돌섬"

울릉도 나리분지는 울안 지형, 가까운 울진의 '울'도 울타리
산이 울처럼 둘러싼 울산, 울을 친 것 같은 울산바위
독도의 홀로 독獨 자는 한자의 소리만 딴 것, 돌(독)로 된 섬

1

트위스트가 한창 유행하던 60년대 중반에 발표되어 온 국민의 사랑을 받았던 노래 중에 〈울릉도 트위스트〉가 있다. 황우루가 작사 작곡하고 이시스터즈가 노래했는데, 울릉도의 여러 특징을 트위스트 리듬에 실어 잘 표현했다. 노래 첫머리도 "울렁울렁 울렁대는 가슴 안고"라고 해서, 울릉도의 '울릉' 어감을 잘 살려내 인상적이었다. 이어지는 가사 "연락선을 타고 가면 울릉도라 / 뱃머리도 신이 나서 트위스트"를 보면 '울렁울렁 울렁대는'은 뱃멀미를 연상시키기도 하지만, 뒷부분에 가면 "울렁울렁 울렁대는 처녀 가슴"이라고 해서 사랑의 멀미로도 표현하고 있어 재미있다. 토산물로는 호박엿과 오징어가 등장하는데, 특히 오징어는 "오징어가 풍년이면 시집가요"라고 해서 오징어잡이가 주산업이었음을 알게 해준다.

2절 가사에는 "연락선도 형편없이 지쳤구나 / 어지러워 비틀비틀 트위

스트 / 요게 바로 울릉도"라고 해서 울릉도 가는 뱃길이 만만치 않았음을 보여주고 있다. 1960년대에는 노선도 포항~울릉도간 한 개 노선만 있었다. 포항에서 10시간 이상 걸렸다고 한다. 그것도 날씨가 좋을 때 이야기이다. 파도가 높고 날씨가 나쁘면 결항하기 일쑤인 항로였다. 지금은 포항뿐만 아니라 울진, 동해(묵호), 강릉 등 모두 4개 항로가 있고, 시간도 3시간 정도로 단축되어 있다. 거리는 포항 217km, 울진 159km, 묵호 161km, 강릉 178km로 울진 후포가 가장 가까운 것으로 보인다. 조선시대에도 울릉도가 울진현에 속했던 것을 보면 울릉도에서 아무래도 가장 가까운 지역은 울진인 것 같다.

울진에는 대풍헌(待風軒)이라는 특이한 이름의 사적이 있다. 한자는 기다릴 대, 바람 풍, 집 헌 자로 말 그대로 '바람을 기다리는 집'이다. 역사적으로 대풍헌은 수토사들이 울릉도로 가기 위해 바람의 때를 보며 기다리던 장소였다. 수토사의 수토는 수색하고 토벌한다는 뜻이다. 그러니까 울릉도에 사람이 들어가 살지 못하게 단속하고 동시에 왜적의 침입을 경계한다는 의미이다. 조선은 숙종 때부터 울릉도에 정기적으로(2년마다 한 번) 수토사를 보냈는데 그 수토사들의 출발지가 바로 대풍헌인 것이었다.

대풍헌은 울진군 기성면 구산리에 남아 있는데 예전에는 '구산포'로 불리던 곳이다. 수토사의 출발지로 구산포가 선택된 이유는 물론 이곳이 울릉도와 가장 가깝고, 항해에 유리한 해류와 해풍을 이용할 수 있었기 때문이었을 것이다. 그러니까 동해의 항로에 대한 지식이 오랫동안 축적되면서 울릉도로 건너가는 최적지가 구산포라는 것을 파악하였다는 얘기다. 물론 '수토'에는 선박이나 군사 그리고 식량을 조달하는 문제도 고려되었겠지만 항로 문제가 최우선적이었을 것이다. 울릉도 뱃길이 그만큼 멀고 험했기 때문이다.

울릉도가 우리 역사권 안에 들어온 것은 512년(지증왕 13년) 하슬라주

울릉도.

(지금의 강릉) 군주인 이사부가 이곳 우산국(于山國)을 정벌하면서부터이다. 『삼국사기』에는 '우산국'을 '울릉도'라고도 했다고 나온다. 이사부 장군에게 정벌당한 뒤에도 우산국은 본토(신라, 고려)와 조공 관계를 유지하면서 존속했던 것으로 보인다. 고려 태조 13년(930년) 8월에는 "우릉도(芋陵島)에서 백길과 토두를 보내 토산물을 바치자, 백길을 정위로, 토두를 정조로 임명하였다"(『고려사』)는 기록도 보인다. 여기서는 울릉 도를 '우릉도'로 쓰고 있는데, '우산국' 명칭은 1018~1022년 기록에 다시 나타난다. 이때는 우산국이 동북여진의 침략을 받았을 때인데, 그 타격이 심각했던 것 같다. 결국 우산국은 이때 실제적으로 멸망한 것으로 짐작된 다. 이후 나라 국(國) 자를 붙인 '우산국' 명칭은 역사에서 영영 사라지고 만다. 그러고는 조선 말(1883년) 개척령을 반포하고 주민의 이주가 시작되 기 전까지, 거의 900여 년을 울릉도는 공식적으로는 무인도로 남게 된다.

울릉도 지명의 유래는 관련 자료의 부족으로 정확하게 밝히기가 어렵 다. 그러다 보니 대부분 추론의 성격을 띨 수밖에 없는 실정이다. 울릉도에 대한 최초의 기록은『삼국사기』에 있는데, 곧 이사부 장군이 우산국을 정벌했다는 기사에 "우산국(于山國)은 명주(현재의 강릉)의 정 동쪽 바다에 있는 섬으로 혹은 울릉도(鬱陵島)라고도 하였다"고 나온다.『삼국사기』보다 백여 년 뒤에 편찬된『삼국유사』에는 "아슬라주(원주: 지금의 명주)의 동쪽 바다 가운데에 순풍으로 이틀 걸리는 거리에 울릉도(丂陵島)(원주: 지금은 우릉(羽陵)이라 한다)가 있었다"고 나온다. 여기서 '지금'은 편찬 당시(1281년)를 이르는 말이다. 그러니까 애초의 지명은 울릉도(丂陵島)로 보면 될 것이다. 정리하자면 울릉도는 초기에 '우산국(于山國)', '울릉도(鬱陵島)', '울릉도(丂陵島)' 세 가지로 썼다고 할 수 있다.

세 지명에서 지명의 성격을 나타내는 나라 국(國) 자나 섬 도(島) 자를 빼면 '우산'과 '울릉' 두 이름이 남는다. 울릉도 지명은 처음부터 현재까지 '릉'이나 '산' 자가 빠지지 않는 것으로 보아 이것들은 실제적인 의미를 갖고 있는 것으로 보인다. '큰 언덕'을 뜻하는 '능(陵)'이나 '산(山)'은 의미상 동일하거니와 지명의 후부요소로서 대상의 실체(유형)를 분명히 드러내고 있다. 이에 비해 전부요소 곧 지명 부여 대상물의 유래와 특징 등 개별성을 나타내는 부분인 '우'와 '울'은 이후에도 음은 같지만 뜻이 다른 여러 한자들로 표기가 바뀌는 현상을 보이는데, 우리말 '무엇'을 단지 한자의 음을 빌려 표기한 것으로 짐작된다.

또 하나 눈여겨볼 것은 우산국의 '우(于)'와 '울릉도'(삼국유사)의 '울(丂)' 자이다. 보통 울(丂) 자는 우(于) 자의 본체자로 알려져 있고, 땅이름으로 쓸 때는 '울'로 읽었던 것으로 보인다. 지금은 두 글자 모두 '어조사 우'로 읽는다. 그런 탓인지『삼국유사』에 나오는 울릉도(丂陵島)를 우릉도로 읽기도 하는데, 필자가 보기에는 옛날 땅이름의 경우에는 '울'로 읽는 것이 더 적절하다는 판단이다. 만약 '우(于)'가 '울(丂)'의 약체자라면 '우(于)'는 '울'로 읽었을 가능성이 있다. 그러니까 초기에는 '우(于)'로 쓰고 '울'로 읽었다가 뒤에 '우' 음으로 정착된 것으로 볼 수 있다. 그렇게

보면 '우산(于山)'은 '울산'으로 읽을 수 있고, '울릉(鬱陵)'이나 '울릉(亐陵)'
과 같은 이름이 되는 것이다. 결국 우리말 '무엇'은 '울'로 볼 수 있고,
이것이 울릉도 지명의 핵심요소인 것으로 보인다.

이와 관련해서는 울릉도와 거리상 가장 가까운 지역인 '울진' 지명을
주의 깊게 살펴볼 필요가 있다. 여러모로 연관성이 아주 크다. 『고려사』
지리지는 "울진현(蔚珍縣)은 본래 고구려의 우진야현(于珍也縣, 고울이군
(古亐伊郡)이라고도 한다.)으로, 신라 경덕왕 때에 지금 이름으로 고쳐
군으로 삼았다"고 기록했다. 울진의 고구려 이름이 '우진' 또는 '고울이'인
데, 신라 경덕왕 때 '울진'으로 고쳤다는 것이다. 울릉도에 쓰인 한자
'우(于)', '울(亐)', '울(蔚)'이 모두 나온다. 다만 '울(鬱)' 자가 '울(蔚)' 자로
쓰인 것만 다른데, 둘 모두 초목이 우거진 모양을 뜻하는 말로 후대에
울릉도 지명에 함께 쓰였다.

우선 눈여겨볼 것은 이곳이 고구려 땅이있을 때의 지명 우진(于珍)이
신라 때 울진(蔚珍)으로 바뀌었다는 사실이다. 경덕왕이 지명을 바꿀
때 대개는 옛 지명에 근거해서 표기를 달리한 경우가 많은데, '우'에서
'울'로 바뀐 것도 그런 맥락에서 볼 수 있다. 곧 '우진'의 '우'를 '우(于)'로
쓰고 '울'로 읽었던 것을 한자와 음을 일치시켜 '울(蔚)'로 바꾼 것으로
볼 수 있다. '울'로 읽었을 가능성은 '우진'과 함께 불렀던 이름 '고울이'에서
도 엿볼 수 있다. 원문에 나오는 '고울이(古亐伊)'는 '옛 울이'로 읽을 수
있기 때문이다. 그러면 '우진=(옛)울이' 등식이 성립된다. 결국 이런
혼란을 경덕왕 때 확실하게 '울(蔚)'로 바꾼 것으로 볼 수 있다.

우진 곧 울진에서 '진(珍)'은 '달', '돌'을 표기한 것으로, 고구려어 '달'은
'산(山)', '고(高)'의 뜻을 갖는다. 뜻이 확대되어 '고을', '성'을 뜻하기도
했다. 이렇게 보면 '울진'은 '울산', '울성'이 된다. '울이' 또한 '이(伊)'가
옛 지명에서 성(城)의 뜻으로도 사용되었으니, '울이'는 '울성'이 된다.
모두 같은 이름인 것이다. 또한 '울이'에서 '이'를 단순히 음을 표기한

것으로 볼 경우 '울이'는 '우리'를 표기한 것으로 볼 수 있는데, 이는 '울'과 의미상 동일하다. 곧 '울'과 '우리'는 같은 말로 '울타리'를 뜻한 것으로 볼 수 있다는 것이다.

'울' 지명은 울진 바로 밑에 있는 영해(현 경북 영덕군 영해면)에서도 확인이 된다. 영해의 고려 초 이름은 예주였는데, 『고려사』 지리지는 다음과 같이 적고 있다. "예주는 본래 고구려의 우시군(于尸郡)으로, 신라 경덕왕 때 유린군(有隣郡)으로 고쳤다. 고려 초에 지금 이름으로 바꾸었다." 여기서 고구려 때의 이름 '우시'는 '울'로 읽을 수 있다. 옛날 지명에서 시(尸)는 흔히 ㄹ(l)음의 표시로 썼다. 이 '우시'를 신라에서는 '유린(有隣 있을 유, 이웃 린)'으로 고쳤는데, 말하자면 '울'을 '우리(이웃)'로 바꾸어 쓴 것이다. 현대 국어사전에서도 '울'은 두 가지로 설명하고 있는데, "울1-다른 개인이나 패에 대하여 이편의 힘이 될 일가나 친척"과 "울2-풀 이나 나무 따위를 얽거나 엮어서 담 대신에 경계를 지어 막는 물건. =울타리"가 그것이다. 어원적으로도 '울(울타리)'이나 '우리(친족)'는 같은 뿌리의 말인데, 지명에서의 '울'은 '울타리'의 뜻으로 많이 쓰였다. 광개토대왕비문에 왕이 정복한 땅이름으로 '우루성(于婁城)'이 나오는데, 연구자들은 이를 경북 영해 곧 '우시군'으로 본다. '우루'를 '울(于尸)'과 같은 표기로 판단한 것이다.

지금의 울산 지명도 '울' 지명으로 볼 수 있다. 울산은 『삼국사기』에 '우시산국(于尸山國)'으로 나오는데, 영해의 '우시군'과 한자가 같다. 일반적으로 '우시'를 '울'로 읽어 '우시산'을 지금의 '울산'으로 비정한다. 그리고 '울'을 '울타리' 혹은 '성'으로 파악해서, 울산(울주)이 '산이 울처럼 둘러싼 고을(나라)'을 뜻하는 것으로 설명한다. 이를 바탕으로 지역에서는 울산을 '울뫼나라'로 쓰기도 하는데, '우시산국'을 우리말로 바꾸어 표현한 이름이다.

또한 설악산 '울산바위' 역시 '울(울타리)' 지명이어서 눈에 띈다. 흔히 울산바위를 울산에서 날아온 것으로 얘기하기도 하는데, 사실은 그렇지 않다. 『신증동국여지승람』(양양도호부 산천)에는 "이산(籬山)이 부 북쪽 63리 쌍성호 서쪽에 있는데, 곧 대관령 동쪽 가닥이다. 기이한 봉우리가 꾸불꾸불하여 울타리를 설치한 것과 같으므로 이름하였다. 울산(蔚山)이라 하기도 한다"고 되어 있다. '이산'의 '리(籬)'는 '울타리 리' 자로 '울뫼'를 한자의 훈으로 표기한 것이고, '울산'의 '울'은 한자의 음을 빌려 표기한 것이다.

정리하자면 울릉도 지명의 핵심요소는 '울'이고, '울'은 '울타리'의 뜻을 갖는다. 우산(울산), 울릉을 우리말로는 '울뫼' 또는 '우르메'로 재구해볼 수 있다. '우르메'는 '우시군'의 '울(于尸)'을 고구려에서 '우루(성)'로 표기한 것에 근거한 것이다. 황해남도 청단군 마룡리의 동남쪽에 있는 마을 '울메'는 '우르메'라고도 부른다. 옛날 용마가 외적과의 싸움에서 전사한 주인을 찾지 못하여 '울었다'는 데서 유래되었다고 하지만, '울메', '우르메'는 '울뫼' 곧 '울산' 지명인 것으로 짐작된다. 포천시 군내면 명산리(鳴山里) 역시 울 명 자에 뫼 산 자를 쓰고 '우는 산(산이 우는 곳)'으로 해석하지만 우리말 이름은 '울뫼', '울미'다. 인천 옹진군 덕적면 울도리에 있는 '울섬'은 한자로는 '울도(蔚島)'로 쓰는데 조선시대 문헌에는 울도(鬱島)로 표기되어 있다. 울릉도와 같이 초목이 우거진 모양을 뜻하는 '蔚', '鬱' 두 글자를 썼지만, 섬 모양이 울타리처럼 생긴 데서 유래한 지명이라고 한다.

신용하 교수는 일찍이 울릉도의 우리말 이름을 '우르뫼'로 추정한 바 있다. 또한 울진이나 울산도 모두 '우르뫼'에 기원을 둔 것으로 보았다. 신용하 교수는 일본 사료에서 1004년(고려 목종 4년)에 울릉도인들이 인번주(因幡州)에 표류해 갔을 때 식량을 주고 본국에 돌려보낸 사실과 함께 고려의 우릉도(芋陵島)를 일본에서는 '우르마'도라 하고 한자로 우류마도(宇流麻島)라고 표기한 기록을 주요 근거로 제시했다. 이 '우르마'를 한국어 '우르뫼(방언발음, 우루매, 우루메, 우르마)'의 일본어식 단모음형으로 본 것이다. 그러나 '우르뫼'의 뜻은 '임금산', '왕검산'으로 보아 상당히 신성한 의미로 해석한 바 있다.

학계에서는 울릉도 사람들이 한반도 동해안의 강원도, 경상도에서 건너간 것으로 추정한다. 그중 울진 지역에서 건너갔을 것으로 추정하는 경우는 지명의 유사성과 함께 이 지역이 울릉도와 거리상 가장 가깝다는 점 등을 근거로 제시하고 있다. 『고려사』에는 1022년 7월에 도병마사가 "우산국 백성 중에 여진에게 노략질 당하여 도망쳐온 자들을 예주(경북 영해)에 거주하게 하고, 관청에서 밑천과 양식을 제공하여 영원히 호적에 편입하도록 하십시오"라고 아뢴 기록이 있다. 여진의 습격을 피해 본토로 나온 백성들을 영해(우시군)에 거주하게 하고, 나아가 영원히 호적에 편입하도록 했다는 것은 거리가 가깝다는 것 외에도 무언가 연고가 있음을 암시하고 있다고 볼 수 있다.

또한 『고려사』에는 1259년 7월에 "울진현령 박순이 처자식과 노비 및 집안의 재물을 배에 싣고 장차 울릉도(蔚陵島)로 가려고 하자, 성 안의 사람들이 그 사실을 알고 마침 성으로 들어온 박순을 억류하였다. 뱃사람들이 배에 실었던 것을 가지고 도망가 버렸다"는 기사도 있다. 현령이 무슨 큰 죄를 저질렀는지는 모르지만 지금으로 말하자면 해외 도피처로 울릉도를 택했던 것으로 보인다. 울진과 울릉도의 상관관계를 엿볼 수 있는 대목이다.

어쨌든 울진 지역 사람들이 울릉도로 건너갔을 경우 지명도 함께 갔을 가능성은 아주 높다. 지명 일반론으로 보아서도 새롭게 이주하거나 개척해 간 곳의 이름을 자신들이 떠나온 곳 곧 고향의 이름을 갖다 붙이는 것은 아주 흔한 일이다. 시기를 특정할 수는 없지만 울릉도 지명은 울진 지역에서 사람과 함께 건너간 것으로 볼 수 있다.

울릉도 지명 곧 '울' 지명을 울진에서 가져왔다고 본다면 지명이 현지의 지형, 지세와 일치하는지 여부는 따질 필요가 없을 것이다. 애초에 현지의 지형, 지세에 의거하여 이름 붙이지 않았기 때문이다. 그럼에도 군이 따져본다면 울릉도의 나리분지는 '울(울타리)' 지형에 충분히 부합한다. 나리분지는 울릉도의 유일한 평야 지대로 화산이 폭발하면서 생성된 거대한 분화구이다. 대지는 60만 평에 이른다. 동남부와 서남부는 높이 500m의 단애로 둘러싸여 있고 북부는 성인봉(984m)에서 흘러내린 산들로 막혀 있다. 이러한 형세는 바깥에서 곧 멀리 바다 위에서 보았을 때도 섬을 울타리처럼 둘러싼 모습으로 볼 수 있는 것이다.

2

울릉도에 딸린 섬 독도를 분명하게 인지하고 달리 부른 기록은 『세종실록』 지리지 강원도 삼척도호부 울진현조에서 처음 볼 수 있다. 여기에서 "우산(于山)과 무릉(武陵) 두 섬이 현의 정동 해중에 있다. 두 섬이 서로 거리가 멀지 아니하여, 날씨가 맑으면 가히 바라볼 수 있다"고 해서, 두 섬의 존재를 분명하게 구분해서 달리 부르고 있다. 고려 말 기록에서도 울릉도를 '무릉도'로 불렀던 것으로 보아, 우산도는 독도를 가리킨 이름으로 보인다. 옛적 우산국 명칭에서 '우산'을 따와 독도 섬 이름에 갖다 붙인 것으로 보인다.

그러나 조선시대 내내 독도를 중요한 섬으로 인식하지 않아서인지 기록에는 별로 등장하지 않는다. 성종 때 사용한 명칭으로는 '삼봉도'라는 이름이 보이는데 세 개의 봉우리로 된 섬이라는 뜻이다. 그러나 이 명칭은 주로 '울릉도'를 가리키는 이름으로 쓰이고, '독도'를 가리키는 것으로 보이는 것은 드물다. 정조 때 쓰인 이름 '가지도(可支島)'는 실록에 1회 나오는데, '가지어(可支魚)'와 관련해서다. '가지어'는 물개와 비슷한 바다 짐승으로, '강치'의 우리말인 '가제'를 음역하여 부른 것으로 보인다.

독도(獨島)는 처음에 '석도(石島)'라는 이름으로 보이는데 20세기 들어서이다. 1900년(고종 37년) 10월 25일 대한제국이 칙령 제41호에서 울릉도를 '울도'로 바꾸고 울릉도의 관할 구역을 '울릉 전도와 죽도 및 석도'로 규정하면서 등장한다. '석도'는 우리말 '돌섬'을 한자의 뜻을 빌려 표기한 것이다. 그런데 '돌'을 방언으로는 흔히 '독'이라고 했으므로 '돌섬'은 '독섬'으로도 불렸는데, '독도'는 바로 이 '독섬'을 한자의 음과 뜻을 빌려 표기한 것이다. 그러니까 '홀로 독(獨)' 자는 단지 음으로 표기된 것이고 뜻과는 상관이 없다. 말하자면 '외로운 섬'이 아니라는 얘기다.

'독섬'은 울릉도 개척 이전부터 이곳에 활발하게 진출했던 전라도 사람들에 의해 불렸을 가능성이 큰 것으로 보기도 한다. 이들이 자신들의 고향에서 부르던 방식대로 암석으로 이루어진 '돌섬'을 '독섬'으로 부른 것이다. 실제 1882년 울릉도에 검찰사로 파견되었던 이규원의 일지에는 당시 울릉도 주민 141명 중 115명이 전라도 출신인 것으로 되어 있다. '독도'라는 이름은 1904년 일본 군함인 '신고호' 항해일지에 처음 나온다. 당시 일본인들이 울릉도 주민들이 부르던 이름인 '독섬'을 '독도(獨島)'로 한자 표기한 것으로 보인다. 그러고는 1906년 울도군수 심흥택이 행정지명으로 '독도'를 사용함으로써 자리를 잡게 된다.

어쨌든 독도는 '돌로 이루어진 섬'이라는 뜻이 되는데, 이는 독도의 지형 지질에 그대로 부합하는 이름이다. 서양에서는 이 섬을 발견한 선박의 명칭을 따라 이름을 붙였는데, 1849년 프랑스의 포경선 리앙꾸르호는 독도를 발견하고 '리앙꾸르 암(Liancourt Rock)'으로 명명한 바 있다. 또한 1885년 영국 함선 호네트호도 '호네트 암(Hornet Rock)'으로 이름을 지어 자기네들 해도에 등록하였는데, 모두 '바위(Rock)'로 이름 붙인 것을 볼 수 있다.

제주도를 특징짓는 이름들

"오름 · 올레 · 곶자왈"

오름은 오르다라는 말에서 온 땅이름

올레는 집으로 드나드는 좁은 골목길을 이르는 제주말

곶자왈은 숲을 뜻하는 곶과 덤불의 뜻인 자왈이 합쳐진 신조어

제 주도를 특징짓는 인상적인 땅이름에 오름, 올레, 곶자왈 같은 것이 있다. 하나하나가 모두 제주도를 대표할 만한 이름들이다.

오름은 제주도 한라산 기슭에 분포하는 소형 화산체를 가리키는 말이다. 한자어로 기생화산이라는 말을 쓰기도 하는데, 이는 개념적으로도 부적절한 말이라고 한다. 그리고 '기생'이라는 말은 '기생충'이라는 말을 떠올리게 해 별로 좋은 느낌을 주지 못한다. 그에 비해 오름은 우리말이면서 어감이 좋다. 오름은 '오르다'라는 말에서 온 것으로 보는데, 원래는 '오롬'이라고 한다. 50년대, 60년대 제주 방언 연구 자료들은 '오롬(orom)'으로 기록해 놓고 있는 것을 볼 수 있다. 김상헌의 『남사록』(1601년)에는 "岳爲吾老音(악위오로음: 산을 오로음이라 한다)"이라 되어 있고, 이원진의 『탐라지』(1653년)에는 "岳爲兀音(악위올음: 산을 올음이라 한다)"이라고 되어 있다. 여기서 '오로음'이나 '올음'은 제주말 '오롬, 오름'을 한자의 소리를 빌려 표기한 것이다.

거문오름.

오름은 한라산을 중심으로 제주도 전역에 걸쳐 분포하는데 그 수는 368개로 알려졌다. 가히 오름의 왕국이라는 말이 실감난다. 가장 높은 곳에 있는 오름은 한라산 바로 밑 장구목(표고 1,813m)이고, 가장 낮은 곳에 있는 오름은 성산읍 섭지코지에 있는 붉은오름(표고 33m)이다. 생김새도 제 각기 달라 저마다의 자태로 제주의 아름다운 자연 경관을 수놓는다.

제주의 오름 중에는 '메·미' 또는 '악(岳)'이나 '봉(峰)', '산(山)'으로 불리는 것도 있지만, 의미 차이는 거의 없다고 한다. 제주도에는 거인 설문대할망이 제주도와 육지 사이에 다리를 놓으려고 치마폭에 흙을 담아 나를 때 치마 틈새로 한 줌씩 떨어진 흙덩이들이 오름이 되었다는 전설도 있다.

제주도에서의 삶을 이야기할 때 오름은 빼놓을 수 없는 대상이다. 흔히 제주도 사람들은 오름에서 태어나고 오름으로 돌아간다고 말을 한다. 그만큼 생활과 밀접한 관련을 맺어 왔다는 얘기다. 오름은 민속신앙의 터로 신성시되기도 했고, 생활 근거지로 촌락의 모태가 되기도 했다. 사람들은 오름 기슭에 터를 잡고 화전을 일구었고, 그 풀밭에 말과 소를 풀어 놓고 키웠다. 제주 전통 가옥의 초가지붕을 덮었던 띠와 새를 구할 수 있었던 곳도 오름이다. 그래서인지 오름은 국유지도 있지만 사유지가 아주 많다(41%). 또한 대부분의 오름들이 우리말 이름으로 되어 있어 제주어의 보고라 이를 만하다.

지금은 걷는 길로 제주 올레길이 많이 알려져 있지만, 원래의 올레는 뜻이 많이 다르다. 올레는 마을길에서 대문까지의, 집으로 드나드는 좁은 골목길을 이르는 제주말이다. 『표준국어대사전』에는 '오래'라는 말이 "한 동네의 몇 집이 한 골목이나 한 이웃으로 되어 사는 구역 안" 또는 "거리에서 대문으로 통하는 좁은 길"이라고 나온다. 제주말 '올레'는 이 '오래'와 관련이 있는 것으로 보인다.

올레는 제주도의 전통 민가에서 빼놓을 수 없는 독특한 구조 중 하나이다. 올레는 말하자면 주택의 진입로인데, 마을길이라는 공적인 공간과 주택이라는 사적인 공간을 이어주면서 완충적인 역할을 한다. 마을길-어귀-올레-올레목-마당의 공간변화를 보이는데 완만한 곡선으로 휘어들게 만든다. 특히 올레목은 길가에서 시작된 올레가 집 마당으로 들어가기 직전에 꺾이는 부분으로, 여기에서는 집안이 보이지 않지만 더 진입했을 때 비로소 개인의 공간으로 들어서게 되는 것이다. 올레는 대개 2m 내외의 폭과 9~15m 혹은 그 이상의 길이를 가졌는데, 긴 올레를 갖춘 집을 격이 있는 집으로 보았다고 한다.

올레 양쪽에는 1.5~2m 높이로 다듬지 않은 돌을 쌓아 올려 돌담을 만들었다. 굽이쳐 도는 올레를 따라 쌓은 돌담은 집으로 들이치는 바람을 막아주는 역할을 했다. 이 올레의 바깥 길가 쪽을 올레 어귀라 했다. 올레 어귀 양측 돌담은 보통 돌담과는 달리 큰 돌(어귓돌)로 쌓았는데, 주택 영역의 시작임을 표시했다. 대개 여기에서 약간 안쪽으로 대문 역할을 하는 '정낭'이 정주목이나 정주석에 가로로 끼워진다. 정낭의 '낭'은 나무의 제주말이다. 정낭 역시 제주도만의 독특한 풍습을 보여주는데, 통나무가 한 개만 걸쳐져 있으면 주인이 잠깐 외출한 것이고, 두

개 걸쳐져 있으면 조금 긴 시간 외출 중이며, 세 개가 다 걸쳐져 있으면 종일 외출 중이라는 신호이다. 원래는 방목 중인 말이나 소가 집안으로 들어오지 못하도록 한 것인데, 나중에는 의사 표시의 수단이 된 것이다.

표준어 '숲(수풀의 준말)'에 대응하는 제주방언으로는 '곶(곳, 고지)'이 있다. 『표준국어대사전』에 '곶'은 '숲'의 방언(제주)으로 나온다. 이 곶이 『신증동국여지승람』(제주목, 산천조)에는 '수(藪)'로 표기되어 있다. '수'는 옛날에는 '임(林)'과 구별해서 쓴 한자어인데, 대체로 '임'이 산지의 숲을 뜻했다면 '수'는 평지의 숲을 가리켰다. 『신증동국여지승람』에서는 김녕수를 비롯해 모두 9개의 '수'(정의현에는 따로 2곳)를 기록하면서 "수(藪)는 지방말[諺, 언]로 화(花)라 한다"는 설명도 덧붙이고 있다. 여기서 '화(花)'는 훈음차 표기로, 훈의 음 즉 '꽃'을 표기한 것이다. '꽃'의 옛말은 '곳'이다.

이 '수'를 근래에는 '곶자왈'이라는 말로 많이 쓰고 있다. 곶자왈은 원래 제주도 방언에는 없었던 말이라고 한다. 1990년대 초반에 신조어로 만들어진 말로, 숲을 뜻하는 '곶'과 덤불을 뜻하는 '자왈'이 합쳐진 것이다. 『제주어사전』에서는 '곶'을 "산 밑에 숲이 우거진 곳"을 이르는 말로 설명하고 있어, '수'와 같은 개념으로 보고 있는 것을 알 수 있다. 또한 '자왈'은 "나무와 덩굴 따위가 마구 엉클어져서 수풀같이 어수선하게 된 곳"이라고 해서 표준어로는 '덤불'에 가까운 의미로 보고 있다. 지금은 『표준국어대사전』에도 실려 있는데, "덤불의 방언(제주)"으로 설명하고 있다.

곶자왈은 흙이 거의 없거나 있어도 그 깊이가 아주 얕다. 그래서 나무의 뿌리가 겉으로 많이 드러나 있어 기괴한 느낌을 주기도 한다. 곶자왈은 제주도의 화산 활동 중 최후기 단계인 약 10만 년에서 30만 년 전 화구(오름)로부터 흘러나온 용암의 크고 작은 바윗덩어리가 울퉁불퉁한 지형을 이루고 있고, 물웅덩이(습지)가 발달해 있다. 깃들어 사는 식물의 모습으로 보면 다양한 종류의 이끼, 고사리, 덩굴, 나무가 뒤섞여 있는 천연림이다. 또한 이 바윗덩어리와 기복이 적은 지형은 지하수 함양은 물론 보온 보습 효과를 일으켜 열대식물의 북방한계 식물과 한대식물의 남방한계 식물이 공존하는 독특한 숲을 만들었다고 한다.

곶자왈은 돌무더기로 인해 농사를 짓지 못하고, 방목지로 이용하거나 땔감을 얻거나 숯을 만들고, 약초 등의 식물을 채취하던 곳으로 이용되어 왔다. 토지 이용 측면에서는 활용 가치가 떨어지고 생산성이 낮은 땅으로 인식되었다. 그러나 근래에는 '제주의 허파'로서, '제주 생태계의 생명선'으로 강조되면서 관심이 집중되고 있다. 또한 지하수 함양 기능을 비롯하여 한라산과 해안 지대를 연결하는 생태계의 가교 역할 그리고 생태 관광 자원의 기능을 담당하면서 중요성이 계속 커지고 있다. 곶자왈 지대는 지역의 이름을 따서 서부 지역의 한경~안덕 곶자왈 지대와 애월 곶자왈 지대, 동부 지역의 조천~함덕 곶자왈 지대와 구좌~성산 곶자왈 지대로 구분하고 있는데, 그 면적은 제주도 전체 면적의 약 6.1%를 차지한 다고 한다.

제주 곶자왈 중에서 예로부터 가장 많이 알려져 있는 것이 '선흘곶자왈' 이다. 고문헌과 고지도에는 '김녕수(金寧藪)'로 나온다. 『신증동국여지승 람』(제주목, 산천조)에는 "주의 동쪽 55리에 있는데 둘레가 50여 리이다" 라고 나온다. 둘레가 50여 리라면 정말 광활한 숲이라 이를 만하다. 선흘곶자왈은 선흘리에서 시작해서 바닷가 김녕리까지 이어지고 있다. 마을로 보면 선흘리보다는 김녕리가 역사가 오래되고 규모가 큰 마을이어 서 처음에 '김녕수'로 부르다가 후대에 '선흘곶자왈'로 바뀐 것으로 보인 다.

이 선흘곶자왈의 역사는 거문오름에서 시작한 것으로 보인다. '제주 선흘리 거문오름(456m)'은 조천읍 선흘리와 구좌읍 송당리 경계 지대에 발달한 오름인데, 천연기념물 제444호로 지정되어 있는 곳이다. 형성연대는 30~20만 년 전으로 추정하고 있다. '거믄'은 돌과 흙이 유난히 검은색으로 음산한 기운을 띠는 데에서 유래되었다고도 하고, 산이 검게 보이고 숲이 깊은 데에서 유래되었다고도 한다. 어원적으로는 신을 뜻하는 '검'과 관련해서 신령스러운 산이란 뜻도 가지고 있다. 바로 이 거믄오름에서 분출된 현무암질 용암이 지표면의 경사를 따라 해안선까지 흘러가면서 생겨난 것이 선흘곶자왈이다. 말하자면 거믄오름은 선흘곶자왈의 어미인 셈이다. 그것은 주변에 위치한 선흘수직동굴, 뱅뒤굴, 웃산전굴, 북오름굴, 대림동굴, 만장굴, 김녕굴, 용천동굴, 당처물동굴 등도 마찬가지인데 모두 거믄오름으로부터 분출된 용암이 흘러내리면서 만들어진 거믄오름의 자식들인 것이다. 이 용암동굴군을 '거믄오름 용암동굴계'라 부르는데, 2007년 세계자연유산으로 등재되었다. 세계에서 이와 유사한 동굴계 중 가장 우수한 것으로 평가받고 있다.

이 선흘곶자왈을 대표하는 숲이 '동백동산'이다. 흔히 선흘곶자왈과 동백동산을 동일시하는데, 정확하게 말하면 동백동산은 선흘곶자왈의 일부이다. 제주도 지명 중에 '동산'이 붙는 지명이 많은데, 대개 오름 다음 가는 높은 곳을 부르는 이름이다. 그러나 이곳 동백동산은 거의 평지로 되어 있어, 동백동산은 동백숲의 개념으로 읽힌다. 동백나무의 제주어는 '돔방낭'인데, 동백동산을 예전에는 어떻게 불렀는지는 알려져 있지 않다.

'동백동산'은 제주도에서 평지의 난대성 상록활엽수의 천연림 지대로는 가장 광활하다. 이곳은 원래 동백나무가 많다 하여 동백동산이라는 이름이 붙여졌다고 한다. 현재는 10만 그루 정도가 군락을 이루고 있다. 이곳 동백나무는 다른 나무와 경쟁하느라 대부분 굵기에 비해 키가 웃자라 흔히 보는 동백나무와는 다른 모습이다. 또한 이곳에는 동백나무 이외에도 종가시나무·후박나무·빗죽이나무 등 난대성 수종이 함께 자라고, 숲 아래 낮은 층에는 새우난초·보춘화·사철란 등이 자라고 있다. 숲

주변에는 백서향나무·변산일엽 등 희귀식물이 자생하고 있다. 그래서 학술적 가치가 인정되어 문화재(제주도 기념물 제10호)로 지정되어 보호를 받고 있기도 하다.

또한 선흘곶자왈에 속해 있는 것으로 '동백동산습지'가 유명하다. 동백동산 일대에는 15개가 넘는 습지가 있는데 주 습지는 '먼물깍'이다. 마을에서 멀리 있다는 뜻인 '먼물'과 끄트머리라는 뜻의 '깍'이 더해진 이름이라고 한다. '먼물깍습지'는 구멍이 많은 용암 지대에 생긴 습지환경이라 특이하다. 거문오름 폭발로 흘러내린 묽은 파호이호이 용암이 넓은 판 형태로 굳어졌고, 그 위에 물이 고여 습지가 만들어진 것이다. '파호이호이'라는 말은 하와이 원주민의 방언인데, 이 용암류는 점성이 작아 유동성이 크며, 용암류의 표면이 편평하고 매끄러운 것이 특징이라고 한다. 이곳은 지하수 함양률이 높고 생물다양성이 풍부하여 2011년에 제주도에서는 4번째로 람사르협약에 따른 보호 습지(람사르습지)로 지정되어 있다.

선흘곶자왈은 마을에서 가까운 거리에 위치하고 있어 일상생활에 필요한 재료를 이곳에서 많이 구했던 것으로 보인다. 참나무 수종과 크고 곧은 나무들이 많아 땔감은 물론이고 집을 짓거나 농기구와 숯을 만드는 데 중요한 자원이 되었던 것이다. 김녕 등 주변 해안마을에서도 배의 돛과 노를 만들거나 겨울 채비용 나무를 구하기 위해 선흘곶자왈을 이용해 온 것으로 전해지고 있다. 제주 민요 '이어도사나'는 '해녀 배 젓는 소리' 또는 '잠녀 노래'라고도 하는데, 이 민요의 노랫말 중에는 "요 네 상척(노의 상반부) / 부러지면 / 선흘곶디(선흘숲에) / 곧은 남이 (나무가) / 없을소냐'라는 구절이 있기도 하다. 선흘곶자왈 내에서는 숯 생산(곰숯가마)이나 주거(숯막), 농경, 사냥, 신앙(제단) 등의 생활유적이 발견되어 숲에 기대어 살아온 삶의 역사를 엿볼 수 있다.

한편 선흘곶자왈이 위치한 '선흘리'의 이름도 숲과 관련이 있어 주목된다. '제주특별자치도 마을특성 및 실태조사'(제주시)에서는 선흘1리의 유래를 "'선'은 '서(立)'에 '-ㄴ'이 붙은 것이며, '흘'은 돌무더기와 잡풀이 우거진 곳을 의미하는 제주도 방언이므로, 선흘은 잡풀이 많이 우거진 넓은 돌밭, 곧 '곶자왈'에서 유래한 것으로 보고 있음"이라고 설명하고 있다. 이와 관련해서 『한국향토문화전자대전』(한국학중앙연구원)은 "흘전촌(서귀포시 성산읍 수산2리)의 옛 이름은 '흘앎', '흘앞' 또는 '곶앎', '곶앞'으로, '덤불 숲의 앞이라는 뜻"이라고 설명하고 있어, '흘'과 '곶'이 같은 뜻으로 쓰인 말임을 알 수 있다.

　조천읍에는 '선흘리' 외에도 '흘' 자 붙는 마을로 '대흘리', '와흘리'가 있다. 대흘리는 "옛 지명은 '한흘'. '한'은 크다(大)는 의미이며, '흘'은 숲 또는 바위와 잡풀로 뒤덮인 넓은 들판을 의미함"이라고 되어 있고, 와흘리는 "옛 이름은 누온흘 또는 눈흘, 궷드르곶. 주민들은 '논을' 혹은 '눈을'이라 부르기도 하는데 이는 모두 '넓게 펼쳐진 큰 숲'을 뜻함"이라고 되어 있다. 선흘, 와흘, 대흘로 이어지는 곶자왈의 자연지리적 특성이 마을 이름에 담겨 있는 셈이다. '흘'은 한자로는 '仡', '屹', '訖' 등 여러 가지로 표기되었던 것을 보면, 원래 제주 고유어였음을 알 수 있다.

제3부

바둑돌 바둑판

"바둑개·바돌개·바둑바위"

바둑돌이 갯가에 널려 있던 부산 기장 '기포'는 바둑개,

바둑돌만 한 자갈 많은 전남 여수 돌산 향림리 '기포'는 바돌개

충북 괴산 갈은구곡 선국암仙局嵒은 신선이 바둑 두던 바위

바둑을 흔히 인생의 축소판이라 한다. 기본 원리는 쉽게 생각하면 땅따먹기 놀이와 닮았다. 땅(대지)으로 표상되는 바둑판 위에 누가 집을 많이 짓느냐에 따라 승패가 좌우된다. 바둑에서 '집'이란 내 돌들로 둘러싼 내 '땅'을 의미한다. 지표로 표상되는 가로 19줄, 세로 19줄 361개의 교차점(착점)에 흑돌과 백돌을 번갈아 놓으며 상대가 집 짓는 것을 막고 내 집을 지키려고 애쓴다. 장기에서 말(차, 마, 상, 졸 등)이 각각의 기능, 행로가 있는 것과 달리 바둑돌은 모두 똑같이 아무 이름도 없고 힘이 없다. 그러나 하나하나가 서로 연결되면서 집을 짓고 땅을 차지하게 되는데, 돌 하나 잘못 두어 차지한 땅을 모두 잃기도 한다.

바둑은 '바돌', '바독', '바둑' 등으로 불렸는데 한자로는 '위기(圍碁)'라는 말을 썼다. 바둑은 문자가 생기기 이전인 4,300여 년 전에 발생하였다고 전해지고 있으나 확실한 고증은 없다. 옛날 하나라 걸왕이 석주에게

215

명하여 만들었다고도 하고, 요임금과 순임금이 아들의 지혜를 계발해주기 위하여 바둑의 오묘한 술수를 가르쳤다는 이야기도 있다. 또 바둑판의 구조가 『주역』의 이치와 상통하므로 바둑의 기원이 『주역』의 발생과 때를 같이 하였으리라는 설도 있다.

우리나라 바둑의 역사는 삼국시대부터 더듬어볼 수 있다. 중국의 『구당서』에 "고구려는 바둑·투호의 유희를 좋아한다"고 하였고, 또 『후한서』에는 "백제의 풍속은 … 토호·저포와 여러 유희가 있는데 더욱 바둑 두는 것을 숭상한다"고 기록되어 있다. 『삼국사기』 백제본기에 개로왕과 바둑을 잘 두었던 고구려 첩자 도림 이야기가 실려 있는데, 바둑을 즐긴 개로왕 때문에 백제의 내정이 어지러워진 사실을 전해주고 있다.

통일신라 때에는 제34대 효성왕 2년(738년) 봄에 당나라에서 조문사절단을 보낼 때 당 현종이 "신라 사람들은 바둑을 잘 둔다고 하니 특별히 바둑 잘 두기로 유명한 병조참군 양계응을 부사로 내동하라"고 했다는 기록이 있다. 양계응이 우리나라에서 바둑을 둔 전적에 대하여 『삼국사기』(신라본기)에서는 "우리나라 바둑 고수자들이 모두 그이보다 하수였다"고 기록하고 있다. 또 이 무렵 우리나라 기사로서 당나라에 들어가서 바둑으로 이름을 떨친 헌강왕 때의 박구라는 사람에 대한 기록도 있다. 그는 당 희종(재위 862~888)의 '기대조(棋待詔)'를 지냈다고 하는데, '기대조'는 요즘 말로 하면 '바둑 비서'이다. 한림원에서 임금의 부름을 기다리는 특별한 임무를 담당한 사람(직책)을 '대조'라고 했는데, 그중 바둑을 담당한 사람이 바둑 기(棋)자를 쓴 '기대조'이다. 말하자면 임금에게 바둑을 가르치는 직책이었다고 볼 수 있다.

바둑을 땅따먹기 놀이와 유사한 것으로 볼 때, 바둑의 어원을 '밭(田)'과 '독(石)'의 결합으로 보는 주장에 힘이 실린다. 『훈몽자회』에는 '棊(기)'가 '바독 긔'로 나온다. '독'은 돌의 방언으로 쓰였던 말인데, 지역(경상, 전라, 충청 지역)에 따라서는 바둑을 바독이라고도 한다. 그렇게 보면

'바둑'의 '독'이 '돌(石)'일 가능성이 높다. 그렇다면, '밭독'에서 'ㅌ' 밭침이 떨어져 나가 '바독'이 되고, '독'이 '둑'으로 변하여 '바둑'이 되었다는 해석이 나온다. 어쨌든, '밭독(田石)' 설에 근거하면, '밭독'의 '밭'은 넓은 바둑판을 가리킬 수도 있고, 바둑판을 이루는 네모난 공간을 가리킬 수도 있다.

국내에서 가장 오래된 바둑판은 2004~2005년 경북 경주 분황사에서 발굴된 1,300년 전 바둑판이라고 한다. 흙벽돌로 만들었다. 현대 바둑판 규격과 거의 일치한다. 일본 나라(奈良) 동대사 정창원(쇼소인, 일본 왕실의 보물 창고)에 비장되어 있는 바둑판과 바둑돌은 화려하기 이를 데 없는데, 백제에서 건너간 것이라고 한다. 정창원에 보물이 소장된 과정을 기록한 '국가진보장'에 따르면 백제 의자왕(재위 641~660)이 당시 일본의 내대신에게 하사한 것이라고 한다. 목화자단기국이라 불리는 바둑판은 자단으로 만든 것이고, 바둑알은 상아와 돌로 만든 것이다. 상아로 만든 것은 크기가 직경 1.6cm, 두께 0.8cm로 붉은 색과 푸른 색(감색) 염료로 물들인 후 무늬를 파내어 그 바탕의 흰색이 살아나게 하는 기법(발루법)을 씀으로써 그 색채적 효과를 살렸다. 무늬가 없는 바둑알은 흰돌은 석영으로, 검은돌은 사문석으로 만들었다. 모두 백제 공예기술의 정교함과 예술미의 극치를 보여주고 있다.

옛날에 바둑돌은 보통 납작한 조약돌(자연기석)을 그대로 쓰거나 바닷가 조개(대합조개)를 갈아 만들었다. 바둑을 둘 때는 그냥 '돌'이라고 많이 부르는데, 한자로는 '기석(棋石)' 또는 '기자(棋子)'라고 썼다. 이 바둑돌과 관련된 땅이름으로 '바둑개' 혹은 '바돌개'가 있어 눈에 띈다. 부산시 기장군 일광면 이천리 이동 마을에 있던 조선시대의 포구 이름이다. 바둑돌이 갯가에 널려 있어 '바둑개'라 불렀다고 한다. 한자로는 '기포(碁浦, 바둑 기, 개 포)'라고 썼다. 일찍이 『동국여지승람』(1481년) 기장현 산천조에 "기포는 현의 남쪽 7리에 있으며, 검은 바둑돌이 생산되므로 붙인 이름이다"라고 나온다. 이보다 앞서 『세종실록』 지리지 경상도 경주부 울산군에는 토공으로 '흑백기자(흑백의 바둑돌)'가 나온다. 토공은 중앙 관서와 궁중의 수요를 충당하기 위하여 여러 군현에 부과하여 상납하게 한 그 지방 특산물을 가리킨다. 지리지 기록에서는 어느 곳의 특산물인지 밝히고 있지 않지만 기장의 기포인 것으로 보인다. 영조 때의 『여지도서』 기장 산천조에는 '기포'가 현의 동쪽 7리에 있는데 '흑기자'가 나오고 그로 인해 이름이 붙여졌다고 나온다. 『세종실록』 지리지에는 '흑백기자'가 난다고 했는데, 『동국여지승람』이나 『여지도서』에는 '흑기자'만으로 나온다. 『대동지지』에도 토산으로 "검은 바둑알이 기포에서 난다"고 되어 있다.

'바둑개'는 검은 바둑돌 크기의 자갈로 덮인 해안으로 너비 3~5m, 해안선 길이 500m를 이루고 있었다고 한다. 이는 검은색 셰일층 암반이 파도에 마모되어 쌓인 것으로 보는데, 셰일(shale)은 진흙이 쌓여서 굳어진 퇴적암의 하나로 얇은 층으로 되어 잘 벗겨지고 무른 것이 특징이다. 셰일이 검은 이유는 그 안에 들어간 탄소 성분 때문인데, 쉽게 말해 유기물이 완전히 부패되지 않고 탄화되어 검게 남아 있는 것이다. 기포는 현재 기장군 일광면 이천리 이동 마을에 속해 있는데 포구 자체는 거의 매립된 상태이다. 특산물도 이젠 바둑돌이 아니라 미역으로 바뀌었다.

조선 후기의 문신 심노숭(1762~1837)은 기장현에서 유배 생활을 할 때 남긴 잡문 「산해필희」에서 바둑돌을 공납하는 일에 대해 뼈가 있는 말을 해 관심을 끈다. 신유년(1801년) 다섯 번째 일기가 기장 바둑돌에 관한 이야기이다.

> 서울에서는 기장 바둑돌이 유명하다. 요사이 관아 아이들이 내[심노숭]를 찾아오는데, 바둑돌을 가느라 모두 손톱이 닳아 문드러져 있다. 검정 바둑돌은 읍의 십리 포구에서 나오고, 흰 바둑돌은 동래 수영 포구에서

나오는데 보통 관아 아이들이 이 일을 맡는다. 흑백 각 200알이 한 벌이
되는데 한 해에 바치는 것이 1,000벌 이상이라 관아 아이들 20명이 바둑돌을
갈지 않는 날이 없다. 관아 아이들이 바둑돌 수십 개를 가지고 마치 순백의
옥처럼 다듬는데, 그 본(本)과 비교하여 조금이라도 어긋나면 쓰지 않는다.
이것이 어디서 나온 분부인지는 모르겠으나 관의 받들어 행함이 이토록
근실한 것을 보면 분부한 이가 귀인임을 알 수 있다. 하나의 놀이 기구에
심지어 본까지 만들어 멀리 천리 하읍에서 징발한다. 귀인이 이런 일에나
마음을 쓰고 있으니 백성과 나라를 위한 계획은 어느 겨를에 하리오!
사대부의 잘못된 한 생각의 폐해가 백성들에게 미치니 기장 관아 아이들의
손톱이 닳아 문드러짐에 그칠 뿐이 아닌 것이다.

　　　—『한국향토문화전자대전』 부산문화대전, 한국학중앙연구원

　기포 지명은 여수시 돌산읍에도 있다. 여수의 대표적 관광지의 하나인
향일암이 있는 마을 율림리에는 마을 앞 갯가에 흰 바둑돌이 많이 있었다
고 하여 '흰개'로 불렸던 '백포'와 바둑돌 크기의 자갈이 많아 '바돌개'로
불렸던 '기포'가 있다. 그러나 이곳 바둑돌은 상품화되지는 않았던 것으로
보인다. 그냥 인상적으로 바둑돌로 쓰기에 좋아 보이는 자갈돌이 많아
붙여진 이름인 것으로 보인다. 향일암 바로 아래에 있는 임포(荏浦, 깨
임, 개 포) 마을은 옛 이름이 '깨개'인데 해변이 작아서인지 작은 깻돌이
많아서인지 분명치는 않다고 한다. '깻돌'은 '갯돌'이 발음이 변한 것으로
보이는데 갯가의 돌을 가리킨다. 어쨌든 이 지역 해변들이 자갈돌이
많았던 것을 알 수 있다.
　경주 남산의 삼릉계곡 냉골 바위산 꼭대기에는 '바둑바위'가 있다.
널찍하고 평평한 바위인데, 옛날 신선들이 내려와 바둑을 두며 놀았다는
전설이 전한다. 전망이 좋아 서라벌 벌판과 북남산이 모두 보인다. 1670년
(현종11년)에 간행된 경상도 경주부의 지리지인 『동경잡기』 고적조에는

"기암은 금오산에 있다. 돌을 깎은 것이 마치 바둑판의 모양과 같다. 속설에 신라시대에 신선들이 바둑을 두던 곳이라고 전한다"고 기록되어 있다. 기암의 '기'는 '바둑 기(碁)' 자로 '기(棋)'와 같은 뜻이다. 기암은 '바둑바위'의 뜻인데, 이곳 바둑바위가 있는 골짜기를 '기암골'로 부르고 '기암곡'이라 쓰기도 했다. 한편 산봉우리의 바둑바위 부근에는 사방 5m 가량의 금송정(琴松亭) 터가 있어 연관성이 있어 보인다. 금송정은 『세종실록』(지리지 경상도 경주부)에 "금오산의 꼭대기에 있으니, 옥보고가 거문고를 타면서 놀고 즐기던 곳이다… 세상에서 전하기를, 옥보고가 선도를 얻어 하늘로 올라갔다고 한다"고 적고 있다. 이로써 보면 이곳 '바둑바위'는 신선 사상과 밀접하게 관련되어 있는 것으로 보인다.

충북 괴산군 칠성면 사은리 갈론계곡은 아홉 곳의 명소가 있다고 해서 '갈론구곡', '갈은구곡'이라 부르기도 한다. '갈은(葛隱)'은 "칡넝쿨 우거진 산속에 숨어 산다", "칡뿌리를 먹으며 은둔한다" 등의 의미로 해석된다. 갈은 구곡의 구곡 중 제9곡이 '선국암'이다. '선국(仙局)'은 신선이 바둑을 둔다는 뜻이다. '국(局)'은 사무국, 편집국 같이 부서를 뜻하는 말로 많이 쓰이지만 원래는 '판 국' 자로 장기나 바둑을 뜻한다.

선국암은 말 그대로 신선이 바둑을 두던 바위다. 그런데 위의 경주 남산 암봉에 있던 바둑바위와 달리 이곳 바둑바위는 경치가 좋은 계곡 물가에 있다. 또 하나 중요한 차이는 평상 같은 너럭바위 위에 바둑판이 실제로 새겨져 있다는 것이다. 선국암은 30여 명이 동시에 앉을 수 있는 정도의 평평한 너른 바위인데, 그 위에 19줄로 반상이 새겨져 있고 바둑돌을 담는 구멍까지 움푹 파여 있다. 음각된 바둑판은 실전 대국이 가능하다고 한다. 실제로 이곳에서는 괴산바둑협회 주관으로 프로바둑 '입신'(프로 9단의 별칭)들이 기념대국을 펼치기도 했다. 바둑바위 네 모서리에는 '사노동경(四老同庚, 4명의 동갑내기 노인)'이라는 글씨가 한 자씩 음각돼 있어, 사람의 자취가 분명히 드러나 있다. 또한 바위에는 시구가 새겨져

있는데, "옥녀봉 산마루에 해는 저물어 가건만 / 바둑은 아직 끝내지 못해 각자 집으로 돌아갔네 / 다음날 아침 생각나서 다시 찾아와 보니 / 바둑알 알알이 꽃 되어 돌 위에 피었네"라고 해서 신선의 경지를 드러내 보이고 있다. 연구자들은 선국암에서 바둑을 두었던 4인을 밝혀내기도 했는데, 그중 전덕호(1844~1922)는 괴산읍 대덕리에서 태어나 통정 중군을 역임했던 인물로 '갈은 구곡'을 설정해 경영한 주인공으로 알려져 있다.

바둑이 인기 있는 놀이였던 데 비해 바둑 지명은 그리 많지 않다. 그중에 눈에 띄는 것이 '기도(棋島)'인데, 섬 이름에 '바둑 기' 자가 붙어 있는 것이다. 기도는 한강의 동작나루 위쪽(상류)에 있던 섬 이름이다. 『대동지지』(과천현 진도)에 "동작진이 북으로 18리인데, 나루 위에는 모노리탄과 기도가 있다"고 나온다. 지금은 한강 개발로 인해 사라지고 그 자리에 인공섬인 서래섬이 있는 곳으로, 반포대교와 동작대교 중간 한강둔치 반포지구에 있다. 왜 이 섬을 '바둑섬'으로 부르게 되었는지 알려진 것은 없다. 단지 물가이니 바둑돌을 채취하던 곳이 아니었을까 추측한다.

그러나 채제공의 『번암집』에는 동작진에서 읊은 시에 '기도'가 나오는데, "뱃사공은 갈대꽃 물가에서 객 부르고 / 팔월이라 한강물 그 풍경 아름답다 / 바둑섬[기도] 무너진 모래 무수히 흘러내려 / 동작진 다니는 길 위치 늘 옮기었네"라고 해서 바둑섬이 '모래섬'이고 유동적이었음을 알 수 있다. 바둑돌이 될 만한 자갈이 이 섬 물가에 있었을지 의심이 가는 대목이다. 그렇게 보면 이곳 기도는 바둑돌이 많이 나서가 아니라 섬의 모양이 '바둑판'처럼 넓고 평평해서 '바둑섬'으로 불렸을 가능성이 크다. 조선 후기 문신 나성두(1614~1663)의 호는 '기주(碁洲)'인데, 이곳 '기도'에서 취했다고 한다. '碁'는 바둑 기 자이고 '洲'는 섬 주 혹은 물가 주 자이다. 나성두는 대를 이어 명달리(지금의 서초동)에서 살았다고 한다.

숲에 대한 오랜 기억

"수풀이·수푸루지·숲실"

울창한 숲의 골짜기, 안양 비산1동 수푸루지마을

'실'은 골짜기, 경북 김천 부황면 임곡林谷은 숲실

숲으로 둘러싸인 숲 안쪽 마을, 부산 두구동 숲안, 경남 함안 산인면 숲안

안양시 비산1동에 속한 마을 '수푸루지'는 한자로는 임곡동(林谷洞)이라 썼다. 비산사거리 동북쪽에 위치해 있다. 이곳은 조선조 인조 때 좌의정을 역임한 심기원(?~1644)이 그의 부친인 심간이 죽자 이 마을 뒷산에 예장한 후 그의 후손인 청송 심씨가 세거하기 시작하였다고 한다. 이곳은 깊은 골짜기에 나무와 숲으로 둘러싸인 마을이라 '수푸루지'로 불렸다고 전해진다. 또 마을 앞으로 큰 하천(안양천, 임곡천)이 흐르는데 이를 '수풀내(임천)'라 불렀다. '수푸루지'라는 이름은 한자 지명인 '임곡'과 연관시켜볼 때 '수풀'에서 비롯된 말로 보이는데 자세한 변화 과정은 알기 어렵다.

사전을 보면 '숲'이 '수풀'의 준말로 나와, '수풀'이 원말인 것을 알 수 있다. 황해남도 연안군 봉덕리의 동쪽에 있는 마을 '수푸리' 또는 '수풀이'는 수풀이 우거져 있다 해서 이름 붙여졌다 한다(『조선향토대백과』). 한자로는 '수동(樹洞, 나무 수)'이라 썼다. 황해남도 벽성군 월현리의

동남쪽에 있는 '수풀마을'은 수풀이 우거진 마을이라 하여 이름 붙여졌는데 '임동(林洞)'으로 한자화 되었다. 황해남도 옹진군 만진리 남쪽에 있는 마을 '수풀몰'은 수풀이 우거진 속에 위치해 있다는 설명이다.

경북 김천시 부항면 파천리에는 '숲실'이라는 산골마을이 있다. 삼도가 만난다는 삼도봉 산줄기 아래 골짜기에 위치한다. 숲실에서 '실'은 골짜기(谷)를 뜻하는 우리 옛말이다. 그러니까 '숲실'은 '숲으로 둘러싸인 골짜기 마을'을 가리킨다. 이곳 숲실은 예로부터 마을 주변으로 무성한 산림이 우거져 그렇게 불렸는데, 한자로는 '임곡(林谷, 수풀 임, 골 곡)'이라 했다. '숲실=임곡' 지명은 전국적으로 아주 많다. 대개는 사방 숲이 우거진 곳에 마을이 들어섰다는 말로 이해할 수 있다.

파천2리는 구남천을 따라 길게 연이어 마을이 전개되어 있는데, 대밭마, 까리밭골, 숲실 중에서 숲실이 가장 위쪽 골짜기 안에 위치한다. 이들 마을은 임진왜란 때 지금의 '웃갈불'로 불리는 들판에 화순 최씨 한 선비가 피난을 왔다가 후에 임곡으로 정착해 마을을 형성한 것으로 전해진다. '갈불'은 파천리의 이웃 대야리에 있는 마을로 예부터 마을 주변 산에 칡이 많아 붙여진 이름이라 한다. 한자 지명은 '갈평(葛坪, 칡 갈, 벌 평)'이다. 이로써 보면 아래 평지 쪽에서 골짜기 쪽으로 점차 마을을 개척해 간 것으로 볼 수 있다.

한편 파천1리는 '봄내'라는 아름다운 이름으로 불리는데, 우암 송시열(1607~1689)의 행적이 남아 있는 것을 보면 꽤나 오래된 마을인 것을 알 수 있다. 조선시대까지 지례현 서면에 속하여 춘천리(春川里)라 했는데, 1914년 부항면이 신설되면서 인근의 숲실, 대밭마를 합해 파천리(巴川里)로 고쳤다가 1963년 춘천이 파천1리로 분동했다. 춘천이라는 지명은 마을 앞 구남천이 항상 봄날처럼 맑고 깨끗하다 하여 붙여진 이름으로 전하는데, 지금은 '춘천'의 한글 이름인 '봄내'로 더 잘 알려져 있다고 한다. 이 '봄내'라는 이름은 '뱀내'에서 음이 바뀐 것으로도 볼 수 있어 눈길을 끈다. 마을 이름인 파천리의 파천이 바로 '뱀내'를 뜻하는 말인 것이다. '파천(巴川, 큰뱀 파)'은 '사천(巳川, 뱀 사)'과 같은 말로 흔히 뱀처럼 굴곡이 심한 하천을 이르는 말이다. 어쨌든 이 지역은 계곡과 숲이 어우러져 아름다운 경관을 이룬 곳으로, 현재 파천리 숲실은 '김천 물소리 생태숲'으로 조성되어 있기도 하다.

경북 의성군 사곡면 화전리(禾全里)에도 자연마을로 '숲실'이 있다. 조선 후기(16세기 중엽)에 개척된 마을로 사방이 산으로 둘러싸여 넓은 숲을 이루고 있어 '숲실'이라 이름 붙였다 한다. 화전리는 큰 하천이 없는 산간 지역으로 마을들은 대부분 전형적인 산골 마을의 모습을 보이고 있다. 벼농사도 하지만 특용 작물로 마늘·산수유·약초를 재배하고 감 생산지로도 유명하다. 이곳 화전리 숲실 마을 일대는 조선시대부터 자생한 200~300년생 산수유나무가 3만여 그루 이상 군락을 이루고 있어 유명하다. 2008년부터는 매년 '의성 산수유꽃 축제'가 열리기도 한다. 그러나 이 산수유나무 군락이 마을 이름의 유래가 된 것으로 보이지는 않는다. 마을이 개척되고 난 후 어느 시기인가부터 자생 산수유나무에 더해 인공적으로 심은 것인데 현재에 이르러서는 '숲실'이라는 이름과 딱 어울리는 경관이 되어버렸다. 그래서 화전리를 '산수유마을'로 부르기도 한다.

그런데 이곳 '숲실'을 한자로는 '화곡(禾谷)'이라고 써서 특이하다. 벼나 논농사와는 거리가 있는 마을에 벼 화(禾) 자에 골 곡(谷) 자를 쓰고 있는 것이다. '실'이나 '골'은 모두 골짜기를 뜻하고 한자는 '곡(谷)'으로 썼다. 또한 화(禾)의 지금 훈은 '벼'이지만, 옛 훈은 '쉬'였다. 1527년 최세훈이 지은 『훈몽자회』에 '쉬 화'로 나온다. 그렇게 보면 '화곡'은 '쉬골'을 한자로 옮긴 이름이다. 곧 숲의 옛말인 '숲'에 '골'이 붙어 된 말 '숩골'이 '숫골'로 변하고, 이 숫골을 '수골(쉬골)'로 읽어서 '화곡'으로 쓴 것이다. 아산시 도고면 화천리의 화동(禾洞)도 같은 경우로 보인다. 화동(화천

1리)은 숲이 많아서 '숫골'이라 불리던 것을 한자로 화동이라 썼다.

'숲골'은 숫골로 변해 수컷 웅(雄) 자 웅곡으로 표기되기도 하고(경남 의령군 지정면 오천리), 물이 많은 골짜기로 이해해서 수곡(水谷)으로 바꾸어 쓰기도 했다. 또한 '숲골'은 '쑥골'로 바뀌어 쑥 애(艾) 자 애곡으로 표기되기도 하고, '숯골'로도 바뀌어 숯 탄(炭) 자 탄동으로 표기되기도 했다. '숯골' 같은 경우는 '숲'과 그 숲을 이용해서 만든 '숯'은 상관성이 깊기 때문에 정확히 그 유래를 분간하기 어렵기도 하다. 경남 함안군 군북면 수곡리의 '숲실'은 '수곡(藪谷)'으로 썼다. 수곡의 '수(藪)'는 '임(林)'과 함께 숲을 가리키는 한자이다. 합천군 봉산면 술곡리(述谷里)는 숲이 많아 '숲실', '임곡', '수곡'으로 불렸는데, 뒤에 음이 변하여 '술곡'이 되었다고 한다. 모두 '숲실', '숲골'이 다양하게 변이된 이름들이다.

땅이름에서 숲은 마을이 위치한 주변 환경 즉 천연의 숲을 가리키는 경우도 있지만 마을을 개척한 후 인공적으로 조성한 숲을 뜻하는 경우도 많다. 이른바 '마을숲'이 그것인데, 이는 마을 사람들의 생활과 관련해서 특별한 목적으로 조성되거나 관리되어 온 숲이다. 문헌에는 '임수(林藪)', '동수(洞藪)', '읍수(邑藪)' 등으로 기록되어 있고, 마을에서는 '쑤', '숲', '수구막이', '숲쟁이' 등으로도 불렸다. 최치원이 태수로 있으면서 홍수 피해를 막기 위해 둑을 쌓고 심었다는, 가장 오래된 인공림인 함양 상림(대관림)도 '마을숲'으로 볼 수 있다.

또한 아주 많이 보이는 것이 풍수지리상의 비보적인 숲이다. 마을 앞의 허한 곳, 물이 빠져나가는 수구에 숲을 만들어 마을이 밖에서 보이지 않도록 하면서 기를 보존하도록 한 것이다. 마을숲은 위치하는 장소도 어느 정도 정형화되어 있는데, 마을의 입구인 동구, 마을 주변 동산이나 능선, 마을 전방을 흐르는 하천가나 마을의 중심 도로 등이다. 마을 숲은 오랜 시간에 걸쳐 시골 마을의 일반적 경관으로 자리 잡아 고향 하면 떠오르는 대표적인 풍경의 하나가 되기도 했다.

함안군 산인면 입곡리 임촌부락은 우리말로 '숲안'으로 불렀다. '숲안'이란 '숲의 안쪽에 있는 마을'이란 뜻으로, 현 임촌부락으로 들어오는 길목에는 커다란 소나무들이 울창하게 숲을 이루고 있다. 이 숲을 조성한 목적은 입곡리의 깊은 계곡에서 올라오는 찬 기류를 차단하여 냉해를 입던 농작물의 피해를 최소화 시키려는 데 있었다고 한다. 말하자면 방풍림이라는 얘기다. 또한 마을을 둘러싸고 있는 형세가 마치 활(弓)을 쏘는 형상이고 그 표적의 대상이 임촌마을인 관계로 예견되는 불행을 막기 위한 방패의 역할로 숲을 조성하였다고도 전한다. 외부로부터 들어오는 나쁜 기운으로부터 마을을 지키기 위한 방책이었던 것이다.

경기도 성남시 분당구의 남부에 위치한 동에 수내동이 있다. 조선시대에는 광주군 돌마면 지역이다. 고려 공민왕 때는 낙계라고 부르던 곳인데, 조선 경종 때 이병태(1688~1758)라는 인물이 숲을 가꾸어 '숲안'이라 부르다가 한자로 표기하면서 '수내(藪內)'라 부르게 되었다고 한다. '수(藪)'는 한자사전에 '늪', '수풀', '덤불' 등을 가리키는 것으로 나온다. 『표준국어대사전』에는 '임수(林藪)'로 나오는데 "나무가 우거져 있는 것"의 뜻으로 되어 있고, 『한국민족문화대백과사전』에는 "특수한 기능을 지닌 나무와 풀이 있는 곳"으로 정의 되어 있다. 또한 "그 면적 윤곽의 한계가 뚜렷하고 오래된 큰 나무들의 모임으로서, 하천 변 평지·산기슭·밭둑 등에 위치하는 것"이라고 설명하고 있다. 말하자면 '마을숲' 개념과 같은 것이다.

중국의 예에 따른 것이지만, 옛날에는 '임'과 '수'를 구분해서 썼다. '임'은 산기슭 경사지의 숲으로 목재 산출이 주 기능이었던 데 비해, '수'는 천택 주변 지세가 평탄한 곳으로 새와 짐승이 깃들고 땔감을 얻을 수 있는 숲이었다. 『신증유합』에는 '수풀 林(림)'과 '숲 藪(수)'로 나온다. 이렇게 '임'과 '수'는 조금 다르게 인식됐던 것이 후대에는 '임수'라는 말이 평지림 또는 하안림(河岸林)과 같은 '마을숲'을 가리키는 말로 쓰이게 된 것이다. '임수'는 '동수', '읍수'로도 쓰였다.

부산시 금정구 두구동에 있는 '수내마을'은 '숲안'이라 불리기도 했는데, 마을 앞이 울창한 소나무 숲(송림)으로 둘러 싸여서 붙여진 이름이다. 수내마을은 500년 전쯤 형성된 것으로 추정된다고 한다. 부안군 부안읍 모산리 수내마을은 마을 주변이 모두 나무와 풀숲을 이루고 있어 숲속에 있는 마을이라고 하여 '숲안(수반)'이라고 불러오다 한자 표기를 하면서 '수내'라고 불렀다고 한다. 이 마을의 뒤 서북쪽으로 방풍림격인 나무숲이 무성하였다고 한다. 평택시 마산리의 '수촌'은 울창한 숲속에 마을이 형성돼 '숲안말'이라고 했던 것이 한자화 된 지명이다.

'숲안' 지명은 '수내'로 쓰면서 '수안' 혹은 '쑤안'으로 쓰이기도 했다. '수안이'가 '수란리'로 바뀐 경우도 있다. 또한 '수반'이라는 이름도 보이는데, 이는 '숩(숲의 고어)+안'을 발음하는 대로 적은 표기로 보인다. 원주 동화리 '수반마을'은 울창한 숲안에 있다고 하는데, '숲안', '숩안', '수내'라고도 한다. 수반 앞에 있는 들을 '수반들'이라 말하고, 수반들에 있는 보를 '수반보'라 말한다.

마을숲을 가리키는 말로는 '숲정이'라는 것도 있다. 『표준국어대사전』에는 "마을 근처에 있는 수풀"로 나온다. '숲쟁이', '숲징이'라고도 불렀다. 전남 화순군 동복면 연둔리 둔동마을 숲정이는 마을 앞 동복천을 따라 700여m에 걸쳐 230여 그루의 노거수가 늘어서 있다. 이 '숲정이'는 지금으로부터 500여 년 전 동복천 변에 마을이 형성되면서 장마철 홍수를 막기 위해 조성된 것이라 한다. 또한 뒷동산에 있는 큰 바위가 건넛마을 구암리에서 바라다보이면 그 마을에 큰 재앙이 생긴다고 하여 바위를 가리기 위해서 숲을 조성하였다는 설도 전하고 있다. 말하자면 호안림이자 풍수비보숲이다.

전주 숲정이는 전주시 덕진구 공북로(진북동)에 있다. 조선시대에 성의 장대(將臺, 장수가 올라서서 지휘하는 대)가 있던 곳으로 숲이 우거졌다 하여 '숲정이' 또는 '숲머리'라 불렀다. 『1872년지방지도』에는 숲이 그려져 있고 '수(藪)'라 표기되어 있으며 앞에 '장대'라는 표기가 보인다. 이곳은 조선시대 군사들이 무술을 연마하던 곳이다. 원래는 풍수지리상 전주의 지세가 북쪽으로 흘러나가는 것을 막기 위한 방책 중의 하나로 나무를 심고 숲을 조성했다고 한다. 말하자면 '수구숲(수구쑦)'이다. 이 숲정이는 외지고 한적하여 중죄인의 처형장으로도 이용되었는데, 1801년 (순조 1년) 신유박해 이래로 많은 천주교인들이 이곳에서 처형되어 천주교 순교지로도 유명하다.

우리말로 쓴 족보

"내앞 김씨·닭실 권씨·날새 오씨"

우리말 땅이름의 본관… 자기 종파의 자부심, 앞에 내가 있는 내앞마을 본관

닭실 권씨는 경북 봉화 봉화읍 유곡리의 금계포란형 닭실이 본관

산밑 김씨는 충남 서산 고북면 연암산 밑에 집성촌 이뤄

'내앞 김씨'라는 성씨가 있다. 보통 성씨 앞에 붙는 지명을 본관이라고 하는데, 본관은 시조의 거주지 곧 조상들이 살던 지역을 가리키는 말이다. 그러니까 '내앞 김씨'에서 '내앞'은 본관인 셈이다. 그런데 본관하면 '경주 김씨', '전주 이씨'처럼 하나같이 한자로 된 지명을 쓰는데, '내앞 김씨'는 본관이 우리말 땅이름으로 되어 있는 것이 특이하다. 물론 이것은 공식적인 명칭은 아니고 지역이나 집안사람들이 그렇게 부르다가 관용화 되면서 외부에서도 그것을 인정해준 경우에 쓰인 명칭이다. 대개는 어떤 인물(입향조)이 어떤 지역에 새로 이주해서 집안을 크게 일으키고 또 자손들이 번창해서 집성촌(씨족 마을)을 이룬 경우 이름 붙인 것이 많다. 말하자면 본관에서 갈라져 나온 일종의 종파라고 볼 수도 있겠는데, 자기 종파에 대한 강한 자부심이 이름에서 묻어난다. 혈연공동체와 지역공동체가 일치되니까 집안에 대한 자부심이 지역에 대한 자부심으로도 나타난 것이다. 이때 자연스럽게 자신들이 일상 부르는 우리말 땅이름이

성씨의 본관같이 쓰였다. 이러한 집성촌에 대해 정약용은 이중환의 『택리지』에 대한 '발(문)'에서 다음과 같이 쓰고 있는데, '내앞'도 언급되어 있다.

> 우리나라에서 별장이나 농장이 아름답기로는 오직 영남이 최고이다. 그러므로 사대부가 당시에 화액을 당한 지가 수백 년이 되었으나, 그 존귀하고 부유함은 쇠하지 않았다. 그들의 풍속은 가문마다 각각 한 조상을 추대하여 한 터전을 점유하고서 일가들이 모여 살아 흩어지지 않는데, 이 때문에 조상의 업적을 공고하게 유지하여 기반이 흔들리지 않은 것이다.
> 가령 진성 이씨는 퇴계를 추대하여 도산을 점유하였고, 풍산 유씨는 서애를 추대하여 하회를 점유하였고, 의성 김씨는 학봉을 추대하여 내앞[川前]을 점유하였고, 안동 권씨는 충재를 추대하여 닭실[鷄谷]을 점유하였고, 경주 김씨는 개암을 추대하여 범들[虎坪]을 점유하였고…
>
> —『다산시문집』 제14권, 발(跋), 고전번역원

'내앞'은 한자로는 '천전(川前, 내 천, 앞 전)'이라 썼다. 내앞마을의 행정지명은 천전리로 안동시 임하면에 속해 있다. 마을은 배산임수의 양지 바른 터에 자리 잡고 있는데, 마을 앞에는 농지가 있고 그 앞에는 숲(내앞숲)이 조성되어 있으며, 반변천이 길게 동쪽에서 서쪽으로 흐르고 있다. 그래서 마을 이름이 '내앞'이다. 내가 앞에 있는 마을이라는 뜻인데, 내의 앞에 있는 마을이라는 뜻으로도 새긴다. 예전에는 강 건너편으로 길이 나 있어서 길에서는 마을이 보이지 않지만 마을에서는 길이 보이는 형세를 지니고 있었다고 한다.

내앞마을은 이중환이 『택리지』에서 '완사명월형국', 곧 밝은 달빛 아래에 비단을 빨아서 널어놓은 듯한 형국으로 삼남 사대 길지의 하나로 말했던 곳이다. '사대 길지'는 '내앞마을'을 포함하여 봉화 '닭실마을'(안동 권씨 집성촌)과 경주의 '양동마을'(월성 손씨와 여강 이씨 두 가문의 마을), 풍산 '하회마을'(풍산 류씨 집성촌) 등이다. 내앞은 지리적 위치를 그대로 표현한 소박한 이름이다. 한자 이름 천전과 그대로 짝을 이룬다. 마을은 유교적 전통에 따라 한문에 익숙한 문화를 누리는데도, 지명은 천전보다 내앞을 더 즐겨 썼다고 한다. 또 이 마을 김씨를 일컬을 때도 '천전 김씨'라 하지 않고 '내앞 김씨'로 일컬은 것이다.

내앞 김씨의 본관은 의성이다. 그러니까 내앞은 공식적으로는 의성 김씨 청계파 문중 마을로 말할 수 있다. 의성 김씨가 안동의 임하 지역과 인연을 맺은 것은 15세기 중반 이후다. 그 단초를 연 것은 17세(世) 김만근 (1446~1500)으로, 그는 당시 임하현의 유력 인사였던 오계동(해주 오씨)의 딸과 혼인하여 천전동에 터전을 마련하였는데, 그가 이곳에 터전을 닦을 수 있었던 것은 처가로부터 받은 재산이 있었기 때문이라고 한다. 그러나 내앞의 실질적인 입향조는 그 손자 중의 하나인 청계 김진 (1500~1580)으로 그가 바로 의성 김씨 청계파 파조라고 한다. 이후 내앞의 의성 김씨는 김진의 다섯 아들이 모두 문과와 사마시에 급제하면서 안동 지역의 유력 세력으로 성장하게 되는 것이다. 그중 넷째 아들이 학봉 김성일인데 퇴계 이황의 수제자로 주리론을 계승하여 영남학파의 중추 구실을 했다. 1590년 통신부사로 일본에 파견되었다가 돌아와 정사 황윤 길과는 반대로 일본이 침입하지 않을 것이라고 하여 임진왜란 초에 파직되기도 하였다. '내앞 김씨'는 학봉 김성일을 비롯하여 문과에 급제한 사람이 24명, 생원이나 진사에 나간 사람이 64명에 이른 것을 큰 자랑으로 삼는다.

정약용이 『택리지』 '발(문)'에서 "안동 권씨는 충재를 추대하여 닭실[鷄 谷]을 점유하였고"라고 쓴 '닭실'은 경북 봉화군 봉화읍 유곡리를 부르는 우리말 이름이다. 한자로는 유곡(酉谷)이라 썼는데, 정약용은 계곡(鷄谷)이라 썼다. 유(酉)나 계(鷄)는 똑같이 '닭'을 뜻하지만, 십이지의 하나로 쓰인 '유'는 방위나 시간을 나타낼 때 많이 쓰였다. 유곡리는 풍수지리상 땅의 모양새가 금닭이 알을 품은 형상인 '금계포란형'이고, 또한 간지에 의한 방위가 '유향'을 취하였기 때문에 '유곡' 혹은 '닭실'로 불리게 되었다고 설명한다.

우리말 이름 '닭실'을 마을에서는 '달실'이라 부른다. 행정구역상으로는 닭실마을이라고 표기되어 있지만, 오래 전부터 '달실'로 불러왔다고 한다. '닭실'이라는 이름은 '달실'을 표준어에 맞게 쓴다고 고쳐 쓴 것으로 불과 3~40년에 지나지 않는다고 한다. 경북 북부지방의 방언으로는 '닭'을 '달'이라 부르고 있기도 하다. 닭실(달실)은 안동 권씨 단일 집성촌으로 오랫동안 유지되어 왔는데, 이곳 권씨들을 흔히 '닭실 권씨'라고 부른다. 안동 권씨라는 혈연적 공동체 의식에 '닭실'이라는 지역공동체로서의 의미를 덧붙여 안동 권씨 가문 내에서도 독자성을 강조한 것으로 볼 수 있다. 이 '닭실 권씨'를 '유곡 권씨'로 부르기도 했는데, 지역에서는 우리말 이름 '닭실'을 더 선호했던 것으로 보인다.

닭실은 안동 권씨 충정공파의 종가가 있는 문중마을이다. 충정공은 닭실 입향조이자 파조가 된 충재 권벌(1478~1548)로 그의 시호가 충정(忠定)이다. 권벌은 조선 전기 의정부좌참찬, 의정부우찬성, 원상 등을 역임한 문신이자 학자로 후에 영의정으로 추증된 인물이다. 닭실 마을 권씨의 역사는 1520년 권벌이 기묘사화(1519년)에 연루되어 파직된 후 낙향하여 이곳에 터전을 잡으면서 시작되었다. 권벌은 안동 북후면 도촌에서 태어나 자랐으나 파직된 후에 외가인 파평 윤씨 가문이 터를 잡고 있던 닭실 유곡으로 입향한 것이다. 권벌은 다시 관직에 나아갈 때까지 13년간 닭실에 머물렀는데, 그때 이곳을 세거지로서 적극 개척했던 것으로 보인다.

'닭실 권씨' 가문은 권두경, 권두기, 권두인 등 두(斗)자 돌림을 쓴 권벌의 5대손 때에 와서 전성기를 맞았다고 한다. 그 뒤 세거지도 닭실을 넘어 가깝게는 법전·춘양·봉화·예천·안동, 멀리는 대구·삼척·강릉·

서울로 확산되었고, 급제와 사환도 줄을 이었는데 문과 급제자 16인, 소과 합격자 59인, 참판 2인, 방백 수령 12인이 나왔다고 한다. 그러니까 권벌의 후대로 내려와 벼슬과 학문으로 이름을 낸 후손들이 많아지고, 인근 지역의 유력 성씨들과 통혼과 학문적 교류를 통해 지역에 뿌리를 내리면서 이곳의 안동 권씨가 '닭실 권씨'라는 별칭으로 불릴 만큼 큰 세력을 누리게 된 것이다. 여기에는 농경지 확대와 개간 등 경제력이 뒷받침된 것은 물론이다.

이곳 닭실에 있는 '봉화 청암정과 석천계곡'은 2009년에 명승 제60호로 지정되었다. '청암정'은 입향조인 권벌이 1526년(중종 21년)에 조성한 정자이다. 종가의 사랑채에 자리 잡고 있다. 거북 모양의 너럭바위 위에 세운 정자로, 냇물을 끌어 올려 연못을 파고 장대석 돌다리를 놓았다. 물 위에 거북이가 떠 있고 그 위에 정자가 놓여 있는 형상이다. 석천계곡은 '동천'으로 명명되어 있는데, 동천(洞天)은 산수가 수려하고 경치가 빼어나 신선이 사는 곳을 이르는 말이다. 석천계곡은 한여름에도 서늘한 기운이 느껴질 만큼 수림이 울창하고 풍광이 수려하다. 여기에 위치한 '석천정사'는 권벌의 맏아들인 청암 권동보(1518~1592)가 지은 정자이다.

한편 이러한 명문거족은 아니더라도 작은 규모의 집성촌을 이루고 살면서 자기 동네 이름을 본관 곧 종파의 이름으로 삼은 성씨는 많다. 〈디지털서산문화대전〉 '고북면의 집성촌'에는 모두 8개의 동족마을이 소개되고 있는데, 그중 4개가 우리말 이름으로 보인다. 고북면에 집성촌을 이루고 있는 성씨로는 양천 조씨(趙氏), 산밑 김씨, 가구 김씨, 통개 최씨, 봉생 엄씨, 황골 문씨, 날새 오씨, 금도 박씨 등이 있는데, 이들은 대체로 임진왜란 전후에 서산에 입향하여 집성촌을 이룬 것으로 보인다.

'산밑 김씨'는 "마을이 위치한 곳에 동북쪽으로 해발 440m의 연암산이 있어 이를 배산(背山)으로 하고 동남으로 해발 489m의 삼준산을 끼고 서편으로 향한 마을이어서 얻은 이름"이라고 한다. '산밑'이라는 이름이 소박하면서도 친근하게 느껴지는데, '산밑 김씨'는 원래는 '경주 김씨'이다. 이들은 상촌 김자수의 후손으로 김자수의 10세손 김서가 입향한 이래 12대에 걸쳐 집성촌을 이루었고, 가구 수가 많을 때는 50~60가구에 이르렀다. '산밑 김씨' 집성촌은 배산인 연암산이 자연 경관도 뛰어나지만, 구한말 한국 불교의 중흥조로 불리는 경허 스님이 오랜 기간 머물렀던 천장암이 있는 것으로 더 유명하다고 한다.

'통개 최씨'는 통개마을에 살게 됨으로 얻은 명칭인데, "통개라는 마을 이름은 '틀개'의 변화된 이름이라 한다. 기포리(機浦里)는 옛날 이곳이 배가 접안하는 항포구였을 때 배가 접안하는 배 턱에 나무로 짠 빈지가 만들어져 있음으로 이에서 연유된 것으로 보인다"는 설명이다. '빈지'는 '널빈지'와 같은 말로, '판자'에서 온 말이다. '빈지'는 "한 짝씩 끼웠다 떼었다 할 수 있게 만든 문"을 뜻한다. '틀개'는 배가 접안하는 배 턱을 판자로 틀(機) 같이 만든 데서 비롯된 이름으로 보인다. 이 집성촌은 지형상 평원 마을로 천수만 바다와 직접 연접해 있었다. '통개 최씨'는 '전주 최씨'로, 조선 후기 입향조 최휴가 이 마을에 정착한 이래 16대를 이어왔다고 한다.

'황골 문씨'는 "입향조 문창이 황곡마을에 입향하면서 부르던 것이 어느덧 변하여 얻은 명칭이다"라고 설명하고 있다. '황골'은 한자로는 '황곡(黃谷)'으로 썼는데, 보통 '큰 골'을 뜻하는 '한골'이 변해서 '황골'로 된 경우가 많다. '황골 문씨' 집성촌은 산이 없고 바다가 넓게 펼쳐진 평야마을로 곡창 지대였다. 또 마을 앞 바다에서는 꼬막이 많이 생산되어 다른 지역에 비해 주민 소득이 높았던 마을이라고 한다. '황골 문씨'는 '남평 문씨'로, 문창이 고북면 신정리 황골에 입향한 이래 16대를 이어오며 집성촌을 이루었다고 한다.

'날새 오씨'는 '보성 오씨'가 날새마을(신흥촌)에 집성촌을 이루고 살면서 얻은 명칭이라고 한다. 날새마을은 조선시대에는 신상리 전체의 마을

이름으로, '새로 생긴 마을'이란 뜻에서 생긴 이름이라고 설명한다. 주민들은 나날이 새롭게 일어나는 마을 또는 지역에 '날새'가 많이 날아든다 하여 날새마을이라 부르게 되었다고도 한다. 그러나 '날새'는 '날이 새는 땅'으로 보기도 해서 정확한 해석이 어려운 지명이다. 연구자들에 따르면 일본의 '아스카' 곧 '비조(飛鳥, 날 비, 새 조)'를 우리말로 읽으면 '날새'가 되는데, 이는 새가 난다는 뜻이 아니라 '날이 새는 것', '밝아 오는 날(명일 내일)'을 뜻한다고 한다. '아스카'는 내일을 뜻하는 일본말 '아스(明日)'와 땅을 뜻하는 '카(香)'를 붙여 '명일향(明日香)'으로 표기하기도 했다. 이 말은 '아침의 땅'을 가리켰던 것으로 보이는 '아사달' 곧 '조선'과 뜻이 통하는 것이기도 하다.

꾀꼬리 앵 자 앵봉산

"꾀꼴봉 · 꾀꼴산 · 고깔봉"

사랑 받은 꾀꼬리… 충남 아산 꾀꼴산, 서울 갈현동 꾀꼬리봉

꾀꼬리 앵鶯 자 쓰는 땅이름… 경기 광주 퇴촌면 앵자봉, 충남 청양 앵봉산,
경기 양주 장흥면 앵봉, 부산 기장읍 앵림산

저 마다의 특징이 없는 새가 없겠지만 꾀꼬리는 그가 가진 특징이 아주 인상적이어서 오래도록 많은 사람들의 사랑을 받아 왔다. 그의 특징은 두 가지 면에서 두드러진데 하나는 색깔이고 하나는 울음소리이다. 우선 색깔을 보면 온몸이 선명한 황금색이다. 몸길이도 26cm 정도로 작지 않은 체구인데 온몸이 황금색으로 덮여 있으니 눈에 확 띈다. 더구나 봄 나뭇잎 우거진 초록의 배경 속에 대비적으로 보았을 때는 더욱 인상적이다. 그래서 한자어로는 '황조(黃鳥)'같이 '누를 황' 자를 쓴 이칭이 많고 '금의공자(金衣公子)' 같은 이름도 있다. 『삼국사기』 고구려본기에는 2대 유리왕이 지은 「황조가」가 전하는데 유리왕은 자기의 고독한 처지를 암수의 꾀꼬리가 의좋게 노는 것에 빗대어 노래하고 있다.

또 다른 특징으로는 그의 울음소리를 들 수 있는데 소리가 복잡하면서도 맑고 곱다. 산란기에는 '삣 삐요코 삐요' 하고 되풀이해서 우는 등 다양한 소리를 낸다. 『물명고』에서도 꾀꼬리에게는 32가지의 소리 굴림

이 있다고 썼다. 우리가 흔히 노래 잘 부르는 이를 두고 꾀꼬리 같다고 하는 것이 빈 말이 아닌 것이다. 김홍도(1745~?)가 그린 산수인물화에 〈마상청앵도(馬上聽鶯圖, 말 위에서 꾀꼬리 소리를 듣는 그림)〉가 있는데, 따뜻한 봄날 동자와 함께 길을 가던 나그네가 꾀꼬리 소리를 듣고 버드나무 위를 돌아보고 있는 그림이다. 제목이 '꾀꼬리를 보다'가 아니라 '꾀꼬리 소리를 듣다(聽)'인 것이 특이하다. 반대편 여백에는 봄날의 정취를 읊은 친구 이인문의 시(화제)가 있는데 그 첫 구절도 "아리따운 사람이 꽃 밑에서 / 천 가지 소리로 생황을 부는 듯하고" 해서 우선 꾀꼬리의 울음소리에 집중하고 있는 것을 볼 수 있다.

이렇듯 예로부터 많은 사람들의 사랑을 받아 왔던 꾀꼬리 이름이 땅이름에도 있어 운치 있어 보인다. '꾀꼴봉'이니 '꾀꼬리산' 같은 것이 그것인데 땅이름으로서는 산뜻하면서도 아름답게 느껴진다. 충남 아산시 응봉면 송촌리에는 '꾀꼬리산(꾀꼴산)'과 '꾀꼬리성(꾀꼴성, 꾀꼴산성)'이 있다. 산의 높이는 271m로 높지 않으나 산성에 오르면 아산시와 천안 일대가 다 내려다보인다. 성을 쌓은 연대는 정확히 알 수 없지만, 백제시대의 고성으로 보인다. 둘레 340m, 높이 3m의 석성으로 꾀꼬리산 정상 성안에는 직경 10m, 깊이 2m의 물품 저장소 터가 아직까지 남아 있고, 북쪽 기슭과 남쪽 기슭에서는 당시 쌓았던 성벽의 모습을 볼 수 있다고 한다.

이 성은 꾀꼬리 앵 자를 넣어 '앵리산성(鶯里山城)', '앵성'이라고도 했다. 1530년에 발간된 『신증동국여지승람』에는 "앵리산성은 현 동쪽 20리에 있다. 돌로 쌓았으며, 주위가 655척에 높이는 7척인데, 지금은 못쓰게 되었다"고 해서 당시에 이미 폐성이었던 것을 알 수 있다. '꾀꼬리산'으로 부르게 된 내력은 전하는 것이 없고 '오누이 힘내기 설화'만 전한다. 옛날 남매 장사가 있어서 성 쌓기 내기를 하였는데 남자는 인근에 있는 '물한성'을, 여자는 '꾀꼬리성'을 쌓기로 하여 남자가 이겼다는 전설이다.

안내판에는 성의 모양이 꾀꼬리 둥지를 닮았기에 '꾀꼴산성'으로 불렀다고 적혀 있다.

'꾀꼬리봉'은 서울 은평구 갈현동에 있는 산 이름이다. 『서울지명사전』에는 "응봉·앵봉·효경산·서달산이라고도 한다. 갈현동 뒤에 있는 높은 봉우리이다. 서오릉의 주봉이 되는데, 산의 모양이 꾀꼬리와 같이 아름답다 하여 꾀꼬리봉, 한자명으로 앵봉이라고 하였다. 또 갈현동 서쪽에 있는 산이므로 서달이라고 하였다"고 되어 있다. 높은 봉우리라 했지만 높이는 236m이며, 일반적으로는 은평구 갈현동과 경기도 고양시 경계에 있는 산으로 알려져 있다. 이 꾀꼬리봉이 많이 회자되었던 것은 그것이 서오릉의 주산이기 때문인 것 같다. 서오릉은 고양시에 있는 조선시대의 다섯 능, 곧 예종과 계비 안순왕후의 '창릉', 숙종과 계비 인현왕후, 인원왕후의 '명릉', 숙종 비 인경왕후의 '익릉', 영조의 비 정성왕후의 '홍릉', 덕종(세조의 장자, 예종의 형 의경세자)과 비 소혜왕후의 '경릉'을 이른다. 꾀꼬리봉은 바로 이 오릉의 주산이라는 점에서 관심을 끌었던 것이다.

『조선왕조실록』에는 '꾀꼬리봉'이 한자 이름 '앵봉'으로 나온다. 『숙종실록』(27년 11월 11일 기사 1701년)에 예조판서 서종태가 지어 바친 애책문에는 "아! 슬프도다. 앵봉(鶯峰) 기슭에 봉황이 날고 용이 오르며, 신령께서 만년토록 가호하시리라. 세 능침과 이어져서 우러러 뵙는 형상을 설치하니…" 해서 앵봉이 나온다. 이때는 숙종의 계비 인현왕후의 능소를 만들 때의 일이다. 숙종은 이십여 년 후에 이곳 명릉에 합장하게 된다. 앵봉은 『영조실록』(37년 4월 1일 기사)에도 나오는데, "구선복에게 명하여 명릉 꾀꼬리봉에 보토하는 역사를 감독하게 하다"가 그것이다. 영조는 아버지 숙종에 대한 추모의 정이 지극했던 것 같다. 45년 기사에는 영조가 사현(무악재)에 나아가 명릉의 역사하는 곳을 멀리 바라보고 사현의 이름을 '추모현'이라고 하였다는 기록도 있다. 앵봉은 수색 방향으로 산줄기가 남쪽으로 뻗어 있는데, 벌고개를 지나 봉산과 증산 봉우리를 솟구치고 난지도에서 산세가 소멸된다.

또 다른 꾀꼬리봉은 경기도 광주시 퇴촌면 우산리에 있다. 실촌읍과 여주군 산북면, 양평군 강하면의 경계이다. 보통은 '앵자봉'으로 많이 부르는데, 산의 북쪽에 한국천주교회 발상지로 알려진 천진암이 자리하고 있어 많이 알려져 있다. 667m 되는 산의 정상에는 한글로 '앵자봉'이라 새긴 정상석과 '앵자봉의 유래'라는 안내판이 서 있다. 꾀꼬리가 알을 품은 산세라서 예전에는 '꾀꼬리봉'이라 했다는데 한자화 해 '앵자봉(鶯子峰, 앵자산)'이 됐다고 한다. 일명 '각씨봉'이라고도 하는데 옆에 있는 양자산을 남편으로 여기고 앵자봉을 아내로 여기기에 지어진 이름이라 한다.

담헌 이하곤(1677~1724)의 『두타초』(책3)에는 "앵자산 북쪽 우천 동쪽에 / 남한산성이 눈 안에 있고"로 시작하는 시가 있다. 이 시를 쓴 것이 숙종 35년(1709년)으로 보이는데 이때 '꾀꼬리봉'을 '앵자산'으로 부른 것을 볼 수 있다. 1750년대 『해동지도』에는 광주부 퇴촌면에 '앵자산'을 천진암, 분원(도자기)과 함께 그려 넣었다. 1846년(헌종 12년) 광주 선비 관암 홍경모의 『중정남한지』 불우조에는 "천진암은 앵자산에 있는 오래된 사찰로 종이를 만들며 지금은 사옹원에 속해 있다"고 기록되어 있다.

한편 『두산백과』에서는 앵자봉이 위치한 우산리의 자연마을 '소미'에 대해 "소미를 둘러싸고 있는 산의 형태는 마치 앵소 모양 같아서 이 산을 앵소산이라 하기도 하고 소산이라고도 한다. 소미는 그 산 밑에 위치한 마을이라고 해서 붙여진 이름이다"라고 설명하고 있다. 마을에서는 '앵자산'을 '앵소산'으로 불렀던 것으로 보인다. '앵소(鶯巢, 꾀꼬리 앵, 새집 소)'는 '꾀꼬리 집'이라는 뜻이다. 위에서 앵자봉을 "꾀꼬리가 알을 품은 산세"라서 예전에는 꾀꼬리봉이라 했다는 설명도 여기에 근거한 것으로 보인다. 앵자봉의 '자(子)'는 특별한 의미 없이 한 글자 단어

밑에 붙여 두 글자 단어로 쓴 것으로 보인다. 그러니까 뜻으로는 '앵봉'과 같다고 할 수 있다.

충남 청양군 청남면과 목면 경계에 앵봉산(鶯鳳山, 311m)이 있는데 『한국지명총람』에는 '꾀꼴봉'으로 표기되어 있고, 현대의 지도에는 '꾀꼬리봉'으로 기록되어 있다. 『1872년지방지도』(정산)에도 앵봉산이 표기되어 있는데, 한자 표기는 현재와 달리 앵봉산(鸎峯山, 꾀꼬리 앵)으로 되어 있다. '앵봉'의 봉우리 봉(峯) 자가 현재는 봉황새 봉(鳳)으로 바뀐 것을 알 수 있다. 지명 유래는 전하는 것이 없는데, "산에 묘가 있어, 그 묘를 팠더니 꾀꼬리가 무덤 속에서 살아 나갔다"는 전설이 전해진다고 한다 (『한국지명유래집』충청편).

꾀꼬리봉은 경기도 양주시 장흥면 석현리에도 있다. 현지 주민들 사이에서 '꾀꼬리봉(498m)'은 꾀꼬리처럼 생긴 봉우리라 하여 또는 꾀꼬리처럼 아름답다 하여 붙여진 이름이라고 전해 오고 있다. '앵봉'이라고도 한다. 그런데 이 꾀꼬리봉에서 서쪽으로 양주시 장흥면 석현리·백석읍 기산리, 파주시 광탄면, 고양시 덕양구 벽제동에 걸쳐 있는 산으로 명칭이 비슷한 '앵무봉'이 있어 사람들이 혼동하는 경우가 있다고 한다. 앵무봉의 높이는 621.8m이며 양주시 일원에서는 감악산(674.9m) 다음으로 높다. 이 산 역시 봉우리가 꾀꼬리처럼 생겼다고 하여, 혹은 산의 모양이 꾀꼬리처럼 아름답다 하여 '앵무봉(鸚鵡峰)' 또는 '앵봉(鸚峰)'이라 불렸다고 한다. 앵무봉이나 앵봉의 한자를 '앵무새 앵(鸚)'으로 쓰고 있는데(무도 앵무새 무(鵡) 자임), 이는 음이 같은 데서 임의로 바꾸어 쓴 것으로 별다른 의미는 없어 보인다.

'꾀꼬리봉'이나 '앵무봉' 모두 유래를 봉우리가 꾀꼬리처럼 생겼다거나 또는 꾀꼬리처럼 아름다워서라고 이야기하고 있는데 사실 막연하기 그지 없다. 구체적인 근거를 찾지 못해서 지어 붙인 이야기에 불과하다는 것을 금방 알 수 있다. 그런데 이 두 산의 유래에 대해서『한국향토문화전자대전』에서는 '고깔봉'에서 '꾀깔봉'을 거쳐 '꾀꼬리봉(꾀꼴봉)'으로 변하였을 가능성을 제기하고 있어 흥미롭다. 꾀꼬리봉이 고깔 모양으로 생긴 봉우리 이름 '고깔봉'에서 비롯되었다는 것이다. 고깔봉 > 꾀깔봉 > 꾀꼬리봉으로 변하고, 이를 최종적으로 한자로 표기한 이름이 앵봉, 앵무봉이라는 설명이다. 이는 일반적으로도 가장 타당한 설명으로 받아들여지고 있다.

고깔은 "승려나 무당 또는 농악대들이 머리에 쓰는, 위 끝이 뾰족하게 생긴 모자"로 정의 된다. 옛말은 '곳갈'이다. 고깔은 뾰족함을 뜻하는 '곳'에 모자를 뜻하는 '갈'이 붙어 된 말로 알려졌다. 한편 꾀꼬리의 옛말은 '곳고리'이다. 그러니까 '곳갈'과 '곳고리'의 음이 비슷한 데서 '고깔봉(꼬깔봉)'은 쉽게 '꾀꼴봉(꾀꼬리봉)'으로 바뀌었을 것이다. '고깔'의 방언형에는 '꾀깔'이 있기도 하다. 충남 부여군 외산면 갈산리는 꾀깔봉 밑에 있다 해서 '꾀까리'로도 불렸는데, 조신시대에는 고갈리(高葛里)로 썼다. '고갈'은 '곳갈(고깔)'을 한자의 음을 빌어 표기한 것이고, 이를 '꾀까리'로 부른 것을 볼 수 있다.

『고려사』 지리지에는 "문경군은 원래 신라의 관문현(관현 또는 고사갈이성(高思曷伊城)이라고도 함)인데 경덕왕이 관산으로 고쳐 고령군의 관할 하에 현으로 만들었다"는 기록이 있다. 여기서 눈에 띄는 것이 '고사갈이성'을 '관산'으로 바꾸었다는 사실이다. '고사갈이'는 '관(冠, 갓 관)'에 대응하는데, '관'의 우리말을 이두식으로 표기한 것으로 볼 수 있다. 곧 '고사갈이'는 우리말 '곳갈이'를 표기한 말로 지금의 '고깔'을 가리키는 것이다. 문경의 진산은 주흘산인데, 평지에서 바라다보면 고깔 모양으로 생겼다 한다. 문경의 경우는 '곳갈(고깔)'이 '관(冠)'으로 한자 표기된 예가 될 것이다. 보통 고깔의 한자는 '변(弁)'으로 많이 썼다. '고깔봉'은 한자로는 '변봉'으로, '고깔바위'는 '변암'으로 훈차 표기되었다.

앵 자 지명은 산봉우리 곧 고깔봉(산)를 뜻하는 것 외에도 실제의 꾀꼬리를 뜻하는 경우도 있어 잘 살펴야 한다. 부산시 기장군 기장읍 내리에 있는 '앵림산(鶯林山 491m)'은 산속에 꾀꼬리 떼들이 모였다 하여 붙은 이름으로 전해진다. 수풀 림 자를 쓰고 있는 것이 특이한데, 실제로 꾀꼬리들이 많이 깃들어 이름 붙여졌을 가능성이 있다. 황해북도 개성시 꾀꼴산은 앵산이라고도 했는데, 꾀꼬리가 자주 울어 그렇게 불렀다 한다. '앵곡' 같은 골짜기 지명의 경우 꾀꼬리가 많이 살고 있다거나 꾀꼬리 울음소리가 자주 들리는 골짜기의 뜻으로 읽을 수 있다. 제주도의 '꾀꼬리 오름(앵봉, 앵악)'의 경우는 '것구리오름'의 음이 변한 것으로 보는데, 이때의 '것구리'는 '거꾸로'의 의미라고 한다. 단양 수양개의 '꽃거리(주막)'는 뱃사람들 상대의 주점 영업이 성행했던 곳으로 이름이 났었는데, 이는 '곳고리'에서 변한 것으로 보인다. 옛날에는 이곳에 '앵원'이라는 원집(여행자 숙소)이 있었다.

신화처럼 숨을 쉬는 고래

"고래불·고래등·고래주은골"

고래 자주 나타났던 경북 영덕 고래불해수욕장

고래 닮은 부산 다대동 고래섬, 완도와 고흥, 흑산도의 고래섬

흔한 지명 고래실은 '바닥 깊고 물길 좋아 기름진 논'으로 고래와 상관없어

19 75년 영화 〈바보들의 행진〉의 삽입곡으로 알려지기 시작해 1970년 대와 80년대에 큰 인기를 얻었던 노래로 송창식의 〈고래사냥〉이 있다. 술 마시고 노래하고 춤을 춰 봐도 가슴에 하나 가득 슬픔뿐일 때, 삼등 완행열차를 타고 동해바다로 떠나자는 내용이다. 그러나 무작정 가자는 것은 아니고 신화처럼 숨을 쉬는 고래를 잡으러 가자는 것이다. 이때 고래를 '조그만 예쁜 고래'로 표현하고 있는데, 당시 억압적인 사회 현실 속에 좌절하던 청춘들의 '꿈'을 상징적으로 표현한 것이다.

또한 고래를 '신화처럼 숨을 쉬는 고래'로 묘사한 것은 다양한 의미를 함축하면서 이 노래의 격을 한층 끌어올려 주목받았다. 단순한 고래가 아니었던 것이다. 그것은 지금은 잃어버린 신화시대의 건강한 생명력을 상징하면서 가난한 청춘들이 되찾고 싶어 하는 커다란 꿈을 표상했던 것이다. '조그만 예쁜 고래'는 실은 동해 바다 속 거대하게 살아 움직이는 고래를 내 마음 속의 아름다운 꿈으로 치환하기 위한 표현으로 볼 수

있다. 목표는 어디까지나 동해바다에 신화처럼 숨을 쉬고 있는 고래이고, 제목 역시 '고래사냥'이다.

울주 대곡리 〈반구대 암각화〉는 지금으로부터 약 7,000~3,500년 전에 그려진 것으로 추정하고 있다. 『민족문화대백과』에서는 "울산광역시 울주군 언양읍에 있는 석기시대 신석기의 고래사냥 관련 바위그림"으로 정의하고 있다. 물론 암각화에는 인물과 육지동물 그리고 배, 작살, 그물 등 각종 도구 등도 새겨져 있지만 고래가 가장 큰 비중을 차지하고 있다. 그리고 단지 고래의 모습만 새긴 것이 아니라 고래를 사냥하는 모습도 상세하게 새겨 놓아, '고래사냥 관련 바위그림'으로 정의한 것으로 보인다. 고래사냥은 아주 자세하게 표현되어 있어 믿을 수 없을 정도다. 고래 주변에 새겨진 배에는 17명, 7명, 5명가량의 사람이 승선하고 있다. 배는 뱃머리와 고물이 반달처럼 휘어져 있으며, 고래 몸통에 박힌 작살과 줄에 매달린 부구와 연결되어 있다. 또한 고래 중에는 몸통에 작살이 박힌 고래도 그려져 있어 사실감을 더해준다.

그러나 선사시대의 고래사냥에 대한 기록은 반구대 암각화로 끝이다. 역사시대로 접어들면서 고래사냥에 대한 기록은 사라지고 보이지 않는다. 수천 년 전에 그렇게 성행했었다고 하면 농경시대에 들어서도 어느 정도 맥을 이어왔을 법한데 전혀 흔적이 없는 것이다. 『삼국사기』(권 제14 고구려본기)에는 민중왕 4년(서기 47년) 9월에 "동해 사람 고주리가 고래의 눈을 바쳤는데 밤에 빛이 났다"는 기록이 있다. 원문에 고래는 경어(鯨魚, 고래 경, 고기 어), 고래 눈은 경어목(鯨魚目)으로 씌어 있다. 이런 기록은 서천왕 19년(288년)에도 보이는데, "해곡 태수가 고래의 눈을 바쳤는데 밤에 빛이 났다"고 되어 있다. 고래의 눈은 하얗고 동그란 뼈의 형태였을 것으로 짐작되는데, 이것이 보물 취급을 받았던 것으로 보인다. 그만큼 귀하고 얻기 힘들었다는 얘기다. 그런데 단지 그뿐 고래를 어떻게 잡았다거나 어떻게 처리했다거나 한 기록은 보이지 않는다. 아마 어쩌다 죽어 해변으로 떠밀려온 고래에서 '눈'을 얻었을지도 모른다.

『고려사』(세가 권 제27)에는 원종 14년(1273년) 12월에 '몽고 중서성에서 고래 기름을 구하다'라는 기사가 있다. "달로화적(다루가치)이 중서성의 첩문에 따라 동계와 경상도에 가서 신루지(蜃樓脂)를 구하였는데, 신루지는 고래 기름[鯨魚油, 경어유]이다"라고 되어 있다. 동계는 동북면이라고도 했는데 대체로 함경도 이남으로부터 강원도 삼척 이북의 지역이 해당한다. 그러니까 함경도, 강원도, 경상도 쪽 동해안 지역에서 고래 기름을 구했다는 것이 된다. 원나라에서 고위 관리를 보내 고래 기름을 구했다는 것으로 보아 상당히 귀한 물자였던 것으로 보인다. 고대의 제철에서는 고도의 발열량이 나면서도 오래 타는 초탄으로 많은 철을 만들었다 하는데, 이 초탄의 제조에 고래 기름이 중요하게 쓰였던 것으로 추정하기도 한다. 그런데 『고려사』에 이에 관한 어떤 후속 기록도 없는 것으로 보아 성과는 미미했던 것으로 보인다. 그것은 고래 기름이 상시적으로 일정량이 산출되지 않았다는 얘기, 곧 고래잡이가 일상적으로 이루어지고 있지 않았다는 얘기도 된다.

조선시대의 기록에서도 고래사냥을 했다는 사실은 확인하기가 어렵다. 간혹 귀한 선물로서 고래수염이나 고래 눈에 대한 기록은 있지만 이것 역시 적극적으로 사냥했다는 기록은 아니다. 대개는 죽어 해안에 떠밀려온 고래의 유체에서 얻어진 것들이 더러 유통되었을 것으로 보인다. 여기에는 좌초 즉 수심이 얕은 해안에 들어왔다가 미처 빠져나가지 못한 고래를 포획하는 것도 포함된다. 이런 예는 지명에도 나타나는데, 연평도의 '고래준골'은 예전에 죽은 고래가 떠밀려 와 주민들이 고래를 주웠다 하여 '고래준골'이라 부르게 되었다 한다. 추자도의 '고래죽은작지'도 예초리 동쪽 해안 고래가 죽었던 자갈밭을 이르는 말이다. 제주도 대정읍 영락리 바닷가의 '고래통'은 직경 50m 정도 되는 움푹 파인 곳인데 멸치 떼를 따라 고래가 이곳에 왔다가 간조 때가 되어 먼 바다로 못 가서 간혀 있었던 곳이라 한다.

　실학자 서유구(1764~1845)는『임원경제지』'전어지' 편에서 고래에 관해 다음과 같이 기록했다. '전어지'에서는 실제 어민들이 부르는 이름을 한글로 표기하고 있는데, '鯨(경)'을 '고래'로 썼다. "일본인은 작살을 던져서 고래를 잡는 법이 있으나, 우리나라의 어부들은 이런 기술이 없고, 모래 위에 자살한 고래를 한 번 얻으면, 이빨, 수염, 힘줄, 뼈를 다 기물로 이용하고, 가죽과 고기는 볶아서 기름을 취하는데, 큰 고래는 기름 수백 섬을 얻어, 이익이 일방으로 넘친다. 또 간혹 조수를 따라 기슭에 올라 왔다가, 조수가 나가는데도 고래는 몸집이 너무 커서 미처 돌아가지 못하고 물이 없어지면 죽는다"고 썼다.

　또 중국책을 인용하여 '창으로 찔러 고래를 잡는 법'을 설명하고 있는데, 이마저 우리나라 사람들은 배우려 하지 않는다고 말하며 그 이유를 다음과 같이 쓰고 있다. "우리나라 어부들 중에는 고래를 잡을 수 있는 자가 없다. 다만 고래가 스스로 죽어 해변에 떠오른 경우를 만나면 관아에서는 반드시 많은 장정들을 징발하여 칼, 도끼, 자귀를 가지고 고래의 지느러미와 수염, 껍질, 고기를 거두어 말에 싣고 사람이 날라 며칠이 되도록 다 없어지지 않는다. 큰 고래 한 마리를 잡으면 그 가치가 무려 천금이다. 그러나 이익이 모두 관아로 들어가고 어부들은 제외된다. 그러므로 고래를 창으로 찔러 잡는 방법을 배우려 드는 사람이 없는 것이다" 이와 관련해 이규경은『오주연문장전산고』에서 "죽은 고래를 얻으면 관에서 이익을 독차지하고 주민에게는 오히려 민폐만 끼치므로 자기 마을에 고래가 떠밀려오면 여럿이 힘을 모아 바다에 도로 밀어 넣어 버린다"고까지 적고 있다.

　『헌종실록』(14년 12월 29일, 1848년) 기사는 "이 해 여름·가을 이래로 이양선(異樣船)이 경상·전라·황해·강원·함경 다섯 도의 대양 가운데에 출몰하는데, 혹 널리 퍼져서 추적할 수 없었다. 혹 뭍에 내려 물을 긷기도 하고 고래를 잡아 양식으로 삼기도 하는데, 거의 그 수를 셀 수 없이 많았다"고 쓰고 있어, 19세기 중엽 이후에는 우리나라 바다의 고래는 더 이상 우리 것이 아니었음을 알 수 있다. 그러다가 1899년에는 러시아와 울산 장생포를 포경 기지로 제공한다는 약정서를 체결하게 된다. 그 후 1905년 러일전쟁에서 러시아가 패하면서 우리나라 해역의 독점적 포경 권리는 일본으로 넘어가고 이러한 상황은 광복이 되기까지 지속된다.

『훈몽자회』를 보면 '鯨(경)'을 '고래 경'으로 썼는데, 암수를 구분해서 수컷을 '鯨(경)'으로, 암컷을 '鯢(예)'로 쓰고 있다. 이 '경예'는 별로 좋지 않은 의미로 쓰여 흥미롭다. 우리가 고래에 대해 가지고 있는 좋은 이미지와 상반되는 것이다. 『선조실록』(26년 5월 20일 1593년)에 중국에 올린 사은표를 보면 "바다를 흔드는 고래[鯨鯢, 경예]의 횡포가 오랫동안 잠잠했습니다"라고 해서 왜적을 가리키는 말로 '경예'를 쓰고 있는 것을 볼 수 있다. 고래는 작은 물고기를 잡아먹으므로 악인의 우두머리를 비유하는 말로 썼다고 한다.

인천시 강화군 선원면 용진진 남쪽에 있었던 용당사는 조선 후기 강화 외성 수비를 위한 군사적 목적으로 창건한 사찰이다. 여기에는 '참경루(斬鯨樓, 벨 참, 고래 경)'가 있었는데, 말 그대로 해석하면 '고래를 베는 누각'이라는 뜻이다. 이때의 고래는 청나라 군대를 의미한다고 한다. 또한 최관이 1615년(광해군 7년)에 함경 순찰사로 있으면서 여진족의 침입을 막기 위해 석성을 둘러쌓고 세운 '참경대'의 고래는 여진족을 가리키는 것으로 볼 수 있다. '참경예(고래를 베다)'는 중국 당나라 때 이백의 시 「증장상호」에도 나와 아주 오래된 표현인 것을 알 수 있다.

순우리말 고래 지명으로는 '고래불'이 유명하다. 보통 고래불해수욕장으로 부른다. 경북 영덕군 병곡면 병곡리에 있는 해수욕장인데, 병곡면의 6개 해안 마을을 배경으로 20리에 달하는 모래사장이 펼쳐져 있다. '불'은

'벌'과 통하는 말로 여기서는 모래벌(백사장), 모랫둑의 뜻으로 쓰였다. 고래불은 고래가 잘 보이는 또는 고래가 자주 나타나는 해변이라는 뜻이다. '고래불'은 아주 오래된 지명으로 『신증동국여지승람』(영해도호부)에도 나온다. '경정(鯨汀, 고래 경, 물가 정)' 또는 '장정'이라는 두 이름으로 나오는데, 고래가 보인다고 해서 '경정'이라 불렀고 긴 백사장이 있다고 해서 '장정'이라 불렀던 것으로 보인다. 고려 말 성리학자 목은 이색이 상대산(관어대가 있는 산)에 올랐다가 고래가 뛰어노는 걸 보고 '경정'이라 명명하였다는 이야기가 전하기도 한다.

『목은시고』(제1권)에는 「관어대 소부」라는 시가 실려 있는데, "…물결이 움직이면 산이 무너지는 듯하고 / 물결이 잠잠하면 닦아 놓은 거울 같도다 / 바람 귀신이 풀무로 삼는 곳이요 / 바다 귀신이 집으로 삼은 곳이라 / 고래들이 떼 지어 놀면 기세가 창공을 뒤흔들고 / 사나운 새 외로이 날면 그림자 저녁놀에 잇닿네"라고 썼다. 원문에서 고래는 '장경(長鯨)'이라 썼는데, '긴(큰) 고래'들이 떼 지어 논다는 표현이 눈에 보이는 듯 실감이 난다.

'고래섬' 지명은 여러 곳에 있다. 부산시 사하구 다대동에 위치한 고래섬은 다대포의 두송반도 남쪽 연안에 위치한 바위섬으로 주로 바다 낚시터로 이용되고 있다. 원래 '경도'로 부르면서 지형도에도 이 지명이 기재되었으나, 2011년 무인도 지명 정비 사업에 의해 '고래섬'으로 고시되었고, '경도'는 이칭이 되었다. 지명은 이 섬이 고래와 닮아서 비롯되었다고 전한다. 함경북도 나선시 신해동에 있는 비파도는 해수욕장으로 유명한데, '고래섬'으로 부르기도 한다. 옆으로 보면 신통히도 바닷물 위에 떠오른 고래처럼 생겼다고 하여 '고래섬'이라 불렸다 한다. 황해남도 용연군 장산리의 서쪽 바다에 있는 '고래섬' 역시 고래처럼 생겼다 하여 불린 이름이다. 이밖에도 완도군 황제도, 고흥군 시산도, 흑산도 등에도 '고래섬'이 있는데, 대개 무인도이거나 아주 작은 섬들이다.

고래섬같이 고래의 형상을 빗댄 지명으로는 '고래등'이 있다. 예전에 웅장하고 높은 기와집을 가리켜 고래등 같다고 표현하기도 했는데, 국어사전에는 '고래기와집'으로 나온다. "고래등같이 덩실한 기와집"으로 설명하고 있다. 경등마을은 부산시 강서구 명지동에 있는 자연마을 이름인데, 낙동강의 대홍수 등으로 쌓인 모래의 형상이 고래등처럼 생겼다 하여 '경등(鯨嶝)'이라 이름 붙였다고 한다. 고래 경 자에 고개 등 자를 쓰고 있다. 금강산 외금강 지역 백정봉에는 '고래등바위'가 있다. 고래등처럼 둥글고도 미끈하게 생겨 고래등바위라 부르게 되었다고 한다. '고래등바위'는 부안 변산에도 있고, 통영 수우도 은박산 등 여러 곳에 있다. 평북 의주군 대화리에는 '고래등고개'도 있다. 고개가 고래등처럼 크고 밋밋하게 생겼다 하여 고래등고개로 불렀다 한다.

이에 비해 '고래실'은 고래와는 아무 상관없는 지명이다. 고래실은 전국적으로 아주 흔한 지명이자 동시에 일반명사로도 쓰인 말이다. 『표준국어대사전』에 '고래실'은 "바닥이 깊고 물길이 좋아 기름진 논"으로 나오고, 비슷한 말에 고논, 고답, 고래실논, 구레논, 수답 등이 있는 것으로 나온다. 고래실을 예전에는 '고래논'이라고도 했는데, 이로써 보면 '고래논', '구레논'은 같은 말로 볼 수 있을 것 같다. '구레'는 "지대가 낮아서 물이 늘 괴어 있는 땅"을 뜻하는 말이다. 고래 지명에는 '고래우물', '고래샘' 같은 것도 있는데, 이 역시 '구레'와 관련이 깊은 것으로 보인다. '구레'는 '굴(구멍)'에 접미사 '애'가 붙어 된 말로 볼 수 있다. 이는 '고랫등'도 마찬가지인데, 온돌방에서 "구들장을 올려놓는 방고래와 방고래 사이의 약간 두두룩한 곳"을 가리키는 '고랫등'도 이 '굴(구멍)'에서 비롯된 것으로 보인다.

음이 같은 관계로 '고래논'에는 재미있는 전설이 만들어지기도 했는데 다음과 같다. 어느 날 어부가 망망대해에 고기잡이를 나갔다가 큰 고래를 만나서 고래의 아구리(입) 속으로 빨려 들어갔는데, 어부는 살기 위해서

뱃장에 있던 칼을 잡고 고래 입속의 살갗을 마구 찔러댔다. 그러자 상처가 난 고래는 몹시 괴로웠던지 연안 바깥으로 나오면서 재채기를 해댔다. 고래의 재채기 때문에 고래 입속에서 튀어 나온 어부는 살게 되었고, 상처를 입은 고래는 죽고 말았다. 이 고래를 잡은 어부는 고래 고기를 팔아서 큰 부자가 되었고, 그 돈으로 논을 사게 되었는데, 주변 사람들은 그 논을 '고래논'이라 부르게 되었다는 것이다.

청라 언덕 위의 백합

"파렴 · 청라동 · 댕댕이"

땅이름에서 청라는? 소나무겨우살이, 댕댕이, 칡 같은 덩굴 식물
인천 청라지구는 덩굴 식물 뒤덮인 지금은 없어진 청라도에서 비롯
충남 보령 청라면도 댕댕이 덩굴 많았던 곳

'청라'라는 이름을 세상에 널리 알린 데에는 가곡 〈동무 생각〉의 공이 크다. 이은상이 시를 쓰고, 박태준이 곡을 붙인 가곡 〈동무 생각(사우)〉에 나오는 '청라언덕' 탓에 모두들 '청라'라는 이름을 인상 깊게 기억하는 것이다. 어릴 적 동무와 함께 다정하게 거닐었던 백합꽃 핀 봄 동산은 말하자면 이 시의 공간적인 배경으로, 노래를 부르면서 머릿속에 떠올리게 되는 아름답고 생기 넘치는 풍경이다. 그렇게 시로 노래로 아름답게 새기면 좋을 것을 정색을 하고 '청라언덕'이 무슨 뜻이야, 그게 어디에 있어, 따지고 들면 문제가 여간 복잡해지는 것이 아니다.

실제로 노래 속의 '청라언덕'이 각각 자기 지역에 있다고 다투는 곳이 있는데, 대구와 마산이다. 대구 쪽에서는 이 노래가 당시 대구 계성학교에 다니던 박태준이 등굣길에 만난 여학생을 짝사랑했던 사연을 담고 있는 데, 이 사연을 이은상에게 전해 노랫말이 지어졌다는 것이다. 그리고 가사에 나오는 청라언덕은 지금도 푸른 담쟁이 넝쿨이 휘감고 있는 동산의

료원 선교사 사택 일대의 언덕을 가리킨다는 주장이다. 이에 반해 마산 쪽에서는 청라의 '라(蘿)'는 '쑥'을 뜻한다면서 청라언덕은 이은상의 고향 뒷산인 노비산의 쑥으로 뒤덮인 푸른 언덕을 뜻한다는 주장이다. 또 청라를 푸른 비단으로 보고, 노비산 언덕이 푸른 비단을 깔아놓은 듯하다는 느낌에서 '청라언덕'이란 시어가 나타난 것으로 보기도 한다. 다른 근거로는 〈동무 생각〉 2연의 배경인 바닷가를 들고 있는데, 바로 이은상의 고향 바다를 가리킨다는 것이다.

양측 모두 일리가 있기는 하지만 완전하지는 않다. 왜냐하면 두 곳 모두 애초에 '청라언덕'이란 지명이 없었기 때문이다. 더구나 당사자인 이은상, 박태준 두 사람의 증언도 전해지는 것이 없고 보면 더욱 그렇다. 결국 가사의 해석에 근거할 수밖에 없는 일인데, 문학 작품에 대한 해석이라는 것이 자의적일 수밖에 없기 때문에 논쟁에 어떤 결론을 내릴 수 없는 것이다. 〈동무 생각〉은 모두 4연으로 되어 있는데, 각 연이 봄, 여름, 가을, 겨울로 시간적인 배경이 설정되어 있다. 또한 공간적인 배경이 각기 다른데, 봄(1연)은 청라 언덕, 여름(2연)은 더운 백사장, 가을(3연)은 낙엽동산 속 꽃 진 연당(연못), 겨울(4연)은 눈발 날리는 밤의 장안(서울?)으로 되어 있다. 또한 동무를 비유한 대상물도 봄-백합, 여름-흰 새, 가을-금어, 겨울-가등(가로등)으로 각각 다르다. 이렇게 보면 청라언덕은 구체적인 어떤 장소를 지시하기보다는 봄에 어울리는 공간 배경으로 설정된 것이라 생각해볼 수 있다. 이러한 관념성은 백합이라는 시어에서도 확인할 수 있다. 백합을 시인 스스로 '흰 나리꽃'으로 부르기도 했는데, 원예종 '백합화'가 아니라 우리나라에 자생하는 '나리꽃'이라면 대개 적색 계통이고 꽃도 여름 7, 8월에 핀다는 사실이다. 자연 상태로는 봄의 청라언덕에 어울리지 않는 꽃이 백합인 것이다.

사실 청라는 여러 가지로 해석할 수 있어서 애초에 애매한 말이기도 하다. 국어사전에서는 '청라(靑蘿)'를 '푸른 담쟁이덩굴'로 설명하고 있지만, 문학 작품에서는 함축하는 의미가 그리 간단하지 않다. 최치원의 「화개동시」에는 "松上靑蘿結(송상청라결) 소나무 위엔 담쟁이 넝쿨 얽혔고 / 澗中流白月(간중유백월) 시내 가운데는 흰 달이 흐르네"라는 구절이 있는데, 여기서 '청라'는 '소나무겨우살이'로 보인다. 이것을 보통 '담쟁이 넝쿨'로 해석하는데, 정확히는 '소나무겨우살이'로 해석해야 한다. '소나무 위'라든지 '얽혔고' 같은 표현을 보면 '소나무겨우살이'의 특성을 그대로 나타내고 있는 것이다. 또한 '청라'를 '달'과 함께 등장시키고 있는 것을 보면 더욱 그렇다. 당나라 때 시인 이백의 시 「증왕판관 시여귀은 거여산병풍첩」에는 "天台綠蘿月(천태녹라월, 천태산 달빛이 녹라를 환히 비출 때였네)"이라는 구절이 있는데, 연구자들은 이 '녹라'를 '송라' 곧 '소나무겨우살이'로 본다. 최치원의 '청라'는 바로 이 '녹라'를 바꾸어 표현한 것으로 보인다. '녹'이나 '청'을 우리는 똑같이 '푸른색'으로 인식했다.

'녹라(청라)' 곧 '송라'는 이끼류 식물로 주로 소나무에 기생하는데 줄기와 가지에 붙어 황록색의 실 모양으로 주렁주렁(치렁치렁) 매달리는 특성이 있다. 또한 '蘿月(나월)'은 그런 소나무겨우살이 넝쿨 사이로 바라보이는 달을 의미하는데, 우리 시문에도 많이 쓰인 말이다. 차천로의 가사 작품 「강촌별곡」의 "청라(靑蘿) 연월(烟月) 대사립의 / 백운심처 다다 두니" 같은 표현에서 '청라 연월'은 이백의 시에 나오는 '나월'을 변용시킨 표현으로 보인다. 은자들이 살 만한 아름다운 자연 풍경을 상징적으로 표현한 말이다. 한편 박인로의 가사 작품 「독락당」의 "청라(靑蘿)를 헤혀 드러 독락당을 여러 내니"같은 구절에서 '청라'는 '헤친다'는 표현으로 보아, 댕댕이나 칡 혹은 담쟁이 같은 덩굴 식물을 의미하는 것으로 보여, '청라'라는 말이 여러 가지 의미로 쓰였던 것을 볼 수 있다.

청라국제도시의 '청라'라는 이름은 원래부터 이곳에 있던 동네 이름에서 비롯된 것이 아니고, 서곳에 있던 작은 섬 '청라도'에서 비롯된 것이다.

이름뿐 아니라 이 지역 자체가 기존의 인천 지역이 아니라, 간척사업을 통해 새롭게 만들어진 땅에 새롭게 조성된 신도시이다. '청라동'도 2010년 6월에야 인천 서구에 설치된 신생동이다. 본래 이곳은 동아건설이 농지 조성을 목적으로 1980년 1월부터 인천 원창동, 율도, 청라도, 김포 대곶면 약암리를 이어 간척한 땅 중 남쪽 지역(북쪽은 수도권 매립지)으로, 1999년에 정부가 농어촌진흥공사를 통해 매입한 곳이다. 그래서 청라매립지를 동아매립지라고도 불렀다. 그러다가 공식적으로 '청라' 이름이 붙기 시작한 것은 2003년 8월에 '인천경제자유구역 청라지구'로 지정되면서부터이다. 그러고는 2011년 9월에 청라지구를 '인천경제자유구역 청라국제도시'로 변경하는데, 갯벌에서 국제도시로 그야말로 상전벽해를 방불케 하는 변모를 보인 곳이다.

지금은 이름만 남기고 사라진 섬 '청라도'는 『해동지도』(부평부) 부기에는 둘레가 800보였던 것으로 나온다. 지금으로 말하자면 5km 정도의 작은 섬이지만 서곶 앞바다에서는 제일 컸다. 고지도에는 '인거'로 표기되어 있는데, 사람이 사는 섬이란 뜻이다. 썰물 때 부지런히 갯벌을 걸으면 밀물이 오기 전 섬에 이를 수 있었다고 한다. 정조 13년(1789년)에 간행된 『호구총수』에는 모월곶면에 '청라도(靑蘿島)'가 올라 있다.

〈인천의 지명〉에서는 청라도의 지명 유래에 대해, '청라'를 '푸른 넝쿨'로 새기면서 "말뜻 그대로 푸른 넝쿨 관목들이 무수히 많기 때문에 붙여진 이름이다"라고 설명하고 있다. 그러면서 청라도의 우리말 이름 '파렴'을 이야기하고 있다. "서곶 토박이들은 파란 섬이라는 뜻으로 '파렴'이라고도 불렀는데 멀리 보이는 그 섬이 유난히 푸른색이기 때문이었다"는 설명이다. '파렴'은 순우리말 '파라'에 섬을 의미하던 '염'이 붙은 합성어로 보고 있다. 실제로 김정호의 『대동여지도』(1861년)에서는 청라도를 '巴羅(파라)'로 적어 놓았는데, 이는 우리말 '파라'를 한자의 음을 빌려 표기한 것으로 보인다.

결국 청라도는 우리말 이름 '파렴(파라염)'을 한자 표기한 이름으로 볼 수 있다. 또한 '파렴' 곧 '파란 섬'은 멀리서 보면 그 섬이 유난히 푸른색이기 때문에 불린 이름이고, 푸른색은 푸른 넝쿨, 관목이 무성했기 때문이라고 정리할 수 있겠다. 한자 이름 청라는『호구총수』(1789년)에는 '청라(靑蘿)'로 표기되었는데, 이보다 전인 1698년 경 작성된 〈부평부읍지〉에 수록된 지도에는 '청라(菁蘿)'로 표기되어 있다. '청(靑)'은 푸른색을 가리키지만, '청(菁)'은 '우거질 청'으로 푸른색을 내뿜는 풀이 '우거짐'을 뜻한다. 이렇게 보면 청라도는 풀과 덩굴이 우거진 섬이라 볼 수 있다. 물론 여기에서의 덩굴은 '푸른 담쟁이덩굴'만을 가리키지 않고, 댕댕이덩굴이나, 칡덩굴 등 흔히 야산을 뒤덮고 있는 온갖 덩굴식물을 두루 일컫은 것으로 보아야 할 것이다. 한편『한국지명유래집』(중부편)에서는 '우거질 청' 자 청라도로 쓰고, "섬의 모양이 댕댕이 넝쿨처럼 뻗었다고 하는 유래로부터 지명이 나왔을 것으로 전한다"고 쓰고 있어, '청라'를 '댕댕이 덩굴'로도 해석하고 있는 것을 볼 수 있다.

'청라동'이 간척지에 새로 생긴 신생의 땅인데 비해 충남 보령시의 '청라면'은 유서가 깊은 땅이다. 내포 지역의 종산이라 불리는 오서산 (791m)과 성주산(680.4m) 사이에 분지를 이룬 청라면은 예로부터 풍수지리설을 믿는 사람들의 관심을 크게 모아온 곳이다. 풍수가들이 말하는 '오성지간에 만인가활지지' 곧 '오서산과 성주산 사이에 만인이 가히 살 만한 땅'에 해당하며, 도참설에서 말하는 '오서산남에 만년영화지지' 곧 '오서산 남쪽에 만세토록 영화를 누릴 수 있는 땅'에 해당하는 곳이다. 이중환의『택리지』에서도 복지 중의 하나로 보령 청라동(靑蘿洞)을 꼽고 있다. 단지 풍수지리설 때문만이 아니라 오서산지가 제공하는 크고 작은 계곡 및 기름진 땅, 분지형의 수려한 산세는 일찍부터 사족 집단을 불러 모았다. 지역에서는 청라를 가리켜 '삼다향'이라고 부르는데, 양반이 많고, 돌이 많고, 말이 많은 것이라고 한다. 돌이 많다는 것은 유명한

'오석(烏石)'이 이곳 인근에서 나오고 있는 것을 뜻하고, 말이 많다는 것은 지조가 굳은 선비들이 직언과 상소를 많이 했기 때문이라는 것이다.

이곳 출신으로 중종반정 때 공신으로 봉해지고 의정부 우의정을 지낸 김극성(1474~1540)은 호가 '청라'인데, 선비들의 호가 흔히 자신의 향리나 거처하는 땅이름에서 취해지는 예로 보아 김극성의 호도 보령의 청라동에서 따온 것으로 보인다. 이 '청라' 지명은 그의 고조인 김성우 장군이 지어 붙였을 가능성도 있는데, 중종 때의 성리학자인 회재 이언적(1491~1553)이 쓴 김극성의 '행장'에는 "김성우는 왜구를 토벌하라는 왕명을 받고 보령을 지나다가 이곳 보령이 좋아 가정을 이루었고, 이곳 보령현의 사람이 되었다"고 씌어 있다. 김성우는 이성계의 등극 후 수차례의 출사 권고를 거절하고, '불사이군'의 충정으로 애마와 함께 현재의 보령시 청라면 스무티 고개에서 자결했다고 한다. 그때 그는 청라면 성주산 일대 은선동(隱仙洞, 숨을 은, 신선 선)에서 은거했다고 전한다. 그의 묘소는 청라면 나원리 발산에 있다. 이런 그의 행적으로 보아 '청라'는 일종의 '은둔 지명'으로 고려 말 김성우에 의해 지어졌을 가능성이 있다. 영조 때 편찬된 『여지도서』에는 '동청라면'이 관문으로부터 동쪽 20리에 위치한다고 기록되어 있고, 김정호의 『대동지지』(1863년)에는 '청라동'으로 나오는데 동쪽으로 처음은 5리, 끝은 20리로 되어 있다.

〈보령의 지명 유래〉(보령시)에서는 "칡과 당대미가 많았으므로 청라면"이라는 간단한 설명이다. '당대미'는 '댕댕이(덩굴)'를 가리킨 것으로 보인다. 『한국지명유래집』(충청편)에는 "'청라'라는 지명은 일대의 청소산(靑巢山)에 칡과 담쟁이(댕댕이)가 많아 청소산의 '청'과 댕댕이 '라(蘿)'자를 결합하여 형성되었다"는 설명이다. '담쟁이'와 '댕댕이'를 같은 이름으로 쓰고 있는데, 둘은 같은 덩굴류지만 엄연히 다른 식물이다. 또 '라' 역시 '댕댕이'로만 말할 수는 없다. '라'는 '무', '소나무겨우살이', '담쟁이덩굴', '지칭개', '바자울' 등 여러 훈을 갖고 있다. 그래서인지

정확한 구분을 위해서 '소나무겨우살이'는 소나무 송(松) 자를 붙여 '송라'라고 많이 썼고, '담쟁이덩굴'은 덩굴 만(蔓) 자를 붙여 '만라' 또는 '나만'이라는 말을 썼다. 이 '라'에 푸를 청(靑) 자를 붙인 것이 '청라'인데, 이는 '소나무겨우살이'를 뜻하면서 '나월'이라는 말과 함께 별천지 같은 아름다운 자연 풍경을 가리키는 말로 쓰였다. 또한 후대에는 덩굴 식물을 두루 일컫는 이름으로 쓰이기도 했다.

덩굴 식물 중에 지명에 많이 쓰인 것은 '댕댕이덩굴'이다. 소나무겨우살이 곧 '송라'도 지명에 쓰이기는 했지만 드물고, '댕댕이'가 아주 많다. '댕댕이'는 한자화 되지 않고 대개 우리말 이름으로 전하는데 소지명에 많다. 이는 댕댕이덩굴이 우리의 일상생활에 쓰임이 많았기 때문인 것으로 보인다. 그만큼 우리 생활에 밀접했다는 뜻이다. 이 말은 속담에도 쓰였는데, "항우장사도 댕댕이덩굴에 넘어진다" 같은 것이 있다. 작고 보잘 것 없다고 깔보아서는 안 된다는 뜻으로, 여기서 댕댕이덩굴은 작고 보잘 것 없지만 결코 만만치 않은 존재를 의미한다. '댕댕이덩굴'은 여러해살이 덩굴풀로 줄기는 목질에 가깝고 잔털이 있으며 물체에 감기어 뻗는 성질이 있다. 산기슭 양지나 들, 밭둑에 많이 난다.

댕댕이덩굴의 줄기는 내구성이 강하고 탄력성이 좋으며 축축한 상태에서는 잘 구부러지는 특성이 있어 풀 공예 재료 중 장점이 가장 많은 재료로 꼽힌다. 또 줄기의 직경이 2mm 미만이므로 공예품을 만들면 그 짜임새가 섬세하고 고운 질감을 준다. 이러한 장점으로 일찍부터 댕댕이덩굴로 삼태기, 바구니, 채반, 수저집 등 생활 용품을 만들어 썼다. 제주도에서는 이것으로 모자를 만들어 썼는데, 그것을 '정동벌립'이라 불렀다. '정동(정당)'은 댕댕이덩굴을 뜻하는 제주말이고 '벌립'은 벙거지를 의미한다. 시원하고 질기며 물을 먹지 않아 예전에 농사지을 때 띠로 만든 우장과 함께 머리에 얹어 비를 피하기 위한 용도로 사용되었다. 챙이 넓은 웨스턴 스타일이라 눈에 띈다. 댕댕이 지명은 '댕댕이산',

'댕댕이골', '댕댕이버덩', '댕댕이굼', '댕댕이(마을)' 등이 있다. 변이형으로 '댕대이', '댕대미' 등도 있는데, 대부분 댕댕이덩굴이 많이 자라고 있는 곳으로 설명한다.

도구머리의 여러 모습

"들머리 · 돌머리 · 독우물이"
서울 방배동에 있던 도구머리는 남태령에서 한양으로 들어가는 들머리
충남 서산 해미 언암리 도구머리는 바위(돌) 머리 형상
오지그릇인 독을 묻어 만든 우물 '독우물'도 도구머리

"서울이 낭이라니까 과천부터 긴다"는 말이 있다. 서울 인심이 야박하여 낭떠러지와 같다는 말만 듣고 미리부터 겁을 먹는다는 뜻이다. 지금도 시골 사람이 서울에 가자면 이모저모 아무래도 긴장되는 게 사실인데 옛날에야 어떠했겠는가. 평생에 서울 한번 가보지 못하고 죽는 사람이 수두룩했던 시대니 더 말할 것도 없을 것이다. 『동국여지승람』에는 과천(현)이 남쪽으로 수원부까지 34리, 북쪽으로 노량까지 20리이고, 서울까지는 33리로 나온다. 『춘향전』에서도 보면 어사또(이 도령)가 남행할 때 서울에서 출발하여 과천에서 중화하고(점심을 먹고), 수원에서 첫날밤을 잔다. 수원까지가 하룻길이고 그 중간쯤이 과천인 것이다.

과천에서 서울을 가자면 우선 남태령고개를 넘어 승방평으로 내려선다. '승방평(승방뜰, 승방벌)'은 현 지하철 사당역 일대에 있던 마을이자 들 이름이다. 마을 뒷산 곧 관악산 기슭에 관음사라는 절이 있고, 그절 앞들에 있던 마을인 데서 이름이 유래되었다. 이 승방평에서 서울

쪽으로 향하면서 첫 번째로 마주치는 마을이 도구머리이다. 현재는 방배경찰서 뒤편으로 일대에는 이수초등학교와 방배2동주민센터가 위치하고 있다. 『서울지명사전』에 도구머리는 "서초구 방배동에 있던 마을로서, 옛날 남태령에서 승방평을 지나 서울로 들어가는 길 어귀에 있던 데서 마을 이름이 유래되었다…『조선지지자료』에는 '도구두(道口頭)'로 표기되어 있다"고 설명하고 있다. '도구머리고개' 항목에서는 "도구머리는 도구두라고도 하였는데, 옛날 남태령으로부터 한양으로 들어가는 들머리 입구에 있던 마을이었다"고 설명하고 있다.

두 설명 모두 '도구머리'를 서울로 들어가는 '길 어귀', '들머리'로 설명하고 있다. '어귀'는 "드나드는 목의 첫머리"라는 뜻을 가지며, '마을 어귀', '골목 어귀' 같이 쓰이는 말이다. 또한 '들머리'는 "들어가는 맨 첫머리"라는 뜻을 가지며, '동네 들머리', '겨울 들머리' 등과 같이 쓰이는 말이다. 결국 '어귀'나 '들머리'가 비슷한 말인 것을 알 수 있다. 그러니까 '도구머리'는 '(서울로 들어가는) 길의 첫머리'라는 뜻을 갖는 것으로 볼 수 있다.

'도구(道口)'라는 한자어는 우리나라에서는 잘 쓰이지 않았고, 중국에서는 '길목'이라는 뜻으로 흔히 쓰였다. 방배동의 '도구'는 우리말 '길 어귀'나 '들머리'를 한자의 뜻을 빌려 표기한 것일 가능성이 크다. '머리(頭)'는 중복된 표현으로 볼 수 있는데, 이곳의 지리적 특징을 강조하기 위해 덧붙인 말일 것이다. 이 '도구머리'를 '동구머리'에서 변화된 말로 보는 곳도 있다. '동구머리'라는 말은 사전에는 없는 말이지만 '동구(洞口)'에 '머리'를 덧붙여 '들머리(들어가는 맨 첫머리)'의 의미를 강조한 말로 생각해볼 수 있다. '동구'라는 말도 '동네 어귀'라는 뜻을 갖는 말이다. 부여읍 자왕리의 자연마을 '도구머리'는 '동구머리'가 변하여 된 이름이라고 설명하고 있다. "마을 입구에 마을이 생김으로 즉 먼저 마을이 있는데 또 생김으로 동구머리라 부르다가 변하여 도구머리"가 되었다는 것이다.

조선 후기 전국에서 이름난 3대 장시의 하나로 꼽히던 안성장은 지리적이점에 힘입은 바가 크다. 안성장은 지리적으로 삼남의 각종 물화와 조세 등이 서울로 들어가는 길목에 자리 잡고 있었기 때문이다. 이에 대해 연암 박지원(1737~1805)은 "안성이 경기와 호서를 연결하고 삼남을 통괄하는 입구가 된다"고 표현하였다(『열하일기』 '옥갑야화'). 또한 이중환은 『택리지』('팔도총론' 경기도)에서 "안성이 경기와 삼남 지방의 사이에 위치하여 물화의 유통이 왕성하고 상인의 왕래가 빈번하여 한강 이남의 큰 도회를 이루고 있다"고 하였다. 당시 안성은 동래에서 서울로 이어지는 영남로와 해남에서 서울로 연결되는 호남로를 이어주는 길목에 위치하고 있었던 것이다.

이런 안성장 중에서도 관문 구실을 한 곳의 지명이 '도구머리'여서 관심을 끈다. 이 도구머리와 안성장 사이에는 안성천이 있는데, 아랫녘 하삼도에서 안성장을 들어가려면 누구나 건너야 하는 큰 내였다. 바로 이 내를 건너기 전에 다다르는 곳에 도구머리라는 마을이 있었다. 그러니까 도구머리는 안성장을 찾아온 사람들이 하룻밤 머물며 밥을 먹었던 곳이다. 또한 아침 일찍부터 장을 보러 올라오는 장꾼들도 이곳에 이르러 해장국으로 아침 요기를 하고 물을 건너 안성장으로 들어가는 것이 상례였다고 한다. 지금도 유명한 안성장터국밥집은 이곳 도기동에 있다. 비단 장꾼들뿐만 아니라 양반네들도 이곳에서 쉬며 의관을 정제하고 읍내로 들어갔다고 하는데, 이곳 도구머리가 갓 수선으로 전국적으로 유명했던 것도 상관이 있을 것 같다. 안성맞춤이라던 유기 못지않게 도구머리 갓 수선이 전국적인 성세를 탔다고 한다. 도구머리는 일제강점기까지만 해도 100여 가구 이상이 사는 큰 마을로 안성장이 설 때면 북새통을 이루었다고 한다.

이 '도구머리'의 한자 이름은 '도기(현 도기동)'이다. 『여지도서』(1757~1765년)에는 안성군 서리면이 관문대로 서변에 있다고 나오고 도기리 리명이 나온다. 『1872년지방지도』(안성)에는 영봉천(안성천, 남천)을 사이에 두고 '도기(道基)'와 '장기(場基)' 두 지명이 대비적으로 박혀 있다. 그런데 이 '도기' 지명은 더 일찍이 '도기서원'과 관련해서 기록에 나온다. 도기서원은 1663년에 설립되고 1669년에 사액을 받았는데, 마을의 이름을 따서 도기서원이라 했다고 한다. 도기서원은 사계 김장생을 배향했다. 김장생은 1599년부터 1601년 안성군수로 재임하기도 했는데 이곳 안성 서인계 유림의 큰 스승이었다. 이곳 도기서원 '영귀정기'를 김장생의 제자인 송시열(1607~1689)이 썼는데, 거기에 도기서원의 '도기'가 마을 이름을 그대로 따른 것으로 나와 있다. 이때 '도기'는 '도구머리'를 한자로 바꾸면서 좀 더 뜻이 깊은 단어를 선택한 것으로 보인다. '도기'는『신어(新語)』에 나오는 말로 '도의 기초'라는 뜻인데, '서원'에 어울리는 말이기도 하다.

　『한국지명총람』(안성시 도기1동 도구머리마을)에 따르면 도기동은 뒷산이 거북이 머리처럼 생기고 큰 돌이 박혀 있어 독머리·도구머리·석수·도기라 했다 한다.『두산백과』에는 "마을 앞에 거북 머리처럼 생긴 탑산이 있고, 그 뒤에 큰 바위가 있었는데, 마을이 바위 모퉁이에 있다 하여 도구머리로 불렀다는 설도 있다"고 설명하고 있다. 모두 '도구머리'의 유래를 '돌(石)'로 보고 있는 것은 같은데, 세부 내용은 다르다.『한국지명총람』은 '독머리(독은 돌의 방언형)'를 돌(石)의 머리 쪽에 있다는 뜻으로 보았고,『두산백과』는 '도구머리'를 돌(바위)의 모퉁이로 본 것이다. '머리'를 '머리(頭)'로 보느냐, '모루(隅, 모퉁이 우)'의 변형으로 보느냐의 차이인데, 둘 모두 가능성이 있어 확정하기는 어렵다. 안성 도기동의 '도구머리'는 '돌의 머리 쪽'이든 '돌의 모퉁이'이든 '돌(石)'과 관련한 지명인 것은 확인할 수 있다.『해동지도』에는 '사계서원(도기서원)' 옆에 큰 바위가 인상적으로 그려져 있는데, '도기' 지명의 '돌'이 이 바위일 가능성도 있다. 지역에서는 이 바위가 안성팔경('휴암낙조')에 나오는 '올빼미바위(휴암)'일 걸로 추정하기도 한다.

도구머리의 '도구'를 '돌(石)'의 방언형인 '독'과 관련된 지명으로 보는 곳은 여럿 있다. 서산시 해미면 언암리 '도구머리'는 "언암리 남동쪽에 있는 마을로 마을이 바위의 머리 쪽에 있다 하여 붙은 이름"이라고 한다. 언암리는 1914년 행정구역 개편 때 언내리의 '언'과 칠성암리의 '암'을 따서 이름 붙인 것이다. 이중 칠성암은 높이 1m, 지름 5m 정도의 큰 바위가 마을 가운데 있었고, 그 바위를 중심으로 여섯 개의 바위가 북두칠성처럼 위치해 있어서 북두칠성바위라고 하고 대단히 외경하며 위해 왔다고 한다. '도구머리'는 이 바위에서 비롯된 이름으로 보이는데, '독(돌)의 머리'에서 변형된 이름으로 이해할 수 있을 것 같다.

논산시 연산면 덕암리는 마을 뒷산에 큰 바위가 있어 '덕바우' 또는 '덕암리'라 하였다고 한다. 자연마을로 '도구머리'는 덕바우 위쪽이 되므로 '덕머리'라 하던 것이 변하여 '도구머리', '도구리'라 했다 한다. 도구리는 한자로는 '도구리(道龜里)', '도구리(道丘里)' 등으로 썼는데, 모두 한자의 음을 빌려 표기한 것으로 보인다. 이때의 '도(道)'는 흔히 '돌(독)'을 이두식으로 표기할 때 썼던 한자이기도 하다. 당진시 송악읍 기지시리의 '도구머리' 마을은 밧틀모시 동북쪽에 위치한 마을로, 돌로 된 산의 머리가 된다는 의미에서 명명되었다고 한다.

한편 '도구머리' 지명은 '독우물'에서 변화된 말로도 쓰여 어원적으로 다양한 모습을 보이고 있다. '독우물'은 국어사전에도 나오는 말인데 "밑바닥을 없앤 독을 묻어서 만든 우물"로 설명하고 있다. 이때의 '독'은 옹기로서 "간장, 술, 김치 따위를 담가 두는 데에 쓰는 큰 오지그릇이나 질그릇"을 가리키는 말이다. 그러니까 독우물은 우물의 안쪽 벽을 돌로 쌓은 것이 아니라 밑이 없는 옹기로 대신한 작은 우물이다. 대개 '독우물'은 두레박이 아니라 바가지로 퍼 써서 '박우물'이라 불린 곳도 있다. 이 독우물을 한자로는 '옹정(瓮井, 독 옹, 우물 정)'이라 썼다.

'도구머리'는 이 '독우물'에 장소를 뜻하는 접미사 '-이'가 붙어 '독우물

264

이(도구무리)'로 쓰던 말이 변하여 된 것으로 볼 수 있다. 평택시 고덕면 좌교리 옹정마을은 조선 중엽 세 가구가 이주하면서 우물에 항아리를 묻고 물을 길어 먹어서 유래됐다고 한다. 우리말로는 '독우물' 또는 '도구머리'라고 불렀다. 주민들은 지금도 '옹정'이라면 못 알아듣고, '도구머리'라 해야 알아듣는다고 한다. 이 '도구머리'의 '도구'를 '도구(逃龜, 달아날 도, 거북 구)'로 쓰고 "마을의 형세가 거북이가 도망가다 진흙에 머리가 빠진 것과 같다"는 데서 마을 이름이 유래했다고도 하는데, 이는 '도구'를 한자의 음을 빌려 표기하고 뜻으로 해석한 것에 불과한 것이다.

김포시 통진읍 옹정리(瓮井里)는 마을에 예부터 독우물이 있어서 '독우물골', '독우물', '도구머리' 또는 '옹정리'라 칭하게 됐다고 한다. 진천군 진천읍에 있는 신정리(新井里)는 신대리와 옹정리의 이름을 따서 합성한 지명이다. 신정리의 자연마을로 '도구머리(옹정)'가 있는데, 이는 항아리 모양의 우물이 있어 독우물이라 하던 것이 변하여 불리게 된 이름이라고 한다.

한편 충북 진천군 진천읍 신정리 '도구머리'는 '옹정(瓮井)'으로 쓰고 지역에서는 우물에 '독'을 묻어 붙여진 이름으로 설명하는데, 실제로는 '독'이 없고 바위틈에서 물이 나왔다고 한다. 그러니까 '독우물'의 '독'이 항아리가 아니라 돌(石)이라는 얘기다. 이때의 '독'은 '돌'의 방언형으로 널리 쓰인 말인데, '독(돌) 틈에서 물이 나오는 우물'을 '독우물'로 부른 것이다. 이 독우물에 '-이'가 붙어 '도구무리'가 되었다가 '도구머리'로 바뀐 것으로 볼 수 있다. 모두 '도구머리'의 다양한 유래를 엿볼 수 있는 사례들이다.

개미실에는 개미가 살지 않는다

"개미목·개미허리·개미마을"

개미 모양 지명은 제주 아라동, 경남 통영 한산도 개미목, 경기 연천군 의요리

'큰 골짜기' 뜻 개미실은 여수 소라면 의곡蟻谷마을, 보령 청라면 의평리蟻坪里

사람들 부지런히 산다하여 서울 종로 행촌동 개미마을

붕 몽의생(鵬夢蟻生, 붕새 붕, 꿈 몽, 개미 의, 날 생)이라는 말이
있다. 고사도 없고 출처도 불분명하다. 누군가 새롭게 지어낸
말인 것 같은데 의미는 있어 보인다. 교훈적인 성격이 강하고 가훈 같은
것에 더러 쓰이고 있는 것을 볼 수 있다. 뜻은 "붕새처럼 꿈꾸고, 개미처럼
생활하라" 정도로 해석할 수 있다. 그러니까 꿈은 원대하게 갖되 생활은
허황되지 말고 개미처럼 부지런히 살라는 뜻이다. '붕(새)'은 『장자』
「소요유편」에 나오는데, 하루에 구만 리를 날아간다는 매우 큰 상상의
새다. 등은 몇 천리나 되는지 알 수가 없고, 힘껏 날아오르면 그 날개가
하늘에 드리워져 구름을 덮은 듯 보이는 새다. 그에 비해 땅 위에 사는
'개미'는 커 봐야 1cm 정도로 작지만 일밖에 모르는 듯 아주 바쁘고
부지런하다. 꿈꿀 시간이 없다. 설화에 여름철에 부지런히 일하여 먹을
것을 저축해 두었던 개미가 노래만 부르고 일을 하지 않던 베짱이에게
양식을 꾸어주고 훈계한다는 「개미와 베짱이」 이야기도 있지만, 개미는

우리에게 작으면서도 부지런하고 저축을 잘 하는 동물로 인식되어 왔다.

의몽(蟻夢, 개미 의, 꿈 몽)이라는 말은 '개미의 꿈'으로 읽기 쉬운데, 내용적으로는 '개미 나라에 대한 꿈'이다. 이 말은 고사성어인 '남가일몽'과 같은 의미로 쓰였다. 인생사 한바탕 꿈이라는 뜻을 갖는 '남가일몽'은 순우분(당 나라 때 이공좌가 지은 「남가태수전」에 등장하는 주인공)이라는 사람이 술에 취해 회화나무의 남쪽 가지 아래에 누워 있다가 잠이 들었는데, 꿈속에 괴안국(槐安國, 회화나무 괴)에 가서 공주에게 장가들고 남가 태수를 지내는 등 온갖 부귀영화를 누리다가 깨어 보니, 회화나무 밑동에 커다란 개미굴이 있었다는 고사에서 유래하였다. 말하자면 꿈에서 온갖 부귀영화를 누렸던 괴안국이 한낱 '개미굴'에 불과했다는 이야기다. 본문에서 개미굴은 "위쪽에는 흙을 쌓아서 성곽과 궁전 모양을 만들어 놓았는데 수십 말(斗)이나 되는 개미들이 그 속에 모여 숨어 살고 있었다 … 그 개미가 곧 왕이었고 그곳이 곧 괴안국의 서울이었다"고 쓰고 있다.

개미 지명 중에 우선 눈에 띄는 것은 '개미목'이다. 이는 지형을 개미의 머리와 몸통을 잇는 잘록한 '목'에 빗댄 표현이다. 제주시 아라동에 있는 개미목은 한라산 등산로 중 하나인 관음사 입구에서 4.9km 정도 올라가면 보이는 등성마루로 해발 1,200m 지점에 위치한다. 남서쪽으로 낮아지면서 장구목 북단의 삼각봉과 연결되는 잘록한 안부를 이룬다. 지형이 마치 개미의 목처럼 생겼다고 하여 '개미목'이라는 이름이 붙었으며, 개미의 등처럼 생겼다는 의미로 '개미등'이라 부르기도 한다. 그런데 한라산국립공원관리소의 관음사탐방로 안내에 따르면 "… 구린굴에서 30분 정도 걸면 탐라계곡이 나오고 계곡을 지나 능선을 오르면 울창한 숲을 만나게 되는데 이곳이 개미등이다. 이 개미등에서 1시간 30분 정도 올라야 개미목에 이른다"고 해서, 개미목과 개미등을 구분해서 부르고 있는 것을 알 수 있다.

충남 태안군 소원면 의항리의 우리말 이름은 '개미목'이다. 마을의 지형이 마치 개미의 목처럼 잘록하게 생겼다 하여 '개미목말'로 불리던 것을 한자로 표기하면서 '의항리(蟻項里, 개미 의, 목 항, 마을 리)'가 되었다고 한다. '개미목말'을 줄여 흔히 '개미목'으로 불렀는데, 이를 변형시켜 '개미기'나 '개목' 혹은 '개묵' 등으로도 불렀다 한다. 이곳에 있는 어항 이름은 '개목항'인데 의항항으로 부르기도 한다. 개미목은 2007년 태안기름유출사고의 직격탄을 맞은 곳인데, 조선조 중종 때는 운하 공사로 난리를 피운 곳이기도 하다. '개미목 판개'는 오늘날 태안군 소원면 의항리와 송현리 사이에서 확인된다. '판개'는 땅을 파서 만든 개라는 뜻으로 한자로는 '굴포(掘浦, 팔 굴, 개 포)'로 썼다. 운하를 판 이유는 태안반도의 안흥량이 암초가 많고, 급격한 조류로 인해 빈번히 조운선이 전복되고 파선되었기 때문이다. 그래서 세곡미의 안전 수송과 시간 단축을 위해 이곳 '개미목'에 운하 건설을 시도했던 것이다. 1537년 (중종 32년) 7월에 준공되어 만세를 부르고 논공행상까지 했지만 이듬해 인 1538년 9월 27일 『중종실록』 기사에서는 금시 메워졌다고 쓰고 있어 사실상 실패했다고 볼 수 있다.

'개미목' 지명은 한산도 이순신 장군의 유적지에서도 찾을 수 있다. 한자로는 '의항'으로 썼다. 통영시 한산면 지명 유래에서는 "한산해전에서 대패한 왜군의 잔적들이 … 한산만(제승당개)으로 몰려들었으나 길이 막혀 오도 가도 못 해 이곳 산허리를 뚫고 도망가기 위해 개미떼처럼 엉겨 붙었다. 그러나 뒤쫓아 온 아군과 앞서 상륙한 육전대에게 모조리 도륙당하고 말았다. 그래서 왜적들이 개미떼같이 엉겨 붙어 개미허리 모양으로 잘록이진 모가지같이 되었다 하여 붙인 이름이다"라고 설명하고 있다. 전투 상황에 대한 설명은 추측에 의한 것으로 보이지만 지형에 대한 이야기는 사실인 것으로 보인다. "개미허리 모양으로 잘록이진 모가지 같이 되었다" 하여 붙여진 이름이 '개미목'인 것이다. 이곳 지형은 뱃길로 한산만 좁은 개 안으로 들어가면 개미목으로 깊숙이 들어간 좁은 물길이 있어 넓은 바다로 뚫려 있는 것처럼 보였다 한다. 그러니까 한산도 개미목은 원래 지형이 잘록한 개미허리처럼 생긴 데서 붙은 이름인 것이다.

미인의 가는 허리를 비유적으로 이르는 말에 '개미허리'가 있다. 국어사전에도 나오는 말이다. 이 개미허리가 지명에서도 많이 쓰였는데, 개미머리와 함께 개미의 외형에 빗댄 이름이다. 황해북도 황주군 내외리 남쪽 '개미허리산'에 있는 마을은 '개미허리'로 불렀고 한자로는 '의요동(蟻腰洞)'이라고 했다. 요 자는 '요통'이라는 말의 그 요 자로 '허리 요' 자이다. 평안북도 운전군 덕원리 서북쪽에 있는 마을 '갬허리'는 마을의 지형이 개미허리처럼 잘록하게 생겨 붙여진 이름인데, '개미허리'라고도 한다. 연천군 청산면 백의리는 본래 양주군 청송면 지역으로, 개미 모양의 산이 있으므로 '개미허리'라 하고 '의요리'라 하였다. 이밖에도 '개미고개', '개미재' 지명에도 흔히 개미허리처럼 잘록하다는 설명이 붙는 것을 볼 수 있다.

'개미머리'는 평북 태천군 안흥리의 서쪽에 있는 마을 이름인데, 개미머리처럼 생긴 둔덕 아래에 위치해 있다고 한다. 황해북도 장풍군 구화리의 서북쪽에 있는 마을 '개머리'는 개미머리처럼 생긴 산이 있어 '개미머리'라고도 한다. 한자로는 '의두동'이라 했다 한다. 전북 김제시 복죽동에 있는 자연마을 '개머리'는 마을 뒷산이 풍수지리상 왕개미를 닮은 형국으로, 그 머리 부분에 있는 마을이라 하여 '개머리' 또는 '개미머리'라고 하였다 한다. 1914년 행정구역 개편 때 한자로 바꾸면서 '의두리(蟻頭里)' 또는 '의두마을'이라 하였다. 한편 '개머리'는 옛날에는 마을 앞까지 조수가 들어온다고 하여 '갯가마을'이라고 부르다가 '개머리'가 되었다는 설도 있다.

충남 연기군 전동면에 위치한 '개미고개'는 산이 개미허리처럼 생긴 데서 지명이 유래했다고 전한다. 『전의현읍지』에는 '의항현(蟻項峴)'으로 표기되어 있다. 일부 향토지는 '개미기고개', '의현'으로 표기하고 있다. 그런데 원래의 개미고개는 전의면 수구동에서 전의주유소에 이르는 곳을 가리키며, 아울러 개미고개의 개미는 신(神)을 뜻하는 신인, 즉 무당 또는 귀신을 뜻한다는 주장도 있어 주목된다. 개미가 이두식 표현으로 '가미'를 뜻한 데서 유래했다는 것이다. 개미고개는 가미고개, 즉 무당고개 또는 귀신고개의 의미를 갖는다는 것이다. 이와 관련해서는 청주시 상당 구 남일면 가중리 개미실 지명을 참고해야 할 것 같다.

'개미실'은 옛적에 큰 인물이 살았다 해서 '대감이 사는 마을'이라는 의미로 '감실'이라 했는데, '감실'에서 '갬실, 개미실, 가암실, 가곡' 등으로 변화됐다고 전해진다. 개미실은 가중리의 중심 마을 이름이자, 장암동 방죽말마을과 가중리 개미실마을 사이의 골짜기를 가리키기도 한다. 이에 대해 『한국향토문화전자대전』에서는 "'개미실'은 '개미'와 '실'로 분석된다. '개미'는 '신(神)'의 뜻인 '감(곰)'에서 기원한 것으로, '크다'나 '높다'를 뜻한다. '감'은 지명에서 '감', '검', '금', '가마', '가매', '고마', '가미', '가무', '개마', '개매', '개미' 등으로 다양하게 나타난다. 특히 '개미'의 경우 '감'에 조음소 '-이'가 붙어 '가미'가 되고, '가미'에 'ㅣ'가 첨가되어 '개미'로 실현된 것이다. '실'은 '골짜기[谷]'의 뜻으로, 일찍부터 지명에 사용되었다"고 설명하고 있다. 뜻에 대해서는 '감실'이나 변화형 '개미실'은 '큰 골짜기'로 해석된다면서, 지역에 따라서는 '개미실' 외에 '가마실'·'가미실'도 보인다고 덧붙이고 있다. 여수시 소라면 봉두리 '의곡 (蟻谷)마을'도 우리말로는 '갬실' 또는 '개미실'로 불렸는데, 큰 골짜기라는 뜻으로 말하고 있다. 이곳 갬실마을은 삼면이 바다로 둘러싸인 여수반도 에서 중심부에 위치하며 가장 길고 큰 골짜기를 이루고 있다고 한다.

보령시 청라면 의평리(蟻坪里)는 '개미벌'이라고 부르는 들에 마을이 이룩되었으므로 '개미벌', '갬밭' 또는 '의평'이라 불렸는데, 1914년 행정구 역 개편 때 여러 리를 병합하여 의평리라 하였다. '개미벌'은 마을 둘레에 있는 큰 들을 부른 이름이라고 한다. 고려 때 김성우 장군이 군사를 장산리 북방에 매복시키고 침입하는 왜적들을 습격하여 섬멸했는데 개미들이 그 시체를 뜯어 먹으려고 사방에서 모여들어 개밋둑을 이루었다고 전한다. 이곳 '개미벌'도 '큰 들'을 일컬은 것으로 보아서는, '크다'의 뜻을 가진 '감'에서 유래된 이름으로 보인다.

　개미의 생물학적인 외형이 아니라 생태적인 특성과 관련된 지명도 있는데 '개미마을'이 그런 예이다. 서울 종로구 행촌동 1-113번지에 은행나무가 있는 마을을 은행동 혹은 은행나무골이라 불렀다. '은행동'은 한 때 '개미마을'이라고도 불렸는데, 1960년대 말부터 1980년대까지 폐휴지를 수합하여 생계를 유지하는 자립단(혹은 자립부락민)들이 집단 거주하였다고 한다. 이들이 열심히 일하는 모습이 마치 개미 같아서 '개미마을'이라는 애칭이 붙었다고 한다. 1980년을 고비로 일대가 정비되자 이들도 하나둘씩 떠나고 동네 이름만 전설처럼 남았다고 한다.

　서대문구 홍제3동에 위치한 '개미마을'은 6·25 전쟁 당시 피난민들이 판자로 만든 집에서 옹기종기 모여 살던 달동네였다. 인왕산 등산로 입구에 자리한 마을로, 한때는 '인디언촌'이라는 이름으로 불리기도 했다. 가파른 언덕 위에 빽빽하게 들어선 천막집들과 피난민들의 모습 때문에 인디언촌이라 불리었던 것으로 추정된다고 한다. '개미마을' 이름은 80년대 들어서부터 불리었다고 하는데 왜 그렇게 부르게 되었는지에 대해서는 전하는 바가 없다. 단지 주민들이 개미처럼 열심히 일하면서 모여 살아 붙여졌다고 짐작할 뿐이다. 전남 영암군 영암읍 회문리에는 회의촌(會蟻村, 모일 회, 개미 의)이라는 특이한 지명이 있는데, '개미마을'의 한자 이름으로 보인다. 1914년 행정 구역 개편 이전부터 불린 이름이다. 지역에서는 "개미떼처럼 많은 사람들이 모여드는 마을"이라는 뜻으로 말한다.

달밭골에 봄이 오면

"달밭·다락밭·다라치"

달밭은 月田으로 썼지만 山田을 뜻해

경북 영양 상원리 달밭골, 경북 영주 풍기 삼가리 달밭골은 모두 높은 산에

또 다른 뜻의 달밭은 달뿌리풀이 많이 난 곳, 북한의 땅이름 중 많아

얼마 전 KBS 1TV에서 〈인간극장〉 '달밭골에 봄이 오면' 편을 본 적이 있다. 경북 영양군의 심심산골에 자리 잡은 100년도 더 된 낡은 흙집에서 오손도손 살고 있는 세 모자 이야기였다. 85세 노모는 7남매를 키워 대처로 내보냈는데, 큰아들은 27년 전에 다섯째 아들은 5년 전에 도시에서 돌아와 어머니를 모시고 함께 살고 있다. 60세, 50세의 두 아들은 아직 미혼이라 어머니의 속을 끓이지만 본인들은 때가 되면 간다면서 태평이다. 아궁이에 불을 때고, 콩나물을 키워 먹고, 괘종시계 밥을 주며 살지만, 어릴 때부터 하던 일이라 큰 불편을 모르고 산다면서 만족해한다.

길이 험하다고 택시도 안 들어오려 하고, 전기검침원은 "여기가 영양에서 제일 먼 집이다. 겨울에는 잘 오지도 못한다"고 말하는 오지 중의 오지. 논은 없고 주로 고추 농사를 짓고 산다. 밭을 가는 작은 농기계가 없는 것은 아니지만, 돌이 많은 밭은 소를 대신해 아우가 쟁기를 끌고

형이 밀어 밭을 갈기도 한다. 큰아들은 "이 동네가 왜 달밭골인 줄 아세요?" 물으며, 달밭골의 유래를 설명한다. 예전에는 월전곡이라 했는데, 달 '월' 자에 밭 '전' 자에 골 '곡' 자, 달 아래 밭이 있는 골짜기라는 것이다. 그것은 곧 하늘 아래 밭이 있는 골짜기라는 뜻으로, 그만큼 골이 깊다고 말을 한다.

'달밭골'은 행정적으로는 영양군 영양읍 상원리에 속한 자연마을이다. 영양군 홈페이지에서는 '달밭골·월전'에 대해서 "달 보기가 좋은 곳이라는 뜻에서 월전이라 했다. 영해에서 상원으로 시집을 온 한 아낙네가 답답함을 달래려고 이곳으로 와 달구경을 하며 고향 생각을 하였다는 이야기가 전해진다. 월전은 달밭골을 한자로 뒤쳐 적은 것이며 땅 이름의 분포로 보아서 '달'은 높다는 뜻이니 달밭골은 높은 곳에 자리한 밭이란 뜻으로 새길 수 있다"고 설명한다. 한마디로 달밭골은 "높은 곳에 자리한 밭"이고, 그것을 한자로 적은 것이 '월전'이라는 것이다. '달'을 '월(月)' 자로 쓰고, '밭'을 '전(田)' 자로 썼다.

또 다른 '달밭골'은 경북 영주시 풍기읍 삼가리에 있는데, 소백산의 대표적인 오지마을이다. 달밭골이 속한 삼가리는 병란을 피해 살아남을 수 있는 피난처로도 꼽혔던 곳이다. 조선시대 예언서인 『정감록』에서 말한 열 곳의 피난처를 '십승지'라 불렀는데, 그중 제1승지가 소백산 금계바위를 중심으로 한 금계동, 욱금동, 삼가동이라는 것이다. 그중에서도 '삼가동'은 가장 높은 곳에 있는데, 소백산 깊은 산속에 숨어 있다. 삼가동 주민의 70%가 이북, 주로 평안도에서 넘어 온 정감록 신봉자들의 후손으로 4~5대에 걸쳐 이곳에 살고 있다고 한다. 달밭골은 해발 750m로 소백산에서도 가장 높은 곳에 있는 마을인데, 소백산 비로봉으로 가는 길목에 자리 잡고 있는 탓에 많이 알려져 있기도 하다.

『한국지명유래집』(경상편)에서는 '달밭골'을 "한자로 표기해서 월전곡(月田谷)이라고도 한다. 달밭이 있는 골짜기 마을을 말한다. … 이 달밭골은 산중에 밭을 일구어 사는 마을인데, 완만한 경사지에 달떼기만 한 밭들이 다닥다닥 붙어 있다. 지명은 이 밭의 모습에서 유래하였다고 한다"고 쓰고 있다. 〈영주시사〉에는 "마을이 산 높은 곳에 있어 보름달을 환하게 볼 수 있어 '달밭골'이라 부른다. 또 '달밭'은 '다락밭'이라고도 하는데 산전(山田) 또는 '산밭'을 의미한다"고 되어 있다.

달밭은 '달+밭'으로 분석할 수 있는데, '달'은 하늘의 달과는 관계가 없는 말이다. '달'은 고구려계의 말 '달(한자로는 흔히 '達(달)'로 표기됨)'에서 온 것으로, '산'이나 '높다'는 뜻을 갖는다. 따라서 달밭은 '높은 곳에 있는 밭 곧 '산전'을 가리키는 말이며, 달밭골은 그런 밭이 있는 골짜기를 가리키는 말이다. 그리고 이 달밭을 한자로 써서 흔히 '월전'이라 했는데, '월'은 '달'을 훈음차한 것이고, '전'은 '밭'을 훈차한 것이다. 거기에 골짜기를 뜻하는 한자 '곡(谷)'을 붙여 '달밭골'을 '월전곡'으로 표기한 것이다.

'다락밭'은 달밭과 동일한 어원을 가진 말로 보인다. 다른 지역의 경우 달밭을 '달앗'으로 부르는 것을 볼 수 있는데 '앗'은 '밭'의 변이형으로 본다. 다락밭은 이 '달앗'에서 변한 말로, '달앗(달앝)'에 '밭'이 붙으면서 '다락밭'이 된 것으로 생각할 수 있다. 이때 '밭'은 '달앗'에서 '앗(밭)'의 의미가 약화되면서 '밭'이라는 뜻을 강조해서 덧붙인 것으로 보인다. 어쨌든 '산'을 뜻하는 옛말 '달'에서 비롯되어 '산전'을 뜻하는 것만은 분명하다.

달밭과 같은 어원을 갖는 '다락밭'은 남한보다 북한에서 많이 쓰이고 있다. 북한에서 다락밭은 대개 산비탈을 깎아 만든 계단밭을 뜻한다. 일반적인 논밭보다 높은 곳에 있고, 산비탈에 만들다 보니 층이 생겨 있는 것이다. 비탈을 따라 만들어지되 층이 지지 않은 밭은 따로 '비탈밭'이라 부르는 것 같다. 북한의 다락밭 건설은 1976년 10월에 당에서 채택한 5대 자연개조 사업의 하나로 대대적으로 이루어졌는데, 기울기 16도 이상 되는 경사진 밭을 폭 13~20m 정도로 계단을 만들어 토양 유실을 방지하고 기계화작업이 가능하도록 했다. 그래서 북한의 촌락 산지는 나무를 베어내고 꼭대기 가까이까지 밭으로 개간한 모습을 보이게 된다. 북한의 이러한 다락밭 건설은 결과적으로는 산지의 황폐화와 많은 토사의 유실을 가져와 역기능의 피해가 심각했던 것으로 보인다.

한편 '달밭'은 또 다른 뜻으로도 쓰여 주목된다. 국어사전에는 '산전'을 뜻하는 '달밭'은 나오지 않고, "달뿌리풀이 많이 난 곳"을 뜻하는 '달밭'만 나온다. '달뿌리풀'은 "볏과의 여러해살이풀. 높이는 2미터 정도이며 잎은 어긋난다. 8~9월에 자주색 꽃이 원추 화서로 핀다. 냇가에 서식하며 한국의 경북·제주·함경, 일본 등지에 분포한다"고 되어 있다. 그러니까 '달밭'은 우리가 억새밭, 갈대밭이라 부르는 식으로 달뿌리풀이 군락을 이룬 곳을 가리키는 말로 써 온 것이다. 달뿌리풀은 달, 달풀, 덩굴달로 부르기도 했는데, 한자어로는 용상초라 했다. 냇가에 서식하는 탓에 갈대와 혼동하기 쉬운데 시골 사람들은 이를 구분해서 갈대를 '갈', 달뿌리풀을 '달'이라 부르기도 했다.

달뿌리풀은 갈대와 달리 뿌리줄기(기는줄기)가 지상으로 나와 옆으로 건너뛰듯 벋으며 새로운 싹을 내는 번식 특성 때문에 '덩굴달'이라고도 불렸는데, 이러한 특성이 갈대와 구분 짓는 중요한 차이점이기도 하다. 또한 이름 '달뿌리'도 '달린 뿌리' 혹은 '(땅위를) 달리는 뿌리'라는 뜻에서 유래되었다고 한다. 그렇게 보면 달뿌리풀이 많이 나서 '달밭'이라 부를 때 '달'은, '산'의 옛말인 '달'과는 어원이 영 다르다는 것을 알 수 있다. 달뿌리의 뿌리는 열을 내리고 몸 안에 있는 독을 풀며 소변이 잘 나오게 하는 등의 작용이 있어 예로부터 한방이나 민간에서 약으로 귀중하게 썼다. 또한 줄기와 잎은 가축의 사료로 썼고, 지역에 따라서는 갈대 대신 발이나 자리를 엮는 데 쓰기도 했다. 우리 생활과 밀접한 식물이었던 것이다.

북한에도 마을이나 골짜기 지명에 '달밭골'이 많은데 거의 대부분

달뿌리풀과 관련짓고 있다. 남한의 달밭골은 대개 높은 곳에 있는 산전으로 유래를 이야기하는데 비해, 북한의 달밭골은 한둘 예외를 제외하고는 모두 '달풀'로 유래를 이야기하고 있다. "달풀이 많이 자라고 있다"거나 "달뿌리풀이 많이 자라 밭을 이루고 있다"고 설명하는 것이다. 평양시 삼석구역 원신리 남쪽에 있는 마을 달밭골은 월명동이라고도 하는데, "삿자리를 겯는 달밭이 있었다. '월명동'은 달밭골을 한자로 잘못 표기한 것이다"(『조선향토백과』)라는 설명이다. "삿자리를 겯는 달밭"이라 한 것으로 보아 달뿌리풀이 많이 자란 곳임이 분명해 보인다. 한자 지명 '월명동'은 '달밭'을 '달이 밝다'는 뜻으로 옮겨 '월명(月明, 달 월, 밝을 명)으로 쓴 것 같다.

달밭골 지명은 '월전(月田)'으로 한자화 되는 것이 보통인데, 더러는 '달전(達田)'으로 한자화 되기도 했다. 이때의 '달(達)'은 뜻과는 상관없이 한자의 음을 빌려 표기한 것이다. 세종시 전의면 달밭골은 달전리로 썼다. 달밭골은 높은 지대에 위치하며 국수봉, 국사봉 등의 산지로 이루어져 있는 산촌마을이다. 같은 시 금남면에도 달전리가 있는데, 산막이 많았었다 한다. 산막은 산속에 임시로 천막같이 지은 집을 뜻하는데 아마 개간 당시의 상황을 말하는 것 같다. 마을 앞산이 반달같이 생겼다 하여 '달밭' 또는 '월전(月田)'이라 하다가 1914년 행정구역 개편 때 '달전리'가 되었다고 한다. '월전'이 '달전'으로 바뀐 것을 볼 수 있다.

충남 공주시 이인면에 속하는 달산리는 1914년 행정구역 개편 때 달전리와 정산리에서 '달' 자와 '산' 자를 따 '달산'이 되었다. 원래는 '아래달밭'과 '윗달밭'이 있었는데 아래달밭은 정씨가 많이 살아 정산골, 윗달밭은 강씨가 많이 살아 강골이라고 하였다 한다. 합치기 전 '정산리'도 원래는 '달밭' 지명이었음을 알 수 있다. 경북 포항시 남구 연일읍 달전리는 이 지역의 능선을 따라 개간한 밭에 농사가 잘 되어 '달밭들'이라 부르던 것을 한자화 한 것이라 한다. 북한의 강원도 김화군 상판리 옛 이름

달전리는 본래 금성군 임남면의 지역으로서 산 아래에 밭이 있던 마을이라 하여 '다라치'라고 하던 것을 한자로 옮기면서 달전리가 되었다고 한다. '다라치(달앗치)' 역시 달밭 지명인 것을 알 수 있다.

나무 1바리가 쌀 1말 값

"섶밭 · 말림갓 · 까끔"

섶 지고 불로 들어간다… 섶은 땔나무, 전북 장수 천천면 섶밭들
섶 신薪 자 쓰는 경남 의령 신전리, 경북 문경 신전리, 경남 고성 신전리
섶밭 단속하던 곳은 말림갓… 갓뒤 마을, 큰갓 마을

'어염시수(魚鹽柴水)'라는 말이 있다. 물고기 어, 소금 염, 섶(땔나무) 시, 물 수. 곧 생선·소금·땔나무·물이라는 뜻으로, 생활에 필요한 물품을 통틀어 이르는 말이다. 어느 것 한 가지라도 빠지면 사람살이가 어려워지는 것들이다. 어느 고을이 어염시수가 고루 풍부해서 살기에 아주 좋다라는 식으로 쓰였던 말이다. '어염시수' 네 가지 중 나머지 세 가지는 먹을 것인데 비해 '시(柴)'는 땔나무라는 점이 특이하다. 먹을 것 못지않게 땔나무가 우리 생활에 있어 절대적이었다는 것을 말해준다. 사실 먹을 것이 있어도 그것을 불을 피워 끓일 수 없다면 그림에 떡일지도 모른다. 또한 추운 겨울에 아궁이에 불을 피울 수 없다면 그것도 이만저만한 고통이 아닐 것이다.

땔나무와 관계되는 고사성어에는 '와신상담(臥薪嘗膽)'이라는 말도 있다. 누울 와, 섶(땔나무) 신, 맛볼 상, 쓸개 담. 불편한 섶에 몸을 눕히고 쓸개를 맛본다는 뜻으로, 원수를 갚거나 마음먹은 일을 이루기 위하여

278

온갖 어려움과 괴로움을 참고 견딤을 비유적으로 이르는 말이다. 중국 춘추시대 오나라의 왕 부차가 아버지의 원수를 갚기 위하여 장작더미 위에서 잠을 자며 월나라의 왕 구천에게 복수할 것을 맹세하였고, 그에게 패배한 월나라의 왕 구천이 쓸개를 핥으면서 복수를 다짐한 데서 유래한다. 그러니까 한 사람이 와신상담을 한 것이 아니라, 오왕 부차가 '와신(섶에 누워 잠)'을 하고, 월왕 구천은 '상담(쓸개를 맛봄)'을 한 것이다. 여기서 오왕 부차가 우툴두툴한 장작더미 위에 누워 잠을 잤다는 것은 사실 잠을 자지 않았다는 말일 것이다. 등이 배겨 도무지 잠을 이룰 수 없는 극단의 고통을 그것도 수년간 행하며 복수를 다짐한 것이다.

위에서 쓰인 '시(柴)'나 '신(薪)'을 우리말로는 '섶'이라고 불렀다. 한자사전에도 흔히 '薪, 섶 신', '柴, 섶 시'로 나오는 것을 볼 수 있다. 한자를 연구하는 사람들은 '薪(신)'은 장작 같이 거칠고 큰 땔나무를, '柴(시)'는 '신'에 비하여 작은 땔나무를 이르는 것으로 구분해서 보기도 하는데, 일반적으로는 명확한 구분 없이 '시'나 '신'을 함께 써 왔던 것 같다. 우리 속담에 "섶을 지고 불로 들어가려 한다"는 말도 있는데, 땔나무를 지고 이글거리는 불속으로 뛰어든다는 뜻으로 앞뒤 가리지 못하고 미련하게 행동함을 놀림조로 이르는 말이다.

국어사전에 '섶'은 "잎나무, 풋나무, 물거리 따위의 땔나무를 통틀어 이르는 말"로 나온다. 여기서 잎나무는 "가지에 잎이 붙은 땔나무"를 뜻하고, 풋나무는 "갈잎나무, 새나무(띠, 억새 따위), 풋장(잡풀이나 잡목을 베어서 말린 땔나무) 따위의 나무를 통틀어 이르는 말"이다. 물거리는 잡목의 우죽(우두머리에 있는 가지)이나 굵지 않은 잔가지 따위와 같이 부러뜨려서 땔 수 있는 것들을 이른다. 여기서 눈에 띄는 것은 띠나 억새 같은 땔감을 '새나무'로 부르고 있는 것이다. '새'는 억새를 뜻하는 말인데 여기에 나무 자를 붙여 땔나무로 인식하고 있는 것을 볼 수 있다.

경남 의령군 대의면 신전리(薪田里)는 예로부터 땔나무(섶)가 많이 났으므로 '섶밭' 또는 '썻밭'이라 하였다고 한다. 지금도 '신전'보다는 '섶밭'이란 이름을 많이 쓴다면서, '신전'은 '섶밭'의 훈차자로 '섶'을 '신(薪)'으로 옮기고 '밭'을 '전(田)'으로 옮긴 것이라 설명하고 있다. 그러면서 주위가 온통 큰 산과 울창한 숲으로 둘러싸여 있기 때문에 장작, 삭다리(삭정), 갈비(솔가리), 물고리, 썩둥구리 등 온갖 땔감나무가 많이 나는 곳이라는 설명을 덧붙이고 있다. 삭정이는 "살아 있는 나무에 붙어 있는, 말라 죽은 가지"를 뜻한다. 갈비는 '솔가리'의 방언으로 말라서 땅에 떨어져 있는 솔잎을 가리키는데, 갈퀴로 긁어모아 땔감으로 삼은 것이다. 물고리는 위에서 말한 '물거리'를 뜻하는 것으로 보이고, 썩둥구리는 '나뭇등걸'의 경남 방언이다. 이로써 보면 '섶'은 장작부터 마른 솔잎까지 산과 들에서 구할 수 있는 거의 모든 땔감이 망라된 말인 것을 알 수 있다.

섶밭 지명은 전국적으로 아주 많다. 경북 문경시 산양면에 있는 신전리(新田里)는 마을 개척 당시 숲이 우거진 곳이라 하여 '섶밭'이라 불리다가 1914년 행정구역 개편 때 바뀐 이름이라고 한다. 경남 고성군 대가면 신전리(新田里)는 마을 주변에 숲이 많이 있다 하여 '섭밭'이라 불리어 오다가 신전리(新田里)로 개칭되었다고 한다. 섶 신 자 신전리(薪田里)가 새 신 자 신전리(新田里)로 바뀌었는데, 이는 다른 의미는 없고 단지 좀 더 쓰기 쉽고 많이 알려진 한자로 바꾸어 쓴 것에 불과하다. 1984년에 청남대를 건설한 '섯밭'은 신전리라는 한자 지명이 대응된다. 『여지도서』에 '신전리(新田里)'가 보인다. 따라서 '섯밭'은 '섶밭' 곧 '섶으로 이루어진 밭'으로 풀이한다.

경북 봉화읍 도촌1리 섶밭은 뒷산에 사령당 봉수대가 있는데 이곳 봉수지기들이 봉화불에 사용할 땔감을 이곳에서 마련하여 나르며 또한 섶을 만들어 사용하였다 하여 '섶밭'이라고 불렀다 한다. 김천시 남면 월명리 섶밭은 예전에 숯을 굽던 밭이 있었다고 하여 '섶밭'이라 했다 한다. 많은 땔감이 필요했던 봉수대나 숯막에게는 이 섶밭이 필수적이었을 것이다.

전북 장수군 천천면 연평리 섶밭들 마을은 예로부터 이곳에 땔감나무가 많다고 하여 땔감나무를 뜻하는 '섶밭들'이란 지명이 생겨났다고 전해진다. 또한 섶나무(땔감나무)를 지게에 지고 읍내에 내다 팔아 생계를 유지하는 사람들이 살았던 마을이라는 뜻이라고도 한다. 논농사가 어려운 산골 오지라 산비탈을 개간한 밭에서 콩, 깨, 기장 등 잡곡을 심어 생계를 이었다는 것으로 보아, 나무를 내다 파는 일을 업으로 한 사람들이 많이 있었을 것으로 보인다. 지금은 빽빽하게 자리 잡은 숲(섶밭)과 금강의 발원지에서 흘러나온 맑은 여울 등 자연 경관을 활용해 '산촌생태마을'로 거듭나고 있다고 한다. '섶밭'은 '섶밭들' 외에도 '섶밭말', '섶밭등', '섶바탕', '섶밭재', '섶밭골', '섶밭산', '섶머리' 등 많은 파생 지명이 있다.

섶밭 지명에서 또 하나 새겨볼 것은 '밭'이라는 말이다. '밭은 우선적으로 '농사짓는 땅'을 생각하기 쉬운데, 지명에서는 "어떤 사물이 모여 있는 곳"의 의미로 보편적으로 나타난다. 섶밭 역시 '섶이 많이 있는 곳'의 의미로 생각할 수 있다. 그런데 '섶'이 우리 생활에서 필수불가결한 물품이었던 탓에, '섶밭'은 자연히 곡물을 생산하는 논밭과 마찬가지로 재산(소유) 개념으로 진화하는 것을 볼 수 있다.

고려시대의 전시과는 관료들에게 곡물을 재배하는 토지인 '전지(田地)'와 땔감을 채취할 수 있는 토지인 '시지(柴地)'를 나누어준 제도이다. 전지와 시지를 같은 성격의 토지로 취급한 것이다. 물론 토지의 소유권을 준 것은 아니었고 수확의 1/10을 조세로 거둘 수 있는 권한 즉 수조권을 준 것이었다. 그러니까 시지의 주변에 거주하는 농민들에게 그것을 이용하게 하고, 그 대가로 일정한 양의 땔감이나 숯을 받았던 것으로 보인다. 이 전시과는 고려 말 과전법의 시행과 함께 폐지되었지만 그 전통은 조선시대에도 계속 이어졌던 것으로 보인다.

조선시대에는 '시장(柴場, 섶 시, 마당 장)'이라는 말이 많이 쓰였는데, 시장은 땔나무를 구할 수 있는 산지 곧 '섶밭'을 뜻했다. 원칙적으로 시장은 특정 기관이나 개인이 사적으로 점유하거나 소유하는 것이 금지되었다. 백성들의 공동 이용지로 규정한 것이었다. 그러나 각사와 왕실이 시장을 일정하게 배정받아 땔나무로 쓰는 시초(柴草)의 공급지로 활용하면서 시장을 사적으로 점유하는 빌미가 되었다. 거기에 왕들이 왕자·공주에게 시장을 사여하는 경우가 많아지면서 점차 시장은 사점의 대상이 되었고, 그와 더불어 권세가·토호 등도 시장을 사점하기 시작한 것이다. 이들은 시장에서 노비를 통해 땔나무를 조달하거나 주민들에게 시장을 이용하는 대가로 땔나무를 수취하기도 하였다. 이러한 시장의 사점은 임진왜란을 거치면서 가속화되어 사회적으로 많은 문제를 야기했다. 실록에서 임진왜란 전인 명종 9년(1554년) 12월 10일에 사헌부가 아뢴 내용을 보면 그 심각성을 짐작해볼 수 있다. 사헌부는 감찰 업무를 담당하던 행정기관으로 오늘날로 치면 검찰이나 감사원에 해당한다.

헌부가 아뢰기를,

"…서울 둘레의 30리 안의 시초(柴草)가 나는 곳들은 모두 세도가의 입안(立案) 속에 들어가 버려 베어 가는 것을 금하기 때문에 근방의 나무를 해다 파는 사람들이 위세를 두려워하여 감히 손을 대지 못하고 물 건너고 고개 넘어가 나무를 해 와야 하니 지극히 고생스럽습니다. 이러므로 저자에서 파는 나무 값이 매우 비싼데 입안이 많아질수록 나무 값이 비싸집니다.

올해는 흉년이라 쌀이 매우 귀한데도 나무 1바리의 값이 쌀 1말이나 되어 서울의 백성들이 이미 먹고 살기도 어려운데 또 나무 마련이 어려우므로 원통해 하는 고통 소리를 차마 들을 수 없습니다. 사대부들이 법을 무시하고 이득을 독차지하는 짓이 어찌 이 지경에 이르렀습니까. 맹가(孟軻)의 말에 '상하가 이득만 도모하면 나라가 위태해진다'고 했으니 어찌

한심스럽지 않겠습니까.

'나무 1바리'에서 '바리'는 마소(말이나 소)의 등에 잔뜩 실은 짐을 뜻하기도 하고 또 그것을 세는 단위를 뜻하는 말이다. 나무 1바리가 쌀 1말 값까지 치솟았다는 얘기다. 나라가 위태로워진다는 얘기까지 나오는 것을 보면 사태가 아주 심각했음을 알 수 있다. 위 글에 나오는 '입안(立案)'은 요즘으로 말하면 '등기' 같은 것으로, 조선시대에 토지·가옥·노비나 그밖에 재산의 매매·양도 등의 사유가 발생했을 때 취득자가 관에 입안을 신청하면 관에서 사실을 확인한 다음 발급하던 문서이다. 당시에 이미 많은 시장이 사유화되고 매매·양도가 되었다는 것을 알 수 있다. 그것은 곧 시장 곧 섶밭이 개인의 재산으로 철저하게 관리되고 단속되었음을 의미하기도 한다.

이 시장을 우리말로는 '말림갓'이라 했는데, 그냥 '갓' 혹은 '말림'이라고도 했다. 『표준국어대사전』에는 "산의 나무나 풀 따위를 함부로 베지 못하게 단속하는 땅이나 산. 나뭇갓과 풀갓이 있다"고 나온다. '말림갓'의 '말림'은 '말리다'에서 온 말이다. 『표준국어대사전』에 '말리다'는 "다른 사람이 하고자 하는 어떤 행동을 못 하게 방해하다"는 뜻도 있지만, "산의 나무나 풀 따위를 베지 못하도록 단속하여 가꾸다"는 뜻도 있는 것으로 나온다. '말림갓'의 '말림'은 후자의 뜻이다. 이 '말림'은 '말림갓'의 준말로도 쓰였는데, 지명에서도 더러 쓰였다.

경기도 양평군 강상면 교평리의 '진재말림'은 송장산 동쪽에 있는 산등성이가 길고 말림갓이 있어 붙여진 이름이라고 한다. 원주 귀래면 귀래리에는 '말림골', '말림모탱이' 지명이 있다.

'갓' 또한 사전에 단독으로 기재되어 있는 말이다. "산의 나무나 풀 따위를 함부로 베지 못하게 단속하는 땅이나 산. 나뭇갓과 풀갓이 있다. =말림갓"이라고 나온다. 원래 '갓'은 일반적으로 '숲'이란 뜻으로 쓰였던 말인데, 산의 의미로 확대되기도 했던 말이다. 경주 황성동에서 가장 큰 마을인 '갓뒤 마을(지북리)'은 말림갓 곧 숲의 뒤쪽 혹은 북쪽에 있는 마을이라는 뜻이다. 안동 풍산읍 괴정리의 자연부락 '갓디', '갓뒤' 역시 숲의 뒤쪽에 자리 잡은 마을이라고 하여 '갓뒤(갓디)'라 했다 한다. 마찬가지로 숲 안쪽 마을을 '갓안'이라 하고 숲 아래 마을을 '갓밑'이라 하기도 했다.

충북 보은군 내북면 서지리는 '서갓(마을)'으로 불렸는데, '서갓'은 '섭갓'이 변한 것이고 '섭'은 '섶'(薪)의 고어로 나뭇가지가 우거진 것을 뜻한다고 한다. '갓'에 '섶'을 붙여 뜻을 분명히 하고 있다. 전남 신안군 압해읍 대천리의 자연마을 '광립'은 대천리에서 으뜸되는 마을로 부근에 '너른갓(말림갓)'이 있었다 하여 '넉갓'이라고도 했다 한다. '너른'을 '넓을 광' 자로 쓰고, '갓'을 '삿갓 립' 자로 썼다. 경북 경산시 압량면 신월리의 '큰갓 마을'은 큰 말림갓이 있었다는 의미에서 붙여진 지명이다. '갓'은 흔히 '개인이 소유하고 있는 산'의 의미로 쓰였는데, 소유주를 앞세워 '우리 갓', '느그(너희) 갓', '누구네 갓'과 같은 형식으로도 쓰였다.

'갓'은 지역에 따라서 '까끔'으로도 썼는데, '산'의 의미로 쓰인 경우가 많다. 다음 예문은 '까끔'의 의미를 잘 드러내고 있어 옮겨본다. "예전에 낭구 귀헐 직애 이녁 까끔이 없는 사람들은 넘우 까끔에 들어가서 쥔 눈을 기시감서 보둡시 검부적이라도 한아람 긁거다가 군불 때고 그랬그마!"(옛날 나무 귀할 때는 자기 산이 없는 사람들은 남의 산에 들어가 주인 눈을 피해서 겨우 검불이라도 한 짐 긁어다가 아궁이에 불을 피우고 그랬다!)〈전라도 사투리 사전〉. 전북 남원시 이백면 초촌리에 있는 자연마을 '까끔골'은 말림갓이 있어 붙여진 이름이라고 한다. 전남 영암군 도포면 성산리의 자연마을 '각동'은 까끔(말림갓)이 있다 하여 '깍골', '깍굴'이라 불렸다.

까치가 짖어대는 사연

"까치내·가지내·아치고개"

까치가 들어간 땅이름은 모두 까치와 관련 있나?

청주 까치내, 충남 청양 작천리는 갈라진 지천(가지내) 형상

안산 대부도 까치섬, 충북 음성 까치섬은 '작다'는 '아치'가 까치로 변한 지명

우리 국민들의 사랑을 받는 대표적인 민화에 까치호랑이 그림이 있다. 소나무 가지에 앉아 있는 까치는 호랑이에게 대들 듯 짖어대고 그 밑에 호랑이는 상관 않는다는 듯이 느긋하게 돌아 앉아 있는데, 호랑이는 아주 바보처럼 우스꽝스럽게 그려져 있다. 까치호랑이 그림을 구성하는 호랑이와 까치와 소나무는 한국인이 매우 좋아하는 소재들이다. 호랑이는 악귀를 쫓는 벽사의 상징(액막이)으로 많이 그렸고, 소나무는 늘푸른나무로 한국에서 가장 흔히 볼 수 있는 나무이며, 까치는 기쁜 소식을 가져온다고 해서 좋아하는 새이다. 그런데 별로 어울릴 것 같지 않은 까치와 호랑이를 같은 그림에 그려 넣은 이유는 무엇일까.

원래 까치호랑이 그림의 호랑이는 중국에서는 표범이었다고 한다. 중국에서 표범과 까치가 함께 그려진 그림(표작도)은 표(豹, 표범 표)와 보(報, 알릴 보)가 발음이 비슷하고, 까치가 새 소식을 상징하기 때문에 보희(報喜), 즉 기쁜 소식을 전하는 길상의 그림으로 그렸다고 한다.

까치호랑이(鵲虎圖).

그러던 것이 우리 민화에서는 표범이 호랑이로 바뀌고 우리만의 상징성이 첨가되면서 전혀 새로운 그림이 된 것이다. 즉 호랑이는 권력을 가진 양반을 상징하고 까치는 서민을 상징하는데, 호랑이는 바보스럽게 표현되고 까치는 당당하게 묘사되면서 신분 질서의 새로운 변화 내지는 그런 소망을 민화 속에 담아내고 있다는 것이다.

까치는 신라의 4대 임금 석탈해 탄생 신화에도 등장한다. 석탈해를 담은 궤짝이 바닷물에 떠밀려올 때 까치가 울며 따라왔다고 한다. 이에 그의 성을 까치 작(鵲)에서 새 조(鳥)를 떼어 석(昔)으로 했다는 것이다. 이때 까치는 귀한 손님(인물)의 도래를 알리는 길조 또는 영조로 여겨진다. 국어사전에 작보(鵲報, 까치 작, 알릴 보)는 "까치가 지저귀는 소리라는 뜻으로, '길조'를 이르는 말"로 나온다. 중종 22년(1527)에 최세진이 지은 한자 학습서인 『훈몽자회』에는 '鵲'(작)이 '가치 쟉'으로 나온다. 또한 속칭까지 적혀 있는데, 흔히 희작 혹은 영작으로 불렀다는 것이다. '희작'은 기쁨을 가져다주는 새, '영작'은 신통한 새 정도로 읽을 수 있겠다.

이렇게 우리 민족의 사랑을 받아온 만큼 까치 지명은 전국적으로 아주 많다. 까치내, 까치산, 까치고개, 까치울, 까치실, 까치밭, 까치섬 등등. 그런데 곰곰이 살펴보면 지형과 까치 간의 유연성이 별로 보이지 않는다. 다시 말하자면 내나 산에 왜 까치라는 이름을 붙였는지 이유가 분명하지 않다는 것이다. 형태나 색상 면에서 아니면 다른 어떤 특징에서도 공통점이 찾아지지 않는 것이다. 그런 탓인지 까치 지명의 경우 유래도 대부분 까치가 많이 날아온다거나 많이 살고 있다고 막연하게 설명하고 있는 것을 본다. 그렇다면 까치 지명에서의 까치는 다른 어형으로부터 변형된 것이 아닌가 의심해볼 필요가 있다.

청주 시민들은 금강의 지류인 미호천과 청주 시내에서 북서쪽으로 흐르는 무심천이 만나는 합수머리를 흔히 '까치내'로 부른다. 한자로는 '작천(鵲川, 까치 작, 내 천)'이라 썼다. 까치내는 근처에서 물줄기가 가장 크고 주변에 넓은 벌판이 펼쳐져 있어 풍광이 아름다운 곳이다. 이중환은 『택리지』에서 작천을 살기 좋은 곳 중의 하나로 꼽고, 작천 이웃의 여러 마을은 "물대기가 좋아서 부잣집이 많다"고 했다. 작천은 『여지도서』(청주)에 "관의 북쪽 20리에 있다"고 나오고, 『대동여지도』에도 '작천'으로 표기되어 있다. 이 '까치내'의 어원에 대해서 『한국지명유래집』은 두 가지 설을 제기하고 있다.

"하나는 까치내를 '아치내'의 변형으로 보는 견해이다. '아치내'는 '작은 내'라는 뜻인데, '아치내'가 음상이 비슷한 '까치내'로 변했다는 것이다. 다른 하나는 까치내를 '가지내'의 변형으로 보는 견해이다. '가지내'는 지천(枝川)이라는 뜻이다. 이곳이 여러 물줄기가 모이는 합수머리라는 점에서 그 물줄기를 몸체에서 갈려져 나간 가지로 볼 수 있다는 것이다. 까치내를 작천으로 부르는 것은 조류인 까치를 한자로 바꾼 예이다. 물론 까치내에는 흰 까치와 관련된 전설이 있고 이로 인해 붙은 이름으로 보기도 하지만, 이보다는 위의 두 가지 설이 더 설득력이 있다."

『한국지명유래집』에서는 두 가지 설을 제시하면서 유보적인 입장을 취하고 있지만 아무래도 '까치내'를 '가지내'로 보는 쪽에 무게가 실린다. 그것은 이곳이 '합수머리'라는 점과 물줄기가 결코 작지 않다는 점 곧 '작은 내'가 아니라는 점에서 그렇다. '가지내'는 '물줄기가 가지처럼 여러 갈래로 갈라지는 내'로 해석된다. 그러나 반대의 관점에서 보면 여러 물줄기가 한 곳으로 모이는 내 곧 합수머리도 갈라진 형상을 하고 있는 것이다. 청주의 '까치내'는 이 '가지내'가 변형되어 부른 이름이고, 이를 한자로 표기한 것이 '작천'이라고 볼 수 있다.

충남 청양군 대치면 작천리도 까치 작 자에 내 천 자를 쓴다. '작천'은 우리말로는 '까치내'라 불렀다. 그런데 이 까치내 역시 '가지내'에서 음이 변한 것이어서 흥미롭다. 원래부터 까치와는 상관이 없는 것이다. 작천리는 칠갑산의 남서쪽 자락에 위치한 마을로 '지천'이 산지 사이를 감아 돌아 흐르고 있다. 이 지천을 우리말로는 '가지내'로 불렀는데 한자로는 가지 지 자를 써서 '지천(枝川)' 혹은 갈 지 자를 써서 '지천(之川)'이라고 했다. 이 하천은 대치천을 합류시키고 동남쪽으로 흘러 장평면과 부여군 은산면의 경계를 형성하면서 흐르다가 청남면 인양리에서 금강에 합류하는데, 금강의 가지에 해당한다고 해서 '가지내' 또는 '지천'이라 부르게 되었다고 한다. 가지내의 이름을 딴 '가지내마을'도 존재한다. '가지내'는 발음이 변하여 '까치내'가 되고, 까치내가 다시 한자로 '작천'이 된 것이다.

까치 지명이 다른 어형으로부터 변형된 것이 아닌가 의심이 가는 또 다른 말로는 '아치'가 있다. '아치'는 '앛-[小]'과 관련된 어형으로 추정되는데, '작다'는 뜻을 갖는다. 바로 이 '아치'가 '까치'로 바뀐 예가 많은 것이다. 충북 증평읍 미암3리에는 '까치고개'가 있는데 달리 '아치고개'로도 부른다고 한다. 〈증평의 지명〉(증평문화원)에서는 "이 고개를 달리 '아치고개'로 부르는 점을 고려하면, '작은 고개'로 풀이할 수 있을 것이다"라고 설명하고 있다. '까치'를 '아치[小]'의 변화형으로 보고, '까치고개'를 '작은 고개'로 본 것이다.

'아치섬'은 부산 영도구 동삼동에 있는 섬으로 지금은 동삼동과 도로로 연결되어 있다. 본래 절영도(오늘의 영도) 큰 섬에 비해 '작은 섬'이라는 뜻으로 '아치섬'이라 했다고 전해진다. 이 아치섬을 한자로는 아침 조 자 '조도(朝島)'로 써서 특이하다. 이에 대해 『한국지명유래집』은 "'조도' 지명은 아침이 가장 먼저 시작된 데서 비롯된 것으로 전해진다. 아치섬·와 치섬으로 부르기도 한다. 고지도에서는 동백도 혹은 조도로 표기된다"고 쓰고 있다. 우리말 이름으로 본다면 '아치섬'이 '아침섬'으로 변형되고 이를 아침 조 자 조도로 쓴 것으로 보인다. 이 '아치섬'은 '아침섬' 외에 '까치섬'으로도 불렸는데 아치 > 까치의 변모를 볼 수 있기도 하다.

'까치섬' 지명은 육지 속에도 있어 특이하다. 안산시 단원구의 대부도 고유지[동1리]에 있는 '까치섬'은 바다에 있는 섬이 아니라 육지에 섬처럼 솟아오른 '작은 동산'이다. 이 '까치섬'은 까치밥이라고 부르는 찔레꽃 열매가 많아 까치들이 몰려 살았다고 추측하기도 한다. 그러나 다른 지역에도 비슷한 지형에 '까치섬' 지명이 있는 것을 보면, '까치섬'은 '아치섬' 곧 '작은 섬'이 변해 된 것으로 보인다. 충북 음성군 음성읍 평곡리의 경우도 평야에 섬처럼 둥그렇게 솟아 있는 구릉지를 '까치섬'이라 부르고 있다. 주민들은 까치가 많아서 까치섬이라 불렀다 하지만 연구자들은 이 섬 역시 '작은 섬'의 의미로 본다.

이밖에 '아치'가 '까치'로 변한 것으로 짐작되는 지명에는 '까치밭', '까치골', '까치산', '까치울' 등도 있다. 이들 지명도 '까치(鵲)'와 결부된 유래설을 이야기하지만 정작 '까치'와 무관한 경우가 많고, 해당 지형지물이 작은 규모여서 이름 붙여진 경우가 대부분이다. '까치밭'은 작은 밭을 뜻하고, '까치골'은 작은 골짜기로 해석된다. '까치산'은 산이 작고 낮아서 붙여진 이름이고, '까치울' 역시 작은 마을이어서 생긴 이름으로 '아치울'이 '까치울'로 변화된 것으로 볼 수 있다.

'아치'가 '까치'로 바뀐 예는 지명이 아닌 다른 데에서도 찾을 수 있는데, '까치설'이 그것이다. 『표준국어대사전』에는 까치설이 "어린아이의 말로, 설날의 전날 곧 섣달 그믐날을 이르는 말. =까치설날"이라고 되어 있다. 원래 설 전날을 이르는 우리말에 '아찬설(아츤설)', '아찬섯날', '아츤설' 등이 있었다. 아찬설은 '앛(小)+안(관형사형어미)+설'로 분석되는데, '작은설'이라는 뜻이다. 이 '아찬설'이 '아치설'로 변하고, 아치설이 '까치설'로 와전된 것이다. 까치설은 윤극영(1903~1988)이 작사 작곡한 〈설날〉(1924)이라는 동요에서 "까치 까치 설날은 어제이고요, 우리 우리 설날은 오늘이래요"라고 노래한 이후 널리 알려졌다고 한다.

아치가 까치로 바뀐 예는 물때를 나타내는 말에서도 볼 수 있다. 남서 다도해 지방에서는 물때를 나타내는 말의 하나로 '아치조금'이라는 단어를 쓰는데, 이는 경기지방에서 말하는 '까치조금'과 같은 말이라고 한다. '조금'이란 밀물과 썰물의 차가 가장 적을 때를 이르는 말로 아치조금은 음력 22일과 7일 즉 열세물이라고 한다. 『표준국어대사전』에는 '아츠조금'으로 나오는데, "조수 간만의 차로 볼 때 이렛날과 스무이틀을 이르는 말"이라 되어 있다.

한편 이 '아치'는 '까치'로 바뀌지 않고, 원래의 어형으로 지명에 남아 있는 경우도 있다. 말하자면 무조건 까치로 바뀐 것이 아니라는 얘기다. 아치＞까치가 지역에 따라서 자의적(임의적)으로 이루어졌음을 알 수 있는 대목이다. 구리시 '아치울(마을)'은 아차산 동쪽 골짜기에 자리 잡은 마을이다. 〈구한국지방행정구역 명칭일람〉에는 '아차동(峨嵯洞)'으로 표기되어 있다. '아치-아차'는 다른 지역의 경우에도 함께 쓰인 것을 볼 수 있다. 보은군 내북면 아곡리는 아차산 밑에 있어 '아차실', '아치실'로 불렸는데, 한자로 써서 '아곡'이라 하였다 한다. 유래담에는 아차실로 부르던 것이 변해 아치실이 되었다고 해서 아치실이 더 오래 전 이름임을 밝히고 있다.

전남 장성군 황룡면 아곡리의 '아치실'은 '소곡(小谷)'이라고도 썼는데, '작은 골짜기'라는 뜻이다. 말하자면 '아치'가 '소(小, 작을 소)'의 뜻을 그대로 간직하고 있는 셈이다. 그렇게 보면 구리시의 '아치울'도 '작은 골짜기' 혹은 '작은 마을'의 뜻으로 볼 수 있다. '울'은 마을, 고을, 골짜기 등을 뜻하는 우리 옛말 '골'이 '골>굴>울'의 단계를 거쳐 바뀐 것이다. 또한 '아치울'이나 '아치실'이 모두 아차산과 관련이 깊은 것을 보았는데, '아차산' 역시 '작은 산'을 뜻하는 것으로 볼 수 있겠다. 전국적으로 아차산 이름은 여럿 있는데, 대체로 작고 낮은 산이나 주변에 있는 큰 산과 비교했을 때 작은 산에 이름 붙여진 것을 볼 수 있다. 모두 형용사 '앛-(小, 少, 幼)'과 관련된 어형일 것으로 추정된다.

새우등처럼 굽은 고개

"새우개 · 새고개 · 새비골"

새우등처럼 굽은 땅… 전남 화순 도곡면 · 경남 사천 곤명면에 새우등
서울 신내동에서 구리시 갈매동 가는 휘어진 새우고개
새로 만든 '새 고개'가 새우개로 변한 곳, 경기 시흥시 새우개마을

어린 시절 어머니가 해주시던 반찬 중에 지금도 기억에 남는 것은 '민물새우무찜'이다. 새우도 맛있었지만 간이 밴 무가 그렇게 맛있어서 밥을 두세 공기 더 비웠던 생각이 난다. 막 새우를 사왔을 때는 새우가 더러 살아 톡톡 튀기도 해 신기했지만, 끓이면 그것이 빨간색으로 변하는 것이 더욱 신기했다. 흑갈색이 빨간색으로 변하면서 더 맛있어지는 것 같아 왜 그럴까 궁금해 하기도 했다. 지금도 더러 바다에서 나는 작은 생새우를 사다 무를 넣고 끓여 보지만 옛날 맛은 아닌 것 같다.

새우 하면 또 하나 기억에 남는 것이 새우젓장수이다. 지게 위에 나무로 된 새우젓 통을 얹고 골목골목 다니면서, 걸걸한 목소리로 "새우젓 사~려"를 외치던 젓장수. 그 소리는 지금도 따라 할 수 있을 정도로 기억에 생생하다. 그리고 그것을 살 때면 부인네들이 길가에 서서 새우 한 낱을 엄지 검지로 집어 혀 위에 얹어 맛보던 모습도 인상적이었다. 사자고

하면 삼지창 같은 걸로 새우젓을 떠서 하얀 막사발로 되어주던 모습. 그 새우젓장수는 김장철이면 대목이라 그랬는지 발걸음이 잦았다. 대하소금구이니 새우튀김 같은 것은 상상도 못 하고, 새우하면 새우젓이나 마른새우가 전부인 시절이었다.

우리 속담에 "고래 싸움에 새우등 터진다"는 말이 있다. 강한 자들끼리 싸우는 통에 아무 상관도 없는 약한 자가 중간에 끼어 피해 입는 것을 비유적으로 이르는 말이다. 여기에서 고래는 강한 자, 새우는 약한 자를 비유하고 있다. 이 속담은 실록에도 나오는데, '등' 자는 빠져 있다. '하사어경투(蝦死於鯨鬪, 고래 싸움에 새우만 죽는다)'라는 표현이 먼저 보이고, 후대에는 '경투하사(鯨鬪蝦死, 고래 경, 싸울 투, 새우 하, 죽을 사)'라는 표현을 마치 사자성어처럼 쓰고 있다. '새우등이 터진다'는 말을 한자로 바꾸기 어려워서 그냥 '죽는다'로 표현한 것인지, 아니면 서민들이 한자 죽을 사(死) 자를 더 실감나게 '등 터진다'로 바꾸어 표현한 것인지는 알 수 없다. 고래나 새우 모두 '등' 자를 붙여 '고래등'이니 '새우등'이니 하는 말을 흔히 써왔던 것을 보면 전자일 가능성이 더 크다.

새우의 모습에서 가장 특징적인 것은 아마 구부러진 등일 것이다. 그런 탓에 구부러진 형상을 흔히 '새우등'에 빗대어 표현하기도 했다. 국어사전에도 '새우등'은 "새우의 등처럼 구부러진 사람의 등을 비유적으로 이르는 말"로 나온다. "칭얼거리던 아이가 어느새 새우등을 하고 잠이 들었다"와 같이 썼다. "등이 새우처럼 구부러지다"라는 말을 '새우등 지다'라고 표현하기도 했다. "새우처럼 등을 구부리고 자는 잠" 주로 모로 누워 불편하게 자는 잠을 '새우잠'이라고도 했다. 모두 새우의 굽은 등에 빗대어 표현한 말들이다. 그만큼 새우의 등이 특징적이라고 볼 수 있는데, 지명의 경우에도 '구부러진 지형'을 새우의 등에 흔히 빗댔다.

전남 화순군 도곡면 쌍옥1리 옥계마을은 남쪽으로 해망산 지맥이 뻗어와 있으며 그 외의 지역은 대초천 변의 평야로 이루어져 있다. 마을 동남쪽에 보이는 산이 해망산 지맥인데 새우가 앉아 있는 형국이라 하여 '새우등'이라 한다. 새우는 물이 있어야 산다는데 마을 서편으로 대초천이 흐르고 있다고 한다. 소지명인데 아무 수식이 붙지 않고 그냥 '새우등'이다. 사천시 곤명면 추천리 오사마을은 뒷산이 장재산이고 동네쪽으로 뻗은 능선을 '새우등'이라고 한다. 마찬가지로 그냥 '새우등'으로 부르는데, 이때의 '등'은 '등성이'를 뜻하는 것 같다. 그러니까 새우같이 생긴 산등성이를 가리킨 이름이 된다.

서울시 중랑구 신내동에서 경기도 구리시 갈매동으로 가는 길에 위치한 고개로 '새우고개'가 있다. 『한국지명유래집』(중부편)에서는 "마치 새우 등과 같이 구부러진 모양이라고 하여 새우고개, 새우개, 새고개라고 하였다고 전한다. 새고개를 한자로 바꾸어 신현(新峴)이라고도 하였다"고 쓰고 있다. 『영조실록』(12년 2월 8일 기사, 1736년)에는 "서울에서 광릉에 이르는 길에 신현이란 곳이 있는데, 바로 육릉(六陵)에서 내려온 맥입니다"라는 기록도 있다. 육릉은 지금의 동구릉으로 영조 당시에는 6기의 왕릉이 있어 육릉으로 불리었다. 그러니까 이 고개가 구리시 동구릉에서 내려온 맥(능선) 위에 있다는 것이다. 신현리는 봉화산 근처에 있던 내동리가 합쳐지면서 신내동이 되었다. 『서울지명사전』도 '새우개' 항목에서 "지형이 새우등과 같이 굽어 있는 데서 유래된 이름이다. 새우고개, 새고개라고도 하였다. 새고개는 뜻이 변하여 한자명으로 신현이라고도 하였다"라고 쓰고 있다. 둘 모두 '새우고개(새우개)'가 변해서 '새고개'가 되고, 이를 한자로 표기한 것이 새 신 자, 고개 현 자 '신현'이라는 설명이다. 『서울지명사전』에 따르면 강동구 둔촌동 남쪽에 있던 새우고개도 "고개 지형이 새우처럼 굽어 있는 데서 유래된 이름이다. 새고개라고도 하였다"고 되어 있고, 강북구 우이동에 있는 새우고개도 "지형이 새우같이 생긴 데서 유래된 이름"이라고 되어 있다.

경남 하동군 적량면 동리 명천마을의 '새비골'은 "골짝을 감돌아 싸고 있는 산의 모양이 마치 '새우등' 또는 '새우' 같다고 하여 하곡(鰕谷, 새우하, 골 곡)이라 하고, 새우의 방언음을 따서 '새비골'이라 부른다"고한다. 또한 "새우등 같다고 한 산등성은 적량면 동리 산1번지로 약 100여정보의 규모이다"라고 구체적으로 진술하고 있어 신빙성을 더해주고있다. 새우의 방언형은 새비, 새오, 생이, 새배, 새뱅이, 새붕개, 새갱이, 새웅개, 새우지 등 아주 많은데, 명천마을의 경우 '새비'를 써서 '새비골'로불렀다. 진주 이반성면 용암리 하동(鰕洞)은 "마을 뒤쪽 산세가 새우등과같다고 하여 새우골이라 부른다"고 한다. 평남 문덕군 마산리 큰새우재는"새우재등 북쪽에 있는 재. 새우처럼 등이 굽어졌다"고 설명하고 있고, 새우재등 역시 "새우등처럼 구부러졌다"고 설명한다.

　새우 지명이 주로 고개나 산의 구부러진 형세를 새우등에 빗댄 것을볼 수 있다. 그런데 새우 지명에 다른 말이 새우로 변형된 예가 더러있어 판단에 신중을 요한다. 경기도 시흥시 포동에 있는 자연마을 '새우개마을'은 조선시대 인천부의 가장 남쪽에 있던 신현면의 중심지였다. 현재도 법정동인 포동의 중심이 되는 마을이다. 『한국향토문화전자대전』은 명칭 유래에 대해서 "조선 후기 이 마을 서편에 국사랑과 능골을거쳐 이웃한 구시미마을을 왕래하기 위해서 새롭게 고갯길을 만들었고, 그 고갯길의 이름을 새로 만든 고개라 하여 '새고개'라 부른 데서 유래한다, '새고개'는 후대에 내려오면서 '새우개'로 변하였다. 일설에는 바닷가마을이었던 이곳에서 새우가 많이 잡혀서 '새우개'라 했다는 설이 있지만, 신뢰하기 어렵다"라고 썼다. '새우개'가 '새고개(새로 만든 고개)'에서변한 지명이라는 것이다.

　그 증거로 제시된 것이 '신고개면'이라는 한자 지명이다. 영조 때의『여지도서』(인천부 방리)에는 신현면(新峴面)으로 나오고, 1789년(정조13)에 발간된 『호구총수』에는 신고개면(新古介面)으로 나온다. '신현'은새 신 자에 고개 현 자를 써서 '새고개'를 나타낸 것이고, '신고개'는 새 신 자를 쓰고 '고개(古介)'는 한자의 음을 빌려 표기해서 마찬가지로 '새고개' 곧 '새로 만든 고개'를 나타낸 것이다. 이와 같은 설명은 『한국지명유래집』도 똑같은데, "『호구총수』 이후의 자료에서는 대부분 신고개면으로 기록되어 있는데, 고개(古介)는 순우리말 고개의 소리를 따서, 현(峴)은 뜻을 따서 표기한 것이다. 포리에 있었던 '새우개'란 고개에서 유래되었는데, 새우개는 새고개의 변형으로 한자로 신현(新峴) 또는 신고개(新古介)로 기록된 것이다"라고 되어 있다.

사실 '새고개'가 '새오개(새우개)'로 바뀌는 것은 쉬운 일로, 서울 서대문구 아현동의 '애고개(작은 고개, 아현)'가 '애오개'로 바뀐 것과도 같다. 성남시 수정구 수진동의 삼현(三峴)은 새우개, 새오개라고도 하는데, 복정동쪽에서 모란 방향으로 고개가 셋(성남병원 앞, 수진리고개, 성남관광호텔 앞)이 있어서 '세고개'라고 부르게 되었다고 전해진다. '세고개'가 새오개, 새우개로 변한 것이다.

한편 '새우'가 '새(억새)'와 관련이 있는 경우도 있어 새우 지명의 다양한 모습을 볼 수 있다. 강원도 횡성군 청일면 초현리 '새고개마을'은 마을 지형이 새우처럼 생겼으므로 새우개, 또는 오포라 하였다고 한다. 또는 마을 뒤에 있는 고개에 억새풀이 많아서 '초현(草峴)'이라 하였다고도 한다. 유래를 두 가지로 말하고 있는데, 후자가 더 설득력이 있어 보인다. 흔히 새고개가 새우개로 바뀌는 예를 보면, 이곳 초현리도 애초 이름은 새고개였을 것이다. 새고개에서 '새'는 '억새'를 뜻하므로, 한자로는 풀초 자, 고개 현 자를 써서 초현으로 한자화 한 것이다. "마을 지형이 새우처럼 생겼으므로 새우개"라는 얘기는 '새고개'가 '새우개'로 변형된 이후에 생긴 유래담으로 보인다. '새고개'가 위에서 말한 시흥의 경우는 '새로 만든 고개'를 뜻하면서 '신현'으로 한자화 된 데 비해, 횡성의 '새고개'는 '억새풀이 많은 고개'라 '초현'으로 한자화 된 것이다.

새우의 방언형에 새비가 있는데, 억새의 방언형에도 새비기, 새배기 등이 있다. 음이 비슷한 탓에 지명에서도 함께 쓰이는 경우가 있다. 의령군 대의면 신전리 새비골은 "신전마을에 있는 골짜기이다. 새풀[띠, 억새]이 꽉 들어차 있었기 때문에 '새비골'이라 하였다고 전한다"고 되어 있다. 위에서 말한 하동 명천마을의 '새비골'은 '새우'를 뜻하지만, 이곳 의령 신전마을의 '새비골'은 '억새'를 뜻하는 것이다. 강원도 정선군 신동읍 조동리의 '새비재'는 한자로는 '조비치(鳥飛峙)'라 쓰고 '새떼가 날아오는 곳'이라고 설명하고 있는데, 이곳 새비재도 억새 지명일 가능성이 크다.

경기도 연천군 미산면 삼화리 새오개, 새우개는 삼화방죽에서 임진강으로 흐르는 개울로 민물새우가 많이 서식한다 하여 붙여진 이름이라고 한다. 이때의 '개'는 '개울'을 가리킨 말로 '고개'와는 거리가 멀다. 말하자면 새오개, 새우개가 새고개에서 변음된 말이 아니라는 얘기다. 이 경우 "민물새우가 많이 서식해서" 새오개 새우개라는 설명이 신빙성이 있어 보인다.

나비야 나비야 너 어디 가니

"나부실·나붓등·나배섬"

나부, 나붕이, 나위, 나베… 지역마다 달리 부르던 나비

충북 보은 나부리, 경남 통영 나붓등, 경북 청도 나부실

나비 있으면 꽃도 있네… 경북 예천 지보면 나부산 아래 매화촌

남계우의 〈꽃과 나비〉(화접도)라는 그림을 보면 금방이라도 나비가 종이를 뚫고 날아오를 듯하다. 가는 몸통에 더듬이며 다리 그리고 펄럭이는 날개의 형태가 아주 세밀하게 그려져 있을 뿐 아니라 가지가지 색이 화려하게 채색되어 환상적이기까지 하다. 그것도 한 마리가 아니라 온갖 종류의 나비 이십여 마리가 떼를 지어 춤추고 있고 아래쪽에는 희고 붉은 모란꽃이며 잉크빛 붓꽃이 아름답게 그려져 있다. 남계우(1811~1890)는 영의정을 지낸 남구만의 5대손으로 동지중추부사를 지낸 사대부 화가이다. 나비를 특히 잘 그려 '남나비(南蝶, 남접)'라고 불리었으며, 평생을 나비와 꽃그림을 즐겨 그려 많은 작품을 남겼다. 그의 나비 그림들은 뛰어난 관찰력이 뒷받침된 세필의 사실적 묘사에 곱고 화려한 채색이 돋보여, 조선시대 나비 그림의 제일인자로서 손색이 없다.

그의 집은 한양 도성 안 '당가지골(현 한국은행 뒤편)'에 있었는데, 집에 날아든 나비를 평상복 차림으로 동대문 밖까지 쫓아가 기어이 잡아서

298

화접도. 국립중앙박물관

돌아왔다는 일화도 있다. 남계우는 수백 수천 마리의 나비를 잡아 책갈피에 끼워놓고 그림을 그렸다고 한다. 실물을 창에다 대고, 그 위에 종이를 얹어 유지탄으로 윤곽을 그린 후 채색을 더하기도 했다. 노란색은 금가루를 쓰고, 흰색은 진주가루를 사용했다. 그의 그림은 워낙 정확해서 근대의 생물학자 석주명(1908~1950)은 무려 37종의 나비를 암수까지 구분해낼 수 있었다고 한다. 나비박사 석주명은 남계우에 관한 글을 여러 편 써서 그를 알리기 위해 애썼다. 석주명은 남계우의 나비 그림이 매우 사실적이어서 예술적 가치뿐 아니라 학술적 가치도 아주 크다는 것에 주목한 것이다.

나비와 꽃은 떼려야 뗄 수 없는 관계에 있다. 사람이 보기에는 아름다운 봄날을 연출하는 단순한 소재들이지만, 둘의 관계는 생존 차원에서 공생적이다. 나비는 꽃의 꿀을 먹으면서 꽃가루를 옮겨주고, 꽃은 나비에게 꿀을 내주면서 수정을 하는 필수적인 관계에 있는 것이다. 이런 관계는 지명에서도 볼 수 있는데, 나비 지명의 경우 흔히 꽃 지명과 함께 쓰이고 있는 것을 볼 수 있다.

충북 보은군 탄부면 '매화리'에는 '나비(상매화)', '안나비', '바깥나비'

등의 자연마을이 있다. 속리산 자락인 국사봉, 풍취산, 금적산이 있고, 넓은 들로는 평각천, 보청천이 흐르고, 쌀을 주로 재배하는 전형적인 농촌마을이다. '매화리'는 지형이 매화처럼 생겨서 붙여진 이름이며, '나비'는 지형이 매화꽃에 나비가 앉은 것 같이 생겨서 붙여진 이름이라고 한다. '바깥나비'는 나비 가운데 등성이의 북쪽에, '안나비'는 남쪽에 위치하고 있다. 매화리는 본래 보은군 사각면 지역으로서 1914년 행정구역 폐합에 따라 나부리, 운현리를 병합하여 매화리라 했다 한다. 『여지도서』에 '나부리'는 관문으로부터 동쪽으로 15리에, '매화리'는 10리에 위치하는 것으로 나온다.

여기서는 우리말 '나비마을'을 '나부리(羅浮里)'로 쓰고 있어 주목된다. 나비의 옛말에는 '나뵈', '나배(ㄴ비)'가 있는데, '나배(ㄴ비)〉나븨〉나비'의 과정을 거쳐 지금의 나비가 된 것으로 본다. 방언으로는 '나부'(강원, 경남, 전남), '나붕이'(강원), '나위'(경북), '나베'(황해) 등이 있는데, 지명에서는 '나부'가 많이 보인다. 이 나부는 한자로는 흔히 '나부(羅浮)'로 표기되었는데, 이 나부는 중국에서 매화의 명소로 널리 알려져 있는 곳의 이름이기도 하다.

당송 8대가의 한 사람인 유종원의 『용성록』에는 수나라 개황(수 문제 연호) 연간에 조사웅이 나부산에 갔다가 향기가 감도는 어여쁜 미인을 만나 즐겁게 환담하고 술을 마시며 하룻밤을 보냈는데, 그 다음날 아침에 보니 큰 매화나무 아래에 술에 취해서 누워 있었다는 매화 선녀의 전설이 전한다. 이 매화 선녀를 '나부소녀(羅浮少女)'로도 불렀는데 '나부산'에 있던 매화의 정령이 미인의 모습으로 나타났다고 해서 미인을 이르는 말로 쓰기도 했다. 또한 조사웅이 꾸었던 꿈을 '나부몽(혹은 나부지몽)'이라 했는데 덧없는 한바탕의 꿈을 이르는 말로 쓰이기도 했다.

나부산은 중국 광동성 혜주에 있는 산이다. 중국 10대 명산의 하나로 특히 도교의 명산으로 일컬어졌다. 진대의 선인인 갈홍이 일찍이 나부산에 들어가 도술을 성취했다고도 하는데, 도교에서는 제칠동천이라 칭하고 '봉래선경'이란 미칭도 있다고 한다. 이 산에는 매화가 많아서 '나부매(羅浮梅)'로 유명하다. 소식의 매화에 대한 시에 "나부산 아래 매화촌, 흰 눈으로 뼈를 이루고 얼음으로 넋을 이루었네"라는 구절이 있기도 하다. 어쨌든 '나부'는 일찍부터 시문에 매화의 대표적인 명소로 자리 잡게 된다.

보은군 탄부면 매화리와 나부리는 이런 중국의 고사에 의거하여 붙여진 이름으로 추측된다. 이밖에도 '매화'와 '나비'를 결부시킨 지명이나 지명 이야기는 여러 곳에서 찾을 수 있다. 예천군 지보면 매창리는 본래 용궁군 내하면 지역인데, 창동, 매포리, 내포리를 병합하고 '매(梅)' 자와 '창(倉)' 자로 동명을 삼았다. 이곳 매화촌은 뒷산이 '나부산'이고 그 아래에 '매화촌'이 있다. 매화촌과 나부산의 유래는 유종원의 『용성록』에 나오는 조사웅의 고사를 들어 설명하고 있는데, 매화낙지의 명당을 이야기하기도 한다. 경남 청도군 매전면 '매화마을'은 산(소천봉)이 늙은 매화나무 형국이라 '매화'라 했는데, 매화가 있으면 '나부(나비)'가 있어야 된다면서 매화마을 북쪽에 마주 보고 있는 마을을 '나부방', '나부뱅이'라 불렀다 한다. 이 '나부방', '나부뱅이'가 변해 '남뱅이'가 되고 지금은 '남방'으로 부른다는 것이다.

통영시 산양읍 세포마을(가는 개)의 '나붓등'은 두 산등성이의 가운데가 잘록하게 연이어진 형세가 마치 나부(나비)처럼 생긴 것에서 유래했다고 한다. 한자 지명은 '호접등(胡蝶嶝)'이다. '호접'은 나비의 한자어이고, '등'은 고개나 비탈을 뜻한다. 설화가 전해지는데 풍수와 관련 있는 듯하다. 금돌이는 부친이 돌아갔지만 가난하여 아무도 묘를 쓰지 않는 '나붓등'에 초라하게 흙으로 덮어 놓았다. 변함없이 방배를 타고 방질을 하던 어느 날 그물에 걸려든 금궤를 건져 올린다. 졸지에 부자가 된 금돌이는 '나붓등' 묘 자리가 명당이라 생각하여 부친의 은덕을 기리기 위해 묘

자리를 봉분과 돌 비석을 세워 새로이 단장하였다. 그러다 시간이 지나면서 지반이 약한 나비의 꽁지 부분에 세워진 비석이 내려앉아 파도에 휩싸여 물속에 가라앉았다. 그때부터 어장은 고기가 들지 않아 빚더미에 시달리다 금돌이는 패가망신하여 마을을 떠났다고 한다. 지금도 나붓등에 초라한 묘 자욱이 있고 비석은 마을 바다 속에 잠들어 있다고 한다. 연약한 나비의 등에 무거운 돌 비석을 세웠으니 견디지 못했다는 것이다.

무안 일로면 의산 5리 안골마을은 인의산을 주산으로 하고 마을 앞에 '나빗등'이 있다. 나빗등은 나비의 모습을 하고 있는데 나비가 날아서 영산강에 있는 명수바위를 찾아가려 했으나 강물에 막혀 가지 못하고 이곳에 머물러 있는 것으로 여긴다 한다. 나빗등 끝머리에는 '나빗머리(나붓머리)'라는 둔덕이 있다. 나비의 머리에 해당하는 지역으로 주민들은 이곳에 있는 소나무가 훼손되거나 없어지면 마을에 큰 재앙이 온다고 믿어 왔다고 한다. 거제시 사등면 사곡리 '나부등'은 폴골 남쪽에 있는 등성이인데, 지형이 나부(나비) 형국이라 한다.

대구시 달성군 구지면 화산리(화산동)는 자연마을인 '화산'에서 온 지명으로, 마을 옆에 아름다운 꽃이 피는 동산이 있어 붙여진 이름이라고 한다. 이 화산리의 중심 마을이 '나비실'이다. 주위 산이 나비 모양이어서 또는 산과 들에 아름다운 꽃이 많이 피어 벌과 나비가 많이 모여들어 '나비실', '나부실' 또는 나비 접(蝶) 자를 써서 '접곡'이라 하였다고 한다. '나부실'은 경북 청도군 각북면 명대리에도 있는데, 마을 뒤 산의 형태가 나비 모양을 닮아서 나부실이라 한다고 한다. 나비실, 나부실의 '실'은 '골(谷)'을 뜻하는 옛말인데, '나부골' 지명도 여럿 있다.

나비의 형상을 좀 더 구체적으로 표현한 지명으로는 '납장골'도 있다. 경남 창녕군 남지읍 수개리에 있는데, 수개 본동 동편 골짜기의 마을로 이 골짜기가 납작한 모양이므로 납장골로 불리었다고 한다. 그런데 납작한 모양이 나비와 닮아 한자로는 나비 접 자를 써서 '접곡'이라 했다는 것이다. 또한 접곡이라 씀에 따라 옛날 나비가 날아와 세 바퀴를 돌면서 명당임을 알려주어 마을 터로 잡게 되었다는 설이 전하기도 한다. 나비의 납작한 날개는 특징적인데, 납장골 지명은 이러한 나비의 외양과 연관지은 지명으로 볼 수 있을 것이다. 나비의 외양과 관련된 지명을 하나 더 든다면 '나비허리'를 들 수 있다. 원주시 단구동에는 도로명으로 '나비허리길'이 있는데 이는 '나비헐'이라는 동네 이름에서 따온 것이라 한다. 나비헐은 갯가말 앞에 있던 마을로 동네 지형이 나비허리처럼 보인다고 해서 지어진 이름이다. '내비허리'라고도 했다

섬 이름 중에도 '나배섬'이 있다. 전남 진도군 조도면 나배도리에 있는데 섬의 모양이 나비를 닮았다 하여 나비섬, 나부섬, 나배섬 혹은 나부도, 나배도, 접도 등으로 불렸다. 한자로는 '나배도(羅拜島)'로 썼다. 남쪽으로 바다 건너에 있는 소나배도는 '납섬'으로도 불렀다. 근처에 있는 섬과의 관계에서 남쪽의 새섬과 닭섬이 나배도를 상징하는 나비를 잡아먹기 위해 달려드는 모양새라고도 한다. 또한 닭섬과 나비섬 사람들은 서로가 혼인을 하지 않았는데, 닭이 나비를 쪼아 먹으니 결혼을 하면 나비섬 사람이 죽는다고 믿었기 때문이라고 한다.

『한국민족문화대백과』에서는 나배도를 "섬의 모양이 고양이를 닮았다 하여 고양이를 일컫는 사투리인 '나비섬', '나부섬', '나배섬', '나부도' 등으로 부르다가, 1914년부터 나배도로 불리기 시작하였다"고 설명하고 있다. 그러나 고양이를 별칭으로 '나비'라 부르기는 했지만 '나부', '나배'로까지 부르지는 않은 것을 보면, 나배섬의 '나배'는 '나비(蝶)'를 가리키는 것으로 보아야 할 것 같다. '나배(ᄂᆡ비)'는 나비의 옛말이기도 하다. 또한 나배도가 1914년(일제의 행정구역 통폐합 때)부터 부르기 시작했다는 것도 사실이 아니다. 나배도는 일찍부터 기록에 보인다. 〈진도군읍지〉에 "나배도는 읍에서 서쪽으로 50리 지점에 있다"고 나오고, 『해동지도』(진도)나 『대동여지도』 등의 고지도에 나배도가 표기되어 있다. 한자

어로 '나배(羅拜)'는 "여러 사람이 죽 늘어서서 함께 절을 함"의 뜻을 가졌지만, 나배도의 경우는 단지 음을 빌려 표기하되 의미가 있는 한자어를 선택한 것으로 보인다.

우리말 땅이름

제1권 차례